Der Schattendieb

Ralf Isau

Der Schattendieb

Thienemann

Eines Schattens Traum sind Menschen.

Pindar

Prolog

An jenem Tag zur sechsten Stunde hüllte die Sonne
ihr herrliches Antlitz …
in grauenvolles Dunkel
und ließ durch eine Finsternis
die Herzen der Menschen erbeben.
William von Malmesbury
über die totale Sonnenfinsternis
am 2. August 1133 in Schottland

Seit alters rufen Sonnen- und Mondfinsternisse bei ihren Beobachtern heftige Gefühle hervor. Die einen vergehen fast vor ehrfürchtigem Staunen und andere werden von blanker Angst geschüttelt. Bis in unsere Tage werden derlei Himmelsphänomene als Zeichen drohenden Unheils gesehen, als gebe es eine Urangst im Menschen, die sich regt, sobald es während einer Sonnenfinsternis plötzlich kühler wird und alle Vögel wie auf einen geheimen Befehl hin verstummen. Nicht ohne Grund schlägt unser Herz in solchen Momenten schneller, wenngleich kaum jemand die Ursache solcher Empfindungen beim Namen zu nennen vermag.

Es liegt an den Schattenjägern von Terras dunkler Schwester Osttarra, der uns nächsten aller fernen Welten.

Lange Zeit war über das »Reich der Zeitlosen« kaum etwas bekannt, obwohl die wenigen Eingeweihten schon seit

Äonen von den osttarrischen Jägern erzählten. Es heißt, sie gingen auf Erden um, sobald sich das Antlitz von Sonne oder Mond verhüllt. Im Zwielicht der Eklipse verlassen sie ihr Reich und umschwärmen den ganzen Globus, um unter den Menschenkindern Ernte zu halten. Ob Kind, ob Greis, ob Mann, ob Frau – die Schnitter aus Osttarra legen ihre Klinge aus geschmiedetem Licht an jeden, den sie auserwählt haben, und rauben ihm den Schatten.

Nach alter Überlieferung ruht jeder Mensch auf drei Säulen: Liebe, Gerechtigkeit und Weisheit. Einen dieser Wesenszüge nimmt der Dieb mit dem Schatten hinweg. Genauer gesagt ersetzt er seine Beute durch eine Attrappe, eine blasse Fälschung, damit der an seiner Seele Verstümmelte den Verlust nicht sofort bemerkt.

Der geraubte Wesenszug indes wird zu einem lebenden Schatten im Reich von König Saros. Seinen gehorsamen Untertanen verspricht der Herrscher von Osttarra Unsterblichkeit. Die Widerspenstigen dagegen erwartet ein furchtbares Ende: Sie werden zu Schattenattrappen verarbeitet.

Dies ist die Geschichte von Corvin, dem dieses Schicksal erspart geblieben ist und dem als Schattenjäger eine glänzende Zukunft beschieden war.

Alles begann, als John Lamont am 13. Dezember 1805 das Licht der Welt erblickte, jener Welt wohlgemerkt, die im Schattenreich »Terra« genannt wurde. Er war in mancher Hinsicht ein besonderer Knabe. Mit seiner Geburt überschritt die Erdbevölkerung eine magische Grenze. Nun lebten eine Milliarde Menschen gleichzeitig auf dem Planeten. Freilich wusste dies keiner von ihnen und bis heute kennen die Wahrheit nur wenige. Der König der Schatten hingegen hatte diesen Tag in Osttarra lange herbeigesehnt.

Der heisere Schrei, mit dem sich der kleine John ins Leben meldete, krönte für Saros gleichsam den »Großen Sonnenkreis der fünf Ringe« – so bezeichnen die Osttarrer ein Erdenjahr, in dem sich gleich fünf Sonnenfinsternisse ereignen; so etwas hatte es vom Beginn der christlichen Zeitrechnung an bis 1805 erst siebenmal gegeben.

»Bei nächster Gelegenheit bringst du mir den Schatten dieses Menschenkindes«, befahl der König seinem mächtigsten Jäger und fügte hinzu: »Niemandem vertraue ich so wie dir, Maloron. Du darfst nicht scheitern, denn der Junge ist dazu ausersehen, seine und unsere Welt für immer zu verändern.«

Bereits acht Tage später zog der Mondschatten über den Südpol hinweg. Zum letzten Mal im Großen Sonnenkreis hatte sich das Tor zwischen Terra und Osttarra geöffnet und die Schattenjäger schwärmten in alle Himmelsrichtungen aus, auch solche Länder durchstreiften sie, die von der Finsternis überhaupt nichts sahen. Maloron, ihr Anführer, begab sich geradewegs in die Grampian Mountains im schottischen Hochland. Zum Haus der Lamonts.

1. Unheimlicher Besuch

Alle Dunkelheit der Welt
kann das Licht einer einzigen Kerze
nicht auslöschen.
Chinesisches Sprichwort

Corriemulzie (Schottland)
21. Dezember 1805

Die Tatenlosigkeit zerrte fast ebenso an Elspeths Nerven wie das neugeborene Kind, das auf ihrem Bauch krakeelte. Wie ein Gefängnis kam ihr die Schlafkammer vor, dieses karg eingerichtete Zimmer mit den groben Holzdielen, der Kleidertruhe, dem Nachttischchen, auf dem ein Talglicht brannte, dem Bild des Heilands und den beiden Lanzen an der Wand sowie dem Bett, an das sie seit acht Tagen gefesselt war. John hatte gerade wieder das Köpfchen gehoben, blickte sie scheinbar empört mit hochrotem Gesicht an und brüllte dabei lautstark sein Unbehagen über die Blähungen heraus, die nicht nur ihm die Ruhe raubten.

Eine Woche nach der Entbindung war seine Mutter immer noch sehr geschwächt. Andere Frauen brachten ihre Kinder zur Welt und gingen nur Stunden später wieder ihren häuslichen Verpflichtungen nach. Und sie? Anstatt sich um den Säugling, seinen Bruder und ihren Mann zu kümmern, lag Elspeth im Bett und musste sich bedienen lassen. Ihr Gewissen plagte sie, weil Robert sich um Dinge kümmern musste, die eigentlich in ihren Verantwortungsbereich fielen.

Dabei hätte er auch so schon genug um die Ohren. Er arbeitete als leitender Verwalter für James Duff, den 2. Earl Fife. Zu Roberts Obliegenheiten gehörten die Beaufsichtigung der Aufforstung des Moorlandes im oberen Tal der Dee wie auch das pünktliche Eintreiben von Pachtzins und Steuern. Dafür bezahlte ihn der Graf und nicht fürs Kinderhüten. Ein Geräusch ließ Elspeths Blick vom glühenden Gesicht des Jungen zur Tür wandern, wo sie den Kopf ihres Mannes entdeckte.

»Wie geht es dem kleinen Pupser?«

Sie lächelte schwach. »Du hörst ja sein Geschrei. Er will keine Ruhe geben. Dabei müsste er längst vor Erschöpfung eingeschlafen sein.«

»Soll ich nach dem Arzt rufen?«

»Jetzt? Mitten in der Nacht? Nein. Außerdem können wir uns den nicht leisten, Bob.«

»Und wenn es etwas Ernstes ist?«

»Es sind nichts als Blähungen.«

»Mir klingt es eher so, als fürchte er sich vor irgendetwas.«

»Wovor denn? Er ist ein acht Tage altes Kind, Bob. Keiner hat den Jungen erschreckt und ihn plagen auch noch keine Sorgen so wie dich, mein Lieber. Die Wärme bei mir auf dem Bauch wird seine Krämpfe lösen. John ist nur wütend, weil's ihm nicht schnell genug geht. Der Stöpsel hat jetzt schon einen größeren Dickkopf als sein Bruder.«

Robert öffnete die Tür nun ganz, um sich zu Mutter und

Kind zu gesellen. Er war ein kleiner drahtiger Mann von achtundfünfzig Jahren. Nach dem frühen Tod seiner ersten Frau hatte er mit Elspeth ein zweites Mal den Lebensbund geschlossen. Trotz seiner nicht mehr ganz jungen Jahre war er gewöhnlich rührig und agil, jetzt aber ließ er sich mit den bedächtigen Bewegungen eines Greises auf die Bettkante sinken. Tiefe Sorge schwang in seiner Stimme. »Du brauchst aber auch Ruhe, Elsie. Das letzte Mal hast du dich viel schneller von der Geburt erholt als jetzt. Damit darf man nicht spaßen. Deine Cousine Mary ist im Kindbett gestorben, weil …«

»Jetzt male nicht den Teufel an die Wand, Bob«, unterbrach sie ihn streng.

Er senkte den Blick und murmelte: »Schon gut. Es war dumm von mir, davon anzufangen. Ich will dich nur nicht verlieren, Elsie.«

»Wie wär's, wenn du dich ein Weilchen um den Jungen kümmerst? An deiner Brust ist es genauso warm wie an meiner.«

»Aber lange nicht so weich«, erwiderte Robert ausweichend. Er betrachtete das krakeelende Bündel mit einer Mischung aus Mitleid und Argwohn. Brüllende Säuglinge waren Frauensache. Männer kümmerten sich um die großen Dinge. Sie pflanzten Wälder und lösten knifflige Probleme …

»Ich habe eine Idee«, entfuhr es ihm. Unbeholfen zog er das Kind unter der Daunendecke hervor, klemmte es sich vor den Bauch und trat den Rückzug in Richtung Kaminzimmer an.

»Was hast du mit ihm vor?«, rief Elspeth.

»Ich werde ihn von seinen Krämpfen befreien.«

»Aber untersteh dich, ihm Whiskey einzuflößen.«

»Eigentlich hatte ich genau das vor …«

»Bob …!«

Er lachte. »War nur ein Scherz. Ich liebe unseren kleinen John doch genauso wie du. Du machst jetzt die Augen zu und ich kümmere mich um den Jungen. Er ist bei seinem Vater in guten Händen und bekommt die Wärme, die er braucht.«

Nirgends im Vereinigten Königreich war es in dieser Nacht so kalt wie in Corriemulzie. Die lose Ansammlung von Häusern lag zwischen Inverey und Braemar, oberhalb der Brücke, die den Fluss Dee überspannte. Hätte am Ende der Steigung, die jeder Besucher der Streusiedlung überwinden musste, nicht die *New Mar Lodge* gestanden, einer der Landsitze des 2. Earl Fife, wäre der Ort möglicherweise nicht einmal in den königlichen Karten verzeichnet gewesen.

Auf dem weiteren Weg von der gräflichen Residenz ostwärts gelangte man nach wenigen Minuten zum Linn of Corriemulzie, einer tiefen Schrunde im felsigen Untergrund, durch die der Bach, dem das Dorf seinen Namen verdankte, talwärts gurgelte. Etwas weiter südlich von dieser Stelle befand sich, umgeben von spärlich bewaldeten Hügeln und Schafweiden, das Haus der Lamonts.

Es war – ebenso wie der angrenzende Stall für das Kleinvieh – ein schlichtes Gebäude, errichtet aus den hier zuhauf herumliegenden Steinen. Immerhin verfügte es über drei Zimmer: eines für die Kinder John und Daniel, dann die Schlafkammer der Eltern sowie den großen Wohnraum mit einer Feuerstelle, in welchem sich tagsüber das Leben der Familie abspielte.

Auch wenn die Lamonts sich keine Teppiche leisten konnten, wie man sie in den Domizilen höherer Beamter fand, hatte Elspeth für ihre Lieben ein blitzsauberes, gemütliches Zuhause geschaffen. Da im Kaminzimmer auch gekocht wurde, schmückten dessen Wände und Decke vielerlei Töpfe, Pfannen, zum Trocknen aufgehängte Kräuter und Strohblumen. Zudem erinnerten einige alte Schwerter, Dolche und Lanzen sowie das Abzeichen der Familie an deren noble Herkunft.

Es war etwa eine Viertelstunde nach Mitternacht. Robert Lamonts Blick ruhte auf der gerahmten Helmzier, jenem Symbol, das man gewöhnlich über alten Wappenschilden findet. Es zeigte eine erhobene, offene, rechte Hand, die von einer runden Gürtelschlaufe umgeben war. Auf dem Riemen stand das Motto des Clans:

NE PARCAS NEC SPERNAS

»Weder sparen noch ausgeben«, übersetzte er murmelnd die lateinischen Worte. Hoffentlich würde er, obwohl nun ein Maul mehr zu stopfen war, auch in Zukunft diesem Leitspruch treu bleiben und seinen Lieben ein bescheidenes Auskommen sichern können. Während er das Familienabzeichen betrachtete, wanderten seine Gedanken in die Vergangenheit zurück.

Vor vielen Jahren hatte ihm sein Großvater, der Müller John Lamont, erzählt, die Familie stamme von dem legendenumwobenen König Niall Noígíallach aus dem irischen Ulster ab, der im vierten und fünften Jahrhundert Herrscher über neun Reiche gewesen war. Aus dem von ihm gegründeten Geschlecht der O'Neils – der »Nachkommen des

Niall« – gingen in den folgenden Jahrhunderten etliche weitere Hochkönige von Irland hervor. Ihr Wappen zierte die »rote Hand von Ulster«.

Ein Knistern aus dem Kamin lenkte Roberts Aufmerksamkeit von der Helmzier ab, hin zu der großen, von Steinplatten umsäumten Feuerstelle. Sie verströmte nicht nur wohlige Wärme, sondern auch einen würzigen Duft, der allerdings von verwöhnten Nasen mitunter als Gestank empfunden wurde. Das lag an dem billigen Brennmaterial: in Quadern getrockneter Torf, der in den umliegenden Hochmooren gestochen wurde. Im sicheren Abstand zur Glut schlummerte, völlig ungerührt von dem beißenden Qualm der Briketts, der kleine John.

Das Kind war in seiner Wiege erstaunlich schnell eingeschlafen. Robert schaukelte sanft das auf runden Kufen stehende Bettchen, während er versonnen lächelnd seinen jüngsten Sprössling betrachtete. Der Junge war so klein! So zart! Wie sah wohl seine Zukunft aus? Konnte er sich einmal in dem Leben behaupten, das manchmal so hart zu den Menschen war? Würde er überhaupt das Erwachsenenalter erreichen? Nicht wenige Kinder auf dem Land starben vor der Erstkommunion.

Robert seufzte. Er hatte seine Sorgen für sich behalten, um Elsie nicht zu ängstigen. Ein Gefühl sagte ihm, dass Blähungen allein nicht die Erklärung für die seltsame Unruhe des Kindes sein konnten. Vielleicht hatte irgendein Geräusch den Knaben erschreckt. Doch was nützte es, sich wegen der Empfindungswelt eines Neugeborenen den Kopf zu zerbrechen? Sagte der Heiland nicht: »Jeder Tag hat an seinem Übel genug«?

Sanft küsste der Vater das Kind auf die Stirn und zog sich

über die knarzenden Dielen vorsichtig zurück. Robert rechnete es sich als großen Erfolg an, den Kamin als krampflösende Therapie eingesetzt und seinen Sohn so rasch beruhigt zu haben. Auf Zehenspitzen begab er sich ins Schlafzimmer.

Hier war es empfindlich kühl. Die Tür zum Wohnraum ließ er einen Spaltbreit offen, um auf jeden Mucks des Kindes reagieren zu können. Elspeth brauchte den Schlaf jetzt dringender als er. Leider konnte er John nicht die Brust geben … Robert schmunzelte über diesen merkwürdigen, ganz und gar unmännlichen Gedanken. Kommt man auf solche Ideen, wenn man die Seinen über alles liebt?

Er legte seine Kleider bis auf die lange Unterwäsche ab und hängte sie auf. Als Haken diente ihm einer der beiden Lanzenschäfte an der Wand neben der Tür. Die Spieße stammten noch aus der Zeit vor der Schlacht bei Culloden am 16. April 1746. Sein Großvater hatte sie nach der vernichtenden Niederlage der aufständischen Jakobiten in seiner Mühle versteckt, als die schottischen Clans von den Engländern entwaffnet worden waren. Im Jahr danach hatte Robert das Licht der Welt erblickt. Rasch schlüpfte er zu Elspeth unter die Decke.

Ihren warmen Körper neben sich zu spüren, tat ihm gut. Eine Weile lauschte er ihrem ruhigen und regelmäßigen Atem und hoffte, darüber selbst in den Schlaf zu sinken. Ein wenig beneidete er Elsie, die jetzt, wie er nur allzu gut wusste, nichts und niemand mehr würde aufwecken können. Ihm dagegen, obwohl todmüde, blieben die Pforten des Traumreiches verschlossen. Jedes Knacken aus dem Kamin im benachbarten Zimmer ließ ihn aufhorchen. Immer wieder wanderte sein Blick zu dem Türspalt, der sich orangerot vom Dunkel der Schlafkammer abhob. Unterdessen kreisten ihm tausend Gedanken durch den Kopf.

Er machte sich Sorgen um Elsies Gesundheit; Sorgen um den Bericht über das Steueraufkommen seines Verwaltungsbezirks, den er zum Jahresende würde vorlegen müssen; Sorgen um die armen Menschen, die aus ihren Heimatorten in den Highlands, auch aus seinem Zuständigkeitsbereich, vertrieben wurden, um der Schafzucht Platz zu machen – manche Familien hatten die Landlords brutal davongejagt und ihre Häuser zerstört. Viele der so Entwurzelten waren in der Hoffnung auf ein besseres Leben nach Amerika oder Australien ausgewandert. Obwohl das Gesetz die Räumungen absegnete, empfand Robert sie als himmelschreiendes Unrecht und sich persönlich als Teil des Räderwerkes, das so viel Leid über die Menschen brachte. Wie lautete noch gleich die Warnung im siebten Psalm? »Wer anderen eine Grube gräbt, sie aushöhlt, so tief er kann, der schaufelt sein eigenes Grab.« Würde Gott ihn, den Verwalter des Earl, für seine Sünden bestrafen? Würde er ihm eines Tages dasselbe Geschick …?

Roberts Gedanken gerieten ins Stocken, als das vom Nebenzimmer einfallende Licht mit einem Mal heller wurde, so als habe jemand im Kamin die Glut neu entfacht. Ein, zwei Herzschläge lang versuchte er, die seltsame Beobachtung einzuordnen. Wäre Johns Bruder aufgestanden, hätten die Dielen knarren müssen. Man musste schon ein Geist sein, um sie lautlos zu überqueren …

Unvermittelt begann das Neugeborene zu weinen. Sein heiseres Stimmchen klang anders als zuvor. Irgendwie gedämpft. So als drücke ihm jemand ein Kissen aufs Gesicht …

Schnell schlüpfte Robert unter der Bettdecke hervor und

huschte zur Tür. Als sein Blick durch den Spalt ins Kaminzimmer fiel, gefror ihm förmlich das Blut in den Adern. Ja, sein ganzer Körper erstarrte gleichsam zu Eis. Nur die Knie bewegten sich noch – sie schlotterten so heftig, dass er fürchtete, das Klappern könnte ihn verraten.

Er war beileibe kein Feigling, doch jedem anderen Vater wäre es an seiner Stelle wohl genauso ergangen. Denn neben der Wiege stand eine finstere Gestalt mit Haaren so lang, so dunkel und so glänzend wie der Schweif eines edlen Rappen. Auf ihren breiten Schultern lag ein Umhang, der fast bis zum Boden reichte – nur die Stiefel ragten unten heraus. Alles an ihr war schwarz. Obwohl Robert ihr Gesicht nicht sehen konnte, glaubte er, einen Mann vor sich zu haben. Dafür sprach einerseits die hohe, kraftvolle Statur des Besuchers und andererseits die Sense, auf deren langen Stiel er sich stützte.

Der Sensenmann!

Stand Gevatter Tod leibhaftig an der Wiege seines Sohnes? Der furchtbare Gedanke ließ ein paar Herzschläge lang sogar Roberts Verstand aussetzen. Mit angstgeweiteten Augen starrte er auf den unheimlichen Besucher, dessen Linke zum Knaben hin ausgestreckt war, wohl um ihm den Mund zuzuhalten. Derweil glitt die andere Hand den schwarzen Schaft der Sense hinauf bis zu der gebogenen Klinge …

Nein, es ist ein Schattendieb!

Wie ein Blitz durchzuckte die Erkenntnis Roberts Geist. Er war nicht sofort darauf gekommen, weil er zuletzt als Kind von seinem Großvater jene alten Geschichten von den Heimsuchungen aus Osttarra gehört hatte. Das Wissen um diese Dinge sei uralt. »Ein keltischer Druide hat es einst unserem großen Ahnen, dem mythischen Hochkönig Niall von den neun Geiseln, anvertraut.« Und dann hatte der alte Müller seinem Enkel von den Schattendieben erzählt, welche die Erde heimsuchten, wenn sich irgendwo Sonne oder Mond verfinsterten. »Sie besitzen keine Schatten, weil sie selbst lebende Schatten sind. Mit Klingen aus geschmiedetem Licht mähen sie wie Schnitter, nein, kein Korn, sondern Menschenschatten ab.«

Und es stimmte! Das Sensenblatt des Fremden strahlte so hell, als sauge es die Glut aus dem Kamin, um sie in der Klinge neu zu entfachen. Alle Gegenstände, auch die Wiege, warfen scharfe Schatten – nur der unheimliche Schnitter nicht.

Der löste sein Sensenblatt vom Schaft. Jetzt erst fiel Robert auf, dass sich an die Öse, die den Stiel aufnahm, ein rundes Griffstück anschloss, wodurch das Erntegerät zu einer Art Rundsäbel mit innen liegender Schneide wurde. Zweifellos diente es nicht dem Schneiden von Halmen, sondern einem abgrundtief bösen Zweck.

Über diesem Gedanken fiel die lähmende Starre von Robert ab und glühender Zorn packte ihn. Die Liebe zu seinem Sohn war stärker, als es Angst jemals sein konnte. Er musste etwas tun, um John zu retten.

Leise zog der Vater sich von dem Türspalt zurück und nahm eine der Lanzen von der Wand. Zuletzt hatte er als Halbwüchsiger in der Mühle des Großvaters damit gespielt, hätte aber nie gedacht, dieses Überbleibsel aus einer vergangenen Zeit jemals ernsthaft gebrauchen zu müssen. Mit der sperrigen Waffe in der Hand kehrte er zur Tür zurück und gewahrte voller Entsetzen, wie die dunkle Gestalt sich mit ihrem gleißenden Sensenblatt über die Wiege beugte. Es blieb keine Zeit mehr, den Fremden zu warnen oder gar mit ihm zu verhandeln. Entschlossen stieß Robert mit dem Fuß die Tür auf.

Der Schattendieb erkannte sofort, dass er mit der Glut des Kamins im Rücken dem wütenden Vater eine ausgezeichnete Zielscheibe bot. Daher sprang er weg von der Wiege ins Halbdunkel des Zimmers hinein, wo seine schwarze Gestalt fast mit der Wand verschmolz.

Robert war klar, dass er gegen diesen zweifellos mächtigen Feind das Überraschungsmoment nutzen musste. Und so explodierte er förmlich, als er, beflügelt von Zorn, Verzweiflung und Angst, alle Kraft in den Wurf der Lanze legte. Wie von einem Katapult abgeschossen zischte sie durch den Raum.

Waren es nun die Übungen an den Strohsäcken, die er vor mehr als vierzig Jahren absolviert hatte oder war es bloßer Zufall? Jedenfalls traf der Spieß den Schattendieb wie durch ein Wunder mitten in die Brust, trat hinten wieder aus und nagelte ihn buchstäblich an einem Stützbalken der Wand fest. Vor Schreck und wohl auch vor Schmerz ließ er seine strahlende Klinge los. Mit seltsam gläsernem Klang fiel sie auf den Dielenboden.

John konnte endlich wieder frei atmen und brüllte, als sei nicht der Fremde, sondern er durchbohrt worden.

Zum großen Bedauern des zornglühenden Vaters erweckte der Getroffene nicht den Eindruck, als wolle er in absehbarer Zeit sterben. Er umklammerte im Gegenteil den Lanzenschaft und zerrte mit wütendem Knurren daran, um sich von der Wand zu befreien. Die eiserne Spitze hatte zwar seinen quer über der Brust getragenen Gurt durchbohrt – auf diesem reihte sich eine Schlaufe neben der anderen –, aber das Herz war offenbar unverletzt geblieben.

Was für ein Geschöpf ist dies, wenn selbst ein Spieß in der

Brust ihm nichts anhaben kann?, fragte sich Robert mit Schaudern. Dunkel entsann er sich an die Geschichte über einen Sieg, den einst der Hochkönig Niall im Zweikampf mit einem mächtigen Schattendieb errungen hatte. Diese Ungeheuer haben also eine Achillesferse, machte er sich klar, aber worin diese Verwundbarkeit bestand, daran erinnerte er sich nicht. Sein Blick fiel auf das Sensenblatt am Boden. Die Klinge ist gewiss im Reich der Schatten geschmiedet worden, schoss es ihm durch den Kopf. Vielleicht kann ich ihm mit ihrer Hilfe den Garaus machen.

Entschlossen durchquerte er den Raum. »Wenn du meinen Sohn bekommen willst, musst du erst mich töten, und das werde ich zu verhindern wissen!«, drohte er dem Schattendieb. Ehe dieser von der Wand loskommen konnte, hatte Johns Vater das Sensenblatt am Griff aufgehoben. Es strahlte nicht nur wie Sonnenlicht, sondern war auch ebenso leicht. Ihm blieb keine Zeit, sich der Verwunderung darüber hinzugeben. Sein Gegner konnte sich jeden Moment befreien. Der Forstverwalter holte aus, um ihm das spitze Ende der Klinge ins Herz zu bohren.

»Warte!«, rief der Schnitter.

Robert setzte ihm die Klinge aufs Herz, um notfalls sofort zuzustoßen. Misstrauisch musterte er das Gesicht seines Gegenübers. Es war blass und kantig, aber nicht hässlich, sah man einmal von den merkwürdig langen Ohren ab. Der Schattendieb hatte ein vorspringendes Kinn, volle Lippen, eine schmale, auffallend gerade Nase und von schwarzen Brauen überdachte Augen, die wie Erdpech schimmerten; Pupille und Iris waren nicht zu unterscheiden. Mit Genugtuung registrierte Robert die Furcht im Antlitz des Osttarrers und lachte freudlos.

»Warum warten? Etwa damit ich meinen Vorteil verspiele? Du Unhold bist gekommen, um meinen Sohn zum Seelenkrüppel zu machen. Dafür verdienst du den Tod.«

»Bitte verschone mich!«, flehte der an die Wand Genagelte.

»Nenne mir einen vernünftigen Grund, das zu tun.«

»Es nützt dir gar nichts, mich umzubringen, denn du kannst nicht ohne Unterlass über den Knaben wachen. Er wurde von meinem Herrn persönlich auserwählt. Nach mir würde ein anderer Jäger kommen und deinen Sohn entschatten. Wenn du mich jedoch verschonst, dann will ich einen Handel mit dir schließen.«

Die Stimme des Sensenmannes ließ nicht erkennen, dass sie aus einer verletzten Lunge kam. Sie klang zwar etwas rau, aber alles andere als angestrengt. Die darin zuvor deutlich vernehmbare Angst hatte sich in Abgeklärtheit verwandelt. Allerdings schwang in ihr auch keine Feindseligkeit, sondern eher ein Unterton des Mitgefühls. Robert empfand sie sogar als angenehm, wie er sich widerwillig eingestand. Bediente sich sein Gegenüber etwa irgendwelcher unheimlichen Mächte, um seinen Sinn zu betören?

»Einen Handel?«, wiederholte er. Er gab sich unbeeindruckt, doch in Wahrheit beunruhigten ihn die Worte des Schnitters zutiefst. »Warum sollte ich dir vertrauen?«

»Weil ich Maloron bin, der Erste Schattenjäger. Würde ich meinen Schwur brechen, wäre ich auf alle Zeit verflucht.«

»Was schlägst du also vor, Maloron?«

»Du hast eben gesagt, du würdest dein Leben für das deines Sohnes opfern. Hier ist mein Angebot: Der Junge soll heute nicht von mir angetastet werden. Doch das nächste

Mal, wenn die Sonne über diesem Haus ihren Glanz verliert, komme ich und hole mir seinen Schatten. Von diesem Zeitpunkt an, wirst du noch zehn Jahre leben, um an deinen Sprössling alles weiterzugeben, was dir achtbar und wertvoll erscheint. Nach Ablauf dieser Frist werde ich wieder erscheinen, um von dir den Preis für unseren Handel einzufordern.«

»Du meinst, du willst mich töten?« Robert schnaubte. »*Das* nennst du einen Handel? Wo bleibt unser Gewinn, wenn du in jedem Fall John ein Drittel seines Wesens berauben und mir das Leben nehmen willst?«

»Ich verspreche dir, nicht mehr von seinem Schatten zu ernten, als unbedingt nötig ist.«

»Lasst ihr Diebe denn nicht sowieso immer einen Rest zurück?«

Eine der schwarzen Augenbrauen des Ersten Schattenjägers ging in die Höhe. »Du überraschst mich, Robert Lamont. Wir Schnitter arbeiten seit Anbeginn der Zeit im Verborgenen. Wer hat dir all dies über uns verraten?«

»Meine Ahnen.«

»Ich verstehe. Du und dein Sohn, ihr seid von königlichem Geblüt. Schon früher haben eure Altvordern uns erbitterten Widerstand geleistet. Ich hatte angenommen, die Geschehnisse seien längst vergessen.« Maloron blickte kurz auf die Klinge herab, deren Spitze das schwarzlederne Wams über seinem Herzen eindellte. »Glaubst du tatsächlich, ein einfacher Forstverwalter wie du kann das Schicksal einer ganzen Welt verändern?«

»Es käme auf den Versuch an«, erwiderte Robert trotzig. »Ich glaube, ich werde dich töten und abwarten, was nach dir kommt.«

»In diesem Fall wird dein Sohn vor Vollendung seines ersten Jahres sterben«, entgegnete Maloron rasch. Seine Stimme klang jetzt hart wie Diamant. Eine unerschütterbare Endgültigkeit schwang darin, die Robert abermals zögern ließ und ihn allen Glaubens beraubte, er könne das Schicksal seines Sohnes durch den Tod des Sensenmannes zum Besseren wenden. Im Gegenteil. Bis jetzt war nur vom Raub des Schattens die Rede gewesen. Jetzt drohte dieser Unhold damit, John umzubringen.

»Ich gebe dir mein Wort«, fügte der Erste Schattenjäger rasch hinzu und deutete mit der Linken auf die Wiege, aus der inzwischen ein leises Schnarchen drang. »Dein Sohn soll unter deinem Dahinscheiden nicht leiden. Im Gegenteil. Ich werde dafür Sorge tragen, dass er bekommt, was du ihm nie geben könntest. Nach deinem Tod werden andere seine Erziehung und Ausbildung vervollkommnen. Er soll ein Großer unter den Menschenkindern werden, wohlhabend, berühmt und von allen geachtet.«

Verzweiflung, Furcht und zorniger Trotz, die Robert eben noch angestachelt hatten, waren verraucht. Zurück blieb ein Gefühl von Schicksalsergebenheit und Reue. Hätte er nur nicht so großspurig hinausposaunt, lieber sterben zu wollen, als seinen Sohn auszuliefern! Jetzt musste er zu seinem Wort stehen.

»Schwöre es!«, verlangte er.

Maloron nickte. »Ich schwöre bei meiner Ehre, meinem Leben und meinem König. Du sollst leben, so lange wie ich es dir gesagt habe, und dein Sohn wird dem Namen Lamont vor aller Welt zum Ruhme gereichen. Sein Schatten aber wird ihn an Größe sogar noch übertreffen – er ragt von hier bis in ferne Zukunft, von Terra bis nach Osttarra.«

»So soll es sein«, besiegelte Robert den Eid. Müde ließ er die Klinge niedersinken. Hatte er das Richtige getan?

Der Gedanke war noch nicht ganz gedacht, als sich an der Gestalt des Schnitters eine unheimliche Verwandlung vollzog. Er schien sich aufzulösen. Zunächst nur an der Oberfläche. Die Haut und die Kleider wurden durchscheinend wie staubiges Glas. Darunter kamen Muskeln, Sehnen und Knochen zum Vorschein. Im nächsten Moment sah es so aus, als quelle schwarzer Rauch in dieses Gallertgefäß.

»W-Was … geschieht da?«, stammelte Robert. Er fürchtete, von dem Ersten Schattenjäger betrogen worden zu sein.

»Der Mond wendet sich von der Erde ab und so muss auch ich dich verlassen«, antwortete Maloron.

»Ich … verstehe nicht.«

»Die Sonnenfinsternis neigt sich dem Ende zu und das Tor nach Osttarra schließt sich. Lebe wohl, Robert Lamont, und lebe mit Bedacht.«

Die Stimme des Schnitters schien jetzt den ganzen Raum zu erfüllen. Er selbst dagegen war zu einem Schatten geworden. Mühelos wie eine Rauchwolke löste er sich von der Lanze. Robert spürte einen kalten Hauch. Besorgt blickte er zur Wiege. Doch Maloron tastete das schlafende Kind nicht an. Nur des gleißenden Blattes und des schwarzen Stieles der Sense bemächtigte er sich; sie wurden von seinem Schemen umhüllt und verschwanden darin. Dann schwebte das gestaltlose Dunkel zum Fenster, das geschlossen und wegen der Kälte mit Läden verrammelt war. Maloron glitt einfach hindurch.

Robert schüttelte den Kopf und blinzelte benommen.

Vom Ersten Schattenjäger war nichts mehr zu sehen. Dafür drang aus der Schlafkammer Elspeths Stimme.

»Bob? Ist mit dem Jungen alles in Ordnung?«

»Ja«, antwortete der Vater, ohne den Blick vom Fenster zu nehmen. »Schlaf weiter, Liebes. Alles ist gut.«

2. Die Finsternis

Alle plötzlichen Dämmerungen
sind nur die der Sonnenfinsternisse
und also keine wachsende,
sondern ebenso plötzlich verschwindende.
Jean Paul

Corriemulzie (Schottland)
16. Juni 1806

In den zurückliegenden sechs Monaten hatte Robert Lamont sich mehr als gewöhnlich für das Himmelsfirmament interessiert. Vor allem über Eklipsen – Sonnen- und Mondfinsternisse – las er alles, was er in die Finger bekommen konnte. Freundlicherweise erlaubte ihm der Earl sogar die Benutzung seiner Bibliothek im *Corriemulzie Cottage* – diesen Namen verwendeten gewöhnlich die Einheimischen, wenn sie vom gräflichen Landsitz, der *New Mar Lodge,* sprachen. Die Büchersammlung enthielt einige sehr aufschlussreiche Werke über die Astronomie, so etwa die Schriften des großen englischen Naturforschers Edmond Halley. Leider verstand der einfache Verwalter Robert Lamont nur wenig davon.

In den ersten Tagen nach der unheimlichen Begegnung hatte er zunächst Zweifel verspürt, ob das Erlebte nicht nur ein böser Traum gewesen war. Kurz nach dem Jahreswechsel hatte ihm Doktor Cruickshank aus dem benachbarten Braemar dann aber einen wissenschaftlichen Artikel gezeigt, der den verunsicherten Vater stark beunruhigte. Darin wurde über eine ringförmige Sonnenfinsternis berichtet, die just an dem bewussten 21. Dezember des vergangenen Jahres stattgefunden hatte. Nicht in Schottland, sondern unweit des Südpols. Auch in Australien, Neuseeland und auf Feuerland habe sich der Himmel ein wenig verdunkelt, hieß es in dem Aufsatz. Es sei die letzte von insgesamt fünf Sonnenfinsternissen im Jahr 1805 gewesen – seit Beginn der Zeitrechnung habe es eine solche Häufung erst siebenmal gegeben.

Wenn er, Robert Lamont, vor einem halben Jahr von all diesen Zusammenhängen noch nichts gewusst hatte, so fragte er sich, wie konnte der Erste Schattenjäger dann ein Traumgebilde sein?

Allen düsteren Weissagungen zum Trotz entwickelte sich der kleine John jedenfalls prächtig. Auch Elspeth war nach dem unheimlichen Vorfall endlich wieder zu Kräften gekommen. Von Malorons Besuch hatte Robert ihr nichts erzählt. Keltische Bräuche und Überlieferungen riefen bei ihr nur Verstimmungen hervor. »Rühr das unreine Ding nicht an!«, pflegte sie die Bibel im strafenden Tonfall von Pater Elliot zu zitieren. Sie war eben eine fromme Frau. Gott mochte ihrer – und des Pastors – Ansicht nach seine Sonne über Böse und Gute scheinen lassen, aber vom strahlenden Licht der Wahrheit würde er den Heiden bestimmt nichts abgeben. Und die Kelten waren heidnischer als heidnisch. Folglich, so hätte Elsie zweifellos argumentiert, mussten auch ihre Legenden von den Schattendieben reiner Aberglaube sein.

Robert hatte nie verstanden, wie eine solche Frömmelei ihren eigenen Widersprüchen standhalten konnte. Gerade an diesem Nachmittag – es war der 16. Juni des Jahres 1806 – ritt er zu den Forstarbeitern, damit sie rechtzeitig das Holz für die Johannisfeuer beschafften und zu großen Stößen aufschichteten. In acht Tagen feierten die Katholiken ebenso wie die Anglikaner den Geburtstag von Johannes dem Täufer.

»Rühr das unreine Ding nicht an!«, schnaubte er, während sein Brauner über eine Mauer aus losen Steinen setzte. In Wahrheit reichten die zum Johannisfest gepflegten Bräuche weit in vorchristliche Zeit zurück, als man *An Fheill-Eoinm* feierte, die Sommersonnenwende, und mit dem Licht der Flammen und dem Gestank verbrannter Knochen böse Geister vertrieb. Oder es zumindest versuchte. In der Zeit um den 21. Juni herum wurde nämlich nach Glauben der Kelten die Nahtstelle zwischen den Welten durchlässig, Götter und Naturgeister kamen den Menschen ganz nah. Ob, so fragte sich Robert, der wahre Kern dieser Legenden die Schattendiebe waren?

Er lenkte den Hengst quer über eine Schafweide auf den Waldrand zu. Noch zwei steinerne Hürden musste er nehmen. Die Mauern verwandelten Hänge und Täler in einen großen Flickenteppich. Sie dienten weniger zur Abgrenzung der Felder oder Weideflächen, sondern waren ein Bollwerk gegen den ständig gegen sie anstürmenden Wind. Ohne diese Barrieren hätte er das Land bald bis auf den nackten Fels abgenagt.

Die Mauer flog förmlich auf den Reiter und sein Pferd zu. Robert liebte es, so im Sattel zu sitzen und dem Rauschen zu lauschen, das der Wind in den Ohren anstimmte. Kurz vor dem Hindernis bereitete er sich und sein Tier auf den Sprung vor. Als er sich dann in den Steigbügeln aufrichtete, scheute der Hengst plötzlich.

Bruiser stemmte einfach alle vier Hufe in den Boden und kam schlitternd zum Stehen. Dem überraschten Reiter glückte der abrupte Tempowechsel weniger gut. Ihm pfiff die Luft noch etwas länger in den Ohren, während er in selbiger den Steinwall überquerte.

Unsanft landete er im Gras.

Einen Moment lang blieb Robert wie tot liegen. Aber er war alles andere als das, sonst würde er nicht sämtliche Knochen im Leibe spüren. Stöhnend hob er den Kopf und blickte in ein paar brauner Augen, die ihn aus einigen Schritten Entfernung interessiert musterten. Sie gehörten einem vorwitzigen Schaf, das sich von dem fliegenden Mann nicht hatte verscheuchen lassen. In sicherer Entfernung standen kauend weitere Tiere. Einige blökten, als wollten sie den Tollpatsch verspotten. Gespannt schien die ganze Herde auf ein weiteres Kunststück zu warten.

Ächzend stemmte sich der Akrobat wider Willen in die Höhe. Von der anderen Seite der Mauer sah ihm dabei der vierbeinige Befehlsverweigerer zu.

»Was ist nur in dich gefahren, Bruiser?«, brummte Robert.

Unvermittelt hörte er ein Flattern. Als er mit den Augen dem Geräusch folgte, entdeckte er dicht über sich einen Vogel, etwa so groß wie ein Star. Der Form des Schnabels nach zu urteilen handelte es sich aber um einen kleinen Greif, vielleicht einen Falken. Er stand mit rüttelnden Flügeln still in der Luft, scheinbar bereit, jeden Moment auf eine Beute hinabzustoßen. Dabei schimmerte sein Gefieder, als hätte er in Silberstaub gebadet. Die Beobachtung durch den Menschen behagte ihm wohl nicht. Als fühle er sich von diesem ertappt, drehte er über dessen Haupt noch eine elegante Schleife und setzte im nächsten Moment seinen Flug in Richtung Corriemulzie fort.

Ein ängstliches Schnauben lenkte die Aufmerksamkeit des Reiters wieder auf sein Pferd. Es tänzelte nervös ein paar Schritte zurück.

Robert lachte trotz der Schmerzen, die ihm dies bereitete. »Du hast vor dem Piepmatz doch nicht etwa Angst, Bruiser. Er ist viel kleiner ...« Der Rest des Spottgesangs blieb ihm im Halse stecken, weil er sich plötzlich der unheimlichen Stille bewusst wurde.

Verwirrt blickte er sich um. Das Geblök auf der Weide war verstummt und selbst die Vögel im nahen Wald zwitscherten nicht mehr. Robert glaubte einen kühlen Hauch auf der Haut zu spüren, so als habe sich eine Wolke vor die Sonne geschoben. Er hob die Hand und lugte zwischen den Fingern hindurch zum Himmel. Nein, da war kein Wölkchen zu sehen. Rasch senkte er wieder den Blick, um seine Augen zu schützen.

»Seltsam«, grübelte er. »Es ist, als habe die Sonne ihren Glanz verloren ...«

Plötzlich durchfuhr ihn ein schrecklicher Gedanke: Dein Unterbewusstsein muss dir diese Worte zugespielt haben, denn genau so hat sich Maloron ausgedrückt. *Das nächste Mal, wenn die Sonne über diesem Haus ihren Glanz verliert, komme ich und hole mir seinen Schatten.*

»John!«, keuchte der Vater. Er musste nach Haus, musste seinen Sohn vor dem Schnitter retten, denn für das Schwinden des Lichts gab es nur eine Erklärung.

Es war eine Sonnenfinsternis.

Offenbar streifte nur der Halbschatten des Mondes die Grampian Mountains, sonst hätte das Himmelslicht mehr von seiner Strahlkraft eingebüßt. Maloron musste davon gewusst und seine Worte dementsprechend gewählt haben. Er hatte nicht gesagt, die Sonne werde ihr Antlitz verhüllen oder sich verdunkeln, nur vom Verblassen ihres »Glanzes« war die Rede gewesen.

Beim Überwinden der Mauer erlitt Robert neue Qualen und fiel auf der anderen Seite des Steinwalls abermals ins Gras. Vor Schmerz zischte er zwischen den zusammengebissenen Zähnen hindurch, rappelte sich aber gleich wieder hoch, stieg in den Sattel und gab dem Braunen die Sporen.

In Roberts Kopf wirbelte alles durcheinander, was er in den vergangenen Wochen über Finsternisse gelesen hatte. Manchmal, wenn das Zentrum von Sonne und Mond über einem Ort genau in einer geraden Linie standen, wurde dieser vom Kernschatten des Erdtrabanten nur für eine Sekunde verdunkelt. Dort hingegen, wo ein Beobachter die Sonne nur zum Teil verdeckt sah, konnte er das Phänomen über zweieinhalb Stunden hinweg oder sogar noch länger verfolgen. Offenbar zog gerade jetzt auch nur der Halbschatten des Mondes über die Highlands hinweg, machte sich Robert klar.

Im Galopp konnte er sein Zuhause in wenigen Minuten erreichen. Es gab also noch Hoffnung, den Schattendieb an seinem Vorhaben zu hindern.

Roberts von den Stürzen geschundener Körper schrie um Gnade, als er das Pferd zu noch schnellerer Gangart antrieb. Einem aberwitzigen Impuls folgend, zückte er die Taschenuhr. Es war kurz nach halb fünf. Wann mochte die Finsternis wohl begonnen haben? Und wie viel Zeit blieb ihm noch?

Wie ein Wahnsinniger preschte er über die Weide, bis vor ihm endlich das Familienanwesen auftauchte. Einen Steinwurf weit südlich davon nahm Elspeth gerade Wäsche von der Leine. Vor dem Stall pickten die Hühner nach Würmern und im näheren Umkreis taten sich die sechs Ziegen am Gras gütlich. Von den Kindern war keines zu sehen. Roberts Herz verkrampfte sich, während er direkt auf seine Frau zuhielt.

Er hatte Bruiser neben ihr noch nicht ganz zum Stehen gebracht, als er schon Johns Namen hervorstieß. »Wo ist er, Elsie?«

Sie runzelte die Stirn. »Was ist los mit dir, Bob? Du bist ja ganz erhitzt!«

»Sag mir, wo der Junge steckt!«, fuhr er sie an.

Sichtlich verschreckt deutete sie zum Haus. »Drinnen. Daniel passt auf ihn auf.«

»Daniel?«, japste Robert. »Er ist doch erst fünf.« Abermals spornte er sein Pferd an.

Während er auf das Gebäude zupreschte und die Hühner protestierend die Flucht ergriffen, fiel sein Blick auf das offene Fenster. Auf dem Sims saß seelenruhig der kleine Greif mit dem silbrigen Gefieder, den er schon auf der Weide beobachtet hatte. Robert beschlich eine furchtbare Ahnung.

Endlich beim Haus angelangt, sprang er ungeachtet der Schmerzen aus dem Sattel und stieß die Tür auf. Das Gebäude hatte keinen Windfang, man gelangte von draußen direkt ins Kaminzimmer. Ein Blick genügte dem besorgten Vater, um die Situation zu erfassen.

Daniel hatte sich im Sessel zusammengerollt und schlief.

John lag in der Wiege und blickte mit großen blauen Augen wie gebannt auf die neben ihm stehende schwarze Gestalt.

»Maloron!«, keuchte Robert und sprang zu den Schwertern an der Wand.

»Du kommst zu spät«, sagte der Erste Schattenjäger ruhig und hob den linken Arm.

Robert nahm die Bewegung nur aus den Augenwinkeln wahr, doch als er sich dem Schnitter zuwandte, durchfuhr ihn ein Schauder, der ihn aller Kraft beraubte. Statt die Waffe von der Wand zu reißen oder wenigstens seine Verzweiflung herauszuschreien, starrte er nur auf den kleinen Schemen, der über Malorons linkem Unterarm hing. Einen Moment redete Robert sich ein, es sei nur ein hauchzartes Tuch aus schwarzem Chiffon, aber dann bewegte sich das dunkle Etwas plötzlich. Ja, es zappelte wie ein aufgeregtes kleines Kind.

Er griff sich an die Brust und wankte.

»Warum bist du überrascht?«, fragte Maloron erstaunt. »Wir beide haben doch einen Pakt geschlossen. Dachtest du, ich würde mich nicht daran halten? Ich hole heute wie verabredet Johns Schatten und dir bleiben von jetzt an noch zehn Jahre mit deinem Sohn. Nutze sie gut, denn wenn wir uns das nächste Mal begegnen, werde ich dein Todesengel sein.«

Ehe Robert auch nur ein weiteres Wort hervorbringen konnte, hatte sich Maloron in einen durchscheinenden Schemen verwandelt und verschmolz im nächsten Moment mit dem zappelnden Schatten des Jungen.

»Bob?«, erklang Elspeths Stimme von der Tür.

Er starrte fassungslos auf den erloschenen Kamin, durch den der Schnitter mit seiner Beute wie eine dunkle Rauchfahne entschwand. Mit zitternder Hand deutete er auf die Feuerstelle. »Siehst du das?«

Seine Frau lief zu ihm und ergriff seine Rechte. »Ich habe vorhin Wasser erhitzt, Bob. Irgendein Torfstück muss wieder zu qualmen begonnen haben. Aber sieh nur, es geht schon wieder aus … Warum zitterst du?«

Robert Gesicht war von Schmerz verzerrt. Er schüttelte den Kopf. »Das ist kein Rauch gewesen, Elsie, sondern *Maloron*. Er hat Johns Schatten gestohlen.«

»Maloron? Seinen …?« Ihre Stimme wurde streng. »Hast du getrunken, Bob?«

»Ich bin stocknüchtern.« Sein Blick suchte den Lehnstuhl, in dem sich Johns Bruder räkelte.

»Dann rede nicht solchen Unsinn. Seit wann haben Rauchfahnen Namen? Und wie sollte jemand Johns Schatten stehlen? Schau doch.« Sie lief zur Wiege, nahm den Säugling heraus und ging mit ihm zum Fenster. Selbst das geschwächte Sonnenlicht reichte aus, um ihrer beider Silhouetten auf den Dielenboden zu malen. »Ist das etwa kein Schatten?«

Robert erschauerte. »Nein. Es ist nur eine Attrappe.«

»Eine Schattenattrappe?« Elspeth lachte. »Das wird ja immer toller. Bist du vom Pferd gefallen?«

»Nein … Ich meine, ja. Aber das hat nichts damit zu tun. Sieh doch mal genauer hin. Johns Schatten ist gerade halb so dunkel wie der deine. Er ist nur eine plumpe Fälschung, die Maloron ihm …«

»Schluss jetzt damit!«, fuhr sie ihm über den Mund. »Ich höre mir dieses abergläubische Gerede nicht länger an. John geht es gut. Er weint nicht mal.« Sie deutete zum Sessel. »Und gerade ist Daniel aufgewacht. Ich möchte nicht, dass du ihn mit deinen Schauermärchen ängstigst.«

Robert klappte den Mund zu. Sie hatte recht. Wieso mit ihr streiten? Sie würde ihm niemals glauben. Und was nun seinen Lauf genommen hatte, ließ sich ohnehin nicht mehr aufhalten. Immerhin blieben ihm noch zehn, hoffentlich glückliche Jahre mit seiner Familie, mehr als manch anderem Ehemann und Vater vergönnt war. Und der kleine John lebte! Obwohl der dunkle Schnitter sein Wesen um ein gutes Stück gestutzt hatte, stand sowohl ihm wie auch seinem Schatten eine große Zukunft bevor. Sofern Maloron kein Lügner war.

»Entschuldige mein albernes Benehmen«, sagte Robert und umarmte seine Frau samt dem Kind. »Ab heute werde ich das Schauermärchen nicht mehr erwähnen. Wir vergessen einfach, was geschehen ist – und tun so, als hätte es diesen Tag nie gegeben.«

3. Die Schattenmühle

Gibst du auf die kleinen Dinge nicht acht,
wirst du Größeres verlieren.
Menander

Biráh Sharu, Negria (Osttarra)
1. Tag der 43. Finsternis des 124. Rings

In Osttarra wirkte alles blass, so körperlos wie eine Spiegelung im Glas. Es war eine Welt ohne Tiefe, ein Reich, in dem nur zwei Dimensionen existierten: Höhe und Breite. Abgesehen von wenigen Ausnahmen, über die noch zu berichten sein wird, warf hier nichts und niemand einen Schatten. Der Grund ist leicht zu begreifen, vergegenwärtigt man sich, aus welchem Stoff alles bestand: Es waren die Schatten selbst.

Nun ist es nicht so, als habe im Reich von König Saros nur Finsternis geherrscht. Es gab in Osttarra durchaus Licht und Farben – Sonne, Mond und Sterne zeichneten sich am Himmel als mehr oder weniger dicke, mal heller und mal schwächer leuchtende Schlieren ab. Grundsätzlich mangelte es seinen Bewohnern an nichts, was in der Menschenwelt einen Schatten werfen kann: Häuser, Tiere, Pflanzen, Wasser und selbst Wolken. Sämtliche Kreaturen verfügten zudem über Gefühle, Gedanken, hin und wieder sogar über einen scharfen Verstand. Geradezu erstaunlich war ihre Fähigkeit, Düfte nicht nur zu riechen, sondern auch zu fühlen. Und obwohl sie wie Menschen Hunger und Durst verspürten, manchmal sogar darunter litten, aßen oder tranken sie letztlich nur zum Genuss. Allein der eigene Wille bestimmte über ihr Lebensmaß. Diesem erstaunlichen Umstand verdankte die Welt Osttarra den Beinamen »Reich der Zeitlosen«.

Obgleich solche Verhältnisse paradiesisch anmuten, hatte die Medaille auch eine Kehrseite. An zwei Dingen mangelte es dem Schattenreich, und diese neidete Saros den Menschen ganz besonders: die dritte Dimension, die ihrer Welt Tiefe verlieh, und die Fähigkeit, sich selbst zu vermehren. Ausnahmslos waren die Osttarrer nämlich gestohlene Schattenmänner, Schattenfrauen und Schattenkinder.

In ihrem Gepäck brachten sie nicht nur die Verirrungen und Eigenheiten, sondern auch die Erinnerungen und Fertigkeiten ihrer früheren Besitzer mit. Es gab unter ihnen Hirten, Handwerker, Herbergswirte, Handelsreisende, Hofbeamte, Heeresdienstverpflichtete, Henkersknechte, Heilige, Häretiker, Halunken, Helden und vieles mehr.

Eine besondere Zunft im Reich der Zeitlosen – eigentlich ein Orden mit festen Regeln – waren die Schattenjäger. Sie genossen für ihren Dienst zum Gedeihen Osttarras ein erhebliches Ansehen, mussten dafür aber auch einen besonderen Tribut entrichten. In der kurzen Phase der größten Dunkelheit während einer Sonnen- oder Mondfinsternis nahmen sie nämlich auf der Erde menschliche Gestalt an und wurden verletzlich. Sie alterten sogar um ein paar Sekunden oder Minuten. Aber dieses unbarmherzige Gesetz der Natur war, wie Maloron befand, ein akzeptabler Preis, den er gerne dafür bezahlte, König Saros' Erster Schattenjäger zu sein.

Den Namen, den Niall von den neun Geiseln ihnen einst gegeben hatte, verabscheute er allerdings zutiefst. *Schattendiebe!* Sie waren keine Räuberbande, sondern ehrbare Jäger. Als deren Anführer sprach Maloron lieber von *Schnittern* und ihrer Ernte. Deshalb hatte er sich auch die Sense als Werkzeug gewählt. Weil deren Handhabung während einer Verkörperung eher unvorteilhaft war und für einen sicheren Schnitt am menschlichen Körper sogar das Abnehmen des Blattes erforderte, zogen die meisten seiner Gefährten Schwerter, Äxte oder Dolche vor.

So war es auch mit Niall Noígíallach gewesen, dem bislang einzigen Schattenjäger, der sich für ein Dasein als Mensch und damit für die Sterblichkeit entschieden hatte. Wie genau ihm die Verwandlung gelungen war, das wusste selbst Maloron nicht. Der Legende nach hatte Niall den früheren Ersten Jäger Perpeto am Ufer des Loch Riach mit dessen eigener Klinge im Zweikampf schwer verwundet und ihn für immer aus den Ländern der Menschen und Schatten verbannt. Angeblich sei der Besiegte durch eine Quelle tief im See in eine andere Welt entflohen, wo er nun sein Unwesen treibe.

Mit langen Schritten und stolz erhobenen Hauptes trat Maloron durch das äußere Tor von *Biráh Sharu.* Die »Feste des Saros«, eine mächtige Burganlage, thronte auf einem Berg inmitten einer Landschaft aus grünen Hügeln und schroffen Felsen. Von der Zitadelle aus überblickte man zu beiden Seiten ein nierenförmiges Tal mit einem Flusslauf, einer tiefen Schlucht im Norden und einem Meer von Dächern. Sie gehörten zu Negria, der Hauptstadt von Osttarra. Eine frische Brise wehte den Duft des nahen Nadelwaldes in die Nase des Ersten Schattenjägers, der Geruch fühlte sich an wie die eng gefurchte Rinde eines alten Baumes. Wie gut, wieder daheim zu sein!

Er hatte sein Sensenblatt mit einem Futteral bedeckt, um die zerstörerische Macht der Klinge zu bändigen. Ein osttarrisches Sprichwort sagte: »Willst du die Schattenwelt zerreißen, stich eine Nadel aus geschmiedetem Licht hinein.« Im Gänsemarsch folgte ihm ein halbes Dutzend Gefangene. Sie waren in der Gestalt von Motten ins Reich der Zeitlosen gekommen, auf den Weg gebracht von seinem Nachtfalken. Mit dem Schließen des Weltentores hatten die Entführten sich in das verwandelt, was sie jetzt waren: Männer, Frauen und Kinder. Zwei stammten von reichen Besitzern, die übrigen nur von Bettlern. Einige waren alt, andere jung. Die magere Ausbeute stellte nicht mehr als eine Zugabe für den König dar, denn den wichtigsten und wertvollsten Fang trug Maloron auf dem Arm.

Sanft strich er über den Kopf des Kindes. Es war nicht nur ein Schemen wie auf Terra, sondern die Verkörperung der von John Lamont abgeernteten Seelenfrucht – ein richtiger Knabe. Welcher der drei Hauptwesenszüge des Entschatteten mochte wohl in ihm dominieren? Liebe, Gerechtigkeit oder Weisheit? Das würde sich frühestens unter dem prüfenden Blick des Meisters der Schattenmühle herausstellen, vielleicht sogar erst im Verlauf einiger »Ringe« – das osttarrische Zeitenmaß entsprach ungefähr achtzehn Erdenjahren. Eines jedoch stand für Maloron jetzt schon fest, und er hielt mit seinen Erwartungen auch nicht hinter dem Berg.

»Du wirst die alte Schmach deines Ahnen vergessen machen. Der König meint, es sei ein mehr als gerechter Ausgleich, wenn Osttarra durch den Nachkommen unseres erbitterten Feindes die Oberhand über die Welt der Tiefe gewinnt.«

Der Junge sah ihn aus großen, blassblauen Augen an und gab einen Laut von sich, der ebenso gut Zustimmung wie Ablehnung bedeuten konnte.

»Hab keine Angst«, fügte Maloron hinzu. »Saros wird dir die beste Erziehung angedeihen lassen. Aus dir soll ein großer Schattenjäger werden.«

Das Kind gähnte.

Der Schnitter führte seine Gefangenen durch den äußeren Zwinger. Dieser freie Raum zwischen der ersten und der mittleren Ringmauer ließ nichts von der Pracht im Innenbereich der Zitadelle erahnen. Hier gab es weder gepflasterte Wege noch Paläste. Auf der festgestampften Erde des Burghangs standen lediglich Werkstätten, Wohnhäuser von niederen Bediensteten, und es wurde sogar Ackerbau betrieben. Dank der geschützten Felder hätte sich der ganze Hof im Falle einer Belagerung jahrelang selbst versorgen können.

Doch wozu der ganze Aufwand?, fragte sich Maloron nicht zum ersten Mal. Wer sollte Biráh Sharu angreifen? In Osttarra gab es nur ein einziges Volk und das war seinem König bedingungslos ergeben, manchmal mit Zähneknirschen, wie er sehr wohl wusste, doch offen wagte niemand seine Unzufriedenheit kundzutun. Wer auch nur in den Verdacht geriet, einen widerspenstigen Geist zu besitzen, der wanderte durch die Schattenmühle. Und genau dorthin brachte Maloron seinen »Ernteertrag«.

Am Eingang der Mühle lehnend, erwartete ihn mit über der Brust verschränkten Armen Meister Reschuth, einer der ältesten Schatten Osttarras. Weil kräftige Farben im blassen

Reich der Zeitlosen ein Luxus waren, schmückten sich Personen von Ansehen gewöhnlich so bunt wie möglich. Nicht so Reschuth. Seine Hosen und das sich über dem Bauch spannende Wams waren so weiß wie bei einem Müller.

Er besaß die Statur eines Waffenschmieds: groß, breitschultrig und stiernackig. Seine dunklen Augen glichen polierten Blutsteinen, das schwarzbraune Haar war so kurz und dicht wie ein Biberpelz. Alles an ihm wirkte kantig und grob. Niemand passte besser zu der Schattenmühle als er. Sie war das größte Gebäude im Zwinger, ein grauer Klotz aus unbehauenen Steinen mit niedrigem Spitzdach.

Während Maloron sich ihr und ihrem Herrn näherte, nahmen diese an Höhe und Breite zu. Ohne die dritte Dimension konnte man nur so in Osttarra seinen Abstand zu etwas anderem abschätzen: indem man die bekannte oder vermutete Ausdehnung dieses Etwas zur Umgebung in Beziehung setzte. Wenn ein Mann genauso hoch wie ein Gebäude aussah, dann musste er entweder weit *davor* stehen oder das Haus eine Hundehütte sein. Die ganze Welt war also wie ein Gemälde, das die Tiefe durch das Spiel mit der Größe nur *vortäuschte*. Osttarrische Gelehrte stritten darüber, ob sich die Maße von Dingen oder Personen, die sich relativ zueinander bewegten, tatsächlich veränderten oder ob nur die Wahrnehmung des Beobachters diesen Eindruck vermittelte. Im alltäglichen Leben machten sich die Schatten darüber freilich kaum Gedanken. Für sie war ihre Wirklichkeit nicht weniger echt als die der Erde für Menschen, Motten oder Maulwürfe – jeder Wahrnehmungsapparat erschafft sich seine eigene Sinnenwelt.

Reschuth lachte rau, als er den Ersten Schattenjäger herannahen sah. »Was soll das denn sein, Maloron? So eine magere Beute habt Ihr ja in den letzten hundert Ringen nicht mehr angeschleppt. Wenn's wenigstens runde acht gewesen wären, aber für die sieben lohnt es sich ja nicht einmal, die Stachelwalzen anzuwerfen.«

»Es sind höchstens sechs. Mit dem hier hat der König etwas Besonderes vor.« Der Jäger deutete mit dem Kopf auf das Kind in seinem Arm und fügte hinzu: »Abgesehen davon dürfte der Ertrag meiner anderen Schnitter Euch wie immer genug Arbeit verschaffen, Reschuth.«

Der Mühlenmeister stieß sich vom Türpfosten ab und nahm die erbeuteten Schatten in Augenschein. Reschuth besaß eine besondere Gabe. Er konnte mit fast hellseherischer Sicherheit vorhersagen, wie sich ein Neuzugang entwickeln würde. Befand er einen Schatten für unterwürfig und gehorsam, so durfte er leben. Entdeckte er jedoch Spuren eines freien oder gar rebellischen Geistes, wanderte der Verdächtige durch die Mühle.

»Durch die Schattenmühle gehen« – das war ein geflügeltes Wort im Reich der Zeitlosen. Es bedeutete, etwas zu zerreißen und zu zerrupfen, bis nichts mehr an die frühere Gestalt erinnerte. Schlimmer noch: Es hieß, sich selbst zu verlieren.

Schon die Stachelwalzen zerfetzten einen Schatten bis zur Unkenntlichkeit. In weiteren Arbeitsschritten wurde die Zerkleinerung so lange fortgesetzt, bis nur noch feine Hadern übrig blieben; bei Licht betrachtet hatten sie die Farbe von Asche, im Dunkeln indes waren sie praktisch unsichtbar. In großen Bottichen wurde der Faserrohstoff vieler zerrupfter Schatten gesammelt und vermischt. Spätestens dabei gingen die wundersamen Selbstheilungskräfte ostarrischer Lebewesen verloren, und nach Zugabe von Wasser löste sich jede Spur ihres früheren Wesens restlos auf. Zurück blieb dünner, schmutzig grauer Schleim, der auf feine Siebe geschöpft wurde, wo er sich als hauchdünne papierne Schicht absetzte. Diese dunklen Rohbögen brachten Reschuths Gesellen nach dem Trocknen zu den Schattenschneidern, welche daraus Schattenattrappen anfertigen. Aus einem einzigen echten Schatten ließen sich so hundert falsche herstellen.

Maloron hatte an der Richtigkeit dieser Verfahrensweise nie gezweifelt, wenngleich er es als glücklichen Umstand empfand, dass ein Gefangener kurz nach der Metamorphose vom Nachtfalter zum lebenden Schatten noch benommen und fast empfindungslos war. Deshalb folgten ihm die sechs auch so widerspruchslos. Wie Lämmer, die zur Schlachtung geführt wurden. Einige von ihnen würden, ehe ihr Fühlen und Denken richtig begonnen hatte, schon durch die Schattenmühle gegangen sein.

»Die beiden taugen nichts«, sagte Reschuth. Er zog einen Alten von vielleicht siebzig Erdenjahren aus der Reihe sowie einen gerade Zwanzigjährigen, den Maloron buchstäblich vom Galgen geschnitten hatte, weil das Genick seines Besitzers nicht gebrochen und er deshalb nicht sofort gestorben war – Schatten von toten Menschen ließen sich auch in Osttarra nicht wiederbeleben. Mit einem leichten Schubser dirigierte der Meister die Ausgesonderten zum Eingang der Mühle. Wie Schlafwandler trotteten sie durch die Tür in ihr Verderben.

»Ihr müsst zugeben, das ist ein glänzender Schnitt«, erlaubte sich Maloron anzumerken.

»Nicht ganz so gut, wie Ihr glaubt«, entgegnete der Schattenmühlenmeister und deutete grinsend auf Johns Schatten. »Der da geht auch durch die Mühle.«

»Habe ich mich so unklar ausgedrückt? Der Junge wurde von Saros persönlich ausgewählt.«

»Der König hätte sich besser einen anderen aussuchen sollen.«

»Würdet Ihr ihm das auch ins Gesicht sagen, Reschuth?«

»Was soll die Frage, Maloron? Ich hab Euch doch schon hundertmal erklärt: Das Wesen eines Menschen besteht zu einem Teil aus dem Erbe seiner Ahnen und zum anderen aus seiner Erziehung. Der Zwerg, den Ihr da mitgebracht habt, ist noch sehr jung. Ich könnte mich unmöglich festlegen, aber ...«

»Na also. Ihre Majestät wird dafür sorgen, dass der Junge sich zu einem treuen Untertanen entwickelt.«

»Ihr habt mich nicht ausreden lassen, Erster Schattenjäger«, brummte der Mühlenmeister. »Wenn ich entscheide, ob einer durch die Mühle wandert oder nicht, verlasse ich mich auf mein Gefühl. Und was ich bei dem Kleinen da empfinde, habe ich schon einmal gespürt. Es war bei diesem Verräter – sein Name möge für immer ...«

»Ihr meint Niall Noígíallach?«

Reschuth knirschte mit den Zähnen. »Ganz richtig.«

»Das überrascht mich gar nicht. Der Kleine hier ist ein Nachfahre des Rebellen.«

»Umso schlimmer. Gebt mir das Schättlein und ich befreie uns von dieser Plage.« Der Meister streckte die Arme nach dem Jungen aus.

Maloron trat einen Schritt zurück und drückte das Kind an sich. »Wollt Ihr das Wort des Königs infrage stellen? Das könnte Euch schlecht bekommen.«

Reschuth lachte unbeeindruckt. »Saros vertraut mir blind. Wenn ich ihm erzähle, wie Ihr Euch gesträubt und leichtfertig die Sicherheit des Reiches aufs Spiel gesetzt habt, dann sorge ich mich eher um Euch. Jetzt macht nicht so ein Gewese um das Balg. Die Menschen vermehren sich wie die Kaninchen. Holt euch ein anderes Kind.«

»Was wisst Ihr denn, Reschuth!«, schnaubte Maloron. Er hatte den Schattenmühlenmeister nie sonderlich gemocht. »Ihr seid ein Narr, wenn Ihr es Euch so einfach macht. Das Kind stammt aus einem königlichen Geschlecht. Ihm ist eine Kraft in die Wiege gelegt, die unter den Menschen einzigartig ist. Meine Jäger und ich haben unser Erntewerk über Generationen hinweg darauf ausgelegt, diesen Jungen unter einer Milliarde Menschen zum Ersten zu machen: Wir haben feigen Männern den Rücken gestärkt, damit sie mehr Feinde töten; haben Frauen um den Verstand gebracht, damit sie mehr Kinder gebären, als für sie und ihre Familien gut war – alles, damit dieser Junge genau zum richtigen Zeitpunkt geboren wird. Er *kann* nicht ersetzt werden.«

»Aber bei Niall hatte ich das gleiche Gefühl in der Magengrube und am Ende …«

»… behieltet Ihr recht. Ich weiß. Doch Niall von den neun Geiseln wurde von seinem Besitzer abgeschnitten, als dieser die Initiationsriten bereits hinter sich hatte. Er war schon vierzehn Menschenjahre alt. Deshalb konntet Ihr leicht in seiner Seele lesen. Das Kind hier ist gerade erst geboren worden.«

»Trotzdem traue ich ihm nicht«, beharrte Reschuth.

Wahrscheinlich, weil Ihr das Wesen eines menschgewordenen Schattens in ihm spüren könnt, dachte Maloron. Er hütete sich jedoch davor, dieses heikle Thema zu vertiefen. Der Mühlenmeister würde sich in seinen Vorbehalten gegen den Jungen nur bestätigt fühlen, und selbst der Erste Schattenjäger durfte dessen Urteil nicht einfach ignorieren. Maloron stieß vernehmlich die Luft durch die Nase aus. »Also gut. Schließen wir einen Handel.«

Reschuths Augen verengten sich zu Schlitzen. »Worauf wollt Ihr hinaus?«

»Ich möchte Euer Wort. Wenn es nur ein vages Gefühl ist, das Euch an dem Knaben zweifeln lässt, dann schweigt. Wenn Ihr Euch aber sicher seid, wenn Ihr mir bei Eurem Haupte schwört, dass nichts und niemand ihn zu einem königstreuen Schattenjäger erziehen kann, dann sollt ihr ihn haben. Allerdings werde ich seiner Majestät davon berichten und solltet Ihr Euch jemals wieder bei einem anderen Schatten irren, dann werdet Ihr durch Eure eigene Mühle gehen.«

Der Meister schluckte.

Maloron wusste nur zu genau, dass dessen Sinn für die Willfährigkeit von Schatten zwar phänomenal, aber nicht unfehlbar war. Freilich hatten die wenigen Rebellen, die sich bisher gegen Saros zu erheben wagten, für ihn nie eine ernst zu nehmende Gefahr dargestellt. Die meisten waren früher oder später gefangen und in die labyrinthischen Verliese von Biráh Sharu oder gar den Schlund der Finsternisse geworfen worden.

»Wie Ihr wollt«, knirschte der Schattenmühlenmeister.

Maloron atmete auf. Für ihn war die Meinungsverschiedenheit damit beigelegt, doch Reschuth hatte anderes im Sinn.

»Ich werde schweigen, wenn der fähigste Mann im Reich die Erziehung des Knaben übernimmt.«

Der Erste Schattenjäger lächelte huldvoll. »Diese Entscheidung müsst Ihr schon dem König überlassen, mein Freund.«

Reschuth schüttelte den Kopf. »Saros wird in dieser Sache auf meinen Rat hören und das wisst Ihr.«

»Also schön. Wem wollt Ihr das Kind anempfehlen?«

»Ich möchte, dass der Erste Schattenjäger den Jungen an Sohnes statt annimmt. Ihr, Maloron, sollt ihn großziehen.«

4. Der König der Schatten

Auch ein einziges Haar wirft seinen Schatten.
Publilius Syrus

Biráh Sharu, Negria (Osttarra)
1. Tag der 43. Finsternis des 124. Rings

Es schmeckte Maloron ganz und gar nicht, ausgerechnet von Reschuth in den Thronsaal begleitet zu werden, doch ihm waren die Hände gebunden. Vom Gesetz her hatte die Stimme des Mühlenmeisters im Hohen Rat von Biráh Sharu zwar das gleiche Gewicht wie die des Ersten Schattenjägers, aber tatsächlich behielt sich der König in allen Fragen der Regierungsführung immer das letzte Wort vor. Was die Auswahl oder auch die Ablehnung neuer Untertanen anbelangte, vertraute er gewöhnlich auf Reschuths seherische Fähigkeiten.

Seite an Seite marschierten die beiden durch eine Flucht von Zimmern, die mit kostbaren Teppichen, Möbeln und kunstvoll geschnitzten Wandpaneelen ausgeschmückt waren. Maloron hatte nun beide Arme für John Lamonts Schatten frei, weil seine Sense bei der königlichen Leibgarde deponiert war – niemand durfte sich dem König ohne dessen ausdrückliche Aufforderung in Waffen nähern. Vor einer riesigen, zweiflügligen, von acht Posten bewachten Tür blieben die Besucher stehen. Maloron brachte sein Anliegen vor.

Einer der Gardisten öffnete die Tür und verschwand in der »Halle des Rechts«, wie der Thronsaal ob seiner Funktion als Wirkungsstätte königlicher Gerichtsbarkeit genannt wurde. Das Audienzprozedere war uralt. Der Wachmann würde drinnen auf einen Wink des Monarchen warten und dann die Namen der Besucher und ihr Ansinnen herausbrüllen ...

Da! Soeben hallte seine Stimme durch den Palast.

Saros' Antworten waren oft nur ein Wedeln mit der Hand oder ein gemurmelter Befehl, was sie für die draußen Wartenden ungleich schwerer wahrnehmbar machte. Der Posten kehrte in den Vorraum zurück.

»Ihre Majestät lassen bitten.«

Maloron bedankte sich und trat in den Saal.

Die Ausgestaltung der Halle des Rechts machte jedem Besucher klar, dass er sich hier im Zentrum absoluter Macht befand. Schon ihre Länge und Höhe konnte einem Bittsteller leicht die Sprache verschlagen. Sie war völlig mit glänzendem Parkett und vielfarbigen, polierten Paneelen ausgekleidet. Aus Hunderten kostbarer Hölzer hatten Künstler prachtvolle Intarsien geschaffen, die Fabelwesen, Motive aus der Tier- und Pflanzenwelt sowie Szenen aus Osttarras ruhmvoller Vergangenheit darstellten. Ähnliches war auf den großen Gobelins zu sehen, die hier und da an den Wänden hingen. Überdies machten bunt glitzernde Edelsteine in den Lüstern und eine verschwenderische Fülle von Goldverzierungen den natürlichen Mangel an kräftigen Farben vergessen. Das durch die hohen schmalen Spitzbogenfenster einfallende Licht spiegelte sich in den Kristallen, als wolle es sich an der eigenen Schönheit berauschen.

Maloron ging hier seit Äonen aus und ein, weshalb ihn das Gepränge längst nicht mehr beeindruckte. Es sollte ohnehin nur den Untertanen des Königs ihre Bedeutungslosigkeit vor Augen führen. Im Grunde interessierte sich Saros wenig für Kunst und Kostbarkeit, nur seine Macht war ihm wichtig. Durch die Eroberung der dritten Dimension hoffte er, sich gleichsam zu einem Gott zu machen, der die Welt nach seinen Vorstellungen formte. Menschen können das von ihm so schmerzlich empfundene Fehlen der Tiefe allenfalls erahnen, wenn sie eines ihrer Augen schließen – dann nämlich wird auch ihre Welt flach wie ein Gemälde.

Für Saros blähten sich der Erste Schattenjäger und der Mühlenmeister daher lediglich auf, während sie sich ihm näherten. Man tat gut daran, diesen »Luftballoneffekt« nicht zu übertreiben: Niemand durfte sich dem sitzenden König unaufgefordert so weit nähern, dass er ihn an Höhe überragte. Deshalb blieben Maloron und Reschuth in respektvollem Abstand stehen. Beide verbeugten sich tief, ehe der Erste Schattenjäger mit geneigtem Haupt die Arme zum Thron hin ausstreckte, so als wolle er das auf seinen Händen liegende Kind als Tribut übergeben.

»Ich bringe Euch den Auserwählten, Majestät.«

Der kleine Schatten gab ein Blubbern von sich.

Saros' Hand umfasste den Knauf des silbernen Dolches, der in seinem breiten Gürtel steckte, während er vom Thron hochfuhr. Der König war eine stattliche Erscheinung, fast so groß und breit wie sein Erster Jäger. In täglichen Waffenübungen pflegte er seinen Körper zu stählen. Gerade jetzt trug er ein gestepptes Wams mit goldenem Rautenmuster auf schwarzem Samt und im selben Ton Hosen aus Hirschkalbleder sowie Stiefel, die ihm bis unters Knie reichten.

Sein lockiges Haupt war schwarz, ebenso wie sein sauber gestutzter Vollbart. Durch sein Mienenspiel konnte Saros betören und Entsetzen verbreiten. Wenn er lachte, war er jedermanns Freund, im Zorn dagegen wurde er zu einem Ungeheuer. In diesem Moment sah er einfach nur besorgt aus.

»Was hat dieses Gluckern zu bedeuten, Maloron?«

Der Gefragte richtete sich wieder auf und warf einen kritischen Blick auf den Jungen. »Ich denke, es sind die normalen Geräusche, die kleine Kinder absondern, Majestät.«

»Er ist nicht nur klein, er ist geradezu winzig.«

»Auch ein einziges Haar wirft seinen Schatten.«

»Dann meint Ihr also, es fehlt ihm nichts? Der Junge hat keinen Schaden genommen?«

»Er kann nur noch nicht sprechen.«

Saros Miene hellte sich auf. »So ist das also! Nun, es kommt nicht oft vor, dass Ihr so winzige Schatten erntet, nicht wahr, mein treuer Freund?«

»Das ist richtig, Majestät. Meist sind sie schon etwas älter und können wenigstens ein paar Worte reden. Aber das wird der Auserwählte auch noch lernen.«

»Seid Ihr sicher?«

»Ziemlich, Majestät.«

»Es überrascht mich, den Meister der Schattenmühle an Eurer Seite zu sehen.« Der König bedachte Reschuth mit einem flüchtigen Blick.

Maloron berichtete von dessen Bedenken.

»Ist das wahr?«, fragte Saros den Meister.

Dieser verneigte sich noch einmal, ehe er antwortete: »Ja, Majestät. Ich empfinde dasselbe wie dereinst bei dem Unaussprechlichen.«

»Er meint Niall von den neun Geiseln«, stellte der Erste Schattenjäger klar.

Saros zog eine Grimasse. »Müsst Ihr mich mit seinem Namen quälen, Maloron? Ich weiß sehr gut, von wem der Meister redet.«

Der Gescholtene senkte ergeben den Blick. »Verzeiht, Majestät. Ich bin mir durchaus der Urteilskraft unseres Mühlenmeisters bewusst, aber auch er ist nicht unfehlbar und das Kind steht erst am Anfang seiner Formung.«

»Das sehe ich genauso, Maloron. Trotzdem kann ich Reschuths Bedenken nicht einfach ignorieren.« Der König sah den Meister an. »Könnt Ihr mir sagen, welcher der drei Hauptwesenszüge im Schatten des Kindes am stärksten ausgeprägt ist?«

Ein Ausdruck von Abscheu und Furcht lag auf Reschuths Gesicht, während er den Jungen in Malorons Armen musterte. »Mich deucht, es ist die Liebe, Majestät.«

»Ha! Du willst mich, den König der Könige, vor der *Liebe* warnen?« Saros schüttelte belustigt den Kopf. »Einen übertriebenen Gerechtigkeitssinn oder allzu tiefe Weisheit hätten mich vielleicht nachdenklich gestimmt, mein unbestechlicher Mühlenmeister, aber *Liebe* – die ist doch nur etwas für Schafhirten, Künstler und natürlich Jünglinge, die sich nach ihrer Angebeteten verzehren.«

»Bitte verzeiht vielmals, wenn ich belehrend wirke, Majestät, aber lasst Euch von einem Experten sagen: Wie auch Zwerge über die Maßen intelligent sein können, verrät ebenso die Größe eines Schattens nicht unbedingt etwas über sein verborgenes Potenzial. Die Winzigkeit dieses Knaben könnte täuschen. Meine ›Fühler‹ spüren eine ungeheure Kraft in ihm.«

»Ihr meint, eine ungeheure *Liebe?*«

»Nun ja, ich glaube schon …«

»Dann lass es gut sein, Meister Reschuth. Damit ist er für mich keine Bedrohung.«

»Vergebt mir meine Dreistigkeit, Majestät, wenn Ihr in dem Schättlein einen solchen Schwächling seht, warum lasst Ihr Euch dann nicht ein besseres holen?«

»Weil dieser Schatten der erste und einzige ist, dem die Neuerschaffung unserer Welt möglich ist, Reschuth. So gut wie alle Gelehrten stimmen darin überein. Damit Ihr endlich Ruhe gebt, will ich es Euch erklären. Seid Ihr mit dem ›Lehrsatz vom raumdimensionalen Gleichgewicht‹ vertraut?«

»Ich … bin mir nicht sicher …«

»Er besagt, dass sich im Universum Höhe, Breite *und* Tiefe um einen gemeinsamen Schwerpunkt herum die Balance halten. Wenn Ihr Euren Körper zur Seite verlagert, wandert dieser Schwerpunkt aus ihm heraus – und irgendwann kippt Ihr um. Ebenso muss das Zentrum der drei Raumdimensionen nicht zwangsläufig *in* der Welt liegen, auf die es einwirkt. Es kann sogar, wird es von einer interdimensionalen Kraft angezogen, zwischen verschiedenen Welten hin und her wandern. Versteht Ihr jetzt, warum wir so lange auf diesen Tag hingearbeitet haben?«

»Äh … Ich fürchte nicht, Majestät.«

»Du liebe Güte, Reschuth, das ist doch ganz einfach!« Saros deutete auf den kleinen Schatten. »Dieser Knabe wurde im Großen Sonnenkreis der fünf Ringe geboren. Unter tausend mal tausend mal tausend Menschenkindern ist er der Erstling. Er vermag die Kräfte zu entfesseln, die den Schwerpunkt der drei Dimensionen verschieben. Deshalb kann auch nur *er* das Gleichgewicht zu unseren Gunsten verändern. Er wird für uns eines Tages das erobern, worin uns die Welt jenseits der Finsternisse heute noch im Vorteil ist: die Tiefe. Wenn die Erde danach erst flach geworden ist, ohne jedes Profil, dann werden die Menschen unsere Schatten sein und sich von uns führen lassen, wohin immer wir wollen. Und wir können uns aus eigener Kraft vermehren, bis unsere Überzahl jedes Heer des Universums zu zermalmen vermag.«

Reschuth starrte den König mit offenem Mund an. Augenscheinlich hatte er bis zu diesem Moment das Ausmaß von Saros' Plan nicht einmal erahnt.

Der König wandte sich Maloron zu. »Was denkt Ihr, mein Erster Schattenjäger? Müssen wir das Wesen dieses Jungen fürchten?«

Maloron ging ein Sprichwort der Menschen durch die Kopf: »Die Liebe ist stärker als der Tod.« Doch bevor er Reschuth den Rücken stärkte, wollte er sich lieber die Zunge abbeißen. Er hatte sich nicht von einer Lanze durchbohren lassen, um jetzt den Schatten des kleinen John Lamont einfach kampflos aufzugeben. »Ich habe den Verschnitt beim Ernten des Schattens großzügig bemessen, Majestät«, antwortete er ausweichend.

Der König betrachtete ihn aus unbewegter Miene. »Das war sehr eigenmächtig, Maloron. Ich muss Euch kaum daran erinnern, dass lange vor Euch *ich* der Großmeister Eures Ordens gewesen bin und die Regeln kenne. Normalerweise sollte nur so viel vom Schatten übrig bleiben, wie nötig ist, um daran die Attrappe zu befestigen.«

»Ihr habt mich bestimmt nicht zum Anführer Eurer Jägerschar gemacht, weil ich gedankenlos und mechanisch

Vorschriften befolge, Majestät. Außergewöhnliche Situationen erfordern außergewöhnliche Entscheidungen. Und dieser Fall ist mehr als besonders. Zwar habe ich John Lamont einen erklecklichen Rest seines abgeernteten Wesenszuges gelassen, doch diese Vorsichtsmaßnahme erschien mir mehr als angebracht. ›In großen Schatten wohnt große Macht‹, sagen die alten Weisen.«

»Meister Reschuth hält diesen Leitsatz offenbar für falsch.«

»Sicher gibt es Ausnahmen davon, Majestät, darin stimme ich mit ihm überein, aber als Faustregel hat er sich seit Langem bewährt. Selbst wenn der Besitzer dieses Schattens überdurchschnittlich veranlagt war, habe ich ihn doch für Euch … zurechtgestutzt. Was immer er verkörpert, es wird Eure Größe niemals überragen. Er kann Euch zwar dienen, aber nicht gefährlich werden.«

Malorons Zuversicht war nur gespielt. In Wahrheit wusste niemand, welche der beiden Meinungen sich letztlich als die Richtige herausstellen würde. Dennoch hatte er gesagt, was der König hören wollte, um Reschuths durchaus begründete Einwände zu entkräften.

Saros lächelte seinem Mühlenmeister zu. »Seht Ihr, Reschuth, das ist der Grund, warum ich diesen Mann so schätze. Ich weiß sehr wohl, was ich Eurem Bauchgefühl verdanke, aber Maloron ist nicht nur loyal und stark, sondern darüber hinaus auch noch klug. Stimmt Ihr mir zu?«

Die Kiefer des Mühlenmeisters mahlten heftig. »Durchaus, Majestät. Darum habe ich dem Ersten Schattenjäger auch vorgeschlagen, dass der beste Mann in Eurem Reich die Erziehung des Knaben übernehmen soll.« Reschuth grinste seinen Nachbarn an. »Nämlich er selbst.«

Auf dem Gesicht des Königs erschien ein Strahlen. »Das ist ein wunderbarer Vorschlag! Sollte je eine Spur von Aufsässigkeit in dem Knaben keimen, so wird Maloron diese mit Stumpf und Stiel ausreißen.«

»Aber Majestät!«, protestierte der Auserkorene. »Mir ist es bestimmt, die Welt der Tiefe zu durchstreifen und für Euch Schatten zu jagen. Ich befehlige eine Heerschar von Schnittern. *Das* kann ich. Aber weder ich noch der Mann, von dem ich einst geerntet wurde, haben je ein Kind ...«

»Deine Bescheidenheit ehrt dich, Maloron«, fiel ihm der König ins Wort. »Doch ich dulde keinen Widerspruch. Du hast unzählige Männer und Frauen zu Schattenjägern ausgebildet, besser als jeder andere es je zu tun vermocht hätte. Reschuths Rat ist klug und ich stimme ihm zu. Der Knabe soll in deinem Haus aufwachsen, bis er sich dazu entschließt, in die Gemeinschaft der Schattenjäger einzutreten und mir ewige Treue zu geloben. Du wirst ihm ein mehr als guter Vater werden und seine Liebe auf dich ...« Saros lächelte. »... und vor allem auf *mich* einschwören. Dann kann sie uns nie gefährlich werden.« Er stieg über zwei Stufen vom Thronpodest hinab, trat auf seinen Ersten Schattenjäger zu und nahm ihm das Kind aus den Händen.

Es quäkte leise, strampelte auch ein wenig, aber der Blick des Knaben ruhte fest auf den pechschwarzen Augen des Königs, die ihn wohlwollend betrachteten.

»Er ist fürwahr ziemlich klein«, stellte Saros fest.

Maloron legte den Kopf schräg. »Nun, wie gesagt, ich habe etwas mehr Verschnitt ...«

»Schon gut, mein Freund. Das war nicht als Kritik gemeint. Nehmt ihn nun mit meinem Segen.« Saros reichte ihm den Knaben zurück und sagte in feierlichem Ton:

»Möge dieser Schatten immer so schwarz wie ein Rabe sein. Deshalb wollen wir ihn Corvin nennen.«

5. Der Sternengucker

Wer nach den Sternen reisen will,
der sehe sich nicht nach Gesellschaft um.
Friedrich Hebbel

In der Nähe von Corriemulzie (Schottland)
19. November 1816

Es roch nach Schnee, in den Grampian Mountains zu dieser Jahreszeit durchaus nichts Ungewöhnliches. Der Wintereinbruch war im Gegenteil längst überfällig. Umso glücklicher schätzte sich John, dass sein Vater ihn und nicht seinen älteren Bruder Daniel zum Ausritt eingeladen hatte. Es war ein strahlend schöner Morgen. Der Himmel im Osten sah aus wie ein Flammenmeer. Von der beißenden Kälte im Gesicht ließ sich der Junge nicht das Vergnügen verderben. Auf dem Rücken seines Ponys, mit den Bergen und der grandiosen Natur um sich herum kam er sich vor wie der König der Welt.

John Lamont faszinierte die Schöpfung mindestens so sehr, wie ihn das Reiten entzückte. Mehrmals schon war er schwer gestürzt, hatte sich sogar eine ernste Rückenverletzung zugezogen, doch von solchen Missgeschicken ließ er sich nicht schrecken. Vor allem dann nicht, wenn sein Vater sich wie an diesem Morgen Zeit für ihn nahm. Schließlich musste er sich diese Zuwendung mit seinem älteren Bruder Daniel und dem zweijährigen Nachzügler Thomas teilen, ganz zu schweigen von der Mutter.

Es war weniger der Hunger nach Liebe, der John nach väterlicher Aufmerksamkeit lechzen ließ – manchmal wunderte er sich sogar, warum ihm dieses Gefühl so wenig bedeutete –, sondern vielmehr der Wissensdurst und die Aussicht auf einen ausgedehnten Ausritt. Seine Passionen – das Reiten wie auch die Begeisterung für die Wunder am Firmament – hatte er zweifellos dem Vater zu verdanken. Bei jeder Gelegenheit fragte John ihn über die Geheimnisse von Sonne, Mond und Sternen aus. Daher pflegte sein großer Bruder ihn auch »Sternengucker« zu nennen. Ihm gefiel der Neckname, weil er zu ihm passte. Oft borgte er sich das Fernrohr, das sein Vater bei seinen Ausritten tagsüber benutzte, und spähte nach Einbruch der Dunkelheit zur glitzernden Milchstraße empor.

Solange sich John zurückerinnern konnte, hatte sich sein Vater mit den Geheimnissen des gestirnten Himmels im Allgemeinen sowie mit Sonnen- und Mondfinsternissen im Besonderen beschäftigt. Robert war geradezu besessen von dem Gedanken, solche Eklipsen exakt vorherzubestimmen. Er hatte sogar, wie er betonte, eigens zur präzisen Zeitmessung ein Taschenchronometer aus zweiter Hand erstanden. Überdies ließ er sich regelmäßig astronomische Veröffentlichungen schicken.

John kannte sie alle.

Als Robert an diesem Morgen daher ungewöhnlich früh zum Aufbruch gedrängt hatte, war dies von seinem Sohn zunächst falsch gedeutet worden. Auf die Idee, es könne sich um einen Zuneigungsbeweis handeln, kam er gar nicht, es war ihm auch nicht wichtig, sondern er dachte nur: Bestimmt will Vater mit mir die Sonnenfinsternis verfolgen.

Danach war er umso aufgeregter gewesen. Er hatte in der Monatsschrift der königlichen Sternwarte von der Eklipse gelesen. Zwar würde der Kernschatten des Mondes weiter nördlich über Skandinavien und später über Osteuropa und Teile von Asien hinwegziehen, doch auch in Schottland ließ sich gut zwei Stunden lang eine partielle Finsternis beobachten.

Als sich die Sonne jetzt aber kurz nach acht über den östlichen Horizont schob, würdigte Robert sie kaum eines Blickes. Die beiden Pferde erklommen gerade einen Anstieg südlich von Corriemulzie. John schielte vom Rücken des Ponys zu seinem mürrisch vor sich hinbrütenden Vater empor.

»Wohin reiten wir eigentlich?«, fragte der Junge.

»Weg von daheim.«

»Einfach nur weg?«

»Ja.«

»Und warum?«

»Weil ...« Robert biss sich auf die Unterlippe und wandte sich mürrisch seinem Sohn zu. »Weil wir heute zwischen acht und halb elf auf keinen Fall zu Hause sein sollten.«

»Hat es mit der Sonnenfinsternis zu tun, die jeden Moment beginnt?«

»Wie kommst du darauf?«

John zuckte die Achseln.

»Nein«, tönte es vom größeren Pferd herab. Sein Vater brummte unwillig. »Das heißt, irgendwie schon.«

»Das verstehe ich nicht.«

»Himmel noch mal, Junge!«, stieß Robert wütend hervor.

»Ich will nur nicht … Er ist uns immer im Haus begegnet und … Ach, ich möchte nicht darüber reden.«

Das hatte er, getreu seinem Elspeth gegebenen Versprechen, in den vergangenen zehn Jahren tatsächlich kein einziges Mal getan. Deshalb verstand John die Reizbarkeit seines Vaters auch nicht. Um ihn jedoch nicht weiter aufzuregen, hielt er vorerst den Mund.

So ritten sie weiter kreuz und quer über Hügel und Weiden, fast so, als wolle der Vater seinem Sohn zum ersten Mal jenes Land zeigen, das er Heimat nannte. Es war ein schönes Land, wild und, obwohl so viele Menschen daraus vertrieben worden waren, immer noch voller Leben. Im Dee tummelten sich Lachse. Auch Rotwild, Mardern, Wildkatzen, Eichhörnchen, Moorhühnern und bisweilen sogar dem scheuen Auerhahn konnte man begegnen. Einige von ihnen bekam John auch an diesem Morgen zu Gesicht. Am Clunie Water, nördlich des Höhenrückens von Sròn Dubh – der »Schwarzen Nase« –, entdeckte er sogar einen Otter.

Seine große Leidenschaft waren und blieben jedoch die Wunder am Firmament und so bedauerte er, als nach etwa einer Stunde das Leben spendende Himmelslicht schwächer wurde, dass er nicht eine gerußte Glasscherbe zum Schutz der Augen mitgenommen hatte. Gänzlich unbeschirmt konnte man beim Anblick der Sonne erblinden, selbst wenn ihr Antlitz wie jetzt umschleiert war. Sie strahlte zurzeit, das hatte er gelesen, nur noch mit einem knappen Fünftel ihrer Kraft. Ihr sonst so wärmendes Lachen kühlte sich merklich ab.

Vater und Sohn trabten nach einer Weile unweit von Braemar auf einem Feldweg zwischen zwei Mauern hindurch, als Robert zum x-ten Mal auf seine Taschenuhr blickte. Der große Zeiger stand auf der Vier. »Zwanzig Minuten nach zehn«, verkündete er im Tonfall unendlicher Erleichterung. »Die Finsternis ist vorbei und der Bann gebrochen.«

Er ahnte nicht, dass sein Zeitmesser drei Minuten vorging.

Mit der ersten Erklärung seines Vaters konnte John noch etwas anfangen, wusste er doch genau, dass die größte Verdunkelung der Sonne um exakt siebzehn Minuten nach zehn irgendwo über dem Osmanischen Reich hatte eintreten sollen. Aber die Bemerkung über den gebrochenen Bann ließ ihn erschauern.

Robert lenkte sein Pferd gerade um eine Biegung, als er plötzlich aufschrie und brutal am Zügel riss. Der Hengst wieherte und stieg in die Höhe. Ganz kurz sah John die vor Furcht geweiteten Augen seines Vaters, während dieser sein Ross zu bändigen versuchte. Nie zuvor hatte er ihn so verängstigt erlebt. Irgendetwas bei der Mauer musste ihn zu Tode erschreckt haben, denn dorthin richtete er nun den Blick. Weil John aber alle Mühe hatte, dem scheuenden Pferd auszuweichen, konnte er nichts sehen. Erst als sein Pony um den Rotfuchs herumgetänzelt war, erlangte er freie Sicht auf die Stelle.

An dem Steinwall standen zwei altertümlich gekleidete Fremde. Der eine war ein Mann mittleren Alters mit einem fast bodenlangen Umhang und langem schwarzem Haar. Über seinem Haupt wölbte sich die gebogene Sichel einer Sense, deren Schaft er in der Rechten hielt. Der andere war noch nicht erwachsen. John stutzte …

Ein dumpfer Schlag, gefolgt von einem Keuchen, ließ ihn herumfahren. Sein Vater war vom Pferd gefallen und hart mit dem Kopf auf die Mauer geschlagen.

»Vater! Was ist …?« Das Entsetzen schnürte dem Jungen die Kehle zu. Nicht einmal, weil er mit dem Verletzten mitlitt oder sich um ihn sorgte. Nein, jäh wurde ihm bewusst, wie sehr die Situation seinen Verstand aufpeitschte und welch abwegige Gedanken ihm durch den Kopf schossen: Wer reitet mit mir aus, wenn Vater nicht mehr da ist? Darf ich dann noch zur Schule gehen? Werden wir genug zu essen haben? Ihm war, als blicke er in einen Spiegel und sähe nur ein Skelett. Dies verstörte John so sehr, dass ihm die Tränen in die Augen schossen.

Inzwischen hatte er sein nervöses Pony endgültig zum Stehen gebracht, schwang sich aus dem Sattel und lief zu dem Verletzten. Der lag blutend auf dem Weg und bewegte sich nicht. War er tot?

John ließ sich neben ihm auf die Knie fallen, nahm sein Gesicht in die Hände. Er verdrängte die Frage nach den wahren Gründen für seine Verzweiflung, denn verzweifelt war er allemal. Wie um die beunruhigenden Gedanken zu übertönen schrie und jammerte er: »Vater! Vater! Bitte sag doch etwas!«

Doch Robert schwieg.

»Sir! Bitte helfen Sie mir«, flehte John an die Adresse des Mannes mit der Sense gewandt.

Niemand antwortete.

»Warum …?« John hatte den Kopf gehoben, um seiner Bitte Nachdruck zu verleihen, war aber sofort wieder verstummt, weil er die Fremden nicht mehr sah. Rasch wischte er sich mit dem Handrücken die Tränen aus den Augen und nun bemerkte er etwas Seltsames. Auf den losen Steinen der Mauer lagen, wie es schien, ein großer und ein kleinerer Schatten.

Aber da war niemand mehr, der diese hätte verursachen können. John fing an zu zittern. Er wischte sich erneut übers Gesicht. Als er hiernach wieder zur Mauer blickte, waren die verschwommenen dunklen Flecken verschwunden. Wie und vor allem *wer* konnte so etwas …?

Mit einem Mal stellten sich in Johns Nacken sämtliche Haare zu Berge. Das Bild des Halbwüchsigen, der ihn staunend angeblickt hatte, stand ihm wieder vor Augen. Eine verstörende Erkenntnis ließ ihn erschauern: Er hat genauso ausgesehen wie ich und war ungefähr so alt wie Daniel. Ja, der fremde Junge war ihm sogar ähnlicher als sein großer Bruder …

Ein Ächzen, direkt unter ihm, ließ Johns Gedanken wie Spreu ihm Wind zerstieben. Er wandte sich wieder seinem Vater zu.

Robert hatte die Augen geöffnet. Als sich beider Blicke begegneten, versuchte er zu lächeln.

»Vater, du lebst!«, stieß John überrascht hervor und drückte seine Wange an dessen Brust, vor Erleichterung, weil ihm all die herzlosen Fragen, die ihn zuvor gequält hatten, mit einem Mal hinfällig schienen. Er spürte die ihm so vertraute Hand auf dem Kopf und hörte eine ebenso dumpfe wie schwache Stimme.

»Unkraut verdirbt nicht, mein Junge. Hoffen wir, der Schattenjäger wird uns nun endlich in Ruhe lassen.«

»Wer?«

»Maloron aus dem Reich Osttarra.«

»Den Namen habe ich noch nie …« Ein Stöhnen ließ John verstummen. Besorgt hob er den Kopf und sah dem Vater ins Gesicht.

Der versuchte zu lächeln, aber es kam nur eine schmerzverzerrte Grimasse dabei heraus. »Es hat mich schlimm erwischt, mein Junge. Deck mich mit dem Woilach zu und dann reite geschwind nach Braemar zu Doktor Cruickshank.«

»Ich soll …?«

»Ja, John. Lass uns dem Sensenmann ein Schnippchen schlagen und hole den Arzt. Eile so schnell, als müsstest du den Schatten des Mondes einholen.«

6. Das Seelenprisma

Wie die Sonne
erst alle Dinge in der Landschaft sichtbar macht,
so die Liebe in der Seelenlandschaft.
Zenta Maurina

Schlund der Finsternisse (Osttarra)
1. Tag der 50. Finsternis des 120. Rings

Das »Prisma der Seelen« hatte Corvin bis in die Träume verfolgt. Es waren schreckliche Bilder gewesen, die ihn schweißgebadet aus dem Schlaf gerissen hatten. Während er jetzt in den Schlund der Finsternisse blickte, erinnerte er sich an diese Albträume. Im Schlaf war das vielfarbige Licht des Prismas wie ein wirbelndes Schwert über ihn gekommen und hatte ihn in hundert papierdünne Scheiben zerteilt. Die waren dann von gut gelaunten Schattenschneidern eingesammelt worden, welche sich maßlos darüber freuten, auf das mühevolle Zuschneiden der Attrappen verzichten zu können …

»Du brauchst dich vor dem Kristall nicht zu fürchten«, sagte Malorons Reibeisenstimme.

Er ahnte wohl, was seinen jungen Schüler bewegte. Weil im Reich der Zeitlosen das Tempo des Alterns hauptsächlich vom Willen bestimmt wurde, ließ sich die geistige Reife des Jungen schwer abschätzen. Nach Jahresmaß der Menschen war Corvin zwar erst knapp elf, doch im Hinblick auf Klugheit und Wuchs mindestens schon fünfzehn. Mit seiner schnellen Auffassungsgabe und einem unersättlichen Lerneifer hatte er sich einen festen Platz nicht nur im Herzen seines Ziehvaters erobert. »Junker Corvin« nannten ihn anerkennend auch die anderen Schattenjäger, was nicht allein seinem geachteten Lehrmeister geschuldet war.

In diesem Moment warteten die beiden auf den Beginn der Sonnenfinsternis. Corvin trug zum ersten Mal die Kleidung eines Jägers: Wams und Hosen aus weichem Büffelleder, Stiefel aus Hirschleder, alles sehr bequem, alles in Schwarz. Nur eine Klinge aus geschmiedetem Licht besaß er noch nicht. Trotzdem war er stolz darauf, ein Teil dieser Truppe zu sein, die sein Ziehvater befehligte und die in ganz Osttarra großes Ansehen genoss.

Mit den beiden hatten sich ein paar hundert andere Männer und Frauen am nördlichsten Ausgang von Negria versammelt, dort, wo die Schlucht und ein Tal mit steilen Hängen jede weitere Ausdehnung der osttarrischen Hauptstadt unterbanden. Dicht über den Häuptern der Schattenjäger hing ein ausladender Felsvorsprung. Er wuchs schräg aus einem turmhohen, spitzen Kegel heraus und ragte ungefähr zehn Schritte weit über den Abgrund hinaus, wo er in einem riesigen, klaren Kristall endete: das Prisma der Seelen.

Corvin riss sich vom Anblick des dunklen Abgrunds los und blickte in die pechschwarzen Augen seines Ziehvaters. »Aber du hast gesagt, das Prisma löst den Schattenjäger auf, damit er durch die Finsternis in die Welt der Tiefe hinübergehen kann.«

Die Sense wechselte von Malorons Rechter zur Linken,

ehe er dem Jungen die Hand in den Nacken legte und aufmunternd lächelte. »Nicht einmal Gavriel, der weiseste von Osttarras Gelehrten, kann genau erklären, wie uns das Prisma durchs Weltentor schickt. Doch sei unbesorgt, bisher ist niemand dabei zu Schaden gekommen.«

»Du hast mir aber erklärt, der Name ›Prisma‹ bedeute ›Zersägtes‹, Vater.« Einen Moment lang vermochte Corvin den Ausdruck im Gesicht des Ersten Schattenjägers nicht zu deuten. Es lag wohl an dem »Zauberwort« – so versonnen blickte Maloron ihn in letzter Zeit öfters an, wenn er von ihm »Vater« genannt wurde.

Der Schnitter seufzte. »Na gut. Weil heute dein großer Tag ist und du mich zum ersten Mal auf die Schattenjagd begleitest, will ich das Wichtigste für dich noch einmal zusammenfassen, um deine Zweifel zu zerstreuen. Aber danach ist diese Lektion ein für alle Mal abgeschlossen. Haben wir uns verstanden?«

Corvin nickte.

Auf den windumtosten Schlund der Finsternisse deutend, erklärte Maloron, dass in diesem bodenlosen Abgrund weder Zeit noch Licht existierten, mit Ausnahme jener kurzen Phasen, wenn in der Welt der Tiefe Sonne oder Mond verhüllt seien. Dann nämlich bahne sich das von der Erde abgelenkte Licht seinen Weg durch die Kluft und lasse Osttarra minutenlang in drei Dimensionen erstrahlen. Sobald dieser Abglanz der himmlischen Gestirne auf das Seelenprisma treffe, werfe dieses einen Schleier bunter Strahlen an den Rand der Schlucht. Wer diesen lichten Vorhang durchschreite, werde im selben Augenblick auf Erden zu einem Fliegenden Schatten. »In dieser Gestalt aus Dunkelheit und Geist durcheilen wir Schnitter und unsere Nachtfalken so schnell wie der Blitz die Welt der Tiefe«, schloss Maloron seine Erläuterung. »Wir werden also nicht zersägt, sondern *umgewandelt*.«

»Und nach unserer Rückkehr sind wir wieder so wie jetzt?«, vergewisserte sich Corvin bange.

»So wie jetzt«, bekräftigte Maloron nickend. »Nur eines darfst du nie vergessen: Kehre um, solange das Weltentor offen steht. Hast du das Ende der Sonnen- oder Mondfinsternis erst verpasst, dann wird dir die Kraft genommen. Du bist nicht viel mehr als die Schatten an den Körpern der Menschen. Weder ernten kannst du mehr noch – selbst, wenn es dir erlaubt wäre – zu den Menschen reden. Was von dir bleibt, ist ein Fliegender Schatten, der bis zur nächsten Umleitung des Lichts ruhelos durch die Welt der Tiefe wandern muss. Doch sei unbesorgt. Wir werden noch oft gemeinsam durch den Vorhang gehen, ehe ich dich zum ersten Mal allein ...«

Maloron verstummte mitten im Satz und schloss die Augen. Jeder Schatten verfügte über einen besonderen Sinn, der bei den Jägern allerdings im Laufe vieler Jahre wie die Reflexe eines Kriegers herausgebildet und geschärft worden war. Auch Corvin, obwohl noch ein Knabe, konnte schon spüren, was seinen Ziehvater so unvermittelt schweigen ließ. Im Großen Schlund staute sich das Licht, um gleich darauf wie eine gleißende Sturmflut hervorzubrechen.

Der Erste Schattenjäger stieß einen schrillen Pfiff aus und die ihm unterstellten Männer und Frauen taten es ihm gleich. Wohl wissend, was ihn erwartete, blickte Corvin an dem Felsvorsprung vorbei nach oben. Wie vom Sturm gepeitschte Hagelkörner fielen hunderte dunkler Punkte vom Himmel herab. Doch der Anschein trog. Es waren weder Eis- noch Steingeschosse, sondern Nachtfalken.

Diese winzigen Greife – meist wurden sie nicht größer als ein Spatz – dienten ihren Jägern gewissermaßen als Jagd- oder Treibhunde. Sie besaßen ein natürliches Gespür für Menschen, deren Schatten sich leicht erbeuten ließ. Wen sie einmal gewittert hatten, den konnten sie binnen weniger Augenblicke überall auf Erden wiederfinden. Dabei vermochten sie sich ganz nach Belieben als blitzgeschwinder Schemen oder als leibhaftiger Vogel durch die Lüfte zu bewegen. War der auserkorene Schatten erst einmal von seinem Besitzer getrennt, dann wurde er durch den »Kuss des Nachtfalken« – eine leise Berührung mit dem Schnabel – in eine Motte verwandelt, die fast von allein den Weg durchs Weltentor fand; selten musste ein Falke verirrten Faltern nachjagen, um sie wieder auf Kurs zu bringen.

Einen Moment lang schwirrte es unter dem Prisma der Seelen wie in einem Bienenstock. Trotzdem fand jeder Vogel, ohne den anderen in die Quere zu kommen, seinen Herrn oder seine Herrin.

»Tamaris, meine treue Freundin. Heute sollst du unserem wissbegierigen Junker zeigen, was in dir steckt«, begrüßte Maloron den auf seiner Schulter gelandeten Nachtfalken.

Corvin beneidete ihn um das prachtvolle Weibchen mit dem silbrig schimmernden Federkleid; es war etwas größer als seine zumeist rabenschwarzen Artgenossen.

Das Geflatter unter dem Felsvorsprung verstummte. Ab und zu hörte man noch das Pfeifen des Windes. Ansonsten herrschte erwartungsvolle Stille.

Corvin glaubte zu spüren, wie das Licht die Schlucht zu seinen Füßen durchströmte, ehe er es sah. Dann aber brach es mit umso gleißenderer Kraft hervor. Ein verschwindend kleiner Teil dieser kosmischen Energie traf auf das Prisma der Seelen, und ein Vorhang bunter Strahlen fächerte sich schräg darunter auf. Er zog sich unmittelbar vor Maloron und Corvin entlang vom Rand der Kluft bis an den Fuß des Felsvorsprungs. Das Licht aus dem Schlund brachte stürmische Böen mit sich, den Finsterniswind, der bis zum Ende der Eklipse wie ein Besen durch die Straßen von Negria fegen würden. Hier und da bauschten sich Umhänge.

Der Erste Schattenjäger hob die Hand mit der Sense und rief: »Es ist so weit, meine Gefährten. Bringt volle Ernte ein!«

Hierauf fühlte Corvin sich unvermittelt nach vorn geschoben und ehe er sich versah, war er durch den Vorhang bunten Lichts gestolpert.

Die Verwandlung vollzog sich tatsächlich in einem Nu. Corvin spürte nur ein kurzes Prickeln, so wie bei einem Sprung ins Wasser, wenn Abertausende Bläschen die Haut umsprudeln. Sehen konnte er dabei nichts außer blendender Helligkeit.

Mit einem Mal hörte er das Pfeifen des Windes. Seltsamerweise brauste es nicht *in* seinen Ohren. Es war vielmehr so, als sei er selbst Wind, Ohr, Geräusch oder alles zusammen. Dann wich das Gleißen und Corvin erblickte in gedämpftem Licht tief unter sich die See, eine ausgefranste Küstenlinie und eine schneebedeckte Landschaft. Deutlich war der sich nach Südosten vorschiebende Halbschatten des Mondes zu erkennen. Ein Vogel kreuzte Corvins Gesichtskreis. Es war Tamaris.

Ähnlich wie ein Chamäleon seine Färbung der Umgebung anzupassen vermag, konnten Nachtfalken auf Terra ganz nach Belieben zwischen ihrem wolkengleichen Körper und der Vogelgestalt hin und her wechseln. In dieser Hinsicht waren sie einzigartig unter den Fliegenden Schatten. Wenn sie es nicht besonders eilig hatten, zogen sie ihr Federkleid dem substanzlosen Schemen vor.

Das Falkenweibchen schlug übermütig Kapriolen, als könne es den Beginn der Jagd kaum erwarten. Corvin dagegen versetzte die schwindelnde Höhe in Panik.

»Vater, wir stürzen!«, schrie er vor Schreck.

»Das wäre nicht weiter schlimm«, antwortete Maloron ruhig aus unmittelbarer Nähe. »Dein Leib ist jetzt ein Fliegender Schatten, den dein Geist lenkt, wohin immer er will. Du besitzt weder Knochen noch sonst etwas, das hier zu Schaden kommen könnte.«

Obwohl nicht neu, war diese Erklärung für Corvin doch sehr beruhigend. Etwas verwirrte ihn jedoch. »Ich bin … ein Geist?«

»Nein. Du warst vorher ein Schatten und du bist es immer noch. Sieh mich an.«

Vor ihm erschien eine dunkle Gestalt aus Myriaden winzigster schwarzer Flocken, so durchscheinend wie eine Rußwolke. Trotzdem meinte er, in ihr seinen gestrengen Erzieher wiederzuerkennen. Im nächsten Moment zerstieb sie, als sei ein Windstoß in sie gefahren, und abermals erklang ganz nah die Stimme des Schnitters.

»Nur unsere Körper wurden umgewandelt. Sie schweben wie Wolken am Himmel, doch wenn Tamaris erst eine Witterung aufgenommen hat, wird sich das ändern.«

Der Nachtfalke schien nur auf das Stichwort gewartet zu haben. Er stieß einen hellen Schrei aus – ein schrilles Pfeifen, ganz ähnlich dem durchdringenden Quietschen eines Scharniers – und entschwand nach unten, wobei er sich scheinbar in Rauch auflöste.

»Ihm nach!«, rief Maloron.

Corvin fühlte sich unversehens von der Stelle gerissen. Offenbar zog ihn sein Ziehvater irgendwie mit sich, während er in atemberaubender Geschwindigkeit dahinsauste. Der junge Schatten richtete seinen Blick nach Osten, wo die Sonne noch dicht über dem Horizont stand – es machte ihm nichts aus, ihr offen ins Angesicht zu schauen. Deutlich konnte er sehen, wie sich die Mondscheibe vor den Feuerball schob. Er hatte in den vergangenen Ringen so viel über Finsternisse gelernt, doch all das war nichts gegen dieses himmlische Schauspiel …

»Geht es dir gut?«, erkundigte sich Maloron.

»Ja!«, jauchzte Corvin. Seine Beklommenheit hatte sich in Begeisterung verwandelt. »Fliegen wir wirklich so schnell wie der Blitz? Mir kommt es viel langsamer vor.«

»Und trotzdem ist es so. Deine Sinne haben sich dem hohen Tempo angepasst. Wart's nur ab, bis wir die Menschen sehen. Offenbar hat Tamaris in Xania einen Schatten gefunden, der reif zur Ernte ist.«

Unter ihnen war eine Stadt aufgetaucht. Sie lag an der innersten Bucht eines verzweigten Fjords. Corvin versuchte, sich anhand der Küstenlinie zu orientieren. Zu seiner Ausbildung gehörten neben dem eigentlichen Handwerk des Schnitters verschiedene Kampftechniken, die Sprachen, Religionen und die Geschichte der Menschen sowie das Fach Erdkunde – für die Schattenjäger unerlässlich, damit sie sich in ihrem Revier zurechtfanden. Xania, auch Christiania genannt, war die größte Stadt Norwegens, das eine Union mit dem Königreich Schweden bildete.

Jeder Jäger war durch ein unsichtbares Band mit seinem Nachtfalken verbunden. Daher wusste Maloron genau, wohin Tamaris ihn führte. Corvin musste sich überraschen lassen. Er war gespannt, welches Ziel – welche Person – der Vogel ausgewählt hatte. Voller Ungeduld harrte er des großen Moments, da er zum ersten Mal einem Schnitter bei der Ernte würde zusehen können.

Während der Lehrer und sein Schüler auf das Dächermeer von Xania hinabstießen, bemerkte Corvin eine Rauchfahne. Sie stieg von einem großen Gebäude auf, aus dessen beiden oberen Geschossen Flammen loderten … Nein. Er stutzte. Die Rauchsäule *stand* vielmehr darin, als wäre sie zu einem monströsen Stalagmiten, einem rußverschmutzten Tropfstein, erstarrt.

»Wieso bewegt sich der Qualm nicht, Vater?«

»Das kommt dir nur so vor, weil wir so flink sind. Die Langsamkeit dieser Welt mag dir anfangs verwirrend erscheinen, aber das ist ganz normal. Du wirst dich schneller daran gewöhnen, wenn du sie dir zum Verbündeten machst. Wir können den Schatten eines Menschen durch eine Attrappe ersetzen, ehe er sich's gewahr wird. Du weißt, wie wichtig das für Unsereinen ist.«

»Ja«, antwortete Corvin leise. Diese Lektion hatte er bis zum Erbrechen gelernt. Das *Eherne Gesetz des Schweigens* lautete: »Keinem Menschen darf je ein Beweis unserer Existenz in die Hände fallen. Osttarra und die Schattenjäger müssen auf alle Zeit ein Geheimnis bleiben.« Wer dieses Verbot missachtete, hatte sein Leben verwirkt. Er war vogelfrei. Jeder durfte den Verräter töten.

Nun ist landläufig bekannt, dass Schatten ziemlich robust sind. Sie zu vierteilen oder zu erwürgen gilt gemeinhin als unmöglich. Im Reich der Zeitlosen konnten sie zwar Schmerzen empfinden, doch es gab keine zuverlässige Methode, ihre Existenz auszulöschen. Selbst Meister Reschuths Mühle vermochte sie lediglich zu zerpflücken und mit anderen Schatten zu vermischen, wodurch ihre frühere Identität ausgelöscht und ihr Wesen flach und grau wurde. Allerdings war diese Verfahrensweise abschreckend genug, um jeden Verrat zu unterbinden.

Fast jeden, korrigierte sich Corvin in Gedanken. Einmal hatte er seinen Ziehvater so lange gelöchert, bis dieser einige Verstöße gegen das Eherne Gesetz erwähnte. Nur wegen dieser Abtrünnigen kursierten unter den Völkern der Erde Legenden vom Reich der Schatten. Allerdings nehme diese bisher kaum ein Mensch wirklich ernst.

»Ich lasse dich jetzt los. Folge mir ins Haus«, hörte Corvin die Stimme des Ersten Schattenjägers. Sie waren über dem brennenden Gebäude zum Stehen gekommen. Er spürte, wie ihn Malorons Geist freigab und nach unten entschwand.

Corvin zögerte, der Aufforderung sofort nachzukommen. Stattdessen ließ er seinen Blick fasziniert in die nähere Umgebung schweifen. Trotz des gedämpften Sonnenlichts fand er hier alles schreiend bunt. Er fragte sich, ob dieser überwältigende Eindruck mit der besonderen Wahrnehmung Fliegender Schatten zu tun hatte. Sie besaßen, so wurde ihm berichtet, nicht nur ein ungemein feines Gehör, sondern konnten auch kleinste Dinge in der Ferne mit großer Klarheit sehen.

Aber mit der Farbigkeit hier fingen die neuen aufregenden Entdeckungen erst an. Vor allem war die Welt der Tiefe so plastisch. Verglichen mit ihr kam ihm Osttarra nur wie ein hübsches Gemälde vor. Jetzt erst verstand er, warum König Saros um jeden Preis die dritte Dimension erobern und die Menschen in die Rolle der Schatten zwingen wollte.

Die Menschen!

Corvin kannte sie nur aus den Berichten der Schattenjäger, wenn sie von ihren Streifzügen erzählten. Hier sah er die »Schnecken«, wie nicht wenige Schnitter sie abfällig nannten, in ihrer ganzen Lebendigkeit.

Zugegeben, sie wirkten auf ihn tatsächlich ziemlich träge und eher wie schrill angemalte Figuren auf einem großen Spielbrett. Gleichwohl konnte er die Verachtung der Schattenjäger für diese Geschöpfe aus Fleisch und Blut nicht nachempfinden. Er meinte, rund um das brennende Haus hinreichend viele Exemplare von ihnen zu sehen, um sich dieses Urteil erlauben zu können. Ja, trotz aller Schrecklichkeit, die in dieser Momentaufnahme ihres sterblichen Daseins versammelt war, fand Corvin die Menschen unbeschreiblich schön.

Der Brand hatte zahlreiche Schaulustige angelockt. Männer in Uniformen mit großen Helmen auf den Köpfen setzten alles daran, ihn zu löschen. Etliche bedienten eine Pumpe auf einem Pferdefuhrwerk, von dem aus ein Schlauch in einen nahen Feuerlöschteich führte. Andere Kameraden richteten Spritzdüsen auf das Haus oder versuchten, mit langen Einreißhaken ein Übersetzen der Flammen auf benachbarte Gebäude zu verhindern. Einige Wagemutige liefen mit nassen Decken über den Köpfen ins Haus, um daraus zu retten, was noch zu retten war.

Ein paar Schritte abseits stand ein Mann, der mit seinen Armen zwei Kinder umfangen hielt. Sie waren wohl den Flammen mit knapper Not entkommen. Mit nichts als den Kleidern auf dem Leib standen sie jetzt da, die rußverschmutzten Gesichter von Tränen verschmiert, und starrten verzweifelt in die lodernden Fenster. Sie schienen etwas zu rufen, aber weil die ganze Szene für Corvin wie erstarrt wirkte, konnte er sie nicht verstehen.

Dieses »Gemälde« der vom Unglück heimgesuchten Familie drückte so viele Gefühle aus, dass ihm ganz mulmig wurde. Obwohl die drei unbestreitbar Schreckliches durchlitten, beneidete er irrwitzigerweise die Kinder, weil er zwischen ihnen und ihrem Vater eine Nähe wahrzunehmen glaubte, die er bei Maloron nie erfahren hatte. Was sie wohl riefen …?

Plötzlich erschauderte er, nicht buchstäblich, nur sein Geist erbebte unter der schrecklichen Erkenntnis: In dem brennenden Haus musste sich noch jemand befinden! Vermutlich die Mutter der weinenden Kinder, die Frau des verzweifelten Mannes.

Ja, so musste es sein. Tamaris hätte ihren Falkner niemals in das Gebäude geführt, wenn sich darin nicht noch jemand aufhielte. Die Vögel wussten instinktiv, wo das Risiko einer Entdeckung für die Jäger am geringsten war.

Mit einem Mal gab es für Corvin kein Halten mehr. Vielleicht konnte die Ärmste noch gerettet werden. Er stürzte sich mitten in die gelbrote Lohe hinein.

Auf dem Dachboden herrschte heilloses Durcheinander. Überall lagen brennende Balken und verkohltes Gerümpel herum. Möglicherweise hatte ein Blitz das Feuer hier oben entfacht. Keine Menschenseele war zu sehen. Corvin meinte seinen Ziehvater irgendwo unter sich zu spüren. Die Decke zum nächsten Geschoss war ebenfalls eingestürzt.

Er schwebte durch den halb eingestürzten Fußboden in eine kleine Kammer hinab, in der die zu Asche zerfallenen Überreste von vier Betten schwelten – vermutlich das Schlafzimmer der Familie. Ringsum tobte noch das Feuer.

Auch hier hielt sich niemand auf. Corvin machte sich an die Durchsuchung der übrigen Räume des Obergeschosses.

Im rückwärtigen Teil des Gebäudes traf er auf eine geschlossene Eisentür. Als er sie durchdrang, spürte er einen Widerstand, so als tauche er durch eine zähe Flüssigkeit. Hiernach fand er sich in einem großen, mit Regalen vollgestellten Raum wieder, in dem sich bis unter die Decke Stoffballen stapelten. Der Hausbesitzer musste wohl ein Tuchhändler oder Schneider sein. Aus den Ritzen zwischen den Deckenbalken quoll Rauch, aber noch hatte das Feuer den Raum nicht erobert. Im Boden war eine Falltür eingelassen, vermutlich ein Zugang zum Untergeschoss. Weil sich auch in dem Lager niemand aufhielt, verließ es Corvin wieder.

Im letzten Raum wurde er schließlich fündig. Vor ihm strahlte ein weißes Licht, das sich deutlich vom übrigen Feuer abhob. Maloron hatte die Sensenklinge also schon enthüllt. Abgesehen von dem Gleißen konnte Corvin nichts erkennen, weil ihm herabgestürzte Balken und lodernde Flammen die Sicht nahmen. Er schwebte näher an seinen Ziehvater heran.

Und dann sah er sie, den Schattenjäger und seine Beute.

Die Frau kauerte zusammengekrümmt an einer Wand, die von den Flammen bisher verschont geblieben war. Ihr tränen- und rußverschmiertes Gesicht hatte sie dem Boden zugewandt. Der Schemen des Jägers schwebte vor ihr hin und her, während er ruhig seinem Handwerk nachging. Auch das hatte Corvin bereits gelernt: Solange der Schnitter sich bewegt, bleibt er für seine Beute so gut wie unsichtbar. Meistens jedenfalls. Für einige wenige Menschen galt diese Regel nicht, aber die verängstigte Frau gehörte offenbar nicht zu jenen besonders Begabten.

Maloron befestigte gerade die Schattenattrappe am Verschnitt, welcher beim Ernten gewöhnlich an den Füßen übrig gelassen wurde. Hierzu war kein Leim oder Heftfaden nötig. Weil die Fälschung aus dem gleichen Grundstoff wie das Original bestand, klebte sie ganz von allein. Der Jäger bemerkte, dass sein Schüler endlich eingetroffen war.

»Wo bist du so lange gewesen?«

»Ich … ich habe die Menschen beobachtet«, antwortete Corvin benommen. Er verstand nicht, wie sein Vater so ruhig an der Frau herumhantieren konnte, während sie um ihr Leben bangte.

Maloron klang jetzt streng und hart. »Die Menschen laufen dir nicht weg, Junker Corvin. Aber hier hättest du lernen können, wie man einen Schatten sauber abschneidet und ihn unbemerkt durch eine Imitation ersetzt.« Schwungvoll entrollte sich am Boden die hauchzarte Attrappe der Frau.

Je länger Corvin seinen schemenhaften Lehrmeister anstarrte, desto deutlicher sah er dessen Konturen. Aber dies machte das Geschehen für ihn nur umso schrecklicher, erinnerte es ihn doch daran, wie ähnlich Osttarrer den Menschen waren.

»Wir müssen der Frau helfen, Vater!«

»Wieso?«

»Weil sie sonst sterben wird.«

»Das ist nicht unsere Sache.«

»Du hast mich gelehrt, Schatten zu sammeln, Vater. Von Töten war nie die Rede.« In Corvins Stimme mischte sich zunehmend Verzweiflung, während diejenige Malorons immer kälter wurde.

»Deine Ausbildung ist noch nicht beendet, Junker Corvin. Das Eherne Gesetz des Schweigens verlangt uns manchmal Härte ab. Würden wir dieser Frau helfen, könnte sie uns entdecken.«

»Sie ist viel zu verwirrt, um sich einen Reim darauf zu machen. Nur *ein* Wort von dir würde genügen, um ihr den Weg nach draußen zu zeigen, Vater.«

»Wir spielen nicht Schicksal, Corvin. Merke dir das. Und jetzt komm. Die Finsternis schreitet voran.« Maloron wandte sich von der Entschatteten ab und bewegte sich auf seinen Schüler zu. Als er an diesem vorbeischwebte, zischte er: »Was zögerst du noch? Hier gibt es nichts mehr für uns zu tun.« Ohne innezuhalten, setzte er seinen Weg in Richtung Fenster fort.

Corvins Blick wanderte zurück zur Frau. Sie schien sich bereits mit ihrem Ende abgefunden zu haben. Nicht jedoch er. Um nur *ein* Wort hatte er Maloron gebeten …

Er wusste nicht, was ihn dazu bewog, doch anstatt seinem Herrn und Meister zu folgen, schwebte er zu der zusammengesunkenen Frau. Rasch drang er durch die Nase in ihren Kopf ein. Er hatte gelernt, wie man sich als Fliegender Schatten im Bewusstsein eines Menschen ohne den Umweg übers Ohr Gehör verschaffen konnte. Die dazu notwendige Sprache war universell, sie war das Verstehen selbst. So weit die Theorie. Doch würde er seine Kenntnisse auch praktisch anwenden können?

Corvin konzentrierte sich, nahm seine ganze Entschlossenheit zusammen und flüsterte: *Tuchlager!* Danach zog er sich sofort wieder aus dem fremden Geist zurück.

Gespannt blickte er in die wasserblauen Augen der Frau. Und tatsächlich! Eben noch waren sie so leer gewesen wie fischlose Teiche, doch nun erschien darin plötzlich ein Strahlen. War es der Widerschein der Hoffnung? Hatte sie verstanden? Würde sie ihre Angst überwinden, sich aufraffen und in das Stofflager hinübergehen, um durch die Bodenluke ins Erdgeschoss zu gelangen?

Ihm blieb keine Zeit, sie weiter zu beobachten. Wohl wissend, dass Maloron ungeduldig auf ihn wartete, verließ er das brennende Haus.

Als Corvin seinen Lehrmeister in luftiger Höhe einholte, war dieser gerade abgelenkt. Maloron streckte dem Nachtfalken seine Beute entgegen, als wolle er Tamaris damit füttern. Sie hatte wieder ihre Vogelgestalt angenommen. Wie ein Kolibri schwebte sie auf den dargebotenen Schatten der Frau zu und berührte ihn mit dem Schnabel.

Augenblicklich zerfiel der Schemen unter dem »Kuss des Nachtfalken« scheinbar zu Staub. Doch gleich darauf tauchte aus der dunklen, sich rasch verflüchtigenden Wolke eine Motte auf. Ohne langes Zaudern machte sie sich auf den Weg zum Weltentor.

Um unangenehmen Fragen vorzubauen, ergriff Corvin sofort das Wort. Dabei erwähnte er beiläufig den Namen des stellvertretenden Ersten Schattenjägers, den sein Ziehvater sehr schätzte.

»Schangar hat gesagt, in der Welt der Tiefe erzähle man sich eine Geschichte von den Nachtfaltern. Man glaubt, wenn einer Staub auf den Flügeln trägt, sei er früher ein Mensch gewesen. Sind wir Schnitter der wahre Kern dieser Legende?«

Maloron fiel auf die Finte nicht herein. Barsch erwiderte er: »Ehe du dich Schnitter nennen darfst, musst du noch viel lernen, Junker Corvin. Warum bist du mir nicht gefolgt, wie ich es dir befohlen habe?«

»I-Ich musste die Frau ansehen. Sie … sie tat mir leid.«

»Wie bitte?«

»Ich konnte nicht verstehen, warum wir sie ihrem Schicksal überlassen …«

»Du hast dich ihr doch nicht etwa gezeigt?«

»N-Nein. Ganz bestimmt nicht.«

»Oder zu ihr gesprochen.«

Corvin zögerte. Er steckte in einer Zwickmühle.

»Antworte mir!«, donnerte Maloron.

Ein einziges Wort zu flüstern, kann man kaum als Sprechen bezeichnen, überlegte sich Corvin. Daher sagte er: »Nein.«

»Ist das wahr?«

»Habe ich dich jemals belogen, Vater?«

Auch diesmal blieb das Zauberwort nicht ohne Wirkung. Erheblich milder sagte Maloron: »Du bist zu wichtig für Osttarra, für Saros und … und auch für mich, um dich an ein Gefühl wie Mitleid zu verlieren. Vergiss nie, dass es für Verräter keine Gnade gibt. Im besten Fall fristen sie ein Dasein in völliger Dunkelheit tief unter dem Palast des Königs. Willst du etwa so enden, im schlimmsten Kerker von Biráh Sharu?«

»Ganz bestimmt nicht, Vater.«

»Dann bleib ab jetzt immer an meiner Seite, beobachte und schweige. Habe ich mich klar und deutlich ausgedrückt?«

»Ja, Vater.«

»Gut. Folge mir. Die Finsternis hat erst begonnen. Wir wollen heute reiche Ernte halten.«

Der Erste Schattenjäger schickte seinen Nachtfalken wieder auf Spurensuche. Maloron und Corvin folgten ihm.

Nach Menschenmaß vergingen etwa zwei Stunden, in denen sie zahlreiche Schatten erbeuteten, darunter den eines in Seenot geratenen Fischers in der Ostsee, den einer den Kirchenboden schrubbenden Nonne in Riga, den eines aus Anlass einer Universitätsgründung in Warschau sich verspätenden Festredners, den eines vom Sturm seiner Papierblumen beraubten Blumenmädchens auf dem Altonaer Fischmarkt und nicht zu vergessen den eines katastrophal glücklosen Wertpapierhändlers an der Londoner Börse …

All diese Menschen, wie auch die übrigen von Maloron Heimgesuchten, verband eine Gemeinsamkeit: Sie waren zum Zeitpunkt ihrer Entschattung sehr beschäftigt. Ihr lichtarmes Anhängsel interessierte sie nicht. Und obwohl die Umrisse ihrer Attrappen oft wenig mit dem Original übereinstimmten, hatte der Schnitter kaum etwas zu befürchten. Schatten sind ohnehin meist verzerrt, da sie sich selten auf einem glatten Untergrund abzeichnen. Abgesehen davon machte sich sowieso kaum jemand die Mühe, seinem Schatten mehr als einen flüchtigen Blick zu widmen.

Während Maloron und Corvin der britischen Hauptstadt den Rücken kehrten, richtete der Erste Schattenjäger zum ersten Mal seit Xania wieder das Wort an seinen Schüler.

»Heute wird Reschuth sich nicht beklagen. Wir haben eine ansehnliche Strecke erbeutet.«

»Heißt das, unsere Jagd ist schon beendet?«, wunderte sich Corvin. Er konnte spüren, dass die Sonnenfinsternis sich erst ihrem Höhepunkt näherte.

»Die Jagd ja«, antwortete Maloron, »aber nicht unser Streifzug durch die irdischen Lande. Wenn gleich die größte Dunkelheit beginnt, sollten wir festen Boden unter den Füßen haben.«

Mit einem Mal wurde Corvin ganz aufgeregt. »Du meinst, weil wir uns in Fleisch und Blut verwandeln? Weil … weil wir dann wie Menschen sein werden?«

»Nur dem Anschein nach. Im Gegensatz zu ihnen bleiben wir so gut wie unverwüstlich«, brummte Maloron. Ihm missfiel offenbar die Begeisterung seines Zöglings für das Menschengeschlecht. Dies dämpfte allerdings kaum Corvins Erregtheit.

»Hast du einen bestimmten Ort für meine erste Verwandlung ausgesucht, Vater?«

»Ja. Es gibt noch einen alten Vertrag, den ich heute erfüllen muss. Lass uns nach Schottland fliegen.«

Corvin vernahm nur ein Flüstern, als der Erste Schattenjäger seinem Nachtfalken das nächste Ziel mitteilte. Unmittelbar darauf wurde Tamaris wieder zu einem dunklen Schemen und zischte in Richtung Nordwesten davon.

»Von jetzt an gilt wieder, was ich dir vorhin gesagt habe: Beobachte und schweige«, ermahnte Maloron seinen Schüler auf ein Neues. »Und nun komm!«

Gemeinsam folgten die Fliegenden Schatten auf einem schnurgeraden Kurs dem vorauseilenden Nachtfalken. Sie eilten über eine grüne Landschaft hinweg, die vorwiegend durch Hecken, später zumeist durch Mauern in einzelne Felder und Weiden unterteilt war. Dazwischen erstreckten sich immer wieder dunkle Wälder. Allmählich wurde das Gelände hügeliger, dann sogar bergig – vielerorts waren schroffe Felsen zu sehen. Corvin amüsierte sich gerade über ein verspielt wirkendes Gebäude mit Türmchen, Bögen und Säulen, das in zartem Rosa und Weiß gehalten war, als der Nachtfalke nach Nordosten abbog und zugleich in den Sinkflug überging.

»Da vor uns sind sie«, sagte Maloron wenig später. Tamaris hatte gerade ihre Falkengestalt angenommen.

Corvins erblickte zwei Reiter, die in der Nähe eines Bachlaufes zwischen parallel verlaufenden Steinmauern hindurchtrabten. Der eine saß auf einem Rotfuchs, der andere war noch ein Kind und ritt ein Pony.

»Schnell, gleich beginnt die Verwandlung!«, drängte Maloron und hielt direkt auf die beiden zu.

Als Fliegende Schatten huschten er und sein Schüler dicht über den Köpfen der Reiter hinweg und landeten etwa eine halbe Meile weiter voraus. Weil der Weg an dieser Stelle einen Bogen beschrieb, waren die beiden Menschen noch nicht zu sehen. Nach Corvins Zeitempfinden bewegten sie sich nur wie Schnecken auf ihn zu, daher wurde seine Geduld auf eine harte Probe gestellt. Er hätte zu gerne gewusst, warum Maloron sie hier abpassen wollte …

Unvermittelt spürte er ein heftiges Brennen wie von tausend Nesseln. Auch seine anderen Schattensinne spielten verrückt: Er hörte ein mächtiges Rauschen und sah nur noch tanzende Sterne. Bevor diese Irritationen unerträglich werden konnten, ließen sie aber schon wieder nach – die Verwandlung war abgeschlossen.

Als Corvin wieder klar sehen konnte, musterte er benommen seine Hände und ließ hiernach den Blick bis zu den Stiefelspitzen hinabwandern. An seiner schwarzen Kleidung hatte sich nichts geändert, doch er war genauso plastisch wie die Menschen und die Farbe seiner Haut erschien ihm lebendiger als in Osttarra.

Mit einem Mal hörte er aus der Ferne das dumpfe Trommeln der herantrabenden Pferde. Offenbar hatte sich mit der Vermenschlichung auch sein Zeitgefühl verändert. Gespannt wartete er auf das Erscheinen der Reiter. Immer lauter wurde das Hufgetrappel. Und dann kamen sie unvermittelt um die Biegung. Vornweg ritt der Mann auf dem braunroten Pferd.

Als er Maloron und Corvin bemerkte, stieß er einen entsetzten Schrei aus und riss an den Zügeln. Während sein Ross wieherte und vorne hochging, starrte er entsetzt auf den Ersten Schattenjäger. Und dann auch auf ihn, seinen schweigenden und beobachtenden Schüler. Gab es da ein Erkennen in den weit aufgerissenen Augen des Fremden?

Corvin stockte der Atem. Sein Herz fing an zu rasen. Rasch wandte er sich dem zweiten Reiter zu, der sein Pony gerade zum Stehen brachte. Tatsächlich! Schon bei dem Mann war Corvin eine Ähnlichkeit mit sich selbst aufgefallen, aber der Junge sah aus wie sein jüngerer Bruder, ja, fast wie sein Spiegelbild. Die beiden schienen Vater und Sohn zu sein. Aber, so fragte sich Corvin, was bin dann ich?

Mit einem Mal fühlte er sich von den blauen Augen des Jungen fixiert. Sie weiteten sich, als habe er jetzt erst die beiden Schattenjäger entdeckt und wundere sich ebenfalls über die eigene Ähnlichkeit mit dem anderen …

Das kurze Zusammentreffen beider Blicke endete jäh, als der erste Reiter mit dem Kopf auf die Mauer fiel.

»Vater! Was ist …?«, rief der Knabe mit erstickter Stimme. Hektisch schwang er sich von seinem Pony und eilte zu dem Gestürzten.

Corvin hatte es die Sprache verschlagen. Er konnte nur entgeistert den weinenden, ihm so verblüffend ähnlichen Jungen anstarren, während dieser den blutenden Kopf des reglos daliegenden Vaters zwischen die Hände nahm und ihn anflehte, etwas zu sagen.

Im nächsten Moment spürte Corvin, wie sich sein Körper wieder in einen Schatten verwandelte.

»Sir! Bitte helfen Sie mir«, brach es unvermittelt aus dem Knaben hervor.

Am liebsten hätte Corvin ihm ein Wort des Trostes zugerufen, doch es war zu spät. In dem Moment, als der Junge mit einem verzweifelten »Warum?« auf den Lippen von seinem Vater aufblickte, wohl um sich direkt an die Zeugen des Unglücks um Hilfe zu wenden, erstarrte die Zeit. Oder wenigstens hatte es für Corvin den Anschein, als sei die Szene plötzlich eingefroren.

Die tränenverschleierten Augen des Knaben blieben lange ungläubig auf die Stelle gerichtet, wo die beiden Schattenjäger schwebten.

»Komm«, flüsterte Maloron, »das Werk ist getan. Ich habe mein Versprechen eingelöst.«

7. Tod und Leben

Kürze begehr ich,
Und ich verirr in das Dunkel.
Horaz

Corriemulzie (Schottland)
19. November 1816

Im Haus der Lamonts herrschte Totenstille, obwohl noch niemand gestorben war. Nur das Prasseln des Regens auf dem Dach störte die vollkommene Ruhe. Robert Lamont lag bewusstlos im Bett, während Doktor Cruickshank ihn versorgte. Elspeth stand händeringend daneben; ab und zu tupfte sie sich mit einem spitzenbesetzten Taschentuch die Tränen aus den verquollenen Augen. Ihre Söhne John und Daniel saßen benommen am Esstisch im Kaminzimmer. Durch die offene Tür beobachteten sie stumm jede Bewegung des Arztes.

John zuckte zusammen, als eines der Torfstücke im Kamin knackte. Seine Nerven waren zum Zerreißen angespannt. Was ist nur los mit dir?, fragte er sich. Vater ringt mit dem Tod und deine Gefühle sind – ganz taub. John fühlte sich elend, sogar schuldig – ein guter Sohn musste anders empfinden als er. Am liebsten hätte er wie ein Schlosshund losgeheult, aber wenn sein älterer Bruder sich wie ein

Mann zu benehmen wusste, dann wollte er ihm darin nicht nachstehen. Wenigstens bekam der kleine Thomas nichts von der Tragödie mit; er schlief im Kinderzimmer den seligen Schlaf der Ahnungslosen.

Immer wieder marterte sich John mit dem Gedanken, ob ihn am Unglück des Vaters irgendeine Schuld treffe. Liebe bewegte ihn kaum dazu, sondern eher die Befürchtung, seine Pflicht als anständiger Sohn vernachlässigt zu haben. Gemessen an der tragischen Situation gingen ihm einmal mehr völlig absurde Fragen durch den Kopf. Würde er sein Pony behalten können? War er am Ende schuld, wenn die Familie demnächst am Bettelstab ging? Und dann doch wieder die Selbstanklage: Hätte ich Vater vor den beiden Fremden warnen können?

Wie denn?, versuchte er sich zu beruhigen. Sie sind mir ja erst aufgefallen, nachdem das Verhängnis bereits seinen Lauf genommen hatte. Oder wäre der arme Vater jetzt besser dran, wenn die zwei Bauern ihn auf ihrem Wagen zum Arzt nach Braemar anstatt nach Hause gefahren hätten?

Der Unterschied machte höchstens zwei Meilen aus, und Doktor Cruickshank war sofort nach Corriemulzie aufgebrochen, nachdem John ihm von dem Unfall berichtet hatte. Die Argumente zu seiner Entlastung hätten wohl jeden Richter überzeugt, nur Johns Selbstvorwürfe brachten sie nicht zum Verstummen.

Im Nebenzimmer tat sich etwas. Die Versorgung des Verletzten war offenbar abgeschlossen, denn Doktor Cruickshank deckte Robert bis zum Kinn mit der Daunendecke zu, erhob sich von der Bettkante und wandte sich dann an Elspeth. Dadurch konnten ihn auch ihre Söhne von vorne sehen.

Johns Herz schien einen Schlag auszusetzen. Trotz seiner jungen Jahre vermochte er in der Miene des Arztes zu lesen wie in einem aufgeschlagenen Buch. Es gibt keine Hoffnung mehr, stand da geschrieben. Die Ehefrau des Todgeweihten war jedoch scheinbar blind für das Offensichtliche.

»Wie geht es ihm?«, fragte sie.

Doktor Cruickshank atmete tief durch. Seine Stimme schnarrte wie ein beschädigtes Mühlenrad, als er antwortete: »Bob hat eine schwere Schädelfraktur erlitten, bei der sein Gehirn in Mitleidenschaft gezogen wurde. Ich habe ihm Laudanum gegen die Schmerzen verabreicht, die Platzwunde genäht und ihn bandagiert. Mehr kann ich leider nicht für ihn tun.«

»Wollen Sie damit sagen …?« Elspeths Stimme brach in einem erstickten Laut.

Der Arzt nickte mit hängendem Kopf. »Ich kann Ihnen nur wenig Hoffnung machen, Mrs Lamont. Sie sollten den Priester kommen lassen.«

Schluchzend presste sie sich das Taschentuch gegen den Mund.

Daniel sprang wie von einer Hornisse gestochen vom Tisch auf und rannte zur Tür. »Ich reite nach Braemar.« Es waren die ersten Worte, die ihm über die Lippen kamen, seit die zwei Bauern seinen Vater ins Haus getragen hatten.

»Nimm nicht den Fuchs!«, rief Elspeth ihm nach, doch er war schon in den Regen hinausgestürmt.

John erhob sich ebenfalls vom Tisch, lief zu seiner Mutter und umarmte sie. Er hätte sie so gerne getröstet, doch ihm fehlten die Worte.

Liebte er seinen Vater denn nicht? Oder hatte sich sein Herz nur verkapselt, um den Schmerz nicht heranzulassen?

Während er dem Herzschlag der Mutter lauschte, wurden diese Fragen zu einem Kreisel in seinem Kopf. Dieser drehte sich immer schneller um die eigene Achse, doch er konnte in seinen Gefühlen keine Antwort finden. Hatte denn am Morgen, während er um den gestürzten Vater bangte, nur die Vernunft um Hilfe geschrien? Sicher, mit dem Verstand hätte er sofort erwidern können: Ich bin sein Sohn, natürlich liebe ich ihn.

Doch war das wirklich so?

Oder herrschte in seiner Seele totale Finsternis?

Erst nach langem verzweifelten Suchen stieß er darin, ganz tief unten, auf ein Gefühl, das diese Liebe sein musste, ein erschreckend kleiner Rest dessen, was ihm offenbar abhanden gekommen war. Doch ebenso wie der Strahlenkranz der verfinsterten Sonne den Menschen noch etwas Licht zu geben vermag, erfüllte ihn dieses Empfinden trotzdem mit Wärme, als er es in sein Herz eindringen ließ.

Ja! Er liebte seinen Vater, wenngleich diese verkümmerte Liebe sich auf die Krücken des Verstandes und des Sinns für das Richtige stützen musste. Glücklich, dieses Überbleibsel des hellsten aller Gefühle doch noch gefunden zu haben, hob John es gleichsam in sein Bewusstsein empor, damit er es vor dem inneren Auge behielt und nicht wieder vergaß …

Ein Räuspern aus dem Hintergrund brachte seine Gedanken zum Stocken. Es war der Arzt.

»Ich möchte mich verabschieden, Mrs Lamont. Von nun an liegt Bobs Leben in Gottes Händen.«

Elspeth löste sich aus der Umklammerung ihres Sohnes, bedankte sich bei Doktor Cruickshank und geleitete ihn zur Tür. Auf dem Weg nach draußen redete er noch eine Weile beruhigend auf sie ein.

John war bei seinem Vater geblieben. Er ließ sich auf der Bettkante nieder, beäugte scheu den großen Kopfverband, der nur Roberts Gesicht freiließ, und nahm schließlich die Hand des Schlafenden. Es war eine gute Hand, machte er sich klar. Eine Hand, die ihn öfter liebkost hatte, als es gewöhnlich die Hände anderer Väter taten – so als wolle sie die Liebe eines ganzen Lebens in wenigen Jahren spenden. Doch jetzt war diese Hand kühl …

Und sie zuckte!

»Vater?«, hauchte er und hielt den Atem an.

Robert stieß einen leisen Seufzer aus. Seine Augenlider begannen zu flimmern. Dann öffnete er sie und sah mit verschleiertem Blick seinen Sohn an. »John!«, flüsterte er. Seine Stimme war nicht mehr als ein flüchtiger Dunst.

»Ich bin hier, Vater.«

Ein zerbrechliches Lächeln erschien auf Roberts Gesicht. »Das ist gut, mein Junge. Mir bleibt nicht mehr viel Zeit, aber … wenigstens hat Maloron dich verschont.« Er sprach so leise, dass sein Sohn den Kopf neigen und ganz nahe an ihn heranrücken musste, um überhaupt etwas zu verstehen.

»Maloron? Du meinst, den Mann mit der Sense?«

»Ja. Er … er ist ein Schattendieb aus Osttarra. Sogar der oberste von ihnen. Zweimal hat er uns schon besucht: kurz nach deiner Geburt und dann ein halbes Jahr später – jedes Mal zur Zeit einer Sonnenfinsternis. Maloron hat …«

Roberts Stimme brach. Er schloss die Augen.

John erschrak. War sein Vater gestorben? Er wandte sich dem Wohnzimmer zu, um seine Mutter zu rufen. Sie stand immer noch an der Tür und sprach mit dem Arzt. Doch ehe er sich ihr bemerkbar machen konnte, spürte er, wie seine Hand von der des Vaters schmerzhaft umklammert wurde.

»Warte!«, stöhnte Robert. »Elsie will nichts von dem hören, was ich dir zu sagen habe. Es ist nur für dich …« Abermals versagte ihm die Stimme.

»Ich höre, Vater.«

»Maloron hat dir deinen Schatten gestohlen.«

John merkte, wie sich sein Gesicht verzog, als er gegen die Tränen ankämpfte. Sein Vater musste bei dem Sturz den Verstand verloren haben. »Es ist alles gut«, sagte er sanft. »Mein Schatten ist wieder da, wo er hingehört.«

»Das ist Teufelswerk«, widersprach Robert heftig. »Nur ein Trugspiel für die Sinne. Der Besucher aus dem Schattenreich hat dir irgendetwas anderes angehängt, um uns zu täuschen. Aber …« Die Erregung zwang ihn zu einer weiteren Verschnaufpause.

»Vater …«, würgte der Junge hervor. Seine Unterlippe bebte, weil er sich so ohnmächtig fühlte. Hilflos umklammerte er mit beiden Händen die Rechte des Todgeweihten, während er das Gehörte einzuordnen versuchte: Sein Gehirn hat Schaden genommen. Er redet irre. Es gibt keine Schattendiebe.

Unterdessen hatte Robert noch einmal die letzten Kraftreserven mobilisiert, um seinen Sohn nicht ohne Hoffnung zurückzulassen. »Sorge dich nicht um deine Zukunft, John. Maloron … Der Erste Schattenjäger gab mir sein Wort, dass du ein Großer unter den Menschen werden wirst, wohlhabend, berühmt und von allen geachtet. Und was er dir geraubt hat, wird sogar das Schicksal unserer und der Schattenwelt verändern. Ich … Ich …« Er schöpfte tief Atem. »Ich wusste, dass mein Tag kommen wird, obwohl …« Schwach schüttelte er den Kopf. »Umarme Daniel für mich und … und sage Mutter, dass ich sie liebe.«

Hilflos musste John mit ansehen, wie der letzte Atemzug den Lungen seines Vaters entströmte. Robert schien förmlich in sich zusammenzufallen. Er schloss noch aus eigener Kraft die Augen. Dann sank sein Kopf zur Seite und er verschied.

»Nein!«, schrie John. Seine ganze Verzweiflung brach in dem Klageruf aus ihm heraus. Er konnte und wollte die Tränen nicht länger zurückhalten. Während sein Kopf auf die leblose Hand des Vaters sank, begann er hemmungslos zu weinen.

Mit einem Mal – es erschien ihm wie eine Ewigkeit – hörte er polternde Schritte und kurz darauf neben sich die Stimme der Mutter.

»Bob! Liebling! Tu mir das nicht an! Bitte geh nicht! Lass uns nicht …«

»Er kann Sie nicht mehr hören, Mrs Lamont«, mischte sich das schnarrende Organ des Arztes ins Schluchzen der Trauernden. »Bob ist jetzt da, wo ihn weder Sorgen noch Schmerzen mehr plagen.«

In der Natur folgt jedem Sterben ein Neuanfang. Das war auch im Frühling 1817 nicht anders gewesen, als die erstarkende Sonne in den Highlands den Schnee weggeschmolzen hatte und sich überall neues Leben regte. Die Pflanzen begannen wieder zu sprießen, die Schafe bekamen ihre Lämmer und auch John Lamont fing allmählich an, den Blick nach vorne zu richten. Schon um seines viel zu früh verstorbenen Vaters willen wollte er sich nicht in Selbstvorwürfen zerfleischen.

Inzwischen war es Sommer geworden. Johns Gedanken marschierten wie so oft auf verschlungenen Pfaden, während seine Füße ihn über einen vergleichsweise geraden Weg zur Dorfschule trugen. Sie lag in dem zwei Meilen entfernten Inverey. Die schnelle Auffassungsgabe seines zweiten Sohnes hatte Robert Lamont dazu bewogen, keine Kosten und Mühen zu scheuen, dem Jungen eine gute Erziehung durch richtige Lehrer angedeihen zu lassen. Er war mit Elspeth sogar übereingekommen, dem vielversprechenden »Sternengucker« eine wissenschaftliche Ausbildung angedeihen zu lassen. Ehe es dazu hatte kommen können, war er leider aus dem Leben geschieden.

Immer wieder drängten sich die schrecklichen Erlebnisse jenes Novembertages in Johns Bewusstsein. Nein, ihn traf weder eine Schuld an dem Reitunfall noch an dessen tragischem Ausgang, appellierte er einmal mehr an seine Vernunft. Wenn jemand den Vater zu Tode erschreckt hat, dann der Schattendieb Maloron …

»Du bist ein Holzkopf«, beschimpfte sich John selbst und klappte rasch den Mund zu. Mit eingezogenem Kopf blickte er sich nach etwaigen Lauschern um, vor allem den älteren Schulkameraden, die ihm seine Selbstkritik später unter die Nase reiben konnten. Doch er war ganz allein auf dem Weg. Niemand hatte ihn gehört, außer vielleicht ein Vogel, und Vögel musste er nun wirklich nicht fürchten.

Diesen Maloron aber auch nicht.

Er stampfte mit den Füßen noch fester auf, als könne er diese Einsicht damit ein für alle Mal in sein Bewusstsein einpflocken. Der Schattendieb musste ein Hirngespinst seines armen Vaters gewesen sein, nichts als das wirre Gerede eines sterbenden Mannes.

Und was war mit den beiden herrenlosen Schatten, die er mit eigenen Augen an der Mauer gesehen hatte?

»Eine Fata Morgana«, beschied John und beschleunigte seinen Schritt. Oder eine Halluzination. Deshalb hatte er auch sein älteres Ebenbild gesehen. Solche Gaukeleien kann nur ein überreizter Sinn herbeizaubern und den hatte er zweifellos gehabt. Was sonst hätte die seltsame Erscheinung denn gewesen sein können?

Verstohlen blickte sich John nach dem eigenen Schatten um. Sah er nicht ein wenig blass aus? Bei den Dunstschleiern am Himmel kein Wunder, beruhigte er sich. Immerhin war der Schatten da, wo er hingehörte, und er folgte willig jeder Bewegung des Körpers.

John schnaubte. »Von wegen Teufelswerk! Das Ding ist echt.«

Wenig später tauchte vor ihm das kleine Schulgebäude auf, ein graues Häuschen mit Spitzdach und zwei viereckigen Schornsteinen an den Stirnseiten. Immerhin verfügte es über zwei, im Winter beheizte, Klassenzimmer. Viele Pächter in der Gegend ließen ihre Kinder arbeiten, anstatt sie zur Schule zu schicken. John dankte es seinem Vater über dessen Tod hinaus, täglich Neues lernen zu dürfen. Aber wie lange würde das noch so bleiben?

Weil die wenigen Ersparnisse der Familie fast ebenso schnell dahingeschmolzen waren wie der Schnee, hatte Johns Mutter sich dazu entschlossen, wieder zu heiraten. In wenigen Tagen schon sollte Hochzeit sein. Sich noch vor Ablauf des Trauerjahres neu zu vermählen empfanden die meisten Nachbarn als mindestens so sittenwidrig wie Wucher oder Vielweiberei.

John empfand die Entscheidung seiner Mutter als Verrat am toten Vater, doch die Kinder wurden in solchen »Erwachsenenangelegenheiten« nicht gefragt. Die Vorstellung, einen völlig Fremden Vater nennen zu müssen, behagte ihm überhaupt nicht. Und eine neue Stiefschwester – Margaret hieß sie – würde er auch noch bekommen. Zum Glück war sie schon verheiratet. Er konnte mit Mädchen nichts anfangen. Sie gackerten immerfort und kannten nicht einmal den Unterschied zwischen Saturn und Sirius.

Er seufzte. Würde ihm das Studium der Gestirne je vergönnt sein? Es erschien ihm mehr als fraglich, ob nach der Heirat seiner Mutter daran überhaupt noch zu denken war.

Daniel sprach in letzter Zeit ständig davon, nach Britisch Nordamerika auszuwandern, um dort ein neues Leben zu beginnen. Als Familie eines gräflichen Forstverwalters hatten die Lamonts unter dem Schutz des Earl gestanden, doch nun wehte der Wind aus einer anderen Richtung. Die schottischen Großgrundbesitzer waren nach wie vor bestrebt, ihre Ländereien zugunsten der Schafzucht zu entvölkern.

»Irgendwann brennen sie auch uns das Dach über dem Kopf ab«, unkte Daniel. »Ehe sie uns mit Gewalt vertreiben, lasst uns lieber unser Glück selbst in die Hand nehmen.« Inzwischen hatte der Sechzehnjährige mit seinen Träumereien von einem besseren Leben im Westen sogar die Mutter und ihren zukünftigen Gemahl angesteckt.

Während John sich dem Schulhaus näherte, trat dort ein Mann ins Freie, den er zuvor noch nie gesehen hatte. Er war um die sechzig Jahre alt, wohlgenährt, hatte ein freundliches, breites Gesicht mit einem Doppelkinn, einer kurzen fleischigen Nase und einer fliehenden Stirn. Das ihm verbliebene Haar lockte sich turbulent auf seinem kugelrunden Haupt. Er trug einen leichten, grauen Anzug und einen Strohhut, den er jetzt, für einen Erwachsenen gegenüber einem Knaben durchaus unüblich, lüpfte.

»Guten Tag, junger Mann. Sind Sie Mr John Lamont?«

Der Gefragte verneigte sich, wie man es von einem Kind in einer solchen Situation erwartete. »Ja, Sir. Der bin ich.«

»Der Sohn von Robert Lamont – Gott hab ihn selig – und seiner Ehefrau Elspeth aus der Familie der Ewans?«

»Ganz richtig, Sir. Und Sie sind …?«

»Oh, Verzeihung.« Der Fremde lächelte. Er schien ein wenig zerstreut zu sein. »Mein Name ist Gallus Robertson. *Pater* Gallus Robertson, um genau zu sein.«

Ein Seelenhirte?, wunderte sich John. Laut fragte er: »Warum tragen Sie keinen Priesterrock?«

»Ihnen dürfte bekannt sein, Mr Lamont, dass wir Katholiken seit Heinrich VIII. in diesem Land verfolgt werden. Es kann der Gesundheit sehr abträglich sein, sich als Kleriker zu erkennen zu geben.«

»Dann sind Sie in geheimer Mission unterwegs?«

Der Pater schmunzelte. »So könnte man es ausdrücken. Man sagte mir schon, Sie seien ein helles Bürschchen, und es scheint zu stimmen. Ist es überdies korrekt, dass Sie katholisch getauft sind und die Erstkommunion empfangen haben?«

»Selbstverständlich.«

»Wie schön! Dann will ich ganz offen reden. Ich komme aus deutschen Landen, genau gesagt aus dem Königreich Bayern, um nach vielversprechenden Talenten für das Schottenkloster zu suchen.«

»Schottenkloster?«, wunderte sich John. Er kannte, die Familiengeschichte der Lamonts brachte dies mit sich, durchaus den lateinischen Namen, unter dem Irland im Frühmittelalter bekannt war: *Scotia Major.* Einen von dort stammenden Mönch nannte man daher »Schotte« oder

»Iroschotte« und die auf ihren Missionsfeldzügen gegründeten Einsiedeleien wurden als »Schottenklöster« bekannt. Ihm war nur schleierhaft, welcher Eignung ausgerechnet er den Besuch dieses Abgesandten verdankte.

»St. Jakob ist eine vor siebenhundert Jahren von irischen Benediktinern gegründete Abtei in Regensburg. Seit dem 17. Jahrhundert werden dort schottische Mönche ausgebildet«, erklärte Pater Robertson.

»Wollen Sie einen Klosterbruder aus mir machen?«

»Ihr Lehrer sagte mir, Sie seien ein ›Sternengucker‹. Mit elf wüssten Sie schon mehr über die Gestirne als er. Deshalb möchte ich Sie gerne examinieren.«

John blinzelte verwirrt. »Sie wollen mich prüfen? Etwa in *Sternenkunde?* Damit ich *Mönch* werden kann?«

Der Geistliche lachte. »Sie scheinen mir ein skeptischer junger Mann zu sein, Mr Lamont. Ich darf Ihnen versichern, dass der Konvent, als dessen Emissär ich bei Ihnen vorspreche, neben der Theologie auch die Wissenschaften fördert. Mehrere unserer Fratres lehren an weltlichen Universitäten. Abt Benedikt Arbuthnot ist selbst ein großer Mathematiker und Naturphilosoph.«

»Oh!«

»Das letzte Wort in dieser Angelegenheit hat ohnedies Ihre ehrenwerte Frau Mutter, doch ehe ich, womöglich unnötig, die kostbare Zeit einer gewiss sehr beschäftigten Witwe beanspruche, würde ich mir gerne zunächst einen Eindruck von der Auffassungsgabe und den Kenntnissen ihres Zöglings verschaffen.«

»Sie meinen von mir?«, vergewisserte sich John. Der verworrenen Ausdrucksweise des Paters zu folgen, fiel ihm nicht leicht.

»So ist es«, pflichtete ihm dieser bei. »Wenn Sie also gestatten?«

John gestattete es ihm.

Wenig später saßen die beiden bei einer Tasse Tee und Keksen in der winzigen Privatwohnung des Lehrers im Dachgeschoss der Dorfschule. Der Pater aus Regensburg stellte dem Kandidaten alle möglichen Fragen aus unterschiedlichsten Wissengebieten. Überdies verschaffte er sich einen Eindruck von dessen allgemeinen Lese- und Schreibkenntnissen, der Fähigkeit zu abstraktem Denken sowie Johns sittlich-moralischer Einstellung.

»Haben Sie schon einmal gestohlen?«, erkundigte sich der Prüfer, während er mit engen Augen in seine Teetasse pustete.

»Nein.«

»Neigen Sie zum Fluchen?«

»Nein.«

»Haben Sie schon einmal gelogen?«

»Ja.«

Pater Robertson ließ die Tasse, an der er gerade hatte nippen wollen, wieder sinken. »Was?«

»Ich habe meinem Vater gesagt, mein gestohlener Schatten sei wieder da.«

»Wie bitte?«

»Er lag im Sterben …«

»Der *Schatten?*«

»Nein, mein Vater. Er machte sich Sorgen darum.«

»Worum?«

»Na, um meinen Schatten. Mein Vater meinte, ein Dieb habe ihn mir weggenommen.«

»Himmel!« Pater Robertson bekreuzigte sich.

»Ich wollte ihn nicht beunruhigen. Deshalb habe ich …«

»Schon gut. Aberglauben muss man nicht Vorschub leisten. Trotzdem ist eine Lüge eine Sünde. Waren Sie bei der Beichte?«

»Äh …«

»Na gut. Anderes Thema: Glauben Sie an Gott?«

»Ist das eine Fangfrage?«

»Keineswegs, Mr Lamont.«

»Ja, ich glaube an ihn. Er hat Sonne, Mond und Sterne gemacht.«

Der Pater atmete erleichtert aus. »Das höre ich gern. Nun, ich muss zugeben, man hat nicht übertrieben, als man mir Ihre Qualitäten anpries. Sie sind den meisten Ihrer Altersgenossen weit voraus. Wohlan, Mr Lamont, jetzt sind Sie am Zuge. Ich biete Ihnen in St. Jakob sowohl eine theologische wie auch eine wissenschaftliche Ausbildung. Wenn Sie fleißig sind, können Sie einmal zum Ruhme Gottes wahrhaft Großes vollbringen. Sind Sie bereit und willens, mich nach Regensburg zu begleiten?«

Johns Herz pochte heftig in seiner Brust. Und ob er das wollte! Doch gleichzeitig regten sich Schuldgefühle in ihm. Nach Bayern zu gehen, hieße Mutter und Brüder zu verlassen. Eigentlich hätte alles in ihm *Nein!* schreien müssen. Aber sosehr er auch in sich hineinlauschte, er hörte diese energische Stimme der Liebe nicht, nur das nörgelnde Pflichtbewusstsein mit seiner bissigen Frage: Ist der Abschied von der Familie denn nur ein billiger Preis für dich, den du zur Erfüllung deiner Wünsche allzu bereitwillig zahlst?

»Wenn Sie sich nicht gleich entscheiden wollen«, erbot sich Pater Robertson, »dann können wir später noch einmal darüber reden. Es gibt noch andere Examinanden.«

John sah ihn aus großen Augen an. Wollte er das? Wollte er noch warten? Vor nicht einmal zwei Stunden hatte er noch befürchtet, ganz auf den Schulbesuch verzichten müssen und nun bekam der dieses Angebot. Es erschien ihm wie eine eigentümliche Fügung der Vorsehung. »Nein«, antwortete er.

Auf Pater Robertsons Miene spiegelte sich Überraschung.

»Sie möchten *nicht* mit mir nach Regensburg gehen?«

John schüttelte aufgeregt den Kopf. »Ich meinte, ich will mich nicht später entscheiden, sondern jetzt. Auf dem Sterbebett hat mein Vater mir versprochen: Du wirst ein Großer unter den Menschen werden, wohlhabend, berühmt und von allen geachtet. Und jetzt stehen Sie vor mir. Doch, Pater Robertson, ich will mit Ihnen gehen. Ich glaube, das ist meine Bestimmung.«

8. Das Geheimnis der bunten Schmetterlinge

Gelehrte Erklärungen
rufen meist den Eindruck hervor,
dass alles, was klar und verständlich war,
dunkel und verworren wird.
Leo Tolstoi

Biráh Sharu, Negria (Osttarra)
2. Tag der 50. Finsternis des 120. Rings

Malorons Zögling schloss die Augen und wünschte sich, ein Käfer zu sein. Die pflegten sich bei Gefahr tot zu stellen und kamen oft damit durch.

»Seid Ihr bereit, Junker Corvin?«, hallte erneut die Stimme von Bogum zu ihm herauf. Der Leibdiener seines Ziehvaters war schon vor vielen hundert Erdenjahren in Damaskus geerntet worden. Dort hatte er einem ziemlich betagten Weisen gehört. Im Moment bewegte der Alte sich zielstrebig auf den Schlupfwinkel des »scheintoten Käfers« zu.

Corvin hatte sich nach der Rückkehr aus Terra in seine Gemächer eingeschlossen und sie seitdem nicht mehr verlassen. Die Flucht bestand aus Wohn- und Schlafraum, Studierzimmer, Terrasse und sogar einem eigenen Bad. Alles war mit kostbaren Teppichen, Wandbehängen und Möbeln ausgestattet. Es herrschte wahrlich kein Mangel an Platz und Prunk in Malorons schneeweißer, von Säulen umsäumter Villa am Fuße des Zitadellenberges. Nur in Ruhe gelassen wurde man dort nicht.

»Junker Corvin, bitte kommt doch endlich heraus!«, drängte Bogum nun schon zum vierten Mal und klopfte jetzt sogar an die Tür.

Am liebsten hätte sich der Gerufene in ein Mauseloch verkrochen. Er hatte sich seinen ersten Ausflug in die Welt der Tiefe ganz anders vorgestellt. Weniger aufwühlend. Nicht so erschütternd. Alles, was er bis dahin als richtig und gut empfunden hatte, war dabei ins Wanken geraten.

Der Leibdiener nahm darauf keine Rücksicht. »Junker Corvin, bitte seid doch vernünftig! Der König erwartet Euch zum Abendessen und Euer Vater ist schon ziemlich ungehalten wegen Eurer Trotzigkeit. Er sagte zu mir: ›Ich lass dich durch die Schattenmühle gehen, Bogum, wenn du den Starrkopf nicht ganz schnell zu mir herunterbringst.‹«

Corvin seufzte. Er mochte den Alten und obwohl er nicht glaubte, dass Maloron seine Drohung wahr machen könnte, wollte er Bogum doch keine Unannehmlichkeiten bereiten. Also fügte er sich in das Unabänderliche und rief: »Ich komme.«

Wenig später stieg er im Garten der Villa zu seinem Ziehvater in den Wagen. Obwohl es in Osttarra durchaus komfortablere Fortbewegungsmittel gab, bevorzugte Maloron für kurze Strecken die klassische Form: eine von vier Pferden gezogene einachsige Karre, in der man nur stehen konnte.

Die langen Zügel knallten und der in Schwarz und Gold lackierte Wagen setzte sich in Bewegung. Er raste über den Kiesweg zum Ausgang des Gartens. Dieser lag direkt an der von Pinien überschatteten Straße, die zur Zitadelle hinaufführte. Erst nach einem guten Stück Weges hatte Maloron sich offenbar genügend beruhigt, um seinen Zögling nicht sofort in Grund und Boden zu schreien. Reichlich ungehalten klang er trotzdem.

»Was hast du dir dabei gedacht, Corvin? Wir sind vom König zum Nachtmahl geladen worden. Seinem Ruf nicht zu folgen kommt einer Majestätsbeleidigung bei. Schon mancher ist dafür durch die Schattenmühle gegangen.«

Der Gescholtene verdrehte die Augen. »Fällt euch Mächtigen nichts Besseres ein, als Euren Untergebenen ständig mit der Mühle zu drohen?«

»Du vergreifst dich im Ton, Junker Corvin.«

»Ich rede nur, was ich denke. Früher hast du immer gesagt: ›Mache aus deinem Herzen keine Mördergrube.‹ Jetzt gehorche ich dir, und es ist auch nicht richtig.«

»Bisher hat dein Verhalten nie einen Grund zur Beanstandung gegeben, Corvin, aber seit gestern kommst du mir wie ausgewechselt vor.«

»Ich war ja auch ein Mensch.«

Maloron schüttelte zornig den Kopf. »Damit das ein für alle Mal klar ist: Du bist die ganze Zeit ein Schatten gewesen. Dein Körper war denen der Menschen nur kurze Zeit sehr ähnlich, aber das ist auch schon alles.«

»Wer waren der Mann und der Knabe, die wir so erschreckt haben, Vater?«

»Fängst du schon wieder damit an?«

»Bin ich der Schatten dieses Jungen?«

»Ich will darüber nicht sprechen.«

»Warum mussten wir ihnen solche Angst einjagen?«

»Das gehörte zum Vertrag.«

»Du hast den Vater des Jungen getötet, nicht wahr?«

»Darüber brauchst du dir nicht den Kopf zu zerbrechen.«

»Und damit ist der Vertrag erfüllt?«

»Nein. Um den Knaben muss ich mich weiter kümmern.«

»Heißt das, du wirst ihn auch noch umbringen?«

»Wir Schattenjäger töten nur, wenn es unvermeidbar ist.«

»Warum musste der Mann sterben, Vater?«

»Lass es gut sein, Corvin. Du wirst mich nicht zum Reden bringen.«

»Wieso musste ich dich dann überhaupt zu den beiden begleiten?«

»Weil ich dich falsch eingeschätzt habe. Ich dachte, du könntest diese Prüfung schon meistern.«

Corvin blickte seinen Lehrer von der Seite her an. Malorons Miene hatte sich verhärtet. Offenbar war er enttäuscht von seinem Zögling. Er hatte ihm dieselbe Herzenskälte zugetraut, die er selbst an den Tag legte, wenn er ahnungslosen Menschen die Schatten raubte. Skrupel machen dich blind, pflegte er unermüdlich zu predigen. Und nun war sein wichtigster Schüler genau daran gescheitert.

Vielleicht wäre es anders gekommen, wenn er mich als Sohn erzogen hätte und nicht als »Junker«, dachte Corvin, während die eisenbereiften Räder über das Kopfsteinpflaster polterten. Er empfand diesen Titel wie einen Keil, der sie trennte, ja, jedes Mal, wenn Maloron ihn benutzte, trieb er die Kluft zwischen ihnen weiter auseinander. Ständig musste Corvin an den Vater in Xania denken, der vor dem brennenden Haus seine Kinder schützend mit den Armen umfing! Warum konnte Maloron ihn nicht genauso lieben? Und wieso sehnte er, der »Junker Corvin«, sich überhaupt so sehr nach dieser Zuwendung?

Irgendetwas stimmt nicht mit mir.

Dieses Gefühl war nicht ganz neu für ihn. Unterschwellig hatte er schon oft so empfunden. Durch die Erlebnisse in Terra war allerdings aus bisher Geahntem überraschend Gewissheit geworden. Aber warum unterschied er sich von allen übrigen Osttarrern in seinem Umfeld? Wieso konnte er nicht so sein wie die anderen Jäger?

Er wollte … nein, er *musste* herausfinden, ob er der Schatten dieses schottischen Jungen war. In diesem Fall würden sie gemeinsam ein Ganzes bilden. Indem er also das Wesen des Knaben studierte, konnte er mehr über sich selbst erfahren …

»Hast du nichts zu deinem Verhalten zu sagen?«, fragte Maloron mitten in seine Gedanken hinein.

»Das Schweigen habe ich von dir gelernt, Vater«, erwiderte Corvin trotzig und wandte sich ab. Wollte er das Geheimnis seiner Herkunft ergründen, konnte er nicht so weitermachen wie bisher, denn der Ausflug in die Welt der Tiefe hatte ihm eines gezeigt: Wenn er sich zu etwas formen ließ, das nicht zu seinem wahren Wesen passte, dann würde er daran zerbrechen. Es gab wohl nur einen Weg, die eigene Seele gegen den Widerstand des Ziehvaters zu erforschen: Er würde so lange nicht älter werden, bis ihm Maloron die Wahrheit über den schottischen Knaben sagte.

Für den Rest des Weges sprach keiner von beiden mehr ein Wort. Der Streitwagen flog förmlich in großen Schleifen zur Festung hinauf. Er war den Wachen an den drei Toren vertraut, sein Lenker ging in Biráh Sharu aus und ein. Ohne aufgehalten zu werden, fuhr Maloron durch die zwei Zwinger bis in den inneren Hof. Ein Diener eilte herbei und nahm ihm die Zügel ab. Corvin wurde von seinem Ziehvater die große Freitreppe hinaufgeschoben, die zum Palast führte.

»Glücklicherweise hat der König zum Anlass deines ersten Jagdausflugs kein Bankett veranstaltet«, raunte der Erste Schattenjäger seinem Schützling zu, während sie wenig später mit langen Schritten auf die Privatgemächer des Monarchen im nördlichen Teil des Palastes zueilten.

Corvin schwieg. Ihm war durchaus bewusst, dass man den König niemals warten lassen durfte, vor allem dann nicht, wenn es für einen solchen Affront Zeugen gab. Der Herrscher von Osttarra duldete keinerlei Respektlosigkeit gegenüber seiner Person. Zuwiderhandlungen hatten gewöhnlich fatale Folgen. Ungeachtet dessen ließ sich Corvin von seinem Pflegevater nicht drängen.

»Trödel nicht so!«, zischte Maloron nun schon zum wiederholten Mal.

Endlich erreichten sie das persönliche Speisezimmer des Monarchen. Als ein livrierter Diener sie hineinführte, war es noch schattenleer. Der Lakai verneigte sich vor dem Ersten Jäger.

»Seine Majestät bitten Euch um etwas Geduld, Euer Gnaden. Dringende Staatsgeschäfte haben ihn aufgehalten. Er wird jedoch in Bälde bei Euch sein.«

»Danke«, antwortete Maloron und ließ sich zu einem Stuhl am oberen Ende der langen Tafel führen – gut und gerne hätten daran zwanzig Gäste Platz gefunden. An diesem Abend jedoch war der Tisch für nur drei Personen gedeckt.

Anders als in seinen Repräsentationsräumen gab sich der König hier geradezu bescheiden. In dem großen Zimmer suchte man vergeblich nach Gold, Intarsien oder anderem Prunk. Das schlichte Parkett war aus Eiche, die Wandpaneele aus Wurzelholz, die Fenster nur bessere Schießscharten und zur Beleuchtung dienten schnörkellose silberne Kerzenleuchter, einige an den Wänden hängend, andere frei aufgestellt. Auf dem Tisch harrte ein am Spieß gebratenes Spanferkel seines baldigen Verzehrs.

Corvin ließ sich einen der hohen Lehnstühle unter den Hintern schieben und starrte missmutig in die leeren Augen des Schweins. Der Geruch des Bratens fühlte sich schmierig an. Für ihn waren derartige Essen mit dem König nichts Neues. Saros verfolgte seine Erziehung mit großem Interesse. Der Herrscher über Osttarra hatte sich überdies immer als sehr großzügig gezeigt und es ihm an nichts mangeln lassen.

Manchmal war sich Corvin über die wahren Gründe dieser Anteilnahme unschlüssig. Er schätzte und respektierte den König durchaus, ja, er bewunderte ihn sogar, doch lag Saros auch etwas an *ihm*, dem Jungen, der sich selbst noch nicht gefunden hatte? Oder war er nur so besorgt um den zukünftigen Schattenjäger, weil dieser in seinen Plänen eine zentrale Rolle spielte?

Worin genau diese bestand, hatte Corvin bisher nur in Andeutungen erfahren.

Der Mundschenk bot Maloron zur Überbrückung der Wartezeit gerade Wein an, als Saros den Raum betrat. Er war offensichtlich bester Laune.

»Ah, wie schön, meinen Ersten Schattenjäger und seinen vielversprechenden Schüler an meiner Tafel willkommen heißen zu können! Ich hoffe, es geht Euch gut.«

Die Gäste erhoben sich rasch von ihren Stühlen und verneigten sich. Corvin glaubte, der Stimme seines Ziehvaters anzuhören, wie erleichtert er war.

»Eure Anteilnahme rührt uns, Majestät. Meine Schnitter haben gestern reiche Ernte eingebracht. Wir können also nicht klagen.«

Der König nahm am Kopfende der Tafel Platz, sodass Maloron jetzt rechts von ihm saß und Corvin links.

»Davon hat Reschuth mir schon berichtet. Ich beglückwünsche Euch. Und wie hat sich unser junger Nachwuchsjäger gemacht?«

Maloron zögerte einen Moment. »Es war alles recht neu für den Junker, Majestät.«

Saros wandte sich lächelnd dem Knaben zu. »Meint dein Vater, was er sagt, oder deutet er durch die Blume etwas anderes an?«

»Das müsst Ihr ihn schon selbst fragen, Majestät.«

Die Miene des Königs wurde unvermittelt hart. »Ich frage aber dich, Junker Corvin.«

»Ich habe einiges nicht verstanden, Majestät.«

»Das ist nicht ungewöhnlich, wenn man zum ersten Mal auf die Jagd nach Schatten geht. Es ist, wie ich aus eigener Erfahrung berichten kann, eine Kunst, die lange und oft geübt sein will. Wenn du eine Frage hast, nur raus damit.«

Obwohl Corvin sah, wie sein Ziehvater unmerklich den Kopf schüttelte, um ihn von unbedachten Äußerungen abzuhalten, sagte er trotzdem, was ihn bewegte: »Was geschieht mit den Entschatteten, Majestät?«

Saros Oberkörper kippte ein Stück zurück und er reckte den Nacken. »Komische Frage. Was soll mit Ihnen geschehen? Sie leben ihr Leben.«

»So als wäre nichts geschehen?«

Maloron hieb mit der Faust auf den Tisch. »Belästige den König nicht mit deinen Kindereien, Corvin. Wenn du einem erjagten Hasen das Fell über die Ohren ziehst, fragst du doch auch nicht nach seinem Befinden.«

»Vielleicht liegt es daran, dass die Menschen uns so ähnlich sind. Und …«

»Und?«

»Wir sind ein Teil von ihnen.«

»Wir *waren* es«, stellte Maloron in verächtlichem Ton richtig. »Einer, den sie den ganzen Tag mit Füßen getreten haben. Gib endlich Ruhe, Corvin. Du wirst schon noch lernen, dich auf das Wesentliche zu konzentrieren.«

»Nein, nein, mein Freund«, sagte Saros mit beschwichtigender Geste. »Wenn diese Dinge den Jungen umtreiben, sollten wir ihn damit nicht allein lassen.« Er wandte sich wieder nach links. »Worauf willst du hinaus, Corvin?«

»Vater hat mich gelehrt, dass jeder Mensch auf drei Säulen ruht: Liebe, Gerechtigkeit und Weisheit. Ein Tisch mit drei Beinen kann nicht wackeln, aber wenn man ihm eines nimmt, dann fällt er um. Was aber geschieht mit den Entschatteten?«

»Du meinst, wenn ihnen eine Dimension ihres Wesens genommen wird? Ihnen geht es wie uns: Sie müssen ohne Tiefe leben.«

Ohne Tiefe?, wiederholte Corvin in Gedanken. Er blickte kurz auf seine blasse Hand. Sie lag flach auf der Tischplatte, aber sie hätte ebenso gut als Intarsie ein Teil davon sein können. Er schüttelte den Kopf. »Das verstehe ich nicht, Majestät.«

Der König griff zu seinem Kelch, trank einen Schluck Wein und erklärte, während er versonnen in die dunkle Flüssigkeit sah: »Viele Menschen büßen ihr inneres Gleichgewicht ein. Beim Verlust der Weisheit werden sie zu Toren und verursachen mit ihren Entscheidungen mehr Schaden als Gutes. Meistens mangelt es den Entschatteten jedoch an Rückgrat, denn dafür braucht man sowohl Liebe wie auch einen Sinn für Gerechtigkeit. Der Eigennutz bestimmt dann oft ihr Handeln. Sie werden Opportunisten und lassen sich leicht von solchen verführen, die ihre niederen Instinkte schamlos ausnutzen.«

»Das ist ja …«

»Schlimm?«, erriet Saros, was seinem Protegé im Kopf herumging.

»Irgendwie schon«, gab Corvin zu.

»Wären die Menschen von unserer Natur, gäbe ich dir recht. Aber bei aller äußeren Ähnlichkeit sind sie im Innern doch ganz anders. Außerdem spüren die Entschatteten ja nichts. Würdest du sie auf ihren Makel ansprechen, bekämst du von den meisten die gleiche Antwort: ›Charakterschwächen hat doch jeder, aber einen seelischen Krüppel lasse ich mich deshalb noch lange nicht schimpfen. Ganz im Gegenteil, ich bin aufrecht, engagiert und von eigenen Überzeugungen geleitet.‹ Diese Narren!« Der König nahm amüsiert einen weiteren Schluck aus seinem Kelch.

»Besser wird ihre Welt durch unsere Besuche aber auch nicht gerade.«

»Vielleicht nicht in *ihrem* Sinne, dafür aber umso mehr in *meinem*. Mir liegt nämlich nichts daran, den Gegner zu stärken. Sobald mehr Schatten Osttarra bevölkern als Menschen die Erde, können wir nach der dritten Dimension greifen. Und was ihre Eroberung für uns bedeutet, hat dein Vater dir bestimmt erklärt.«

»Wir werden nicht mehr länger die Fußabtreter der Menschen, sondern frei sein.«

»Das hast du gut gesagt«, lobte Saros den Jungen, und nach einem anerkennenden Nicken in Richtung des Ersten Jägers fügte er hinzu: »Ist dieses Ziel nicht jeden Preis wert?«

»Niemand will wohl der Sklave eines anderen sein«, antwortete Corvin freiheraus. Schon das Schweigen seines Ziehvaters hatte er als unerträglichen Zwang empfunden, als eine Unterdrückung, gegen die er sich einfach zur Wehr setzen *musste.* Seine unverblümte Äußerung beschwor einen bohrenden Blick des Königs herauf.

»Denkst du dabei auch an die Menschen?«

Corvin antwortete nicht. In seinem Geist schwirrte mehr durcheinander, als er für den Moment verkraften konnte. Daher ergriff wieder Maloron das Wort.

»Der Knabe hatte sich nach unserer Rückkehr unwohl gefühlt, Majestät. Er wollte heute Abend sogar zu Hause bleiben. Ich habe ihn zwingen müssen, Eure Einladung anzunehmen.«

Saros nickte. »Ich verstehe. Nun, wir wussten von Anfang an, dass er kein gewöhnlicher Schatten ist. Wir dürfen nicht zu ungeduldig mit ihm sein. Ohnehin wird es noch eine Weile dauern, bis wir in der Überzahl sind.«

»Ich bin auch der Meinung, dass er mehr Zeit braucht«, pflichtete Maloron dem König erleichtert bei. »Die Gelehrten stimmen darin überein, dass er seinen großen Auftrag nur in der Kraft eines Mannes bewältigen kann.«

Es gefiel Corvin überhaupt nicht, die beiden so reden zu hören, als wäre er überhaupt nicht anwesend. »Worin genau besteht meine Aufgabe in Eurem Plan, Majestät?«, wagte er daher zu fragen.

Maloron funkelte ihn von der anderen Seite des Tisches her zornig an. »Das wirst du noch früh genug erfahren, Corvin.«

Saros machte abermals eine besänftigende Geste. »Seid nicht so streng mit ihm, mein Freund. Wie lautet noch Euer Schattenjägersprichwort? ›Ohne Ziel geht der beste Falke irre.‹ Geben wir dem Jungen etwas, an dem er sich orientieren kann.«

Augenscheinlich war Maloron anderer Meinung, doch er schwieg.

»Corvin«, wandte sich der König wieder an dessen Schüler. »Bestimmt hast du gesehen, was beim Kuss des Falken geschieht.«

»Der geerntete Schatten verwandelt sich in einen Nachtfalter.«

»So ist es. Aber wusstest du, dass dies nicht immer so ist?«

Corvin war überrascht. »Vater hat nie etwas davon erwähnt.«

»Weil das normalerweise einen so jungen Schatten auch noch nicht zu interessieren hat. Doch ich verrate dir heute ein Geheimnis. Du darfst aber mit niemandem sonst darüber reden. Versprichst du mir das?«

Der Gefragte nickte. Alles andere wäre Hochverrat gewesen.

»Dann hör mir gut zu«, begann Saros. »Über den großen Reichtum an Spielarten in der Tierwelt brauche ich dir sicher nichts zu erzählen. Nimm nur die Fische. Es gibt welche, die fliegen können, andere klettern auf Bäume und manche tragen kleine Laternen mit sich herum, die in der Tiefe des Meeres leuchten. Ebenso sind auch die Menschen nicht alle gleich. Obwohl ein Schattenjäger für die meisten von ihnen so gut wie unsichtbar ist, können einige ihre Gegenwart spüren, andere vermögen sie sogar zu sehen.«

»Davon hat Vater mir erzählt. Er sagte, so etwas kommt sehr selten vor.«

»Das stimmt. Eine noch seltenere Laune der Natur aber sind jene besonderen Menschen, die sich kaum, manche sogar überhaupt nicht, von ihrem Schatten lösen lassen. Du würdest eher tausend Perlen finden, als einen einzigen von ihnen. Wenn eine Klinge aus geschmiedetem Licht in sie dringt, verwandeln sie sich zu prachtvollen Schmetterlingen. Selbst wenn es dir mit zwei oder mehr Hieben gelingt, den Schatten abzutrennen, wird daraus ein bunter Falter …«

»Keine Motten?«, entfuhr es Corvin erstaunt.

Maloron warf ihm zornige Blicke zu, weil es sich nicht schickte, dem König ins Wort zu fallen.

»Motten *sind* Schmetterlinge«, erklärte Saros geduldig. »Unsere Gelehrten ziehen es allerdings vor, von Faltern oder Schuppenflüglern zu sprechen. Denke an das, was ich dir gerade über die Fische klarzumachen versuchte: Vielfalt auf der einen Seite führt nach der Metamorphose wieder zu Vielfalt. Oder anders ausgedrückt: Normale Menschen verwandeln sich in langweilig gefärbte Nachtfalter, die besonderen jedoch in bunte Schmetterlinge.«

»Wieso?«

Saros machte eine vage Geste. »Das muss noch erforscht werden. Bestimmt schlägt sich ihr besonderes Wesen in ihrer Farbigkeit nieder. Sieh es mal so: Eine Motte verschmilzt mit den Schatten, sie passt sich an. Ein schillernder Schmetterling dagegen sticht hervor, er lenkt die Aufmerksamkeit anderer auf sich.«

»Ihr meint, er ist unbeugsam? Ist das der Grund, warum Ihr sie nicht mögt, Majestät?«

Der Erste Schattenjäger verzog das Gesicht und zischte.

Saros' schwieg mit versteinerter Miene. Nach einer Weile trank er einen Schluck Wein. Dann erst fragte er: »Wie kommst du darauf?«

Corvin zuckte mit den Schultern. »Ich hatte so ein Gefühl. Was passiert mit ihnen nach der Durchquerung des Weltentores?«

»In Osttarra werden sie wieder zu dreidimensionalen Menschen. Sogar einen Schatten werfen sie. Eines können sie aber nicht aus ihrer Welt der Tiefe zu uns bringen: Ihnen mangelt es gänzlich an Farbe.«

»Und warum?«

»Warum sind manche Löwen weiß, während der große Rest sandfarben ist?«

Es hatte also wieder etwas mit der Vielfalt in der Natur zu tun, schloss Corvin aus dieser Antwort. Trotzdem stellte sie ihn nicht ganz zufrieden. Er sah den König so lange fragend an, bis dieser seufzte.

»Deine Wissbegier überrascht mich immer wieder. Also: Gavriel sagt, die dritte Dimension an sich zu binden, koste den Schmetterlingen ihre ganze Kraft. Die Farben existierten zwar in ihrem Innern weiter, aber sie kämen während der Metamorphose vom Falter zum menschlichen Wesen nicht zum Vorschein. Deshalb bestehen diese Geschöpfe nur aus Schattierungen von Grau, irgendwo zwischen Weiß und Schwarz.«

»Weshalb habe ich hier noch nie einen solchen Menschen gesehen, Majestät?«

»Weil diese ungebetenen Besucher sehr gefährlich für uns sind. Man kann nicht einfach eine weitere Dimension in unsere Welt hineintragen, ohne dadurch ihr Gefüge zu bedrohen. Sie könnte sogar zerbrechen, wenn so jemand frei in Osttarra herumliefe. Deshalb müssen wir uns ihrer so schnell wie möglich wieder entledigen. Sie hier zu töten ist ebenso unmöglich, wie ein Mensch in der Welt der Tiefe einen Schatten umzubringen vermag. Darum schicke ich sie dorthin zurück, wo sie hergekommen sind: in ihre eigene Welt.«

»Als ruhelose Schatten?«

»Nein. Sie werden wieder zu richtigen Menschen. Allerdings an einem anderen Ort und in einer anderen Zeit. So erwartet die meisten dieser ›Entfremdeten‹ nur Unverständnis von Seiten ihrer Mitmenschen. Wenn sie ihre Geschichte erzählen, werden sie nicht selten als wahnsinnig oder gar gefährlich abgestempelt. Dadurch bleibt das Eherne Gesetz des Schweigens gewahrt.«

»Und was habe *ich* mit diesen Schmetterlingen zu tun?«

»Du wirst uns, nachdem die Schattenjäger uns zur Übermacht verholfen haben, einen dieser Falter bringen.«

»Ich soll …?« Corvin verschlug es die Sprache.

Saros nickte gewichtig. »Ich bin mir der schweren Bürde dieser Aufgabe bewusst, mein Sohn. Das Geschick zweier Welten lastet auf deinen Schultern. Aber du wirst sowohl Osttarra wie auch Terra verändern, wenn die Zeit für dich gekommen ist.«

»Aber sagtet Ihr nicht gerade, die bunten Falter können Osttarra zerstören?«

»Nicht, wenn du uns den *einen* bringst, der unserer Welt die Tiefe schenken kann. Er ist genauso außergewöhnlich wie du. Dich haben wir unter tausend mal tausend mal tausend ausgewählt, weil du für diese heilige Aufgabe der Richtige bist. Und der Einzige.«

»Der Einzige?«, hauchte Corvin. Sein zuvor gefasster Entschluss bekam durch das eben Gehörte eine viel größere Dimension: Solange er nicht die Mannesreife erreichte, konnte er weder seinen ›großen Auftrag‹ erfüllen, noch würden ihn die Schattenjäger überhaupt in ihre Reihen aufnehmen …

»Das hört sich dramatischer an, als es ist«, sagte Saros. »Der größte Schattenjäger, den unsere Welt jemals kannte, ist dein Lehrmeister. Und sobald er deine Fähigkeiten und dein Verantwortungsgefühl entsprechend einschätzt, bekommst du von mir den besten Nachtfalken, der zu haben ist. Wie hört sich das an?«

»Was ist …« Corvin musste sich räuspern, weil seine Kehle so trocken war. »Was ist, wenn ich diesen besonderen … Schmetterling nicht finde?«

Der König lächelte. »Darüber mache dir keine Sorgen. Er wird *dich* finden.«

9. Blutmond

Als sich der Mond zunehmend verfinsterte, wurde jeder von Furcht übermannt. Mit der Finsternis wuchs die Angst. Alle liefen tief beunruhigt zu ihren Gebietern, um ihnen von dem Geschehen zu berichten, denn keine einzige Wolke stand am Himmel, von der ein solch dunkler Schatten hätte herrühren können, und die wahre Natur oder Bedeutung einer Finsternis verstanden sie nicht.

George F. Chambers, *The Story of Eclipses* (1899)

Loango (Äquatorialafrika)
2. September 1830

»Blutender Mond sein böses Omen«, sagt Bapoko. Der Bantu-Krieger aus dem Volk der Mpongwé deutete zum Himmel hinauf, wo sich der Vollmond zusehends rot verfärbte und dabei immer dunkler wurde.

»Was bist du, ein Sklavenjäger oder ein Waschweib? Hör schon auf mit deiner abergläubischen Schwarzseherei«, wetterte Jacques Motier und reckte dem Menschenhändler wie zur Abwehr eines Fluches beide Hände entgegen. Es war etwa elf Uhr nachts. Die beiden standen am Ufer der nördlichen Mündung des Mbé, weit genug von den Hütten der Händler entfernt, um nicht gehört zu werden.

»Ich dich nur warnen. Besser bleiben hier in Siedlung«,

beharrte Bapoko. Weil seine Haut so dunkel war wie das hier gehandelte Ebenholz, konnte Monsieur Motier im schwindenden Mondlicht fast nur noch seine weißen Zähne und die weit aufgerissenen Augen sehen.

»Nein.« Der alte, gebeugt dastehende Franzose wischte sich den Schweiß von der Stirn – am Äquator war es sogar nachts unerträglich warm – und deutete auf die Bucht hinaus. »Das Schiff, das da vor Anker gegangen ist, kommt aus meiner Heimat. Ich gehe jede Wette ein, dass die Spione dieses ›Bürgerkönigs‹ an Bord sind und mich kaschen wollen.« Er sprach den Beinamen von Louis Philippe von Orléans, dem neuen, vor wenigen Wochen durch die Wirren der Julirevolution an die Macht gekommenen französischen Staatsoberhaupt, voller Geringschätzung aus.

Der Bantu grinste. »Du falsche Seite gewählt hast. Früher du bringst viele Leute aufs Schafott, jetzt nicht mehr ruhig schlafen, weil eigener Kopf abfallen könnte. Aber ich glaube nicht, dass Schiff ist gekommen wegen dir. Wir haben Sprichwort: ›Wende dein Gesicht der Sonne zu, dann fallen die Schatten hinter dich.‹«

»Willst du damit andeuten, ich soll mit der Vergangenheit brechen und mich dem Bürgertum anbiedern? Bei meinem Buckel: Niemals werde ich das tun! Diese Aufrührer predigen Freiheit, aber sie verbreiten Schrecken und Chaos. Mein Herz schlägt für die Bourbonen. Karl X. ist Frankreichs rechtmäßiger Monarch, nicht diese … diese *Marionette* der Liberalen!« Monsieur Motiers Stimme troff vor Verachtung.

»Zeiten ändern sich«, sagte Bapoko achselzuckend. »Ich dachte, du hättest begriffen das, als wir Partner wurden. Heute schwarze Männer jagen Schwarze aus anderem

Stamm und Weiße jagen Weiße aus anderer Gesinnung. Ich gewinnen Geld auf Sklavenmarkt und deine Leute gewinnen Gefühl von Freiheit. Du dich musst … Wie heißen Wort?«

»Arrangieren?«

»Ja. Müssen mitmachen, um zu überleben.«

»Ich bin kein Opportunist, der sein Fähnchen in jeden Wind hängt, Monsieur Compagnon. Und jetzt verrate mir endlich, wo das Versteck ist, von dem du gesprochen hast.«

»Aber blutender Mond …!«

»Bapoko!«, fauchte Monsieur Motier. »Mein Bedarf an Unglück ist für dieses Jahr gedeckt. Wo – ist – das – Versteck?«

Der Bantu-Krieger deutete mit seiner Lanze zwischen die Häuser der Händler hindurch. »Gehen da lang, bis Wald kommt. Folgen dem Pfad zu großem Drillingsbaum …«

»Ein Baum mit drei Stämmen?«

»Ja. Da gehen links, bis nach ungefähr hundert Schritt Felsen kommt. Du musst herumgehen, dich durch Gestrüpp kämpfen, um Höhle zu finden. Ich kommen morgen früh – wenn blutender Mond mich verschont hat.«

Monsieur Motier atmete erleichtert aus. »Danke, Bapoko. Dann verschwinde ich jetzt. In der Finsternis werden die Häscher mich nicht finden.«

»Bei Blutmond alles kann passieren«, murmelte der Bantu leise. Sein Geschäftspartner hörte es nicht mehr.

Jacques Motier hetzte keuchend den Weg entlang wie ein gejagtes Wild. Seine alten Knochen schmerzten, doch er blieb nicht stehen. Vom Schwarzen Kontinent hatte er sich ein neues Leben erhofft und nun musste er schon wieder vor den Häschern des Feindes fliehen. Doch von ihnen fangen lassen wollte er sich nicht. Lieber würde er sich selbst entleiben, als seinen Kopf unter ihrer Guillotine zu verlieren.

Weil der verfinsterte Mond ihm kaum noch Licht spendete, stolperte er mehr durch den Wald, als dass er lief. Immer wieder fiel er hin. Endlich erreichte er die Gabelung am Drillingsbaum. »Hat Bapoko links oder rechts gesagt?«, murmelte er, konnte sich aber trotz angestrengten Grübelns nicht mehr erinnern.

Unvermittelt hörte er ein Rascheln im Gebüsch.

Nervös zückte er den Dolch, den er in einer Scheide am Gürtel trug. Er reckte die Klinge willkürlich mal hierhin, dann wieder dorthin. Hatte er nur ein Tier aufgescheucht? Waren ihm womöglich die Jäger des Königs dichter auf den Fersen, als er ahnte? Oder hatte er jemand anderen aufgeschreckt, der wie er den Schutz der Dunkelheit suchte? Jedenfalls ließ sich niemand blicken. Monsieur Matier wollte sein Glück nicht herausfordern und setzte sich nach rechts ab.

So schnell ihn seine krummen Beine trugen, hetzte er durch den Wald. Bald pfiffen seine Lungen wie ein Dudelsack. War er doch falsch abgebogen? Die hundert Schritte zu dem erwähnten Felsen müssten doch längst bewältigt sein. Erschöpft ließ er sich an einem Baum zu Boden sinken und steckte den Dolch in seine Scheide zurück.

»Nur einen Moment«, sagte Monsieur Matier leise, als wolle er jemanden beruhigen, der neben ihm saß. »Wir müssen uns kurz verschnaufen. Dann gehen wir zurück und nehmen den anderen Weg.« Sein Blick wanderte zwischen einer Öffnung im Blätterdach zum Himmel empor. Bapokos düstere Worte kamen ihm wieder in den Sinn. Inzwischen hatte sich der Mond völlig verdunkelt, war nur noch ein Schemen, so rot wie eine Kupfermünze.

Plötzlich bemerkte der Franzose aus den Augenwinkeln eine Bewegung. Irgendetwas Großes, Dunkles schlich da am Rande seines Gesichtsfeldes herum. Etwa die Häscher? Er warf den Kopf herum. Und erschrak fast zu Tode.

Fast zum Greifen nahe standen da rechts von ihm zwei schattenhafte Gestalten. Die eine hielt eine Sichel in der Hand und die andere … Monsieur Matier erstarrte.

Der Junge holt mit einem Schwert aus!

Ein rascher Schnitt und Corvin hatte mit seiner schmalen Klinge aus geschmiedetem Licht den Schatten des Mannes vom Körper getrennt.

»Daneben!«, schrie der Alte wie irre und rollte sich mit einer Behändigkeit, die man ihm kaum zugetraut hätte, zur Seite.

»Er kann uns sehen!«, flüsterte Corvin überrascht. Vor Schreck wäre ihm fast seine Beute entglitten. Er hatte gelernt, dass sich eine Mondfinsternis auf einen Fliegenden Schatten viel schwächer auswirkte als eine Eklipse der Sonne. Während der größten Verdunkelung kam es daher zu keiner Verwandlung in Fleisch und Blut, sondern lediglich zu einer gewissen Verdichtung des Schattenkörpers und der auf ihn einwirkenden Zeit. Normalerweise wuchs dadurch die Gefahr einer Entdeckung durch Menschen nur unwesentlich, doch hier …

»Das kommt leider vor«, bemerkte Maloron eisig und packte den Sensenschaft mit beiden Händen.

Der Entschattete hatte sich inzwischen auf die Beine hochgerappelt. »Ihr Jäger habt euch das falsche Wild ausgesucht. Ich weiß, wer euch schickt. Aber der alte Jacques ist auf Zack. Lebendig kriegt der König mich nicht.«

Corvin schüttelte ungläubig den Kopf. Woher wusste der Mann von Saros?

»Wo er recht hat, hat er recht«, sagte Maloron und machte einen Schritt auf den Entschatteten zu.

Der alte Jacques zog blitzschnell einen Dolch und richtete die Spitze auf die eigene Brust. »Halt! Noch einen Schritt und ich steche zu.«

»Ich glaube, er meint es ernst«, raunte Corvin. Irgendwie fühlte er sich als Anwalt des Mannes und wollte ihn retten.

»Vielleicht wäre es besser für ihn«, erwiderte Maloron kühl und trat einen weiteren Schritt vor.

Der Alte wich zurück. »Zum letzten Mal: Haltet euch fern von mir!«

Maloron holte mit der Sense aus.

Ehe die Klinge auf Jacques Matier niederfahren konnte, rief dieser: »Es lebe König Karl!« Und stach sich das Messer ins Herz.

Voller Bestürzung sah Corvin, wie der Alte zusammensackte. »Er … Er hat sich umgebracht.«

Maloron drehte sich ruhig zu ihm um, stützte sich auf seine Sense und sagte: »So ist es mir erspart geblieben, meine Klinge mit Blut zu besudeln.«

Corvin schüttelte fassungslos den Kopf. »Aber weder das eine noch das andere war nötig. Du hast einmal gesagt: ›Wir Schattenjäger töten nur, wenn es unvermeidbar ist.‹ Warum musstest du dann diesen armen Mann zu solch einer schrecklichen Tat treiben? Der König, von dem er sprach, war ja nicht Saros, sondern … *Karl?*«

»Karl X.«, bestätigte Maloron, nun wieder ganz der Lehrer. »Er regierte Frankreich bis zum Sommer. Der tapfere Schangar hatte vor nicht allzu langer Zeit seinen Schatten geerntet. Schon früher war er ein Ultraroyalist, ein Anhänger des alten Frankreich, in dem der Monarch und allein der Monarch das Sagen hat …«

»Genau wie in Osttarra«, warf Corvin mit glasigem Blick ein.

Maloron überhörte dies geflissentlich und setzte hinzu: »Nach seiner Entschattung ist Karl X. allerdings jegliches Gerechtigkeitsgefühl abhandengekommen. Er hat Anordnungen – die sogenannten ›Juliordonnanzen‹ – erlassen, womit er die Pressefreiheit wie auch das Wahlrecht beschnitt und das Lager der Bürgerlichen gegen sich aufbrachte. Sie haben gegen ihn revoltiert und er musste abdanken. Jetzt leckt er seine Wunden in Schottland.«

»In Schottland …«, murmelte Corvin. Er musste unwillkürlich an seinen Doppelgänger denken, den er dort bei seinem ersten Ausflug nach Terra getroffen hatte. Mehr als ein dreiviertel Ring war derweil vergangen – fast vierzehn Jahre nach dem Zeitmaß der Menschen – und Corvin hatte seitdem viel über die Jagd auf Schatten gelernt. Wie ehedem war sein Wissensdurst geradezu unersättlich, ganz zur Freude seines Lehrmeisters. Sogar ein Schwert aus geschmiedetem Licht hatte Maloron ihm mittlerweile geschenkt, ein schmaler Degen mit prachtvoll ziselierter Klinge. Über die Identität jenes schottischen Jungen jedoch schwieg der Erste Schattenjäger nach wie vor eisern.

Und deshalb befand sich sein Schüler immer noch im Alterungsstreik.

»Lass Tamaris den Schatten küssen, damit wir die Ernte fortsetzen können«, drängte Maloron.

Der Angesprochene blickte zu dem Toten mit dem Dolch in der Brust und murmelte: »Trotzdem hätte er nicht sterben müssen.«

Sein Ziehvater richtete warnend die Sense auf ihn. »Das habe ich gehört, Corvin. Damit das ein für alle Mal klar ist: Der Tod dieses Jacques war in dem Moment besiegelt, als er uns gesehen hat. In diesem Punkt lässt uns das Eherne Gesetz des Schweigens keinen Spielraum.« Er streckte den Arm aus. »Zeig mir mal deine Beute.«

Die lähmende Starre, die fast jeden Schatten nach der Trennung vom Körper befiel, begann sich bei dem des alten Jacques bereits zu lösen – höchste Zeit für den Kuss des Nachtfalken. Corvin hatte an dem sogenannten »Erntewerk« nie Gefallen gefunden und gab seine Beute nur allzu bereitwillig her. Wenngleich er es sich nicht anmerken ließ, fühlte er sich nicht als Schattenjäger.

Sondern als Schattendieb.

»Du bist sehr geschickt im Umgang mit dem Lichtschwert«, lobte ihn Maloron und deutete zum Fußende des Schattens. »Allerdings ist die Schnittkante zum Ende hin etwas ausgefranst. Das liegt an der Klingenführung. Der Streich wäre fast zu kurz gewesen. Du weißt doch: Jeder zweite Versuch steckt voller Unwägbarkeiten.«

»Ja«, murrte Corvin. Er konnte es kaum ertragen, die Nörgeleien und Belehrungen seines Erziehers über sich ergehen zu lassen, während dieser seelenruhig neben einer noch warmen Leiche stand.

Maloron hob mahnend den Zeigefinger. »Nimm das nicht auf die leichte Schulter. Wenn ein Jäger seiner eigenen Kunst nicht trauen kann, weiß er nie, wann *er* versagt oder wann er einen bunten Schmetterling geweckt und auf die

Reise nach Osttarra geschickt hat. Erfahrene Schnitter behalten den Schatten stets im Auge, während ihre Klinge ihn durchdringt. Sollte er sich in einen Schmetterling verwandeln, dann machen sie ihm den Garaus, ehe er davonflattern kann. Ist so ein Falter erst durchs Weltentor entkommen, kann ihn in Osttarra niemand mehr töten. Wie lautet also die goldene Regel der Schattenjäger?«

»*Ein* Schnitt muss genügen«, antwortete Corvin so gelangweilt, wie er trotzig hinzufügte: »Dazu braucht man aber Kraft und ich bin noch ein Kind.«

Malorons schwarze Augen funkelten bedrohlich. Wieder auf den Schatten deutend, fügte er hinzu: »Außerdem ist der Verschnitt zu breit. Wir dürfen nichts verschwenden.«

»Bist du bei *meiner* Ernte nicht auch sehr großzügig gewesen?«

»Wie kommst du darauf?«

»Schau mich an. Ich bin ein Zwerg.«

»Jetzt übertreibst du aber. Außerdem kennst du ja das Sprichwort: ›Auch ein einziges Haar wirft seinen Schatten.‹« Malorons Augen wurden schmal. »Im Übrigen versuche mir nicht weiszumachen, deine Kleinwüchsigkeit habe etwas mit meiner Schnitttechnik zu tun. Auch Zwerge werden erwachsen. Deine Kindlichkeit ist nur äußerlich und hat ganz andere Ursachen.«

Corvin fühlte sich ertappt und seine Aufmüpfigkeit verpuffte wie Theaterdonner. Missmutig stieß er sein Schwert in die Scheide. Wiewohl er mit der kostbaren Klinge bislang noch jeden Schatten restlos von seinem Besitzer getrennt hatte, fühlte er sich nach jeder Ernte schuldig. Allzu oft ging ihm dabei das Bild des Knaben und seines vom Ross gestürzten Vaters durch den Sinn. War die Ähnlichkeit mit ihnen nur Zufall? Obwohl er dies für mehr als unwahrscheinlich hielt, wollte er doch Gewissheit haben. Nur so würde er sich selbst verstehen lernen, bloß deshalb spielte er für Maloron den gehorsamen Schüler.

Denn allein als Schattenjäger würde er weiter durch die Welt der Tiefe reisen und irgendwann das Rätsel lösen können.

Traurig sah er Jacques Motiers Schatten nach, der eben vom Kuss des Nachtfalken in eine Motte verwandelt worden war und nun mitten in den kupferroten Mond hineinzufliegen schien. Dann verschwand der Falter aus dem Licht. Corvins Blick kehrte zu dem Toten zurück und verharrte dort, bis Malorons Stimme erneut zum Aufbruch drängte.

»Komm, Junker Corvin! Die Finsternis hat gerade ihren Höhepunkt überschritten. Bis das Weltentor sich schließt, kannst du noch viele Schatten ernten.«

10. Alleingang

Wenn die Sonne tief steht,
werfen auch Zwerge lange Schatten.
Sprichwort

Europa
8. Juli 1842

Kaum war die Sonne über Portugal aufgegangen, verfinsterte sie sich auch schon wieder. Die Menschen ahnten weder in diesem noch in anderen Ländern Europas, dass Osttarras Erster Jäger an diesem Tag sein Revier an einen anderen abgetreten hatte. Einen noch jungen Schnitter, nicht sehr erfahren im Ernten von Schatten und auch wenig begeistert davon. Trotzdem war er so aufgeregt wie wohl nie zuvor in seinem Leben. Zum ersten Mal durfte er die Welt der Tiefe ohne seinen Lehrer durchstreifen.

Äußerlich glich Corvin inzwischen einem Siebzehnjährigen von kleiner, doch sehniger Statur. Dieser wohlbemessene Schritt hin zum Kosmos der Erwachsenen war ein notwendiges Übel gewesen, wollte er jemals das Geheimnis seines Doppelgängers ergründen. Es hatte auch nicht lange gedauert, bis die Lockerung seines Alterungsstreiks das Wohlwollen des Königs weckte und erfreuliche Früchte zeitigte. Auf dessen persönliche Einladung hin war Corvin allein in die Zitadelle geritten und hatte von Saros einen Nachtfalken geschenkt bekommen.

Keszef war groß wie eine Amsel – für einen Greif seiner Art also geradezu riesig – und mit seinem silbrig schimmernden, grauen Gefieder ausgesprochen hübsch. Der König hatte die Qualitäten des Vogels angepriesen, als wolle er ihn nicht verschenken, sondern meistbietend verschachern. Keszef sei als Jungschatten von einem arabischen Jagdfalken geerntet und nach allen Regeln der Kunst ausgebildet worden. Er besitze die Ausdauer eines Kamels, das Herz eines Löwen und den Spürsinn eines Bluthundes. Keine Motte könne ihm entkommen. Corvin schätzte den Greif vor allem wegen seiner Treue. In den unzähligen Tagen gemeinsamer Übungen waren sie unzertrennlich geworden.

Bei Tagesanbruch hatte Maloron ihm unter dem Prisma der Seelen noch einmal ins Gewissen geredet. »Wehre dich nicht länger gegen dein Schicksal«, hatte er gesagt. »Saros verlangt, dass du dich bewährst, und zwar ganz auf dich allein gestellt, ehe er dich dem Rat der Schattenjäger zur Aufnahme in unseren Orden vorschlägt. Enttäusche den König nicht, Junker Corvin.«

Der Ermahnte hatte alles stumm hingenommen und sich gewünscht, Maloron wäre nur ein einziges Mal nicht der strenge Erzieher, sondern ein besorgter Vater für ihn gewesen. Würde ein Versagen seines Schülers *ihn* denn nicht enttäuschen? Noch nie hatte er Corvin »Sohn« genannt, immer nur »Junker«. Der Erste Schattenjäger hielt viel von Ehre, Pflichtgefühl und Treue. Aber Liebe schien er nicht zu kennen.

Als das vom Mond aufgestaute Sonnenlicht durch den Schlund der Finsternisse geflutet war, wollte Corvin nur noch losstürmen. Er stürzte sich mit seinem Jagdvogel geradezu durch den Vorhang aus farbigem Licht und sie wurden in einem Nu verwandelt.

Der Nachtfalke hatte ihn als Erstes nach Lissabon in ein Gefängnis geführt. Inzwischen wusste Keszef sehr genau, welche Sorte von Schatten sein junger Herr bevorzugte, solche nämlich, deren Besitzer bereits auf der Schwelle des Todes standen. Für sie spiele es kaum eine Rolle, ob er ihnen ein Drittel des Wesens stehle, pflegte Corvin sein Gewissen zu beruhigen. Maloron hatte bisher nichts an dieser Praxis auszusetzen gehabt, ja, die Vorliebe seines Schülers für »moribunde Kandidaten« sogar als kluge Voraussicht im Interesse des Ehernen Gesetzes gelobt.

Besagtes Gefängnis, der Torre de Belém, war ein ausgedienter Leuchtturm auf einem Felsen in der Flussmündung des Tejo. Im düsteren Inneren harrte ein zu unrecht verurteilter Mann in schweren Ketten auf seine Hinrichtung – der Henker hatte diese bei Sonnenaufgang vollstrecken sollen, sich aber aus unerfindlichem Grund verspätet. Corvin sorgte dafür, dass des Sündenbocks Schatten weiterlebte.

Danach erntete der junge Schnitter auf seiner Route über die Pyrenäen, durch Frankreich und die Königreiche Württemberg und Bayern sechs weitere Schatten. Bei jedem beobachtete er zunächst, ob das vom Falken ausgewählte Exemplar tatsächlich den strengen Qualitätsansprüchen des Ordens genügte. Saros bevorzugte unterwürfige oder leicht formbare Persönlichkeiten, und jeder Schnitter hatte den Ehrgeiz, möglichst wenig von seiner Beute an den Schattenmühlenmeister abzutreten. Zusätzliche Jagdzeit verstrich beim Warten auf den rechten Augenblick – schließlich durfte das Eherne Gesetz des Schweigens nicht verletzt werden. Diese Gründlichkeit war der eigentliche Grund, warum Schattenjäger trotz ihrer blitzschnellen Fortbewegung nur vergleichsweise wenige Motten durchs Weltentor schickten. Corvin hatte sich für seinen ersten Alleingang eine Strecke von acht Nachtfaltern vorgenommen. Die Acht galt im Reich der Schatten als Zahl der Vollkommenheit.

Als Nächstes führte Keszef seinen Falkner nach Jena, im Großherzogtum Sachsen-Weimar-Eisenach. Die dortige Kleinkinderverwahranstalt war Schauplatz eines tragischen Ereignisses gewesen. Ein vierjähriges Mädchen lag im Sterben. Ganz allein dämmerte es in einem der sogenannten »Rosensäle« dahin, einem großen Raum, der wohl früher zur Überwinterung hochherrschaftlicher Topfpflanzen gedient hatte.

Das Bett der Kleinen war darin nur eines von mindestens dreißig und von den anderen lediglich durch eine Stellwand getrennt. Corvin reimte sich die traurige Geschichte aus der knappen Notiz zusammen, die der Arzt seiner Liquidation beigefügt hatte. Demnach war das Kind barfuß in den Park hinausgelaufen und hatte sich am großen Zeh verletzt. Die Diagnose: »Sepsis (Wundfäule)«. Die Therapie: »Beten Sie zu Gott.«

Könnten Fliegende Schatten weinen, Corvin hätte es beim Anblick des fiebernden Kindes getan. Selten hatte ihn das Werk des Schnitters so angewidert wie in diesem Fall.

»Genug ist genug«, sagte er zu Keszef, während die kleine Motte davonflatterte und die Rosensäle unter ihm kleiner und kleiner wurden. »Die Finsternis ist noch jung. Sie hat nicht einmal ihren Höhepunkt erreicht. Lass uns nach Schottland fliegen, mein Freund.«

Keszefs Schemen wurde zu einem richtigen Falken, der

vor seinem Herrn in der Luft stand und ihn erwartungsvoll ansah.

»Damit kannst du nichts anfangen, was?«, fragte Corvin.

Der Vogel flog eine kleine Schleife, fast wie ein Hund, der ungeduldig auf das Werfen des Stöckchens wartete.

»Also gut«, sagte Corvin. »Dann übernehme ich jetzt für eine Weile die Führung.«

Kaum hatte sich Keszef wieder seines Vogelkörpers entledigt, schossen die zwei nach Nordwesten los. Weil Fliegende Schatten sich zwar nicht schnell wie das Licht, aber immerhin in Blitzgeschwindigkeit bewegten, war die Reise nach dem Zeitmaß der Menschen kürzer als ein Wimpernschlag.

Corvin suchte zunächst den Ort auf, wo Maloron und er die beiden Reiter abgepasst hatten. Obwohl seitdem sechsundzwanzig Menschenjahre vergangen waren, fand er die Stelle sofort wieder. Der von Steinmauern gesäumte Weg lag unweit eines Bachlaufes, inmitten einer rauen Berglandschaft. Doch wie sollte es nun weitergehen?

Unschlüssig schwebte Corvin dicht über dem Boden. Einfach irgendeinen Bauern oder Schafhirten zu fragen, das wagte er nicht. Er wollte auf keinen Fall ohne zwingenden Grund gegen das Eherne Gesetz des Schweigens verstoßen. Und selbst wenn er hier zu irgendwem in jener Weise sprach, wie er es seinerzeit bei der Frau in dem brennenden Haus getan hatte, würde dieser Mensch wohl eher am eigenen Verstand zweifeln als der vermeintlichen Stimme im Kopf eine brauchbare Auskunft zu geben. Vielleicht …

Corvin stieß einen schrillen Pfiff aus. Sofort schwebte der Nachtfalke herbei und verwandelte sich in einen Vogel.

»Du musst mir helfen, jemanden zu finden.«

Der Greif gab einen hellen Laut von sich, fast wie eine Grille, nur ohne Vibrato.

Corvin deutete auf den Weg. »An dieser Stelle habe ich vor fast anderthalb Ringen einen Jungen auf einem Pferd gesehen. Führe mich zu ihm.«

Keszef blieb mit aufgeregt rüttelnden Flügeln in der Luft stehen.

»Du hast keine Ahnung, von wem ich rede«, murmelte Corvin mehr zu sich selbst als zum Vogel. Bei aller instinktiven Klugheit waren Nachtfalken nun einmal Kreaturen ohne echte Vernunft. Sie verstanden erlernte Befehle, hatten ein feines Gespür für Gefühle und den Tonfall ihres Herrn, aber die Worte tatsächlich verstehen, das konnten sie nicht. Wie sollte er seinem gefiederten Freund nur erklären, was er von ihm erwartete? Vermutlich nahmen seine feinen Sinne die Spuren Hunderter von Menschen und Tieren wahr, die in den letzten vier oder fünf Ringen an dieser Stelle vorbeigekommen waren. Wenn es irgendeinen Gegenstand gäbe, an dem Keszef die Witterung aufnehmen könnte oder …! Plötzlich hatte Corvin eine Idee.

Er rückte unvermittelt vor, wodurch sein wolkengleicher Leib den Nachtfalken völlig umhüllte. Keszef erschrak und versuchte sich mit schnellen Flügelschlägen der ungewohnten Nähe des Fliegenden Schattens zu entziehen, aber Corvin ließ ihn nicht los und sprach leise auf ihn ein. »Hab keine Angst, mein Freund. Du kennst mich. Ich würde dir nie etwas zuleide tun. Es ist wichtig, dass du mich spürst und mich mit allen Sinnen wahrnimmst.«

Keszef beruhigte sich wieder.

»Braver Falke!«, lobte ihn sein Herr. »Und jetzt suche Corvin.«

Der Vogel verharrte irritiert in der Luft.

»Den *anderen* Corvin«, formulierte der Schattenjäger neu. »Wohin ist er von hier gegangen? Finde den Menschen, der mir am ähnlichsten ist.«

Mit einem Mal schien Keszef begriffen zu haben, was sein Falkner von ihm erwartete, denn er pfiff aufgeregt, verwandelte sich in einen Fliegenden Schatten und huschte nach Südosten davon.

Dank des unsichtbaren Bandes zwischen den beiden konnte Corvin ihm mühelos folgen. Zu seiner Überraschung kehrten sie auf fast derselben Strecke, auf der sie zuvor nach Schottland gekommen waren, wieder ins Gebiet des Deutschen Bundes zurück. Allerdings wählte Keszef dann doch einen etwas südlicheren Kurs, der ihn und seinen Herrn ins Königreich Bayern brachte. In der Bischofsstadt Regensburg landete der Nachtfalke kurz im Kloster St. Jakob, frischte die Witterung auf und stieg sogleich wieder in die Höhe, um sich in eine mittelgroße Stadt namens München zu begeben.

Über der Königsresidenz drehte der Vogelschemen zunächst einige Schleifen, ehe er in dem weiter östlich gelegenen Vorort Bogenhausen einen seltsamen Gebäudekomplex ansteuerte – auf dem Haupthaus saßen wie große Blasen zwei halbkugelförmige Kuppeln, und davon nach Südosten hin etwas abgerückt stand ein kleineres Bauwerk, auf das sich Keszef stürzte wie ein Turmfalke auf eine Spitzmaus.

»Halt!«, rief Corvin ihm zu.

Der Jagdvogel, jetzt wieder im silbrigen Federgewand, breitete zwar gehorsam die Flügel aus, protestierte aber mit dem für ihn typischen hellen Pfeiflaut.

Corvin blickte nach unten. Das geneigte Dach des Nebengebäudes besaß einen verschiebbaren Mittelteil, der gerade offen stand. Aus dem rechteckigen Lichteinlass ragte ein langes Metallrohr wie eine Kanone, die genau auf ihn und Keszef zielte. Mit einem Mal erschien am Ende der Röhre ein Mann in dunklem Anzug, der ganz sicher noch keine vierzig war. Sein schmales, scharf geschnittenes, von langen Koteletten eingefasstes Gesicht verriet Unmut, und in seinen blauen Augen funkelte sogar Zorn.

»*Ksch!*«, rief er und fuchtelte wild mit den Armen.

Corvin empfand diese Entdeckung in zweierlei Hinsicht als höchst beunruhigend: Erstens, weil dieser wütende Herr ihm trotz des äußeren Altersunterschieds enorm ähnlich sah, und zweitens hatte er die Fliegenden Schatten offenbar durch sein Kanonenrohr bemerkt. Lag das an dieser obskuren Röhre? Oder verfügte der aufgebrachte Mensch über jene seltene Gabe, die dereinst Jacques Motier das Leben gekostet hatte?

»*Ksch! Ksch!* Scher dich fort«, rief er abermals. »Du verdirbst mir die ganzen Messungen, du dummer Vogel.«

Nun erst begriff Corvin, dass nicht *er* gesehen wurde, sondern der Nachtfalke. Er gab Keszef einen Wink. »Mach dich unsichtbar, aber bleib in der Nähe.«

Der Greif schlug zwei-, dreimal mit den Flügeln, dann war er verschwunden.

Corvin spürte, dass die Sonnenfinsternis sich ihrer größten Dunkelheit näherte. In wenigen Sekunden würde er sich in Fleisch und Blut verwandeln. Kaum mehr als vier Minuten blieben ihm zum Lüften des Rätsel, das ihn so lange umgetrieben hatte.

Rasch ließ er sich durchs Dach in das Gebäude sinken, und während er zur Rechten des Mannes auf die Materialisierung wartete, beobachtete er neugierig den gereiften Doppelgänger. Ja, es handelte sich zweifellos um den einstigen Jungen, der sich mit seinem Vater auf einem Weg zwischen Schafweiden unvermittelt dem Sensenmann gegenübergesehen hatte, ohne wohl dessen wahren Namen, Maloron, zu kennen. Und wenn dieser nun erwachsen gewordene Knabe zudem derjenige war, für den Corvin ihn hielt, dann musste er nach Menschenmaß ungefähr sechsunddreißigeinhalb Jahre alt sein.

Wieder ganz in seine rätselhafte Tätigkeit vertief, saß der Mann auf einer Bank am Ende des langen Rohres und machte Notizen in ein Schreibbuch. Wie aus dem Ei gepellt sah er nicht gerade aus, fast schon konnte man ihn ärmlich nennen. Oder waren die abgestoßenen Jackenärmel und die glänzenden Stellen auf den Hosenbeinen Hinweise auf die sprichwörtliche schottische Sparsamkeit? Vielleicht fehlte dem Mann ja schlichtweg die Zeit, sich so profanen Dingen zu widmen. Oder es traf beides zu. Auch seine übrige Erscheinung war wenig imposant, sondern eher schmächtig und unscheinbar. Ausgeprägte Wangenknochen ließen sein Gesicht noch schmaler erscheinen, als es ohnehin schon war. Ob er hier nicht genug zu Essen bekam?

Corvin rückte näher heran, weil eine weiße Tafel unterhalb des Rohres seine Aufmerksamkeit anzog. Er war so fasziniert von dem ganzen Instrumentarium seines Doppelgängers, dass nicht einmal die Sinnesirritationen der Verwandlung seine Neugier zügeln konnten. So wie man einen vorübergehenden Schwindel zwar bemerkt, aber sofort wieder vergisst, bestaunte er die weiße Fläche. Darauf war die Sonne zu sehen. Oder vielmehr ein Abbild, eine Projektion der vom Mond teilweise verdeckten Sonnenscheibe …

Plötzlich fuhr der Mann herum und schrie erschrocken auf.

Überrascht von dessen heftiger Reaktion erwiderte Corvin den Schrei.

Nachdem auf beiden Seiten hinreichend gebrüllt worden war, stammelte der Mann: »W-Wer … wer sind Sie? Ich habe Sie gar nicht hereinkommen gehört.«

Corvin fand die Überraschung des anderen nur allzu verständlich. Für sein Gegenüber war er lediglich ein fremder Bursche in schwarzer Lederkleidung mit einem Degen am Gürtel. Er lächelte. »Sieh mich genau an. Weißt du es nicht?«

Die blauen Augen des anderen zogen sich zusammen. »Wir sehen uns ähnlich. Fast könnte man glauben, Sie seien ein jüngerer Bruder von mir. Hat meine Mutter Sie geschickt? Kommen Sie aus Britisch Nordamerika?«

»Nein. Mein Name ist Corvin. Ich …«

Er biss sich auf die Unterlippe. Sollte er wirklich gegen das Eherne Gesetz verstoßen? Andererseits … Hatte er es nicht längst getan? Nein, es gab kein Zurück mehr. Diese Chance kam vielleicht nie wieder. Er räusperte sich.

»Ich komme aus Osttarra, dem Reich der Zeitlosen.«

Der Argwohn im Gesicht des Mannes wich größter Verblüffung. »Osttarra?« Seine Stimme war nur ein Flüstern. Ungläubig schüttelte er den Kopf. Offenbar hörte er den Namen nicht zum ersten Mal.

Corvin blieb wenig Zeit. Deshalb kam er nun direkt auf den Punkt. »Sag mir, ob ich dein Schatten bin! Ich *muss* es unbedingt wissen.«

»Mein … Schatten!«, wiederholte der Mann. Es war keine Frage, sondern klang eher wie eine Feststellung. Wie ein Erkennen. »Du bist der Junge, der neben dem Sensenmann stand! Warum bist du seitdem kaum älter geworden?«

»Kannst du es dir nicht denken?«

»Weil du … ein *Schattendieb* bist. Du gehörst zu diesem Maloron.«

Corvin nickte betrübt, war zugleich aber auch irritiert. Woher kannte der Mann den Ersten Schattenjäger?

»Sag mir bitte, wer du bist.«

»Johann … Nein, so hat man mich erst auf der Klosterschule in Regensburg genannt. Getauft bin ich als John Lamont, der Sohn von Robert Lamont aus Corriemulzie in Schottland.« Er schüttelte den Kopf und sein Blick wurde gläsern. »Aber das ist nicht möglich. Ich muss … träumen? Ja! Hab gefürchtet, ich würde die Eklipse verpassen und hab in der Nacht kein Auge zugetan. Bin beim Verfolgen der Kontaktzeiten eingeschlafen und träume das jetzt alles …«

»Es ist so wirklich wie du selbst«, unterbrach Corvin barsch das Gefasel Johann Lamonts, während die Sonnenfinsternis unaufhaltsam ihrem Ende entgegenstrebte. »Wer hat dir von Maloron erzählt?«

Der Gefragte blinzelte. »Mein Vater. Er lag im Sterben. Ich dachte, er redet irre.«

»Und woher wusste *er* diese Dinge?«

»Er sagte, dieser Maloron habe meinen Schatten gestohlen und mir eine Fälschung angehängt.«

»Das erklärt aber nicht, woher du den Namen Osttarras kennst. Ich glaube kaum, dass der Erste Schattenjäger ihn ausgeplaudert hat.«

»Wir Lamonts stammen angeblich von König Niall Noígiallach aus Ulster ab. Da ist sicher manches alte Wissen von Generation zu Generation bis zu meinem Vater überliefert worden. Mir hat er allerdings erst auf dem Sterbebett vom Schattenreich erzählt.«

Corvin nahm sich vor, all diesen Dingen nachzugehen. Er deutete auf das riesige Rohr. »Was tust du hier?«

»Das ist ein Fraunhofer'scher Refraktor, bis vor drei Jahren das größte Telescopium auf Gottes weiter Erde. Man kann damit tief in den Weltraum hineinschauen. Im Moment vermesse ich damit die Eklipse: Wann sie begonnen hat, wie lange sie dauert ...«

»Dann bist du ein Gelehrter?«

»So kann man wohl sagen. Mein Bruder hat mich schon in Schottland ›Sternengucker‹ genannt und das bin ich noch heute. Ich vermesse ihre Positionen am Himmel und ihre Lichtspektren. Außerdem interessiere ich mich für die Wetterkunde, forsche ganz besonders über den Erdmagnetismus ...«

»Dein Vater hat sich auch schon mit den Gestirnen befasst, nicht wahr? Vor allem mit Sonnen- und Mondfinsternissen«, unterbrach Corvin die für ihn nur teilweise verständliche Aufzählung.

»Woher weißt du davon?«

»Ich kann eins und eins zusammenzählen. Er kannte den Ersten Jäger, wusste von Osttarra und vom Raub deines Schattens. Und außerdem habe ich das Erkennen in seinen Augen gesehen, als er Maloron erblickte, kurz bevor er vom Pferd fiel. Offenbar hatten die zwei irgendeinen Pakt geschlossen, der deinem Vater eine Galgenfrist einräumte. Kein Mensch darf nämlich am Leben bleiben, wenn er Einblick in die Geheimnisse Osttarras gewonnen hat.«

Johanns Augen weiteten sich. »Heißt das, du bist gekommen, um ... mich zu töten?«

Corvin schüttelte schnell den Kopf. »Nein. Eher bin *ich* es, den die Verdammung erwartet, sollte unser heutiges Treffen im Schattenreich bekannt werden.«

»Keine Sorge. Von mir erfährt niemand etwas. Ich will ja nicht für verrückt erklärt werden.«

»Wie hat es dich hierher ins Königreich Bayern verschlagen?«

»Eines Tages stand ein Priester vor mir, der Schüler für das Schottenkloster St. Jakob suchte. So kam ich nach Regensburg. Dort studierte ich zunächst Theologie. Prior Benedikt Deasson fiel auf, dass mir die Mathematik und die Naturwissenschaften viel mehr liegen als die Religionslehre. Deshalb hat er mich in diesen Fächern sowie in der Mechanik gefördert. Später setzte ich meine Studien in München fort, wo ich auch meinen Doktor machte. Hier am Observatorium arbeite ich schon seit den Sommerferien 1827, zunächst im Rahmen meiner astronomischen Ausbildung, später als Assistent, als königlicher Adjunkt und am 13. Juli 1835 hat mich Seine Majestät Ludwig I. zum Conservator ernannt. Seitdem leite ich die Sternwarte Bogenhausen.«

»Dann bist du unter den Menschen wohl ein bedeutender Mann.«

Johann machte eine wegwerfende Geste. »Nicht doch. Mir liegt vor allem daran, das Wissen über Gottes großartige Werke zu mehren. Ich könnte dir viel …« Er stockte und sah Corvin aus großen Augen an.

»Oh nein! Es geht schon los«, jammerte der. Die Zeit war viel zu schnell vergangen.

»Ich … kann durch deine Haut hindurchsehen. Du … wirst … unsichtbar«, stammelte Johann.

»Ja. Auf Erden bin ich nur ein Fliegender Schatten. Einzig während der größten Dunkelheit nehme ich die Gestalt eines Menschen an. Lebe wohl, mein Schattenbruder. Dies soll nicht unsere letzte Begegnung gewesen sein, Johann Lamont. Ich will dich wiedersehen, möchte mehr von dir erfahren, über die Welt der Menschen und vor allem über …«

11. Die hinkende Seele

Wenn du den Hahn auch einsperrst,
die Sonne geht doch auf.
Indisches Sprichwort

München (Königreich Bayern)
7. Februar 1860

»... dich und wie du ohne mich zurechtkommst«, hatte Corvin seinerseits noch sagen wollen und seither keine Gelegenheit mehr für ein weiteres Gespräch mit seinem menschlichen Gegenstück gefunden. Jede Einzelheit der Begegnung haftete ihm im Sinn, jedes Wort, ob nun gesprochen oder nur gedacht, hatte sich seinem Gedächtnis eingebrannt. Fast achtzehn Jahre waren seitdem vergangen, für einen osttarrischen Schatten keine lange Zeit, doch Johann Lamont hatte sich dem Altern nicht entziehen können. Mittlerweile war er ein gesetzter Wissenschaftler von vierundfünfzig Jahren.

Corvin hatte ihn nach ihrer Begegnung im Sommer 1842 nur noch im Geheimen beobachtet und dies auch erst seit Kurzem. Seine Vorsicht war die Folge einer Unterhaltung mit Saros unmittelbar nach dem Alleingang gewesen. Sie hatte während eines gemeinsamen Abendessens im Beisein Malorons ganz unverfänglich begonnen. Der König wollte wissen, was Corvin auf seinem ersten Streifzug durch die Welt der Tiefe gesehen habe, wo er überall gewesen sei, was er gelernt habe und ob er denke, die Ausflüge würden ihn auf dem Weg zum Schattenjäger voranbringen. Dann aber hatte das Gespräch eine überraschende Wende genommen, als Saros plötzlich fragte: »Hast du dir jemals gewünscht, den Menschen zu treffen, dessen Schatten du bist?«

Vor Überraschung war Corvin der Bissen im Halse stecken geblieben. Hustend suchte er nach einer unverfänglichen Antwort, und diese klang dann auch eher lauernd als überzeugend.

»Ist das etwas Besonderes, Majestät?«

»Das nicht«, hatte Saros leichthin erwidert. »Ich möchte dich nur vor unnötigen Komplikationen bewahren. Sollte dieser Entschattete dich bemerken, so verlangt das Eherne Gesetz seinen Tod. Und zwar von deiner Hand.«

Was in so lockerem Ton dahingesagt worden war, hatte Corvin bis ins Mark erschüttert. Sollte das eine Drohung gewesen sein? Wusste Saros etwas? Hatte er seinem größten Hoffnungsträger einen Spitzel hinterhergeschickt?

Bei seiner nächsten Reise durch die Welt der Tiefe war Corvin mit einer Strecke von drei mal acht Schatten förmlich über sich hinausgewachsen. Und um jeden Zweifel an seiner Loyalität zu zerstreuen, hatte er sich auch während der folgenden Finsternisse immer neue Höchstleistungen abverlangt. Dabei merkte er mit einer Mischung aus Abscheu und Faszination, dass ihm der Gebrauch des Lichtschwertes immer leichter fiel.

Obwohl er die Jagd weiter auf jene Verzweifelten beschränkte, die vom Leben ohnehin kaum noch etwas zu erwarten hatten, brachten ihm gerade diese oft das Lob des

Königs ein. Einige der erbeuteten Schurkenschatten hatten mittlerweile in Osttarra Karriere gemacht. Dadurch stieg der junge Schnitter unaufhörlich nicht nur im Ansehen des Monarchen, sondern auch in der Achtung der Ordensbrüder.

Seit einiger Zeit fühlte sich Corvin dadurch etwas sicherer. Ein aufmerksamer Schattenjäger spürte die unmittelbare Nähe eines anderen. Es erschien ihm ausgeschlossen, auf so vielen Streifzügen durch die Welt der Tiefe von einem Schnüffler beobachtet worden zu sein, ohne davon je etwas bemerkt zu haben. Und weil Keszef ebenfalls nie die Gegenwart eines anderen Nachtfalken aufgefallen war, hatte sich Corvin neuerdings wieder in die Nähe von Johann Lamont gewagt.

So auch in dieser Nacht.

Keszef hatte in den vergangenen Stunden vierzig Schatten geküsst. Erst danach war der Falke seinem Herrn ins bayerische Bogenhausen gefolgt. Hier befanden sich nach wie vor Johann Lamonts Wirkungsstätte und Wohnung. Sein privates Reich im östlichen Flügel der Sternwarte bestand aus vier Zimmern nebst Küche. Er stellte nur geringe Ansprüche an die »Genüsse des Lebens«, wie er es auszudrücken pflegte. Abgesehen von seinen Forschungsreisen quer durch Europa und gelegentlichen Vorträgen an der Münchener Universität spielte sich dieses Leben hauptsächlich auf dem überschaubaren Areal der Sternwarte ab. Nur wenn das Wetter keine astronomischen Beobachtungen zuließ, gestattete er sich den Besuch einer Abendveranstaltung im Katholischen Casino oder traf sich zum Gedankenaustausch mit anderen Mitgliedern der »Harmonie«, einem Verein von Wissenschaftlern. Hier wie da war er sehr beliebt.

Obgleich Johann Lamont gesund und glücklich wirkte – und sich wohl auch selbst so einschätzte –, stimmte etwas nicht mit ihm. Er sonderte sich lieber von den Menschen ab, als sich rückhaltlos in die Arme eines anderen fallen zu lassen. Wenn er neue Messinstrumente konstruieren ließ oder sogar selbst in der Werkstatt herumtüfteln konnte, dann fühlte er sich wohl. Wieso war er so ein Eigenbrötler?

Nach wie vor hoffte Corvin, das eigene Wesen besser zu verstehen, wenn er die Ursachen dieser Charakterzüge ergründete. Vielleicht konnte er dem Menschen, ohne den er nicht existieren würde, sogar helfen. Bisher war er der Lösung des Rätsels allerdings kaum näher gekommen. Er hatte für den merkwürdigen Zustand des Gelehrten lediglich einen sinnfälligen Vergleich gefunden:

Johanns Seele hinkt.

Auch in diesem Moment, während Corvin sein schlafendes Alter Ego im Bett betrachtete, musste er wieder an diese Analogie denken. Sie war ihm erst kürzlich in den Sinn gekommen, als er Johann nach einem seiner seltenen Abendausflüge forsch durch den Englischen Garten hatte dahinschreiten sehen. Der Wissenschaftler lief zur Seite geneigt, so als würde er links ein schweres Gewicht mit sich herumschleppen. Corvin vermutete in dem schiefen Gang die Folge einer früheren Verletzung, die er allerdings im Vergleich zur Amputation des Schattens für eher harmlos hielt.

Etwa viereinhalb Stunden nach Mitternacht – in weniger als dreißig Minuten würde das Tor nach Osttarra zufallen – beschloss Corvin, der Bibliothek des Schattenbruders einen Besuch abzustatten. In seiner wolkengleichen Gestalt brauchte er ein geschriebenes oder gedrucktes Werk nur zu durchdringen und schon hatte er sich dessen Inhalt einverleibt. So konnte er ein ganzes Regal voller Bücher in einer einzigen Nacht lesen. Sein Geist saugte spielend Abertausende von Einzelheiten auf und ließ sie nicht mehr los. Zum Verstehen benötigte er allerdings oft sehr viel länger. Immerhin hatte er sich auf diese Weise umfassende Kenntnisse über das Wissen der Menschheit im Allgemeinen und über Johann Lamonts Lebenslauf im Besonderen angeeignet.

Unschlüssig bewegte sich Corvin durch das private Arbeitszimmer des Wissenschaftlers. Sein tastender Sinn strich über die Buchtitel in den Regalen. Gab es vielleicht irgendwo etwas Neues? Tatsächlich stieß er auf einige Werke, um die Johann seine Sammlung seit dem letzten Besuch ergänzt hatte. Sogar die Bücher schienen jenen Mangel an Ausgewogenheit widerzuspiegeln, den Corvin im Wesen seines Schattenbruders erkannt zu haben glaubte. Aber *was* ließ seine Seele hinken?

Corvin wollte schon aufgeben, als ihm auf dem Schreibtisch ein in Leder gebundenes Buch auffiel. Bei genauerer Untersuchung erwies es sich als ein Tagebuch. Er sah es zum ersten Mal. Der braune Einband war schon recht abgegriffen. Es musste wohl schon länger in Gebrauch, aber bisher immer gut versteckt worden sein.

Ohne schlechtes Gewissen verleibte sich Corvin die persönlichsten Gedanken seines Schattenbruders ein. Den letzten Eintrag fand er besonders aufschlussreich:

Sonntag, 5. Februar 1860
Hatte heute im Casino ein erquickliches Gespräch mit der Witwe vom Hainrainer Franz. Sie ist trotz ihrer fünfzig Jahr ein leidlich hübsches Persönchen. Mir kam es so vor, als wolle Constanze mit mir anbandeln. Die Konversation kippte um, als ich ihr unmiss-

verständlich zu verstehen gab, dass für eine Frau in meinem Herzen kein Platz sei. Der dafür benötigte Raum werde voll und ganz von meiner Forschungsarbeit okkupiert. Ich glaube, sie hat mir meine Offenheit übel genommen.

»Ich Narr!«, flüsterte Corvin. Mit einem Mal wurde er ganz aufgeregt. Er glaubte endlich zu wissen, warum Johanns Seele hinkte … Ein tiefes Brummen ließ ihn innehalten. Er hatte längst gelernt, die extrem verlangsamten Geräusche voneinander zu unterscheiden. Es war das Knarren einer Diele, das da so träge im zähen Strom der Zeit dahintrieb. Er löste sich aus den Verschlingungen der Lamont'schen Handschrift und wandte sich der Tür zu.

Dort stand Johann in Nachthemd und Zipfelmütze. Trotz des verfinsterten Vollmonds konnte Corvin den Blick seines Schattenbruders genau verfolgen. Johann starrte auf das Tagebuch. Sah er etwa den darauf ruhenden Schemen? Wenn er mich sowieso entdeckt hat, dachte Corvin, dann kann ich auch einen Schritt weitergehen.

Er schwebte auf seinen Schattenbruder zu, drang rasch durch dessen Nase in den Kopf ein und sagte: *Habe keine Angst, Johann. Du hörst nicht die Stimme des Wahnsinns, sondern ich bin es, Corvin.*

Der Schattendieb?, erwiderte die Geistesstimme des anderen klar und verständlich. In Gedanken waren sogar Menschen schnell genug, um mit einem Fliegenden Schatten zu reden.

Ja, erwiderte der. *Entschuldige, dass ich mein Versprechen erst heute einlöse. Du hast lange auf meine Rückkehr warten müssen. Doch es ist nicht mein erster Besuch, seit wir uns damals bei deinem Fernrohr getroffen haben.*

Soll das heißen, du beobachtest mich?, fragte Johann überrascht.

Nur, wenn Sonne oder Mond sich verfinstern. Wieso sitzt du heute nicht hinter deinem Teleskop?

Ich habe den Refraktor heute Nacht dem Feldkirchner Christian, meinem Ersten Assistenten, überlassen.

Seltsam. Und ich dachte, dein Herz schlägt ganz für die Erforschung der Himmelskörper.

So war es auch. Aber nach deinem letzten Besuch habe ich an meinen Geisteszustand gezweifelt. Ich dachte, das Studium der Gestirne schade irgendwie meinem Verstand. Seitdem widme ich mich vermehrt der Meteorologie und vor allem dem Erdmagnetismus.

Ich kann dir versichern, Johann, dass mit deinem Verstand alles zum Besten steht. Allerdings …

Corvin zögerte. Es fiel ihm nicht leicht, das heikle Thema anzusprechen.

Woran denkst du?, fragte Johann.

Ich frage mich, warum du nicht verheiratet bist.

Dazu fehlt mir die Zeit.

Die Antwort kam wie aus der Pistole geschossen.

Es gibt auch andere gelehrte Männer, die eine Familie haben.

Wenn die das brauchen – wegen mir. Ich komme auch ohne eine nörgelnde Frau und plärrende Kinder sehr gut aus.

Obwohl der Dialog nur mit den Stimmen des Geistes geführt wurde, glaubte Corvin deutlich zu hören, wie gereizt sein Schattenbruder plötzlich klang.

Kann es sein, fragte er ganz sanft, *dass es dir an Liebe mangelt?*

Unsinn! Ich bin mit meinem Beruf verheiratet.

Was ist mit Constanze Hainrainer?

Woher weißt du …?

Ich bin nur kurz durch dein Tagebuch gerauscht, da ist mir der Name …

Wie kannst du dich unterstehen, in den privaten Aufzeichnungen einer fremden Person herumzuschnüffeln!, empörte sich Johann.

Ich habe dich nie als fremd empfunden, antwortete Corvin traurig, *sondern immer als einen Teil von mir.*

Trotzdem hättest du das nicht tun dürfen, murrte Johann. *Und die Hainrainer Constanze ist nichts als eine Bekannte.*

Du schreibst, sie sei »ein leidlich hübsches Persönchen«. Sind da vielleicht doch irgendwelche Gefühle, die du für sie empfindest?

Auf gar keinen Fall. Ich möchte mir nur ein gewisses Urteilsvermögen in Sachen Schönheit nicht absprechen. Alle Männer verrenken sich den Hals nach der Constanze.

Und du?

Ich nicht … Na ja, jedenfalls nicht oft. Irgendwie springt da kein Funke über. Ich vergrabe mich lieber in meiner Arbeit.

Weißt du, was ich glaube, Johann?

Soll das ein Scherz sein? Wie könnte ich je die Gedankengänge eines Schattens verstehen?

Wenn ich alles in einen Topf werfe, was ich inzwischen über uns beide weiß, dann kommt dabei Folgendes heraus: Maloron hat dir mit dem Schatten die Fähigkeit zur Liebe gestohlen. Jedenfalls das meiste davon. Aus irgendeinem Grund ließ er mehr Verschnitt übrig, als es uns Schattenjägern normalerweise erlaubt ist. Deshalb bist du kein völliger Seelenkrüppel.

Danke. Das ist ja ein großer Trost, erwiderte Johann mit sarkastischem Unterton.

Entschuldige, wenn ich so offen bin, aber mir bleibt für lange Umschweife keine Zeit. Ich fürchte, du wirst dein Leben lang allein bleiben …

Schweig!, schnitt er Corvin jäh das Wort ab. All die Selbstzweifel, die ihn so viele Jahre gequält hatten, brachen mit einem Mal aus ihm hervor. *Ich habe es immer gespürt,* schluchzte er. *Schon damals, als mein Vater stürzte, bei seinem Tod und später, als ich von meiner Familie wegging. Ich … ich habe so schrecklich wenig dabei empfunden. Seitdem sehne ich mich danach, wie ein normaler Mensch zu sein. Wie ein Mann, der lieben kann. Ich finde mich krank und komme mir wie ein Voyeur vor, wenn ich manchmal im Englischen Garten klammheimlich verliebte Paare beobachte, wie sie turteln und miteinander Zärtlichkeiten austauschen, und ich beneide sie, weil ich dort, wo bei mir solche Gefühle gedeihen sollten, nur ein großes, kaltes Loch habe. Das ist der Grund, weshalb ich kaum die Sternwarte verlasse. Hier kann ich meine Sehnsucht betäuben. Ich sperre das wahre Leben aus. Ich verstecke mich vor der Liebe.*

Corvin hatte es die Sprache verschlagen. Er war von dem Gefühlsausbruch seines Schattenbruders tief ergriffen. Die gleichen Sehnsüchte – nur mit anderen Vorzeichen – hatte er auch bei sich beobachtet, etwa wenn Maloron ihn wieder nur wie einen Schüler anstatt wie den eigenen Sohn behandelte. Womit konnte er Johann nur trösten?

Sieh es doch mal so, mein Bruder, sagte er. *Wenn du Erfüllung im Studium der Natur findest, dann bist du sicher besser dran als viele andere, die von den Schattenjägern an der Seele verstümmelt wurden.*

Kaum ausgesprochen, kamen ihm die Worte fade vor. Ihm war die Liebe gegeben, und trotzdem fühlte er sich so hilflos.

Und was ist mit dir?, fragte unvermittelt Johann. Offenbar hatte er die Fassung zurückgewonnen. *Wenn in dir nur das drinsteckt, was Maloron mir gestohlen hat, dann musst du ein noch viel größerer Invalide sein.*

Da hast du wohl recht, entgegnete Corvin traurig. *Aber irgendwie glaube ich daran, dass in dem kleinen John Lamont, der einst vom Ersten Schattenjäger heimgesucht wurde, so viel Liebe, Gerechtigkeit und Weisheit steckten, dass es für uns beide ausreicht.*

Das Weltentor schloss sich, als im Schlund der Finsternisse das Licht verebbte. Der bunt schillernde Vorhang unter dem Prisma der Seelen löste sich geräuschlos auf. Erst im letzten Moment hatten Corvin und Keszef ihn durchquert.

»Ich dachte schon, du schaffst es nicht mehr«, empfing ihn der Erste Schattenjäger mit versteinerter Miene. Er stand in seinem schwarzen Gewand breitbeinig da, die linke Faust in die Seite gestemmt, in der anderen lag der Ebenholzschaft. Das im Futteral steckende Sensenblatt wölbte sich wie eine Kuppel über seinem Haupt.

Corvin entließ den Nachtfalken und antwortete trotzig: »Gibt es unter deinen Schnittern noch einen anderen, der heute fünf mal acht Schatten geerntet hat?«

»Nein. Deine Strecke wurde bereits zur Schattenmühle gebracht. Reschuth meint, es sei wieder einmal der größte Ertrag. Aber darum geht es nicht, Corvin. Noch hast du nicht die Ordensgelübde abgelegt und kannst jederzeit aus dem Kreis der Schattenjäger ausgestoßen werden.«

Damit hatte Maloron ihm noch nie gedroht. Warum war sein Ziehvater so erregt? Gab es etwa doch einen Spion? Hatte er ihm von dem Ausflug in die Sternwarte berichtet? Oder wusste Maloron gar von dem Verstoß gegen das Eherne Gesetz des Schweigens?

Angriff ist die beste Verteidigung, dachte Corvin und erwiderte widerborstig: »Wenn es das ist, was du willst, Vater, dann nur zu. Wirf mich hinaus. Gib mir einen Tritt ...«

»Corvin!«, fauchte Maloron wütend. »Ich verstehe dich nicht. Es ist dir bestimmt, der größte aller Schatten Osttarras zu werden. Warum sträubst du dich dagegen? Deine Probezeit dauert jetzt schon einen ganzen Ring.«

»Sträuben? Ich ...«

»Halte mich nicht zum Narren! Du wärst schon längst so weit, Schangar im Amt meines Stellvertreters abzulösen. Stattdessen spielst du uns immer noch den Halbwüchsigen vor. Meinst du allen Ernstes, deine Hinhaltetaktik ist nur mir allein aufgefallen? Saros verfolgt genau jeden Schritt deiner Ausbildung. Gerade ist mir von seiner Ordonnanz eine Nachricht zugestellt worden. Der König will uns sprechen, nicht erst zum Nachtmahl, sondern sofort. Gibt es irgendetwas, das du mir vorher noch sagen willst?«

Corvin schluckte. »Nein.«

»Dann komm!« Maloron wirbelte so heftig herum, dass sein Umhang ihn wie eine dunkle Wolke umwogte. Mit langen Schritten stapfte er den Abgrund entlang auf seinen schwarz-goldenen Streitwagen zu.

Nachdem Corvin unter dem Felsvorsprung hervorgetreten war, hielt er Ausschau nach Keszef. Wieso konnte er nicht so frei wie der Nachtfalke sein, der hoch über ihm am Himmel kreiste? Stattdessen fühlte er sich wie angekettet. Er musste tun, was sein Ziehvater und der König von ihm verlangten. Zuwiderhandlungen wurden mit Kerker oder dem Gang durch die Schattenmühle bestraft. Sollte wirklich jemand ausgeplaudert haben, was während der letzten Mondfinsternis geschehen war, dann musste er wohl mit dem Schlimmsten rechnen.

Schweigend stieg Corvin in den Streitwagen. Er wich Malorons Blicken aus, auch während dieser die vier Rappen durch Negrias Straßen trieb. Es war ein lichter Morgen, eigentlich viel zu schön für eine so düstere Stimmung. Von den umliegenden Bergen wehte eine frische Brise in den nierenförmigen Kessel der osttarrischen Hauptstadt herab. Die vom Duft der Frühlingsblumen schwere Luft fühlte sich an wie die Haut eines Neugeborenen.

Während der Wagen durch eine Allee rollte, beobachtete Corvin die Bewohner. Sie gingen unterschiedlichsten Verrichtungen nach. Alles wirkte so normal. Königliche Gärtner umhegten die Bäume, Händler zogen Karren mit ihren Waren hinter sich her, ein Meister jagte seinen Stift mit einem Knüppel über den Hof, Soldaten marschierten im Gleichschritt vorbei, eine Katze fing einen Vogel …

Der Streitwagen wich einem Greis aus, der vor den heranpreschenden Rössern achtlos auf die Straße getreten war. Einen Moment lang fürchtete Corvin, der Alte könnte doch noch erfasst oder der Karren bei dem Manöver umgeworfen werden – auf nur einem Rad polterte er über das Pflaster –, dann aber konnte Maloron ihn wieder unter Kontrolle bringen.

»War das wirklich nötig, Vater?«

Er lachte. »Ich hätte den Alten auch über den Haufen fahren können. Gestorben wäre er daran nicht.«

»Aber es hätte sich für ihn so angefühlt. Und *ich* verzichte auch lieber auf das Gefühl, bis auf die Knochen abgeraspelt zu werden.«

»Schmerz macht dich hart. Probier's mal aus. Du könntest es gut gebrauchen.«

Corvin erwiderte nichts. Sollte das etwa heißen, er war zu weich? Nach der Rückkehr aus Terra gab es wohl keinen Zweifel mehr, dass er den größten Teil von Johann Lamonts Liebe in sich trug. Machte ihn diese Eigenschaft aber zu einem Schwächling? Was das Thema »Schmerz und die Unverwüstbarkeit von Schatten« anbelangte, konnte er tatsächlich nur auf wenige eigene Erfahrungen zurückgreifen – ein paar kleinere Wunden waren binnen Kurzem verheilt. Einmal hatte sich Bogum, der Leibdiener seines Ziehvaters, das erste Glied des Zeigefingers abgerissen. Am nächsten Tag war es wieder nachgewachsen.

Der Wagen jagte über den runden Siegesplatz mit der Saros-Statue. Die Figur war einhundert Fuß hoch und zeigte den König von Osttarra mit hoch erhobenem Lichtschwert in der Pose des Triumphators. Dahinter erhob sich der große Kegel des Zitadellenbergs. Die sich nach oben verjüngende Form setzte sich bis in die Architektur von Biráh Sharu fort: Die äußeren Ringmauern lagen tiefer als der innere Kern, aus dem der Palast wie ein bizarrer Hut aufragte. Genau im Zentrum erhob sich ein trutziger Rundturm, dessen Spitze zurzeit von Wolken umhüllt war.

Schweigend fuhren der Erste Schattenjäger und sein Zögling den Berg hinauf, passierten die Festungstore und blieben erst vor der Freitreppe des Hauptgebäudes stehen. Der oberste Leibgardist des Königs erwartete die Ankömmlinge am Portal.

»Seid gegrüßt, Togu«, rief Maloron ihm zu. »Welchem Umstand verdanke ich die Ehre, vom Kommandanten persönlich empfangen zu werden?«

Der Gefragte grinste, wobei ein recht unvollständiges Gebiss zum Vorschein kam. Er hatte die Statur eines Baumes. Sein aus dreieckigen Metallplatten bestehendes Panzerhemd klimperte wie ein gut gefüllter Geldbeutel, als er mit der Hand in den Palast deutete. »Seine Majestät haben mir unmissverständlich zu verstehen gegeben, den Junker Corvin schleunigst zu ihm vorzulassen. Bitte folgt mir in den Thronsaal.«

Der Thronsaal?, wunderte sich Corvin, während er und sein Ziehvater schweigend dem Kommandanten folgten. Üblicherweise empfing Saros sie in seinen Privatgemächern, manchmal in Gesellschaft anderer verdienter Mitglieder des königlichen Rats wie dem Mühlenmeister Reschuth, der Ersten Schattenschneiderin Ococ, Malorons Stellvertreter Schangar oder dem Weisesten aller Weisen, Gavriel. Aber die Halle des Rechts? Wozu der offizielle Rahmen wie bei einer Audienz?

Oder wie bei einem Prozess.

Rasch durchquerten sie eine Flucht von Räumen, die der Halle des Rechts vorlagert war. Üblicherweise wurden diese Gemächer für wartende Besucher genutzt – je wichtiger der Gast, desto näher durfte er an den Thronsaal heranrücken und desto prächtiger war das Empfangszimmer. Togu verweilte in keinem von ihnen, sondern blieb erst bei den acht Posten stehen, die den Zugang zur Halle bewachten.

»Meldet dem König die Ankunft des Ersten Schattenjägers und seines Schülers«, befahl er einem der Männer.

Es folgte das übliche Prozedere: Öffnen der Tür durch

den Posten, Verschwinden im Thronsaal, Meldung machen und Rückkehr vor den Eingang.

»Seine Majestät lassen bitten.«

Togu deutete zur Tür. »Ihr kennt den Weg ja.«

Corvin folgte seinem Ziehvater in die Halle des Rechts. Bisher kannte er sie nur von seltenen festlichen Anlässen. Jedes Mal war er von der schieren Größe des Raums überwältigt gewesen.

So auch jetzt. Scheu hielt er den Blick auf das glänzende Parkett gerichtet, registrierte eher beiläufig die unter seinen Füßen vorübergleitenden Intarsien – Fabelwesen, Fantasiepflanzen, Szenen kämpfender Schattenjäger. Der dumpfe Geruch gewachsten Holzes und verstaubter Wandteppiche fühlte sich wie modriges uraltes Laub an. Manchmal streiften ihn Lichtreflexe der über ihm hängenden Kristalllüster. Erst als die Stimme des Königs durch den Saal scholl, sah er wieder auf.

»Kommt, kommt, Maloron! Vergesst die Förmlichkeit. Zeigt mir unseren tüchtigsten Schattenjäger.«

Trotz dieser durchaus freundlich klingenden Einladung blieben der Ordensmeister und sein Zögling in respektvollem Abstand zum Thron stehen und verneigten sich.

»Wie mir gerade berichtet wurde, hast du heute wieder eine reiche Ernte eingebracht«, richtete Saros das Wort direkt an Corvin.

Den machte das Lob nur noch misstrauischer. Der König hatte ihn doch nicht nur rufen lassen, um ihn zur erfolgreichen Jagd zu beglückwünschen.

»Es waren nur fünf mal acht Nachtfalter, Majestät. Der Rekord liegt weit höher.«

»Gleichwohl nenne ich das eine ansehnliche Strecke.«

»Danke, Majestät. Ich tue mein Bestes.«

»Bist du dir sicher?«

Corvin schlug das Herz bis zum Hals. »Was … was meint Ihr damit, Majestät?«

Saros lächelte kühl. »Nun, du hast mir im letzten Ring ein paar vortreffliche Schatten beschert. Einige von ihnen dienen in meinem Heer. Eine halbe Acht steht sogar bereits unter dem Kommando deines Vaters und vermehrt die Zahl meiner Untertanen. Ich lasse dich wie einen richtigen Schattenjäger allein die Welt der Tiefe durchstreifen, aber trotzdem hält dich irgendetwas davon ab, ins Mannesalter einzutreten. Allmählich frage ich mich, ob du mein in dich gelegtes Vertrauen auch schätzt.«

»Aber Majestät!«, begehrte Maloron auf. »Unter meinen Schnittern gibt es kaum einen, der so tüchtig ist wie …« Er verstummte, weil Saros vom Thron aufgefahren war.

»Das ist unbestritten, mein Freund«, sagte der König auf eine bedrohlich verbindliche Weise. »Trotzdem möchte ich, dass Euer Schüler für sich selbst spricht.« Er schritt bedächtig von seinem Podest herab und blieb direkt vor dem Jungen stehen. »Kämpfen wir für dieselbe Sache, Junker Corvin?«

Der bohrende Blick des Königs bereitete dem Gefragten höchstes Unbehagen. »Ich schätze Eure Güte sehr, Majestät. Ihr seid mein Förderer. Euch verdanke ich Keszef, den besten Nachtfalken, den man sich nur wünschen kann. Wie könnte ich je gegen Euch sein?«

»Du verstehst es trefflich, mir auszuweichen. Dabei hätte ein einfaches Ja mir genügt. Ich frage mich natürlich, warum das so ist. Versuchen wir es noch einmal: Kann ich auch in Zukunft auf dich zählen?«

Corvin sah sich gezwungen, dem König weiter in die Augen zu blicken, wollte er nicht wie ein Lügner dastehen. »Ich bin nach wie vor Euer untertänigster Diener, Majestät.«

»Gut.« Saros schob die Unterlippe vor und nickte zufrieden. »Das ist nämlich sehr wichtig! Du sollst einmal meine Speerspitze im Kampf gegen die Welt der Tiefe sein. Da möchte ich nicht, dass diese Waffe sich irgendwann gegen mich richtet.«

»Gegen …?« Corvin durchfuhr ein Schauer. »Niemals! Ich hege keinerlei feindliche Gefühle gegen Euch.«

»Ich freue mich, das zu hören, denn ich halte dich für einen ehrlichen Burschen. Manchmal vielleicht sogar für ehrlicher, als es für einen Schattenjäger gut ist.«

Saros trat noch einen halben Schritt näher heran und zwang den viel kleineren Jungen dadurch, mit nach hinten geneigtem Kopf zu ihm aufzusehen.

»Dennoch frage ich, warum du während deines letzten Ausflugs unangemessen viel Zeit bei einem Entschatteten zugebracht hast. Dort war doch für dich nichts zu holen.«

Corvin wären vor Schreck fast die Knie weggeknickt. Sein Puls fing an zu rasen. Jemand hatte ihn bespitzelt – offenbar nur aus der Ferne, sonst wäre es ihm aufgefallen. Und verraten! Er fühlte sich vom stechenden Blick des Königs regelrecht aufgespießt. Was wusste Saros? Jede falsche Antwort konnte eine Katastrophe heraufbeschwören. Corvin sah nur einen Weg, seinen Kopf aus der Schlinge zu ziehen. Er musste bei der Wahrheit bleiben. »Ich …« Sollte er es wirklich sagen?

»Ja?«, drängte der König.

»Ich wollte den Menschen sehen, dessen Schatten ich bin.« Jetzt war es heraus.

Maloron gab einen erstickten Laut von sich, aber Saros hielt ihn sofort zurück.

»Lasst nur, mein Freund. Seine Offenheit gefällt mir. Sie erleichtert die Klärung des Vorfalls.« Er wandte sich wieder Corvin zu. »Hatte dein Vater dir nicht verboten, diesen Mann aufzusuchen?«

»Nicht direkt, Majestät.«

»Inwiefern war seine Anweisung denn missverständlich?«

»Er hat mir bis heute nichts über meinen Schattenbruder erzählen wollen.«

»So nennst du ihn?« Der König lächelte amüsiert. »Wie lautet sein Name?«

Corvin wandte sich verwirrt seinem Ziehvater zu. Hatte er denn dem König nichts von John und Robert Lamont erzählt? Die Schattenjäger sprachen zwar gewöhnlich die Namen der von ihnen Heimgesuchten nicht aus, aber in diesem Fall … Oder war damals, als der Neugeborene abgeerntet wurde, etwas geschehen, das selbst Saros nicht wissen sollte?

Maloron räusperte sich. »Ist mein Schweigen nicht deutlich genug gewesen, Junker? Es heißt doch, dass du nichts mit dem Entschatteten zu schaffen haben sollst.«

Der König nickte. »Da muss ich deinem Vater beipflichten.«

»Für mich hat sich das nicht so angehört, Majestät«, verteidigte sich Corvin lahm.

»Aber habe nicht sogar *ich* dich persönlich beschworen, dir unnötige Komplikationen zu ersparen? Riet ich dir nicht, dich von diesem Menschen fernzuhalten, damit du ihn nicht töten musst?«

»Ich …« Corvin räusperte sich, weil seine Stimme ihn im Stich zu lassen drohte. Er nahm allen Mut zusammen. »Ich denke, wenn ich nicht erfahre, woher ich komme, werde ich weder wissen, wer ich bin, noch, wohin ich gehe. Und dann kann ich auch nicht meine große Aufgabe, die Ihr mir zugedacht habt, erfüllen.«

Saros schmunzelte. »Du bist ein ausnehmend kluges Bürschlein. Sind denn deine großen Lebensfragen inzwischen beantwortet?«

»Im Großen und Ganzen schon.«

»Das beruhigt mich, bringt es uns doch einen großen Schritt weiter. Du könntest dir somit jetzt einen Stoß geben, die Mannesreife erlangen und das Ordensgelübde ablegen. Sind wir uns da einig?«

Corvin biss sich auf die Unterlippe. Er war dem König in die Falle gegangen. Ein Nein käme einem Hochverrat gleich. Mit hängendem Kopf nickte er.

»Das ist gut!«, sagte Saros, wobei er das letzte Wort über Gebühr in die Länge zog. »Nun muss ich nur noch eines wissen. Hast du gegen das Eherne Gesetz des Schweigens verstoßen?«

Entsetzt riss Corvin die Augen auf.

»Antworte dem König«, befahl Maloron.

Corvin fühlte sich außerstande, überhaupt irgendetwas zu sagen.

»Lass es mich anders formulieren«, baute Saros ihm eine goldene Brücke. »Weiß der Mann im Observatorium von deiner Existenz?«

Der Gefragte befeuchtete seine Lippen mit der Zunge. »Ja. Aber er glaubte zu träumen und zweifelt an seinem Verstand.«

»Dann hättest du ihn trotzdem töten müssen«, zischte Maloron.

»Ruhig!«, beschwichtigte Saros seinen Ersten Jäger, um sich sogleich wieder dessen Schüler zuzuwenden. »Dein Vater hat natürlich recht. Osttarras Geheimnis ist heilig. Nur wenn die Menschen ahnungslos sind, können wir sie ungehindert jagen. Das siehst du doch ein, nicht wahr?«

»Ja, Majestät.«

Saros lächelte verständnisvoll. »Du bist noch jung und unerfahren. Da passieren einem manchmal Fehler, die man nachher ehrlich bereut. Ich will großzügig über dein Vergehen hinwegsehen, sofern du dich zur Wiedergutmachung bereit erklärst.«

Corvin starrte den König mit glasigen Augen an. »W-Was verlangt Ihr von mir, Majestät?«

»Muss ich das wirklich erklären? Du kennst das Eherne Gesetz. Bei der nächsten totalen Sonnenfinsternis wirst du dich nach Terra begeben und dich samt deinem Schwert materialisieren. Gebrauche die Klinge aus geschmiedetem Licht, wie es eines Schattenjägers würdig ist. Das soll deine Feuerprobe sein. Wenn du sie bestehst, werde ich dich begnadigen und niemand soll dir mehr deine Aufnahme in den Orden streitig machen.«

»Ihr meint …? Ich soll ihn …?« Corvin wusste genau, welche Sühne der König von ihm verlangte, brachte das Unfassliche aber nicht über die Lippen. In seinem Mund herrschte Dürre, im Kopf endlose Leere, seine Hände schwitzten und ihm war zum Umfallen schwindlig. Schlimm genug, dass er sich durch seine Unvorsichtigkeit in diese missliche Lage manövriert hatte, aber jetzt sollte auch noch ein anderer für seine Dummheit bezahlen. Er zuckte zusammen, als der König ihm die Hand auf die Schulter legte und mit einem entschiedenem Nicken antwortete.

»Ja, Junker Corvin. Nur so kannst du deinen Namen von aller Schuld reinwaschen. Ziehe hinaus in die Welt der Tiefe und töte deinen ›Schattenbruder‹.«

12. Licht und Schatten

Es ist mir in den Wissenschaften gegangen wie einem,
der früh aufsteht, in der Dämmerung die Morgenröte,
sodann aber die Sonne ungeduldig erwartet
und doch, wie sie hervortritt,
geblendet wird.
Johann Wolfgang von Goethe

Castellón de la Plana (Spanien)
18. Juli 1860

Johann fühlte sich elend. Sein Kopf tat ihm weh, die Glieder waren schwer. Sich aus dem Bett zu erheben, verlangte ihm seine ganze Willenskraft ab. Wurde er krank? Oder war es diese dunkle, diese unruhevolle Stimmung, die umso stärker sein Inneres umwölkt hatte, je näher er Castellón de la Plana gekommen war?

Stöhnend setzte er sich auf die Bettkante und ließ seinen Blick durch das geschmackvoll eingerichtete Zimmer schweifen. Am offenen Fenster bauschten sich die Vorhänge, und je nachdem wie stark der Wind vom Mittelmeer herüberwehte, erhellte die Morgensonne mal mehr, mal weniger den Raum. Die edlen Holzmöbel, die hochlehnigen Stühle, die Heiligenbilder an den Wänden – das alles kam Johann ziemlich spanisch vor. Aber es gefiel ihm.

Er hatte bei einem leibhaftigen Grafen Quartier genommen. Dieser hieß Ramón Álvarez, Conde de Morella, und rechnete es sich als besondere Ehre an, einer wissenschaftlichen Koryphäe von Weltruhm alle Annehmlichkeiten zu bieten, mit denen sein Palacio aufwarten konnte. Tatsächlich war das Stadthaus ein richtiger kleiner Palast, mit einem begrünten Innenhof, einem angrenzenden Garten und einer ganzen Schar von Bediensteten, deren einziger Lebenszweck darin zu bestehen schien, den Herrschaften niedere Verrichtungen abzunehmen. Johann wusste den Luxus nach den Strapazen der langen Anreise durchaus zu schätzen.

Während der fünfzehntägigen Fahrt von München nach Spanien waren ihm immer wieder Zweifel gekommen. Worum ging es ihm in Wahrheit bei dem Unternehmen? Wollte er lediglich Beweise für seine wissenschaftliche Theorie sammeln oder endlich Klarheit über seinen Geisteszustand erlangen?

War sein Schattenbruder wirklich echt?

Aus irgendeinem Grund fürchtete er sich vor dem, was der Tag ihm bringen mochte, schob seine Füße aber trotzdem in die Pantoffeln und schleppte sich zur Waschschüssel. Die Beklemmung entsprang nur einer vagen Ahnung. Sie war lediglich ein Schemen am Horizont seines Bewusstseins, mehr nicht. Er hatte deshalb auf die Reise nach Castellón nicht verzichten wollen. Der »Sternengucker« in ihm wollte sich diese seltene Gelegenheit nicht entgehen lassen.

Erst achtzehn Jahre zuvor, am 8. Juli 1842, war überhaupt zum ersten Mal eine Sonnenfinsternis wissenschaftlich beobachtet und vermessen worden, nun aber, am 18. Juli 1860, bereiteten sich ganze Scharen von Forschern auf das astronomische Großereignis vor. Etwa ein Dutzend von ihnen war hierzu eigens nach Castellón gereist. Darunter auch ein innerlich zwiegespaltener Johann Lamont.

Obwohl ihn die Wunder am Himmelsfirmament nach wie vor in ihren Bann zogen, hatte er in der Astronomie bisher eher glücklos agiert. Sicher, seine Beobachtungen des Kometen Halley fanden unter den Fachkollegen ebenso Anerkennung wie die Bestimmung der Farbspektren zahlreicher Sterne. Doch diese Lorbeeren betrachtete er eher als den Lohn des Fleißes. Die Große Sternstunde war ihm bisher versagt geblieben.

Mindestens einmal – widerstrebend musste er sich dies eingestehen – hatte er eine bedeutende Entdeckung sogar schon in Händen gehabt, sie aber wie einen glitschigen Fisch wieder entwischen lassen. Es war im Jahr 1845 gewesen. Hätte er Neptun damals nicht für einen »verschwundenen Stern« gehalten und den vermeintlichen Fehler aus seinem Beobachtungskatalog gestrichen, dann würde sich jetzt nicht das ungeliebte Preußen, namentlich Johann Gottfried Galle von der Berliner Sternwarte, mit der Entdeckung des Planeten rühmen. Der Pechvogel tröstete sich damit, mit seinem Lapsus in guter Gesellschaft zu sein: Vermutlich hatte 1613 schon der große Galileo Galilei die wahre Natur des Neptuns verkannt.

Doch an diesem Mittwochmittag konnte sich das Blatt endlich zu seinen Gunsten wenden. Seit 1842 stritten sich die Gelehrten nämlich über jene hellen, bizarr geformten Gebilde, die während einer totalen oder ringförmigen Eklipse am Sonnenrand erschienen. Einige hielten sie für die Silhouetten von Gebirgen, für leuchtende Gasmassen. Oder Georg Friedrich Wilhelm Rümker, der ebenfalls nach Castellón angereiste kommissarische Leiter der Hamburger

Sternwarte, er glaubte an optische Täuschungen. Sie lagen alle falsch. Davon war Johann überzeugt. Bei den »rosenfarbigen Vorsprüngen«, wie er sie zu nennen pflegte, handelte es sich schlicht und ergreifend um zarte Wolkengebilde, die vor allem im violetten Licht des Schattenkegels einer Sonnenfinsternis sichtbar wurden. Heute wollte er es allen zeigen.

Mit der Gemächlichkeit eines alten Mannes brachte Johann die Morgentoilette hinter sich, legte den leichten weißen Sommeranzug an, nahm auf dem Zimmer ein kleines Frühstück zu sich und verließ die Unterkunft gegen zehn.

Hoffentlich ist da nichts Ernstes im Anzug, dachte er, während er die letzten Stufen zum säulengesäumten Innenhof des Stadtpalastes hinabstieg. Neben dem Springbrunnen entdeckte er den Einspänner, der ihm großzügigerweise vom Grafen für die Dauer des Aufenthalts überlassen worden war. Ein Stalljunge tätschelte den wartenden Apfelschimmel. Als Johann gedankenversunken auf das Fahrzeug zustrebte, bemerkte er gar nicht die Person, die sich ihm von links näherte.

»Guten Morgen, Doktor Lamont«, rief sie. Es war die Tochter des Grafen.

Er lüpfte den Strohhut und verbeugte sich, nicht allein vor der Gastgeberin, sondern auch vor dem Liebreiz der jungen Frau. Nelia Álvarez war erst siebzehn, ein zartes kleines Wesen von geradezu zerbrechlicher Statur mit langen schwarzen Locken, einem ständig zu unbekümmertem Lachen aufgelegten roten Mund und Augen wie große, dunkle Oliven. Als farblichen Akzent zu ihrem ganz in Creme gehaltenen Kleid trug sie ein Halstuch in leuchtendem Türkis.

Bereits am Gymnasium und dessen Oberstufe, dem Lyzeum, hatte Johann fast alle lebenden Sprachen erlernt, die eine nennenswerte naturwissenschaftliche Literatur aufwiesen, sich jedoch erst im Vorfeld einer dem Erdmagnetismus gewidmeten Forschungsreise vor drei Jahren mit dem Spanischen vertraut gemacht. So konnte er den Gruß durchaus kultiviert erwidern. »Auch Ihnen einen schönen guten Morgen, Señorita Álvarez. Das butterfarbene Kleid steht Ihnen prächtig. Es betont so herrlich Ihren samtenen Teint.«

Nelia errötete. »Sie sind ein Charmeur, Señor.«

»Nein, nein. Was ich gesagt habe, ist eher eine Untertreibung. In keinem der Märchen aus *Tausendundeine Nacht* gibt es ein schöneres Mädchen als Sie.«

Die Tochter des Grafen schmunzelte. »Wollen Sie mir den Hof machen, Doktor?«

Johann musste an das Geständnis denken, das er kürzlich seinem – eingebildeten? – Schattenbruder gemacht hatte. In Momenten wie diesen kam er sich wie ein Mann vor, der zwar einen edlen Wein riechen und seine Qualitäten preisen, ihn aber nicht schmecken konnte. Doch über diesen inneren Makel wollte er lieber den Mantel des Schweigens decken. Er lächelte etwas säuerlich und antwortete: »Das käme mir nie in den Sinn. Ich bin bei mir zu Hause als Frauenfeind bekannt. Übrigens gewinnt mein Kompliment dadurch noch an Gewicht, wenn Sie verstehen, was ich meine.«

Nelias dichte Augenbrauen zogen sich zusammen. Anscheinend konnte sie ihm nicht sofort folgen. Dann aber lachte sie. »Ihr Humor ist irgendwie … anders.«

»Manchmal ein bisschen derb vielleicht. Ich komme aus Bayern. Von wo aus werden Sie heute die Sonnenfinsternis beobachten?«

»Ich bleibe hier. Wann geht es denn los?«

»Vier Minuten vor eins beginnt die partielle Eklipse. Acht nach drei wird der Kernschatten des Mondes für drei Minuten und siebzehn Sekunden über die Stadt hinwegstreichen. Nach zwei Stunden zwanzig ist alles vorbei. So jedenfalls lauten die Vorhersagen. Meine Kollegen und ich werden alles penibel notieren, fotografieren und teleskopieren.«

»Das klingt beeindruckend. Ich bin schon gespannt.«

»Vergessen Sie nicht, Ihre hübschen Augen zu schützen, wenn Sie in die Sonne sehen. Eine gerußte Glasscheibe leistet da unschätzbare Dienste.«

»Ich werde daran denken.«

Johann fand keinen triftigen Grund mehr, die Unterhaltung noch weiter in die Länge zu ziehen. Also räusperte er sich und sagte: »Nun muss ich aber los, um mein Fernrohr und den Reisetheodoliten aufzubauen.«

»Was ist ein Theo...?«

»...dolith. Ein Winkelmessgerät. Meines ist auf den Erdmagnetismus ausgelegt. Ich habe es selbst konstruiert.«

»Davon müssen Sie mir unbedingt heute Abend erzählen. Meine Eltern und ich freuen uns schon auf das gemeinsame Essen mit Ihnen.«

»Ganz meinerseits. Wenn es meine Gesundheit erlaubt, komme ich gerne.«

Nelia griff spontan nach seinem Arm. »Dann will ich auch endlich in allen Einzelheiten hören, wie das im vorletzten Jahr gewesen ist, als Ihnen für Ihre hervorragenden wissenschaftlichen Verdienste der schwedische Nordstern-Orden verliehen wurde.«

Johann betrachtete die zarten Finger, die so ganz ungeniert sein Handgelenk umschlossen, und ein Stich ging ihm durchs Herz. Nicht weil sich in ihm, einem Mann in gesetztem Alter, plötzlich Gefühle für dieses engelsgleiche Geschöpf regten, sondern weil genau das Gegenteil der Fall war. Selten war ihm dies schmerzlicher bewusst geworden als in diesem Augenblick. Einem anderen an seiner Stelle, egal wie jung oder alt, hätte Nelias Berührung vermutlich paradiesische Wonnen beschert, er dagegen spürte nur die Wärme ihrer Hand und schätzte die Temperatur auf sechsunddreißig Komma acht Grad Celsius. Er seufzte und winkte müde ab. »Ach, dieser Orden ist doch nicht der Rede wert.«

»Doch, doch, keine falsche Bescheidenheit, Doktor Lamont. Mein Vater rühmt Sie als Koryphäe. Erst heute beim Frühstück sagte er zu mir: ›Seine Vielseitigkeit sucht unter den Gelehrten unserer Zeit ihresgleichen.‹ Wir fühlen uns alle sehr geehrt, Sie bei uns zu Gast zu haben, Señor.«

»Was ich sehr zu schätzen weiß. Nun muss ich mich aber sputen.« Johann lüpfte den Hut. Die Lobhudelei war ihm peinlich. »Dann bis heute Abend, Señorita Álvarez.«

Er wartete, bis das bezaubernde Wesen entschwebt war, und schleppte sich dann zur Kutsche, die angespannt und mit seinen Instrumenten beladen neben dem Springbrunnen wartete. Ein Bediensteter reichte ihm die Zügel, lief zum Tor und öffnete es.

Während Johann auf die Straße hinausfuhr, musste er daran denken, wie gerne er früher immer geritten war. Anfangs hatte er in Bogenhausen sogar ein eigenes Pferd besessen. Nun, mit Mitte fünfzig, pflegte er die Fortbewegungsarten gesetzter Herren: den Spazierschritt oder, wenn es sich partout nicht vermeiden ließ, die Kutsche.

Selbige lenkte er nach Westen, zunächst über holperiges

Pflaster, später auf Wegen aus gestampfter Erde. Die Häuser, zwischen denen er hindurchfuhr, wirkten wie verbarrikadiert. Türen und Fensterläden, obwohl hübsch bunt gestrichen, waren fast ausnahmslos geschlossen. So schützte man sich hier gegen die Sonne. Wohl nur wenige ahnten, dass es sich bald schlagartig abkühlen würde.

Endlich blieben die letzten Häuser hinter Johann zurück. Die meisten Wissenschaftler hatten sich auf ein Feld westlich der Stadtmitte als Beobachtungsort geeinigt. Dort wurden die Messungen nicht durch das Flimmern der Luft infolge starker Sonneneinstrahlung gestört, das in diesen Breitengraden vorwiegend über gepflasterten Plätzen und Steinhäusern auftrat. Einige Kollegen waren schon mit dem Aufbau ihrer Instrumente beschäftigt.

Johann brachte die Kutsche am Rand des Feldes zum Stehen. Neben Rümker aus Hamburg sah er Émile Plantamour, den Direktor der Sternwarte Genf, sowie Fabian Ottokar Freiherr von Feilitzsch. Der dreiundvierzigjährige Professor aus Greifswald winkte seinem bayerischen Kollegen zu.

»Doktor Lamont, kommen Sie. Ich habe Ihnen ein wunderbares Plätzchen frei gehalten.«

Johann ließ seinen Blick irritiert über das große Feld schweifen, auf dem sich die paar Wissenschaftler wie eine versprengtes Häuflein Saatkrähen ausnahmen. »Das ist sehr freundlich von Ihnen, wäre aber kaum nötig gewesen, Professor.«

Der Freiherr grinste. »War nur ein Scherz, Kollege. Wie geht es Ihnen heute Morgen?«

Johann stieg ächzend aus der Kutsche. »Es könnte besser sein. Mich deucht, ich brüte etwas aus.«

»In Valencia – nur vierzig Meilen weiter südlich – grassiert die Cholera. Hoffentlich haben Sie sich nicht angesteckt.«

»Malen Sie nicht den Teufel an die Wand.«

Von Feilitzsch lachte. »Das tun doch sowieso schon alle« – er wackelte beschwörend mit den erhobenen Händen – »heute, wo der Gott Helios sein Antlitz verhüllen wird.«

Johann schnitt eine Grimasse. »Ihr Humor ist fast so schlimm wie meiner, Professor. Wenn Sie mir tatsächlich etwas Gutes tun wollen, dann helfen Sie mir bitte beim Abladen. Meine Glieder sind auch ohne das Instrumentarium schon schwer genug.«

Der Professor aus altem vogtländisch-fränkischen Adelsgeschlecht hievte bereitwillig die Holzkisten mit dem Fraunhofer'schen Teleskop, dem magnetischen Theodoliten, die dazugehörigen Stative sowie Johanns andere Utensilien vom Wagen und half ihm sogar beim Aufbau.

Bald trafen weitere Forscher ein, manche kamen mit Assistenten oder Trägern, andere allein. Für eine Weile herrschte emsiges Treiben auf dem Feld, doch je näher die Eklipse heranrückte, desto stiller wurde es. Jeder arbeitete nun konzentriert an seinen letzten Vorbereitungen. Alles musste zum richtigen Zeitpunkt justiert und eingerichtet sein. Weil schon ein abgebrochener Bleistift zum Verlust immens wertvoller Daten führen konnte, wurde gleich ein ganzes Arsenal davon angespitzt und bereitgelegt. Eine Sonnenfinsternis war kein beliebig wiederholbares Experiment. Hier gab die Natur den Takt vor, und kein Mensch konnte ihren Lauf verändern.

Ob Corvin mich wieder besuchen kommt?, fragte sich Johann einmal mehr. Nach der Mondfinsternis im Februar hatte er die nur im Kopf vernommene Stimme seines Schattenbruders manchmal für ein Anzeichen beginnenden Wahnsinns gehalten. Nur die Erinnerungen an die letzten Worte seines Vaters hielten ihn davon zurück, dieser für einen Naturwissenschafter naheliegendsten Erklärung den Vorzug zu geben.

Um exakt 13.56 Uhr und 39 Sekunden erreichte der Halbschatten des Mondes die Stadt.

Die Beobachter auf dem Feld fingen an, Skalen und Uhren abzulesen, in ihre Notizbücher zu kritzeln, die Projektionen der sich allmählich verdunkelnden Sonnenscheibe zu fotografieren und sich auch sonst ihrem Stande gemäß sehr wissenschaftlich zu benehmen.

Äußerlich unterschied sich Johann kaum von ihnen. Wohl keiner sah ihm an, dass er nicht ganz bei der Sache war. Während für die anderen die Zeit wie im Fluge verging, schleppte sie sich für ihn zäh dahin. Ständig lauschte er in sich hinein, konnte aber nichts hören außer dem Rauschen des zunehmend böiger werdenden Windes, dem gelegentlichen Murmeln der Kollegen und dem Klappern ihrer Gerätschaften.

Johann erschrak, als sein Blick etwa eine Minute vor Beginn der totalen Finsternis durchs Blätterwerk eines nahen Baumes fiel. Dort waren seltsame Lichtkringel zu sehen. Auch auf einem nahen Felsen bemerkte er die Sonnensicheln.

»Das sind die ›Tanzenden Schatten‹«, erklärte eine Stimme, die Johann heftig zusammenfahren ließ. Die Worte erklangen aber nicht in seinem Kopf, sondern kamen aus dem Mund des Freiherrn.

Von Feilitzsch grinste. »Entschuldigen Sie, Kollege. Ich

wollte Sie nicht stören, aber da dies Ihre erste totale Eklipse ist und es sich um ein Randphänomen handelt, dürften die hüpfenden Bänder neu für Sie sein. Übrigens bezeichnet man sie auch als ›*Fliegende* Schatten‹.«

»Fliegende …?« Mit offenem Mund starrte Johann wieder zu dem Stein. Das Geflacker war verschwunden. *Corvin?*, rief er in sich hinein und lauschte.

Keine Antwort kam. Nur in der Ferne erscholl ein einzelner, spitzer Schrei, vermutlich ein Vogel.

Johann konzentrierte sich wieder auf seine Aufgabe. Das Licht hatte mit fortschreitender Verschattung eine bleierne Tönung angenommen, fast so, als sauge jemand die Farben aus der Welt, um sie irgendwo anders hinzupumpen. Als reine Vorsichtsmaßnahme zündete er um Punkt 15.08 Uhr eine mitgebrachte Laterne an, damit er während der größten Verdunkelung weiter die Skalen ablesen und seine Beobachtungen notieren konnte.

Die Totalität begann genau 23 Sekunden später. Seine Nerven waren zum Zerreißen gespannt. Was steckte wirklich hinter diesen »Fliegenden Schatten«? Würde Corvin womöglich wieder leibhaftig vor ihm erscheinen?

Der Mond lag nun wie ein schwarzer Deckel auf der Sonnenscheibe. Ringsum bildete sich ein Strahlenkranz – die *Korona* –, als breche das gleichsam aufgestaute Licht unter dem zu lose sitzenden Verschluss hervor. Schlagartig legte die Natur eine Atempause ein. Keine Biene summte mehr, kein Vogel zwitscherte. Nur ein paar Fledermäuse flatterten lautlos ins unverhoffte Dunkel hinaus. Ein kühler Wind verursachte Johann eine Gänsehaut. Es war irgendwie unheimlich.

Selbst die nüchternen Wissenschaftler konnten nicht

umhin, das Himmelsphänomen zu bewundern. Trotzdem verrichteten sie konzentriert ihre Arbeit. So auch Johann. Innerhalb der nächsten zweieinhalb Minuten beobachtete er vier der rosenfarbenen Vorsprünge am Sonnenrand.

Als die Kernschattenfinsternis endete, fühlte er sich völlig ausgelaugt. Die partielle Eklipse würde noch eine gute Stunde andauern, aber irgendwie glaubte er nicht mehr an das Kommen des Schattendiebs. Allmählich beruhigte er sich. Vielleicht war am Ende doch alles nur Einbildung …

Johann, hörst du mich?, erklang plötzlich eine aufgeregte Stimme in seinem Kopf.

Er fuhr heftig zusammen.

Corvin? Bist du das?

Ja. Ich hatte eigentlich früher kommen wollen, aber es ist etwas Schreckliches passiert. Es hat mit dir zu tun.

Mit unserem Wiedersehen, meinst du?

Nein. Mit meinem Auftrag. Ich bin heute zu dir geschickt worden, um dich zu töten …

13. Die Feuerprobe

Ihre Schönheit verdunkelte die lichte Welt,
und neben ihr
schien alles nur ein flüchtig Schattenbild zu sein.
Percy Bysshe Shelley

Schlund der Finsternisse (Osttarra)
1. Tag der 46. Finsternis des 124. Rings

Die Finsternis nahte. Jeder der unter dem Prisma der Seelen versammelten Schattenjäger konnte es spüren.

Corvin überprüfte ein letztes Mal seine Ausrüstung: den Schwertgurt, an dem auch ein kurzer Dolch hing, sämtliche Schnallen und über dem linken Schlüsselbein die silberne Fibel, die seinen neuen schwarzen Umhang festhielt – er war ein Geschenk Malorons. Quer über der Brust trug er einen Gürtel mit Dutzenden von Schlaufen, in jeder eine sauber zusammengerollte Schattenattrappe. Alles saß perfekt. Auf der anderen Seite des Weltentores würde, was er am Körper trug, Teil jenes Fliegenden Schattens werden, der Terra schnell wie ein Blitz durcheilte. Doch während der größten Dunkelheit verband sich der wolkengleiche Leib mit den Elementen der Erde und war genauso der Schwerkraft ausgesetzt wie jeder andere Körper auch. In dieser kurzen Zeit konnte sich jede Nachlässigkeit bitter rächen.

Keszef gab einen hohen Schrei von sich. Er spürte offenbar die Anspannung seines Herrn. Corvin streichelte den auf seiner Schulter sitzenden Nachtfalken und redete leise auf ihn ein. »Ganz ruhig, mein Freund. Heute werden wir zwei uns in die Annalen der Geschichte von Osttarra einschreiben. Danach wird nichts mehr so sein wie …«

Corvin verstummte, als er Schangars Blick bemerkte. Malorons Stellvertreter stand links von ihm. Er war ein drahtiger Mann, im Aussehen jünger und nicht so groß wie der Erste Schattenjäger, aber für seine Schläue und Kühnheit gerühmt und mehr noch für die Art, wie er den Lichtsäbel schwang. Mit seinem langen, eisgrauen Haar und der aschfarbenen Kleidung unterschied er sich von den meisten seiner Kameraden und Kameradinnen, die das Schwarz des reinen Schattens bevorzugten.

Er ist der Spion des Königs!

Während der überraschende Gedanke wie ein Leuchtfeuer in Corvins Sinn aufflammte, fragte er sich, warum er nicht schon viel früher darauf gekommen war. Für die ungeliebte Rolle des Spitzels hatte Saros bestimmt einen Jäger ausgewählt, dem dieser Auftrag zum persönlichen Vorteil gereichte. Auf die rechte Hand des Ersten Schattenjägers traf dies wie auf keinen anderen zu. Maloron hatte mehrmals erwähnt, dass er seinen Zögling für einen fähigen Stellvertreter hielt. War Schangar der Versuchung erlegen, den jungen Rivalen aus dem Feld zu schlagen, indem er ihn als einen Frevler gegen das Eherne Gesetz entlarvte?

Aber wenn er der Spion war, warum hatte er dann dem König nicht Johann Lamonts Namen verraten?

Lautlos brach sich im Schlund der Finsternisse das Sonnenlicht Bahn, durchströmte das Prisma und fächerte vor

Malorons Jägern den schillernden Vorhang auf: das Weltentor.

Corvin blickte sich verstohlen nach Schangar um, doch er war verschwunden. An seinem Platz stand jetzt Irjana, eine burschikose, stupsnasige, blonde Schattenjägerin, die der Orden erst kürzlich aufgenommen hatte. Äußerlich wirkte sie sechs oder sieben Jahre älter als Corvin, war aber tatsächlich wesentlich jünger. Der Finsterniswind trug ihren Maiglöckchenduft an seine Nase. Sie zwinkerte ihm zu.

Ehe er sich darauf einen Reim machen konnte, erscholl in seinem Rücken die raue Stimme des Anführers.

»Und wieder ist es so weit, tapfere Gefährten. Bringt volle Ernte ein!«

Die Schnitter stimmten in den Ruf mit ein und stürmten durch den Vorhang aus Licht.

Corvin tauchte über dem Pazifik, dicht vor der Westküste Amerikas in die Welt der Tiefe ein. Obwohl sein bevorzugtes Jagdgebiet Europa war, kannte er auch diese Hemisphäre. Erst im Januar hatte er, vom Südpol kommend, in Mexiko eine angebliche Hexe auf dem Scheiterhaufen entschattet.

Da Keszef die Witterung von Johann Lamont inzwischen fast so vertraut war wie die seines eigenen Herrn, machte er sich geradewegs auf nach Bayern. Für die Überquerung des nordamerikanischen Kontinents und des Atlantiks benötigten die beiden nur den Bruchteil einer Sekunde. Von Bogenhausen aus folgten sie der Fährte des Wissenschaftlers über vierzehn Stationen bis ins spanische Castellón de la Plana. Dort schwirrte Corvin im Schlepptau des Nachtfalken in den Palacio des Conde de Morella, zischte durch Johanns verlassenes Zimmer, folgte Keszef schon wieder nach draußen …

Und sah das Mädchen mit dem türkisfarbenen Halstuch.

»Halt!« Corvins Stimme war nur für den kleinen Greif zu hören.

Keszef materialisierte sich und landete auf dem Brunnenrand. Als müsse er den Staub der Reise abwaschen, tauchte er den Kopf in das einem flachen Blumenkelch nachempfundene Becken, ließ sich das erfrischende Nass über den Rücken laufen und schüttelte sich. Unzählige Wassertropfen fingen das Licht der verblassenden Sonne ein und sein Gefieder glitzerte wie Sternenstaub.

Derweil wandte sich Corvins Blick wieder dem Mädchen zu. Es trug ein weit schwingendes, cremefarbenes, knöchellanges, mit Spitzen besetztes Kleid und befand sich gerade in herzlicher Umarmung mit einem munter plaudernden älteren Mann. Der Ähnlichkeit nach zu urteilen handelte es sich um den Vater. Er war ein kleiner, schlanker Herr mit Schnurrbart und pomadisiertem schwarzen Haar in einem eleganten hellen Sommeranzug.

In der Wahrnehmung des Fliegenden Schattens wirkte die ins gedämpfte Licht der Mittagssonne getauchte Szene wie in Bernstein gegossen, konserviert für die Ewigkeit. Sie berührte Corvin zutiefst. Er hatte sich sein Leben lang immer nach einer solchen Liebe gesehnt. Für Maloron waren derlei Umarmungen ebenso tabu wie jegliche andere Form von Zärtlichkeit.

Mehr noch als die Zuneigung von Vater und Tochter fesselte Corvin aber das Mädchen selbst. Mit dem ihm eigenen Schatteninstinkt hatte er im Bruchteil einer Sekunde gespürt, dass ihm ein besonderes Wesen eigen war. Oder ließ er sich nur von den Reizen der Schönen blenden?

Neugierig trieb er auf sie zu, ließ wie von ihr verzaubert

alle Vorsicht fahren, bis sein Schattenleib schließlich durch die feinen Maschen ihrer Spitzenbesätze strich. Niemals – weder auf Erden noch in Osttarra – hatte er etwas so Wunderbares gesehen. Sie war so filigran wie aus Glas geblasen, ihre Haut so zart wie das Blatt der weißen Damaszener-Rose, der von dem leuchtenden Tuch umschmeichelte Hals schlank wie der eines Schwans, die Lippen so rot wie Blut, das lange wallende Haar eine Kaskade aus schwarzer Seide, die dunklen Augen wie Onyx und ihr Duft süß und zugleich würzig wie der einer Nachthyazinthe – er fühlte sich an wie der Flügelschlag eines Schmetterlings.

Kurzum: Corvin war von ihr hingerissen.

Daran vermochte auch ihre Stimme nichts zu ändern, die ihm zufolge der gedehnten Zeit tiefer als eine Tuba erschien, als das Mädchen jetzt mit unendlicher Trägheit zum Brunnen deutete und seinem Entzücken über den planschenden Nachtfalken Ausdruck verlieh. Der junge Schnitter glaubte ihren wahren Klang erahnen zu können, hell musste diese Stimme sein und so klar wie ein Glockenspiel aus Kristall.

»Sieh nur, was für ein hübscher Vogel, *Papá!*«

Für den heimlichen Beobachter schien eine Ewigkeit vergangen zu sein, als er endlich alle Worte in sich aufgenommen hatte. Obwohl ihm der Ausruf nichts wirklich Neues oder gar Spektakuläres offenbarte, sah er doch seinen gefiederten Freund plötzlich mit ganz anderen Augen. Allerdings nur kurz. Danach kehrte sein Blick zu Nelia zurück

Ja, sie hieß *Nelia.* So jedenfalls hatte sie gerade ihr Vater genannt. Was für ein grandioser Name! Nach Corvins fester Überzeugung hatten sich nie zuvor fünf Buchstaben zu etwas Schönerem verbunden. Er konnte sich gar nicht satt sehen an Nelia. Und weil die größte Dunkelheit nach Menschenmaß erst in mehr als einer Stunde beginnen würde, nahm er sich alle Zeit der Welt, jedes Haar und jede Pore ihres schlanken und doch so wohlgeformten Leibes zu bewundern. Er tat es mit der Unschuld eines kleinen Kindes und der Neugier eines großen Entdeckers.

Während der Expedition durch das unbekannte Terrain erwachte Corvins Leidenschaft. Würde ihm je erlaubt, im endlosen Universum nur ein Einziges zu lieben, dann wäre es dieses Mädchen. Als Vater und Tochter sich trennten, kannte er die Topografie von Nelias Körper genauer als jeder andere Mann, ja, sogar besser als ihre Mutter.

Das Mädchen schürzte die Lippen, lächelte den Vater verschmitzt an und sagte: »Es ist ein heißer Tag, *Papá*. Darf ich zum Feld hinaus und Señor Lamont eine Erfrischung bringen? Vielleicht kann ich ihm sogar behilflich sein.«

»Ich kenne meine neugierige Tochter«, erwiderte er amüsiert. »Du willst nur zuschauen, wie all die Gelehrten die Sonne anbeten. Na, meinetwegen. Geh zu ihm. Aber störe ihn nicht!«

Obwohl dieser kleine Dialog kaum mehr als fünfzehn Sekunden in Anspruch genommen hatte, war Corvins Verzückung darüber so immens gewachsen, als wären ebenso viele Stunden vergangen. Ihm wurde jetzt erst richtig klar, dass es bei dem Mädchen neben der Landschaft des Körpers auch eine Innenwelt zu erkunden gab. Nelia war also neugierig. Und wohl auch um andere Menschen besorgt. Wenigstens in Letzterem glaubte er eine Seelenverwandtschaft mit sich selbst zu erkennen, denn echtes Mitgefühl gedieh nur auf dem Mutterboden der Liebe. Welche Schätze mochten wohl noch in ihrer Seele verborgen liegen? Er wollte sie alle heben …

Soll ich mich ihr zu erkennen geben?

Der Gedanke ließ Corvin jäh zurückschrecken. Er stand gerade im Begriff, erneut gegen das Eherne Gesetz des Schweigens zu verstoßen. Schon beim letzten Mal war er dabei ertappt worden, als er Osttarras Geheimnis an einen Sterblichen verraten hatte. Nur deshalb war er jetzt hier: um Johann Lamont zu töten.

Hektisch ließ Corvin seine Sinne nach allen Seiten ausschwärmen. Wurde er beobachtet? Hatte sich Schangar irgendwo versteckt und wartete nur auf den nächsten Fehler des jungen Tölpels? Ein einziges zu Nelia gesprochenes Wort konnte ihr Todesurteil bedeuten. Corvin sah sie schmachtend an. Wollte er dieses Wagnis eingehen? Durfte er sie dieser Gefahr aussetzen?

»Komm, Keszef!«, flüsterte er traurig und entschwebte himmelwärts dem Innenhof. Sein Blick ruhte weiter auf dem Mädchen. Es war für ihn das vollkommenste aller Geschöpfe. Die Begegnung mit Nelia kam für ihn einer Neuentdeckung der Menschheit gleich.

Nein, das Risiko war zu groß. Nichts und niemand sollte ihr je etwas zuleide tun.

Erst als das Mädchen tief unter ihm aus seinem Blick verschwand, konnte er wieder an sich und seine missliche Lage denken. Er rechnete nach wie vor fest damit, dass ein Spion des Königs ihn beobachtete. Aber wo war der Spitzel? Ein Schattenjäger konnte sich einem anderen kaum unbemerkt nähern – sofern dieser wachsam blieb. Doch Corvin spürte nichts. Auch Keszef hätte zweifellos die Nähe eines anderen Nachtfalken gewittert. Also blieben Schangar, oder wer immer dieser Unbekannte war, nur die eigene Erfahrung und die über viele Ringe hinweg erworbenen Instinkte, um sich nicht abhängen zu lassen. Auf dieser Schwäche des unsichtbaren Gegners fußte Corvins Plan.

Die eigentliche Finte hatte er auf den etwas großspurigen Namen »Das Dilemma vom Schmetterlings-Paradox« getauft.

Er flog ans Horn von Afrika.

Der Kernschatten des Mondes würde in dieser Region die Erde verlassen. Hier, weit im Osten des Schwarzen Kontinents, sollte sich auch das Weltentor schließen. Wenn alles gut ging, konnte Corvin seinen Verfolger dort abschütteln. Zunächst musste er ihn jedoch täuschen, musste ihn glauben machen, der junge Schattenjäger sei vom Mut verlassen worden und verliere die Kontrolle über sich selbst.

Eine Zeit lang ging Corvin im östlichen Abessinien auf Schattenjagd, ehe er sich dann weiter aufs Rote Meer zubewegte. Dabei gab er sich zunehmend stümperhaft. Weder prüfte er seine Opfer hinreichend gründlich, noch ließ er beim Abtrennen der Schatten ausreichende Sorgfalt walten. Er wollte auf seinen heimlichen Beobachter fahrig wirken, übernervös, wie ein Jäger, der kurz vor dem Durchdrehen stand.

Kurz bevor die größte Dunkelheit begann, erreichte er den Golf von Tadjoura. Hier waren dunkelhäutige Dorfbewohner gerade damit beschäftigt, eine Frau zu steinigen, weil sie angeblich ihren Mann mit einem anderen betrogen hatte. Die Delinquentin war von den Leuten wie bei einer Treibjagd auf einen von Steinen übersäten Platz am Ortsrand getrieben worden. In vorderster Reihe stand mit einem melonengroßen Brocken in den Händen der Ehemann, dem, wie er fluchend zum Ausdruck brachte, die Hörner aufgesetzt worden seien. Er war, für Corvin unverkennbar, selbst ein Entschatteter. Ob der unbekannte Schnitter ihm den Sinn für Gerechtigkeit genommen hatte?

Der Gehörnte stemmte den Stein in die Höhe, um mit der Vollstreckung zu beginnen.

Corvin hatte schon viele Unschuldige an der Schwelle zum Tod entschattet, doch selten war es ihm so schwergefallen wie in diesem Moment. Er musste unwillkürlich an die harte Lektion denken, die ihm sein Lehrmeister in Xania erteilt hatte: *Wir spielen nicht Schicksal, Corvin. Merke dir das.* Maloron hätte die Frau verbrennen lassen. Selbst wenn der Mensch alle Menschlichkeit vergaß, blieben die Schnitter nur Beobachter. Und manchmal auch Nutznießer.

War er, Corvin, jetzt schon genauso wie sie geworden?

Er schleuderte diesem schrecklichen Gedanken ein empörtes *Nein!* entgegen. Du spielst hier nur eine Rolle, machte er sich klar. Wenn du nicht überzeugend bist, könnte es Johann das Leben kosten. Und vielleicht auch dem Mädchen Nelia, dieser Neuentdeckung der Menschheit, das er so gerne noch einmal wiedersehen würde …

Er spürte, dass der Moment seiner Materialisierung nahte. Wenn es ihm jetzt gelang, seinen Verfolger für einen Moment zu verwirren, dann würde dieser für mehr als drei Minuten in einem Körper aus Fleisch und Blut gefangen sein. Er brachte sich am Fußende der Frau in Stellung und holte mit dem Degen aus. Ihr Schatten lag unter dem Felsen, an den sie sich in ihrer Verzweiflung festklammerte. »Verzeih mir«, flüsterte er, »aber so rette ich wenigstens einen Teil von dir.«

Die Klinge aus geschmiedetem Licht fuhr auf die vermeintliche Ehebrecherin nieder, während ihr Mann das Wurfgeschoss auf den Weg brachte. Mit Bedacht und dennoch dem Anschein nach sehr ungeschickt führte Corvin das Schwert. Der Hieb war zu schwach. Die Klinge trennte nur einen Teil des Schattens vom Körper ab. Wie oft hatte Maloron es wiederholt! *Jeder zweite Versuch steckt voller Unwägbarkeiten.*

Den heimlichen Beobachter musste diese Situation in einen Konflikt stürzen, in das Dilemma vom Schmetterlings-Paradox. Er konnte nicht sicher sein, ob Corvins Versagen nun eine Folge zunehmender Fahrigkeit war oder ob sich die Frau – vielleicht auch nur ihr Schatten – gleich in einen bunten Schmetterling verwandeln würde.

Letztenfalls wäre Osttarras Sicherheit ernsthaft bedroht, und der Falter durfte auf keinen Fall das Weltentor erreichen oder musste spätestens dahinter abgefangen werden. Andererseits konnte der Schmetterling aber auch jener eine und besondere sein, durch den er – der Auserwählte unter tausend mal tausend mal tausend Menschen – die dritte Dimension in die Welt der Schatten tragen würde. Diesen wohl einzigartigen »Schuppenflügler«, wie er in der Gelehrtensprache hieß, wollte Saros ja um jeden Preis in die Finger bekommen, natürlich streng bewacht. Der Falter *musste* durch den Vorhang aus Licht begleitet und jenseits davon in Gewahrsam genommen werden.

Wollte der Spitzel sich von der Natur des flatternden Wesens überzeugen, blieb ihm nichts anderes übrig, als ihn zu verfolgen. Angesichts seiner nahenden Materialisierung dürfte ihn dies allerdings vor ziemliche Probleme stellen.

»Sieh zu, wie du mit dem Paradoxon zurechtkommst, Verräter«, flüsterte Corvin und schlug zum zweiten Mal zu. Während das Geschoss des Scharfrichters noch wie eine Schnecke durch die Luft kroch, löste sich der Schatten von den Füßen; wie ein seidenes Tuch glitt er ein Stück über den Boden. Noch ehe er im Staub liegen blieb, stieß Keszef auf ihn herab und berührte ihn mit dem Schnabel. Auch dieser schnelle »Kuss« gehörte zum Plan – so wurde verschleiert, ob der Falter sich aus eigener Kraft oder durch die des Falken verwandelte.

Corvin spielte derweil weiter den Stümper. Er verzichtete auf das Anheften einer Attrappe und starrte stattdessen auf seine Beute wie ein Betrunkener, der versehentlich einer Braut die Schleppe abgerissen hatte. Weil dieses Verhalten nur als maßlose Respektlosigkeit gegenüber dem Ehernen Gesetz zu deuten war, musste es zwangsläufig die Empörung des Spitzels heraufbeschwören und sein klares Urteilsvermögen weiter trüben.

Im nächsten Moment begann sich der Schatten zu verwandeln.

»Scheuch die Motte ein wenig herum und komm dann später nach«, flüsterte Corvin dem Falken zu.

Keszef gehorchte aufs Wort. Er umflatterte den torkelnden Falter so übermütig, dass niemand aus der Distanz erkennen konnte, ob er sein Spiel nun mit einem bunten Schmetterling oder einer braunen Motte trieb.

Corvin merkte, wie ihm die Gunst des Augenblicks zu entfleuchen drohte. Wenn er jetzt nicht sofort verschwand, würde er in Menschengestalt vor all den Steinewerfern erscheinen. In dem Moment, als der Falter und Keszef einen Haken nach Westen schlugen, setzte er sich nach Osten ab.

Der Fluchtkurs diente nur der zusätzlichen Verwirrung möglicher Verfolger. Allerdings, dessen war sich der Ausreißer sicher, dürfte der Spion noch am Schmetterlings-Paradox knabbern. Nach ein paar hundert Meilen flog Corvin eine große Schleife und kehrte nach Spanien zurück.

Als am Horizont Castellón de la Plana auftauchte, wurde ihm schmerzlich bewusst, dass er nun völlig auf sich allein gestellt war. Ohne Keszef konnte er nicht Johanns Fährte folgen. Er wusste lediglich aus dem Gespräch Nelias mit ihrem Vater, dass er sich auf irgendeinem Feld befand, wohl nicht wirklich zur Anbetung der Sonne, sondern eher zur Beobachtung der Finsternis.

Notgedrungen begann Corvin die Suche nach seinem Schattenbruder im Palacio von Ramón Álvarez, dem Grafen von Morella. Das Licht hatte mittlerweile die Farbe von Blei angenommen. Heftige Böen des Finsterniswindes wirbelten Blätter im Innenhof auf. In Anbetracht der knappen Zeit wäre er jetzt, da er sich seines Verfolgers ledig wähnte, sogar bereit gewesen, sich Nelia mitzuteilen, doch sie war nicht da. Vermutlich machte sie sich gerade als Johanns wissenschaftliche Assistentin nützlich.

Seit dem Aufbruch am Horn von Afrika war noch keine Sekunde vergangen, als Corvin wieder himmelwärts stieg. Fliegende Schatten konnten weiter sehen als Adler und hörten besser als jeder Wolf. Wenn sich Johann irgendwo am Ortsrand aufhielt, dann musste er zu entdecken sein. Später war sich Corvin oft unschlüssig gewesen, warum er in diesem Moment kurz vor seiner Verwandlung den Blick nicht sofort in die Ferne gerichtet hatte, sondern ihn stattdessen vom Palacio ausgehend zunächst durch die Straßen von Castellón schweifen ließ. Waren da Naturgesetze im Spiel, deren Wirkung er nur als blasse Ahnung spürte? Oder lediglich der Wunsch, Nelia wiederzusehen? Genau dies geschah nämlich.

Doch zunächst wurde Corvins Aufmerksamkeit von einem schrillen Schrei angezogen. Im ersten Moment glaubte er, Keszef rufe aus der Ferne nach ihm. Dann aber entdeckte er die Tochter des Grafen in einer engen Gasse nahe dem Ortsausgang. Verängstigt drückte sie sich an eine Hauswand. Auf dem sandigen Boden zu ihren Füßen lag ein umgestürzter Weidenkorb. Mit beiden Händen umklammerte sie den Hals einer zerschlagenen Flasche. Wie einen Dolch hielt sie ihn sich vor die Brust und stach damit mal nach links, mal nach rechts, dann wieder geradeaus. Ihre Angriffe galten drei Männern, die sie in offenkundig ruchloser Absicht in die Zange genommen hatten.

Hektisch spähte Corvin über die Gasse hinaus zu einem Feld, wo mehrere Personen mit Fernrohren und anderen Instrumenten hantierten, unter ihnen auch Johann Lamont. Die gelehrten Herren waren so in ihre Beobachtungen vertieft, dass sie den Schreien des Mädchens keine Beachtung schenkten.

Corvin fühlte, wie seine Verwandlung einsetzte. Er überlegte nicht länger, sondern fuhr wie ein Blitz vom Himmel herab, genau zwischen Nelia und den vordersten Schurken. Ihre Stimme hallte durch seinen Geist.

»Der Teufel soll euch Räuberpack holen! Schert euch fort!«

Im nächsten Moment schien Corvins Schattenleib in Flammen aufzugehen. Weder sah noch hörte er etwas, abgesehen von dem lästigen, aber hinlänglich vertrauten Rauschen und dem blendenden Sternentanz. Mit einem Mal sah er in zwei weit aufgerissene blaue Augen.

»Der Höllenfürst!«, keuchte der Halunke entsetzt. »Sie hat den Höllenfürsten zu Hilfe gerufen.«

»Verschone uns!«, flehte ein anderer Straßenräuber zur Rechten des schwarz Gewandeten, fuhr auf dem Absatz herum und rannte die Gasse hinunter.

»Ich glaub nicht an den Beelzebub«, schnarrte links der dritte Lump und stach mit einem riesigen Messer zu.

Corvin fühlte einen ziehenden Schmerz in der Seite, so als hätte ihn ein Pfeil getroffen. Als er mit der Hand nach der Wunde tastete, spürte er warmes Blut. Wütend zückte er sein Schwert. Beim Anblick der weiß strahlenden Klinge entgleisten dem Strolch sämtliche Gesichtszüge. Corvin fuhr zu dem Angreifer herum.

Der stolperte zwar ein, zwei Schritte zurück, wähnte sich aber immer noch im Vorteil. »Haha!«, spottete er mit vorgehaltenem Dolch. »So ein Lungenstich tut weh, nicht wahr? Du wirst daran verrecken, du falscher Luzifer. Fall schon endlich um, damit wir uns weiter mit dem Mädchen vergnügen können. – Was? Du willst nicht? Dann lass dir von einem erfahrenen Meuchler helfen …«

Flink wie eine Giftschlange zuckte die Waffe des Straßendiebs vor. Der Stich zielte genau auf Corvins Herz. Doch die Hand des Wegelagerers erreichte nie ihr Ziel. Blitzschnell trennte sie Corvins gleißende Klinge vom Arm.

»*Ein* Schnitt muss genügen«, zischte er in freier Auslegung des Schattenjägermottos.

Der andere noch unversehrte Bandit erkannte spätestens jetzt, dass er bei diesem Beutezug nur den Kürzeren ziehen konnte. Er sprang zu seinem taumelnden Kumpanen, der sich keuchend den blutenden Stumpf in die Armbeuge drückte, und drängte ihn weg von dem vermeintlichen Racheengel. »Komm, Jaume! Lass uns verschwinden, ehe wir beide ins Fegefeuer hinabfahren.«

Drei, vier Schritte lang verfolgte Corvin noch ihre Flucht. Ihn fröstelte. Lag das am Blutverlust oder am Fehlen der wärmenden Sonnenstrahlen? Dann drehte er sich endlich zu dem Mädchen um.

Es sah verängstigt aus, wenngleich der Ausdruck auf ihrem schmalen Gesicht kein blankes Entsetzen widerspiegelte, sondern eher die Scheu vor etwas Fremdem, dessen Gefährlichkeit man nicht so recht einzuschätzen vermochte. Aus den dunklen Abgründen ihrer großen Augen starrte es ihn reglos an, ihre roten Lippen schienen ein Wort formen zu wollen, brachten aber nicht den kleinsten Laut hervor. Corvin war sich schmerzlich bewusst, wie wenig Zeit ihm noch blieb, daher beendete er umgehend das Schweigen.

»Geht es dir gut, Nelia?«

Ihre Augen schienen noch ein Stück zu wachsen. »Woher kennst du meinen Namen? Wer bist du?«, fragte sie flüsternd. Unbewusst hatte sie sofort seine vertraute Anrede übernommen.

Einen Moment war Corvin sprachlos, weil er glaubte, ja, sich wünschte, in ihrem Blick zu versinken und nie wieder aufzutauchen. Er hätte ihr eigentlich etwas vorschwindeln müssen, um sie nicht in Gefahr zu bringen, doch während sie einander ansahen, kam er sich so nackt und so rein wie ein Neugeborenes vor, und Neugeborene können nicht lügen. Ebenso wenig war er fähig, ihr etwas anderes als die Wahrheit zu sagen.

»Ich bin nur ein Schattendieb aus Osttarra, dem Reich der Zeitlosen. Dort nennt man mich Corvin.«

»Osttarra? Bist du ein Wiedergänger?«

Er schüttelte den Kopf. »Nein. Die ruhelosen Geister der Toten sind ein Ammenmärchen, aber *ich* bin echt. Vor langer Zeit war ich einmal der Schatten von Johann Lamont.«

»Von dem Sternendoktor …?«

Er nickte. »Eigentlich wollte ich zu ihm. Nur, wenn der Mond wie gerade jetzt das Antlitz der Sonne verhüllt, nehme ich Menschengestalt an. Ehe ich meinen Schattenbruder erreichen konnte, habe ich dich gesehen, Nelia. Du warst in Gefahr und da habe ich …«

Ihm versagte die Sprache, weil Nelia plötzlich seine Linke ergriffen hatte. Ihre Hand war so warm! So lebendig! Trotz aller Blässe so … farbecht! Und vor allem war sie unvergleichlich *liebevoll!* Corvin spürte keinen Schmerz mehr, sondern nur noch Nelia. Selbst ihren aufgeregt pochenden Puls konnte er fühlen, und sein Herz stimmte in den Takt mit ein.

Ihr Blick huschte zu der abgeschlagenen Räuberhand, das hübsche Gesicht zuckte kurz, dann kehrte er rasch zu der Wunde in Corvins Brust zurück. »Erstaunlich! Ich habe gesehen, wie der Mordbube dir sein Messer bis zum Heft in den Leib gerammt hat, trotzdem lässt die Blutung schon nach …« Sie blinzelte benommen, um gleich darauf besorgt hinzuzufügen: »Mit so einer schweren Verletzung ist nicht zu spaßen. Wir müssen dich sofort zu einem Arzt bringen.«

Er schob den Degen in die Scheide zurück und schüttelte lächelnd den Kopf. »Halb so wild. Der Schmerz wird gleich vergessen sein. Aber nicht du, schönstes aller Mädchen! Ich muss dich jetzt verlassen, doch ich werde wiederkommen. Wenn du irgendwann während einer Mond- oder Sonnenfinsternis meine Stimme im Geist vernimmst, dann erschrick nicht. Nicht der Wahnsinn spricht dann zu dir, Nelia, sondern ich. Denn ich bin ein Fliegender Schatten …«

Damit löste er sich aus ihrem Griff und zog sich in Richtung Feld zurück.

»Halt!«, rief sie, stieg beherzt über die herrenlose Hand hinweg, löste derweil den Knoten ihres türkisfarbenen Halstuchs und streckte es Corvin entgegen. »Nimm das als Zeichen meiner Wertschätzung. Immerhin hast du mich vor den Banditen gerettet.«

Mit einem Mal empfand Corvin große Traurigkeit. Wie oft hatte er sich nach einem Zeichen von Zuneigung gesehnt und nun musste er es zurückweisen. Eine Träne lief ihm über die Wange. Er konnte sich nicht entsinnen, jemals geweint zu haben. Bedauernd schüttelte er den Kopf.

»Ich vermag nichts in meine Welt mitzunehmen außer Schatten und Erinnerungen. Leb wohl, Nelia.«

Weil er fürchtete, sein Herz könne ihm in der Brust zerspringen, drehte er sich um und lief in Richtung Feld davon. Wahrscheinlich würde er Johann nicht mehr vor der nächsten Verwandlung erreichen, aber er wollte wenigstens nichts unversucht lassen. Schon als das Ende der Gasse nahte, wurde die Sehnsucht nach Nelia übermächtig, und er sah sich noch einmal nach ihr um.

Dabei entdeckte er Maloron mit seiner blitzenden Sense.

Das Mädchen hatte den Ersten Schattenjäger noch nicht bemerkt, weil es seinem Retter hinterblickte. Die Gefahr nicht ahnend, winkte es jetzt sogar. Umso mehr musste es Nelia verwundern, als der junge Schattendieb plötzlich das Gesicht zu einer Grimasse aus Wut und Verzweiflung verzog, den Degen aus der Scheide riss und mit gezückter Klinge auf sie zu rannte. Vermutlich hielt sie ihn für übergeschnappt. Jedenfalls wich sie erschrocken an die Hauswand zurück.

»Komm zu mir«, schrie Corvin, »ehe er dich erreicht! Er will dir den Schatten stehlen.« Zur Unterstreichung seiner für das Mädchen wohl eher verwirrenden Warnung deutete er mit der Degenspitze die Straße hinab.

Von dort kam Maloron angestürmt. Nelia war von beiden Schnittern ungefähr gleich weit entfernt, doch die Beine des älteren konnten viel größere Schritte machen. Leichtfüßig wie ein schwarzer Windhund schoss er über den Lehmboden dahin.

Endlich hatte auch Nelia die nahende Gefahr erkannt und begann stolpernd vor dem Sensenmann zu fliehen.

Viel zu langsam, dachte Corvin. Voller Entsetzen sah er, wie sein Ziehvater mitten im Lauf das gleißende Blatt vom Schaft löste – in materialisierter Form war die Sense zwar eine Waffe mit großer Reichweite, aber als präzises Schneidwerkzug nicht zu gebrauchen. Damit hatte Maloron seine Absicht unmissverständlich kundgetan: Er wollte Nelias Schatten erbeuten.

»Tu ihr nichts, Vater!«, rief Corvin und rannte weiter.

Maloron stieß einen knurrenden Laut aus, der sich erst nach zwei weiteren Schritten zu Worten formte: »Du Narr, hast dich von deinen Gefühlen zum Verräter machen lassen. Ich werde erst ihren Schatten nehmen, dann ihr Leben und zuletzt kommst du an die Reihe.«

»Nein!«, schrie Corvin, doch es war schon zu spät.

Mit einem gewaltigen Hieb fuhr das Sensenblatt auf Nelia nieder. Tausende Schatten hatte Maloron schon von den Körpern seiner Opfer getrennt, aber im Falle des Mädchens versagte seine Kunst. Zwar drang die gleißende Klinge tief in den Schatten ein, doch sie konnte ihn nicht abschneiden.

Das Mädchen schrie vor Angst. Oder spürte es gar den Schmerz?

Brüllend vor Zorn rannt Corvin weiter, musste mit ansehen, wie der Schnitter zum zweiten Streich ausholte, wie dessen Sense abermals niedersauste …

Klirrend trafen die beiden Klingen aufeinander, kreischten aneinander entlang und versprühten grelle Funken. Nelia wich verängstigt zur Seite aus.

»Lass sie in Ruhe!«, zischte Corvin zwischen zusammengebissenen Zähnen hindurch, als die Sensenklinge an seinem Handschutz stehen geblieben war. Auge in Auge stand er jetzt seinem Lehrmeister gegenüber. Wie oft hatten sie so nur zu Übung oder zum Spaß ihre Kräfte gemessen. Corvin war beweglicher als Maloron, aber auch deutlich schwächer. Der Ausgang des Kampfes war nur eine Frage von Sekunden.

»Und wenn ich es nicht tue?«, erwiderte der Meister vom Orden der Schattenjäger.

»Dann muss ich dich töten, Vater.«

Der lachte nur. »Weder besitzt du die Kraft noch das Wissen dazu. Gib auf, Corvin. Unterwirf dich der Gnade des Königs. Vielleicht ist es noch nicht zu spät für dich.«

»Und Nelia?«

Malorons dunkle Augen sprangen hin und her zwischen dem Mädchen, das sich verängstigt an die Mauer drückte, und seinen aufsässigen Schüler. »Du kennst das Eherne Gesetz, Junker Corvin. Sie muss sterben. Und wenn du Saros gnädig stimmen willst, dann tust du es am besten …«

Plötzlich geschah etwas Unerwartetes, das sowohl Maloron als auch Corvin die Sprache verschlug.

Nelias verletzter Schatten verwandelte sich flimmernd,

nein, nicht in eine braune Motte, sondern in einen bunten Schmetterling. Sie schien es nicht einmal zu bemerken. Reglos, als wäre tatsächlich *sie* nur noch ein Schatten ihrer selbst, starrte sie auf die beiden Kämpfer.

Und während sie dies tat, pumpte der kleine Falter zu ihren Füßen seine Flügel auf. Sie waren kräftig rot gefärbt, zartgelb, kohlrabenschwarz und leuchtend türkis.

Mit einem Mal verstand Corvin, warum ihm dieses Mädchen auf den ersten Blick so außergewöhnlich erschienen war. Nicht allein ihre Schönheit hatte seine Aufmerksamkeit auf sich gezogen, sondern vor allem ihr verborgenes Wesen. *Er wird dich finden*. So hatte Saros prophezeit. Auf Nelia traf dies zu. Sie war einzigartig.

Denn sie trug die Tiefe einer ganzen Welt in sich.

»Töte den Falter!«, fauchte Maloron.

Unvermittelt fiel etwas Glitzerndes vom Himmel und landete mit dumpfem Laut dicht neben den beiden Schattenjägern im Staub: Tamaris. Ihre Kehle war aufgerissen. Über den Dächern Castellóns ertönte Keszefs heller Siegesruf.

Diese Wendung hatte sogar Maloron überrascht. Corvin nutzte die Gunst des Augenblicks und wich mehrere Schritte in Nelias Richtung zurück. Der tote Nachtfalke tat ihm zwar leid, doch im Moment war ihm Nelias Schmetterling tausendmal wichtiger. »Du darfst dem Falter nichts tun, Vater! Er ist …«

»… eine Gefahr für Osttarra«, fiel der Erste Schattenjäger ihm wütend ins Wort. Erst danach nahm er den Blick vom toten Jagdgefährten und sah Corvin durchdringend an. »Hast du es etwa vergessen? ›*Ein* Schnitt muss genügen.‹ Der Falter ist der Grund für diese Regel. Er darf nicht entkommen.« Maloron riss sein Sensenblatt in die Höhe und stürzte sich auf den Schmetterling.

Doch diesmal war Corvin ihm näher. Er stieß seinen Degen mitten in die Bahn des tödlichen Streiches. »Er muss leben, weil …«

Unter den gekreuzten Klingen vollzog sich unvermittelt eine weitere Verwandlung, die nicht nur Corvin verstummen ließ, sondern sogar Maloron sichtlich erschreckte. Rasch ging er zwei, drei Schritte zu dem Mädchen auf Distanz.

Nelia löste sich nämlich auf.

Zunächst wurde ihre Gestalt nur durchscheinend, wobei sie wie ein Nordlicht irisierte. Dann aber schien dieser schillernde Farbnebel zu Millionen bunter Flöckchen zu gerinnen, die wie vom Sturm durchbauscht umeinanderwirbelten. Plötzlich und ohne jeden Laut zog sich die glitzernde Wolke über dem Schmetterling zusammen, verschmolz mit ihm und schien ihn in die Luft zu heben.

»Niemals lasse ich das zu«, schrie Maloron vor Zorn. Er duckte sich, vollzog eine schnelle Drehung, durch die er sich von seinem Gegner löste, und setzte zum Sprung an, um den Schmetterling im Flug zu töten, ehe er außer Reichweite gelangen konnte. In ganz Osttarra führte keiner die Lichtklinge so geschickt wie der Erste Schattenmeister. Nelias Schicksal war besiegelt, wenn nicht …

Corvin wirbelte mit wildem Gebrüll herum und stieß sein Schwert in die Höhe. Die Klinge durchbohrte Malorons Herz.

Der Schattenjäger keuchte, während die Sense seinem Griff entglitt.

Sie hatte den Schmetterling verfehlt.

Geschickt fing Corvin sie am Heft auf. Den eigenen Degen indes ließ er entsetzt los, weil die Lichtklinge tief in der Brust des Mannes steckte, den er so viele Jahre Vater genannt hatte.

Maloron war lang hingefallen. Sein Gesicht glühte vor Zorn, während er zu dem Jungen aufblickte. »Warum ... hast du das ... getan?«

Corvin schossen Tränen in die Augen. »Weil ... Weil du im Unrecht warst. Weil Nelia leben muss. Und ... Und weil sie meine Hand hielt, wie du es nie getan hast.« Er schüttelte verzweifelt den Kopf. »Warum musstest du mich nur dazu zwingen, Vater? Ich ... ich wollte dich nicht töten!«

Ungeachtet des aus seinem Körper ragenden Degens wälzte sich der Erste Schattenjäger stöhnend auf die Seite. Er lachte röchelnd. »Ich glaube nicht, dass du mich töten kannst, Junker Corvin. Niemand weiß mit Sicherheit, wie man einen Schatten umbringt.«

Ungläubig musste Corvin mit ansehen, wie sich Maloron das Schwert aus dem Leib riss und ihm entgegenschleuderte. Doch dieser letzte Angriff, so es denn überhaupt einer war, hatte weder die Zielsicherheit noch die Kraft des einst so mächtigen Schattenjägers. Mühelos fing Corvin den Degen auf.

Ächzend kam Maloron wieder auf die Beine und deutete auf seinen Bezwinger. »Deine Kunststücke nützen dir gar nichts. Gleich kommt Schangar. Ihn wirst du nicht besiegen. Ich verspreche dir, noch heute wirst du durch die Schattenmühle gehen.«

Die Drohung war noch nicht ganz ausgesprochen, als Corvin die eigene Verwandlung in einen Fliegenden Schatten spürte. Für einen Moment verschwamm die Gestalt seines Erziehers. Wohl weil er ebenfalls den wolkengleichen Leib annimmt, dachte Corvin. Doch als er wieder klar sehen konnte, stand Maloron immer noch in Menschengestalt vor ihm.

Der Erste Schattenjäger blinzelte, als sei er gerade aus einem langen Schlaf erwacht. Er war leichenblass. Schwankend fasste er sich ans Herz. Die Stichwunde blutete nicht mehr. War sie überhaupt noch da?

»W-Wo bin ich …? Und *wer* bin ich?«, stammelt er.

Den dunklen Schemen seines Schülers schien er nicht zu sehen. Benommen wandte sich Maloron um und taumelte in die Stadt hinein.

Corvin war verwirrt. Wie konnte das sein? Warum hatte sich sein Ziehvater nicht wie er in einen Fliegenden Schatten verwandelt?

Plötzlich kam Keszef herbeigeflattert und erlöste seinen Herrn gleichsam aus dem Bann der erschütternden Geschehnisse. Corvins nächster Gedanke galt Nelia. Sie lebte noch, aber sie war verwandelt und vermutlich mehr als verwirrt. Er musste sie beschützen, ehe sie Schangar oder einem anderen von Saros' Jägern in die Hände fiel.

»Folge dem bunten Schmetterling!«, befahl er seinem Nachtfalken. »Ich komme später nach.«

Keszef verstand offenbar instinktiv, von welchem besonderen Falter die Rede war. Er stieß wie zur Bestätigung einen Schrei aus und stieg in den Himmel auf.

Obwohl die totale Finsternis vorüber war, strich der Halbschatten des Mondes noch über das Erdenrund hinweg. Eigentlich bliebe genug Zeit, um sich von Johann zu verabschieden, doch Corvin ging die Drohung seines Ziehvaters nicht aus dem Sinn. Wo war Schangar? Er konnte jederzeit aufkreuzen und dann … Schneller als ein Gedanke bewegte Corvin sich aufs Feld hinaus, wo die Wissenschaftler immer noch mit ihren Messungen beschäftigt waren. Er schlüpfte rasch ins Bewusstsein des Schattenbruders.

Johann, hörst du mich?

Der Gerufene zuckte zusammen. *Corvin? Bist du das?*

Ja. Ich hatte eigentlich früher kommen wollen, aber es ist etwas Schreckliches passiert. Es hat mit dir zu tun.

Mit unserem Wiedersehen, meinst du?

Nein. Mit meinem Auftrag. Ich bin heute zu dir geschickt worden, um dich zu töten …

Was? Du willst mich umbringen?

Das hast du mich schon einmal gefragt. Nein, ich hatte nie die Absicht, dir etwas anzutun, aber so lautete der Befehl von König Saros. Ich werde zukünftig als Vogelfreier leben müssen – das ist der Lohn des Ungehorsams gegenüber dem Herrscher des Schattenreiches. Doch dazu wäre es ohnehin früher oder später gekommen. Viel schlimmer ist, Maloron hat die Tochter deines Gastgebers in einen bunten Schmetterling verwandelt. Ich habe versucht, den Ersten Jäger davon abzuhalten und ihn dabei umgebracht.

Umgebracht?, stutzte Corvin angesichts seiner eigenen Wortwahl. Nein, das traf es nicht. Er lebte ja noch, nur nicht mehr als Schatten, sondern … ja, als was eigentlich?

Sprichst du von Nelia?, wunderte sich Johann. *Wie kann sie ein Schmetterling geworden sein? Was bedeutet das?*

Das bedeutet, dass sie gerade als bunter Falter zum Weltentor flattert. Mir bleibt keine Zeit, dir das genau zu erklären, denn wir beide schweben in großer Gefahr. Schangar …

Ist das auch ein Schattendieb?

Ja. Malorons rechte Hand. Ich bin mir nicht sicher, ob er dich kennt, oder ob er mir nur aus der Ferne nachgeschnüffelt und in deiner unmittelbaren Nähe Maloron die Bespitzelung übernommen hat. Jedenfalls ist Schangar mir jetzt auf den Fersen und wenn er uns zusammen findet, könnte er dich töten.

Mein Gott! Das wird ja immer ominöser.

Hör mir zu, Johann. Ich möchte nur, dass du zu Nelias Eltern gehst. Sag ihnen, ihre Tochter lebt noch …

Und wie soll ich ihnen diese irrwitzige Geschichte beibringen?

Das weiß ich nicht. Es tut mir so leid. Und wenn es mein Leben kostet, ich werde alles in meiner Macht Stehende tun, um Nelia zu retten. Doch nun muss ich dich verlassen. Es ist ein Abschied für immer, Johann.

Warum?

Das habe ich doch gesagt. Osttarras Existenz ist das bestgehütete Geheimnis des Universums. Jeder Mensch, der es kennt, muss sterben. Ich darf dich nicht länger gefährden. Eines musst du mir aber noch verraten. Hat dein Vater dich geliebt?

Johann fühlte sich von der Frage offenbar überrumpelt. Erst zögerte er, dann aber antwortete er umso ungestümer: *Natürlich hat er das!*

Gut. Dann hast du mehr Glück im Leben erfahren, als mir bisher zuteil geworden ist. Maloron hat mich wie seinen besten Schüler behandelt, aber nie wirklich wie einen Sohn. Und was ist mit dir? Hast auch du deinen Vater *geliebt?*

Als er starb … Zumindest glaubte ich, in diesem Moment das Licht wahrer Liebe in mir gesehen zu haben. Aber … ich bin mir nicht sicher.

Ich verstehe, sagte Corvin traurig. *Auch wenn es für dich nur ein schwacher Trost ist:* Ich *bin der Grund für deine vernarbte Seele. Maloron hat dir fast die ganze Liebe abgeschnitten, als er deinen Schatten nahm. Denn dieser verkörperte das Gefühl, das du bei dir vermisst. Doch jetzt muss ich wirklich gehen. Lebe wohl, mein Bruder.*

Ohne auf eine Antwort zu warten, zog er sich aus Johanns Geist zurück.

Während Corvin langsam himmelwärts schwebte, versuchte er die unterschiedlichen Gefühle in Johanns Gesicht zu deuten: Verwirrung, Furcht und Abschiedsschmerz lagen dort im Widerstreit.

»Warte, Corvin!«, rief der Verlassene, doch als er sich der argwöhnischen Blicke der umstehenden Fachkollegen bewusst wurde, zog er den Kopf ein und kritzelte wie besessen in sein Beobachtungsbuch.

14. Gefährliches Spiel

Mag auch das Auge des Nachtvogels die Sonne nicht sehen,
es schaut sie dennoch das Auge des Adlers.
Thomas von Aquin

Schlund der Finsternisse (Osttarra)
1. Tag der 46. Finsternis des 124. Rings

Der bunte Schmetterling war aus Terra verschwunden. Corvin hatte die Länder diesseits des Weltentores nach ihm und Keszef durchsucht, aber keinen von beiden gefunden. Das bedeutete, Nelia befand sich jetzt irgendwo in Osttarra, möglicherweise sogar schon in der Gewalt des Königs. Mit diesem Gedanken im Kopf durchquerte Corvin den lichten Vorhang unter dem Prisma der Seelen.

Als sein Leib sich materialisierte, spürte er ein schmerzhaftes Ziehen in der Seite, dort, wo das Messer des Räubers ihn verletzt hatte. Konnte man etwa doch etwas Körperliches durchs Weltentor tragen, die unverheilten Wunden aus Terra nämlich? Während er sich noch darüber wunderte, schwanden die üblichen Irritationen seiner Sinne und er bemerkte vor sich eine Gestalt.

Es war Schangar.

Die drahtigen Arme über der Brust verschränkt, stand er breitbeinig da und blitzte sein Gegenüber zornig an. Corvin meinte, in den Augen des grauen Schnitters das Lodern verletzter Eitelkeit zu sehen, den tiefen Groll über eine Niederlage, die erst eine Stunde alt war. Doch der erfahrene Schattenjäger gab sich keine Blöße.

»Wo bist du so lange gewesen?«, fragte er streng.

»Ich hatte einen Auftrag zu erfüllen«, erwiderte Corvin knapp und versuchte sich an dem Jäger vorbeizuschieben.

Schangar verstellte ihm den Weg. »Maloron ist noch nicht zurück.«

Corvin zuckte die Achseln. »Bin ich meines Vaters Hüter?«

»Er hat sich immer vor dich gestellt. Um nicht zu sagen, er hat dich gedeckt. Wenn jemand weiß, wo sich unser verehrter Ordensmeister zuletzt aufgehalten hat, dann du.«

Allmählich glaubte Corvin zu verstehen. Der König musste Schangar zwar als Spion auf ihn angesetzt, Maloron diesen aber von Johann Lamont ferngehalten haben. Das würde auch erklären, warum in Castellón der Ordensmeister höchstpersönlich und nicht sein Stellvertreter auf der Bildfläche erschienen war. Aus irgendeinem Grund hatte er Corvins Schattenbruder geschützt? Warum nur?

»Willst du nichts zu deiner Verteidigung sagen, Junker Corvin?«, bohrte Schangar weiter.

»Ich wusste nicht, dass ich hier vor Gericht stehe«, antwortete Corvin und zog sich, als fröstele er, den schwarzen Umhang um den Leib. Tatsächlich verbarg sich darunter Malorons Sensenblatt. Er hatte es – im Gegensatz zu Nelias Halstuch – durchs Weltentor bringen können, weil es in Osttarra geschmiedet worden war. »Im Übrigen wisst Ihr besser als ich, dass Schattenjäger es manchmal nicht rechtzeitig schaffen, vor dem Ende einer Finsternis heimzukehren; dann müssen sie bis zur nächsten die Welt der Tiefe durchstreifen. In vierzehn Tagen wird sich der Mond verdunkeln. Dann wissen wir mehr.« Wieder versuchte er, an dem Schattenjäger vorbeizukommen.

Schangar drängte Corvin so dicht an den Abgrund, dass er hineinzustürzen drohte. »Mit dieser Antwort wirst du mich nicht abspeisen, Junker.«

»Lasst mich endlich durch. Die Reise hat mich ziemlich mitgenommen. Ich brauche jetzt Ruhe.«

»Das glaube ich unbenommen. Hast dir wohl ein paar Schnitzer erlaubt, die selbst einem Spund wie dir nicht hätten passieren dürfen, was?«

Corvin horchte auf. Hatte Schangar sich da gerade verraten? Er reckte ihm trotzig das Kinn entgegen. »Wieso? Wisst *Ihr* etwa mehr, als Ihr zugeben wollt? Habt Ihr mich beobachtet?«

Der Jäger funkelte ihn zornig an. »Und wenn's so wäre, was dann?«

»Dann müsstet Ihr über Malorons Aufenthaltsort genauso viel wissen wie ich.«

Schangar stutzte. Der »Spund« hatte ihn ausgehebelt, ihn in seinen eigenen Worten gefangen. Darüber geriet er so in Verwirrung, dass Corvin mit einem Sprung zur Seite und ein paar schnellen Schritten an ihm vorbeikommen konnte. Um ihn von der Verfolgung abzuhalten, rief er über die Schulter. »Hättet nicht Ihr den größten Vorteil davon, wenn mein Vater niemals wiederkommt? Bis bald, Schangar.«

Ungehindert entkam Corvin durchs Stadttor und tauchte in Negrias Gassenlabyrinth unter.

Ihm war klar, dass er mit dem Prinzip »Frechheit siegt« nur ein Scharmützel gewonnen hatte. Die große Auseinandersetzung würde noch früh genug kommen. Bis dahin musste er Nelia gefunden und in Sicherheit gebracht haben. Er war bereit, dafür alles zu riskieren. Alles!

Der Kupferschmied blickte den jungen Jäger aus seinen Schweinsäuglein entsetzt an. »*Was* soll ich gesehen haben?«

»Ein Mädchen mit Tiefe, aber ohne Farbe. Es ist ungefähr siebzehn Menschenjahre alt«, wiederholte Corvin geduldig. Er hatte den beleibten Handwerker angesprochen, weil seine Werkstatt an der großen Allee lag, die nach Biráh Sharu führte.

»Ihr meint einen Schatten mit *drei* Dimensionen?«, vergewisserte sich der Dickwanst fassungslos.

Corvin nickte. Ihm kam wieder Saros' Beschreibung von den bunten Schmetterlingen in den Sinn. Aus ihnen würden nach Durchquerung des Weltentores in Osttarra dreidimensionale Menschen mit richtigem Schatten, hatte er gesagt. Nur eines könnten sie nicht aus ihrer Welt der Tiefe mitbringen: Ihnen mangelte es gänzlich an Farbe; sie bestünden nur aus Abstufungen von Grau, irgendwo zwischen Weiß und Schwarz.

Der Pausbäckige schüttelte den Kopf. »Gibt es denn so etwas überhaupt?«

»Vielleicht ist es nur ein Gerücht«, erwiderte Corvin, bedankte sich und lief weiter.

Nachdem er Malorons Sensenblatt unweit des Stadttores in einem abgelegenen Brunnenschacht versteckt hatte, war er sofort auf die Suche nach Nelia gegangen. Immer größer wurde seine Verzweiflung, weil er sie nicht fand. Inzwischen hatte er sich bei mehr als zwei Dutzend Frauen und Männern nach ihr erkundigt, die Reaktionen waren aber immer ähnlich: Allgemeines Staunen, niemand wollte eine Farblose gesehen haben. Er fragte sich inzwischen, ob man ihre Besonderheit einfach nicht bemerkte. Erneut ging ihm dabei eine Äußerung des Königs durch den Kopf: *Du würdest eher tausend Perlen finden als einen Einzigen von ihnen.* Vielleicht hatte die ewige Wiederholung des Gewohnten diese Menschen nur blind für das Besondere gemacht. Sie waren Nachtvögel, die, selbst wenn sie direkt in die Sonne blickten, den Mond zu sehen glaubten.

Für ihn jedenfalls, für Corvin, war Nelia die Sonne. Jeder Gedanke an sie erfüllte ihn mit Wärme – und im Moment mit banger Sorge. Er vermochte sich selbst nicht zu erklären, wie eine so kurze Begegnung mit einem Menschen alles auf den Kopf stellen konnte. Oder war Nelia lediglich der Schlüssel zu einer Kammer gewesen, die in seiner Seele schon lange ihrer Entdeckung geharrt hatte?

Ehe er das Rätsel des Mädchens auch nur annähernd ergründen konnte, tauchte plötzlich Keszef auf. Corvin überquerte gerade die große Allee, die direkt zum Siegesplatz mit dem Saros-Denkmal und dem dahinter aufragenden Zitadellenberg führte. Der Nachtfalke ließ sich wie ein Stein vom Himmel fallen und breitete dicht über seinem Herrn die Schwingen aus.

Als Corvin ihm den linken Arm als Landeplatz darbot, spürte er wieder das Ziehen in der Seite, nicht mehr so heftig wie nach der Durchquerung des lichten Vorhangs, trotzdem war es noch unangenehm. Nachdem er Schangar entwischt war, hatte er sich die Stelle angesehen und unterhalb der Achsel ein violettrotes Wundmal entdeckt. Es war also tatsächlich wie vermutet: Eine auf Erden erlittene und noch nicht völlig ausgeheilte Verletzung verschwand nicht einfach beim Gang durchs Weltentor. Ganz im Gegenteil. Es blieb eine Narbe zurück.

Mit einem sehr kleinen, bedrückt klingenden Fieplaut landete Keszef auf dem Unterarm seines Herrn.

»Wo ist Nelia?«, fragte Corvin sofort.

Wieder piepste Keszef leise.

»Geht es ihr gut?«

Der Falke flatterte aufgeregt mit den Flügeln. Das schien Ja zu bedeuten.

»Kannst ...« Corvin verschluckte sich vor Aufregung fast an seiner Spucke und rang nach Luft. »Kannst du mich zu ihr bringen?«

Keszef stieg wieder auf und umschwirrte aufgeregt Kopf seines Herrn. In seiner Sprache bedeutete das ungefähr so viel wie: Ich weiß etwas über sie, kommt schnell mit!

»Zeig mir den Weg«, rief Corvin.

Der Vogel flog los.

Je länger Corvin dem Nachtfalken folgte, desto düsterer wurden seine Ahnungen. Keszef führte ihn zum Zitadellenberg. Schlimmer noch, er brachte ihn geradewegs in den äußeren Zwinger.

Zu Reschuths Schattenmühle.

Der Meister stand da, wo man ihn fast immer antraf, wenn die Schnitter ihre Ernte ablieferten: am Eingang der Mühle. Als er Corvin erblickte, verzog sich sein Gesicht zu einem spöttischen Grinsen.

»Sieh da, der Protegé unserer allergnädigsten Majestät gibt sich die Ehre. Kommt Ihr etwa mit leeren Händen zu mir?«

»Ich habe meine Strecke schon vorausgeschickt. Sie müsste inzwischen bei Euch eingetroffen sein.«

Der Schattenmühlenmeister faltete die Hände über dem Bauch und nickte. »Richtig. Da sind so ein paar komische Schatten angekommen, für die sich niemand zuständig fühlte, manche recht kurz, andere von eher fragwürdigem Charakter. Mir war's recht. Ich habe sie alle in die Mühle geschickt.«

Corvin riss die Augen auf. »Alle?«

Reschuth kratzte sich den Schädel. »Eine Frau habe ich dem König als neue Untertanin gelassen. Sie hatte so ein sanftes Wesen, wie ein Lamm.«

»Wie sah sie aus?«

Der Meister zuckte die Achseln »Weites Gewand, dunkle Haut ...«

Corvin gab einen erstickten Laut von sich. Reschuth meinte den Schatten der Gesteinigten.

»Stimmt etwas nicht?«

»Ihr wisst, dass ich noch kein richtiger Schattenjäger bin«, begann Corvin. Seine Unbeholfenheit war nur zum Teil gespielt, denn mit dem, was er jetzt sagen würde, begab er sich auf sehr dünnes Eis.

»Jaaaa?«, erwiderte Reschuth gedehnt.

»Da passieren manchmal Fehler.«

»Ach was! Das kann ich mir bei Malorons Schüler überhaupt nicht vorstellen.«

»Ich habe Euren Spott verdient«, gab sich Corvin zerknirscht. »Heute konnte ich einen Schatten nicht richtig ernten. Um ehrlich zu sein, es waren *zwei* Streiche nötig ...«

»Ach daher weht der Wind!«, unterbrach ihn Reschuth. »*Ihr* habt uns den Schmetterling beschert.«

Corvin horchte auf. »Das Mädchen ist gefunden worden? Ist es ... äh ... in Sicherheit?«

»Davon könnt Ihr ausgehen. Irjana kam mit dem hübschen Ding an. Stellt Euch vor, sie hat mich doch glatt gefragt, was mit der Kleinen nicht stimmt, weil sie blasser als alle anderen Schatten sei. Die völlige Farblosigkeit ist ihr gar nicht aufgefallen.«

»Wo ist … äh … die Kleine jetzt?«

»Der Schmetterling? Na, wo schon? Im Palast. Nehme an, Saros wird ihn bei nächster Gelegenheit einer besonderen Behandlung unterziehen.« Reschuth grinste. »Damit ist nicht meine Mühle gemeint. Die würde zerbersten, würfe man das hübsche Ding hinein. Aber mehr darf ich dazu nicht sagen.«

Der Mühlenmeister ahnte nicht, wie viel sein Gegenüber schon über die bunten Schmetterlinge wusste. Vermutlich sollte Nelia in die Welt der Tiefe zurückgeschickt werden, in eine andere Zeit und ein ihr unbekanntes Land. Dort wäre sie eine Entfremdete, die entweder über ihr Schicksal schwieg oder sich dem Gespött der Leute aussetzte. Der Gedanke ließ Corvin schaudern. Das musste er auf jeden Fall verhindern.

Aber wie?

»Weilt der König heute im Palast?«, erkundigte er sich.

Reschuth nickte. »Darauf verwette ich mein rechtes Auge. An Tagen wie diesen ist er immer da.«

»Wie meint Ihr das?«

»Ganz einfach«, sagte der Mühlenmeister grinsend. »Heute war eine Finsternis, und Saros möchte gerne zur Stelle sein, wenn jemand aus Terra herüberkommt, um seine Welt aus den Angeln zu heben.«

»Sagt das noch mal?« Kommandant Togu musterte Corvin,

als habe er gerade höflichst darum ersucht, den Palast in Brand stecken zu dürfen.

»Ich brauche sofort eine Audienz. Es ist dringend. Ich muss Seine Majestät den König unbedingt sprechen.«

Togu klemmte seine Daumen in den Waffengurt und drückte die Brust heraus. »Ha! Da könnte ja jeder kommen. Wenn der König Euch nicht ruft, dann will er Euch nicht sehen, Junker Corvin.«

»Wie könnt Ihr das wissen? Die Angelegenheit ist von größter Dringlichkeit.«

Der Kommandant winkte ab. »Ja, ja, das sagen die Bittsteller immer. Stellt einen Antrag. Dann bekommt Ihr Bescheid, wenn Seine Majestät Euch zu empfangen gedenkt.«

Corvin hätte dem aufgeblasenen Gardisten am liebsten das Panzerhemd mit dem Lichtschwert aufgetrennt, aber er hatte seinen Waffengurt in der Schattenmühle zurückgelassen. Es war eine spontane Entscheidung aus dem Bauch heraus gewesen. Wer konnte schon wissen, was ihn im Palast erwartete? Reschuth war ein altes Lästermaul, der sich nach dem König für die wichtigste Person Osttarras hielt, aber er achtete die Schnitter und ihr »Handwerkszeug«.

Mühsam beherrscht erklärte Corvin: »Es geht um einen bunten Schmetterling, falls Ihr wisst, was ich meine.«

An Togu vollzog sich jäh ein überraschender Wandel. Alle Überheblichkeit fiel von ihm ab, er beugte sich vor und raunte hinter vorgehaltener Hand: »Nicht so laut! Davon darf niemand erfahren. Woher wisst Ihr überhaupt …?«

»Ich war bei der Verwandlung dabei und habe den Falter entkommen sehen«, kürzte Corvin das lästige Frage-Antwort-Spiel ab. Er durfte keine Zeit mit weitschweifigen Erläuterungen vergeuden. Die Vorstellung, Nelia könne irgendein Leid zugefügt werden, machte ihn fast wahnsinnig. Er wollte sie befreien oder sie wenigstens sehen und ihr Mut zusprechen. Reschuth hatte gesagt, er habe sie umgehend zu Saros geschickt.

Der Kommandant nickte. »Kommt mit!«

Corvin rief seinen gefiederten Freund herbei. Vielleicht brauchte er den Nachtfalken, um Nelia in den unergründlichen Tiefen der Zitadelle aufzuspüren. Togu musterte den kleinen Vogel argwöhnisch. Zwar durften Schattenjäger ihre Jagdvögel in den Palast mitbringen, für Novizen dagegen, die dem Orden erst auf Probe angehörten, gab es diesbezüglich keine verbindliche Regelung. Dafür waren die Vorschriften in einem anderen Punkt umso klarer.

»Gebt mir alle Eure Waffen«, verlangte der Kommandant bei der Wachstube, die sich gleich hinter dem Hauptportal befand.

»Die habe ich beim Schattenmühlenmeister gelassen.«

»Umso besser. Dann folgt mir bitte.«

Mit langen Schritten eilten Togu und Corvin über Treppen und durch Gänge in den Nordflügel des Palastes. Dieser mündete in einen besonderen Raum, durch dessen schmale hohe Fenster man die Stadt bis zum Großen Schlund überblicken konnte: Saros' persönliche Bibliothek.

Davor standen acht Wachen, ein untrügliches Zeichen für die Anwesenheit des Königs. Der Kommandant bedeutete seinem Begleiter zu warten und klopfte an die Tür. Ein dumpfes, doch unüberhörbar zorniges »Ja?« erklang aus dem Raum. Togu zog den Kopf ein und betrat die Bibliothek.

Corvin beobachtete aufmerksam seinen Nachtfalken. Keszef war völlig entspannt, ein sicheres Zeichen dafür, dass er Nelia noch nicht gewittert hatte. Mit Grauen stellte Corvin sich vor, wie sie in einem tiefen, modrigen Verlies schmachtete, angekettet an eine Wand, tränenüberströmt seinen Namen rufend.

Nach kurzer Zeit verließ Togu die Bibliothek wieder mit grimmiger Miene. Offenbar hatte er sich wegen der Störung einen Rüffel eingehandelt.

»Ihr könnt jetzt hinein, Junker Corvin«, knurrte er. »Aber wählt Eure Worte mit Bedacht. Seine Majestät der König sind heute sehr reizbar.«

Corvin bedankte sich für den Rat und durchschritt die Tür, die sich hinter ihm sofort wieder schloss. Es war erst sein zweiter Besuch in der königlichen Privatbibliothek, einem Oktaeder aus hohen, sternförmig angeordneten Bücherregalen. Um mittels einer Holzleiter an die obersten Reihen zu gelangen, musste man schon schwindelfrei sein. Im Parkettboden war eine Windrose eingelassen. Auch in der Anzahl ihrer Strahlen spiegelte sich die Acht, was diesen Ort symbolisch zu einem Hort vollkommenen Wissens machte. Der Buchbestand war nach den *Octo artes liberales* – den »acht freien Künsten« – aufgegliedert: Schattenlehre, Astronomie, Arithmetik, Geometrie, Musik, Grammatik, Rhetorik und Logik. Auf ihnen fußte nach klassischer Vorstellung jede höhere Erkenntnis.

Niemand verkörperte dieses Prinzip universeller Bildung in so hohem Maße wie der Gelehrte, mit dem der König gerade im Gespräch vertieft war: Gavriel. Die beiden Männer standen an einem runden Tisch. Vor ihnen lag ein aufgeschlagenes Buch, auf das mal der eine, mal der andere deutete. Saros wirkte aufgeregt, sein Ratgeber hingegen wie die Ruhe in Person.

Der Weise war fast so groß wie der König, ein bisschen kräftiger gebaut und dem Aussehen nach älter. Wäre er ein Mensch gewesen, hätte man ihn auf siebzig oder achtzig schätzen können, doch in Wahrheit lebte er seit mehr als zweitausendzweihundert Jahren im Schattenreich. Sein halblanges Haupthaar quoll unter einer schwarzen Samtkappe hervor. Es war weißer als das von Schangar, und ebenso strahlte sein dichter Vollbart. Er stützte sich auf einen langen Stab, das osttarrische Zeichen der Gelehrten. Abgesehen davon unterschied er sich deutlich von seinen Standesgenossen, die sich gerne in prachtvollen Roben zur Schau stellten. Gavriel trug nur eine knöchellange Kutte aus naturbelassener Wolle und einen breiten braunen Ledergürtel.

Corvin stand immer noch bei der Tür. Weil bisher niemand von ihm Notiz genommen hatte, räusperte er sich. Die beiden Männer wandten sich ihm zu, und der König winkte ihn ungeduldig mit der Hand herbei.

»Jetzt steh da nicht so herum, Junker, und komm schon her! Kommandant Togu sagte mir, du wüsstest etwas über den bunten Schmetterling, der uns heute in die Falle gegangen ist. Dieser ungebetene Gast aus Terra droht, unser ganzes Weltgefüge zu erschüttern. Es könnte sogar auseinanderbrechen, sollten wir die Kontrolle über ihn verlieren.«

»Ich nehme doch an, Ihr habt ihn … sicher verwahrt, Majestät.« Corvin hielt die Luft an, glaubte gar, sein Herz würde innehalten, während er der Antwort des Königs harrte.

»Natürlich. Dieses Geschöpf sitzt in einem goldenen Käfig, bis wir uns Klarheit über die Situation verschafft haben. Gavriel bat mich, dich anzuhören. Er meinte, dein Bericht könnte uns beim Meistern der Krise nützlich sein.« Saros deutete auf den Weisen. »Euch zwei muss ich ja nicht miteinander bekannt machen.«

Der Gelehrte nickte ernst. Seine blaugrauen Augen musterten den jungen Schattenjäger intensiv.

Goldener Käfig? Corvin atmete auf. Das klang nicht nach einem feuchten Kerker und rostigen Ketten. Er neigte den Oberkörper, gerade weit genug, um das Recht des Königs auf die tiefste Verbeugung nicht infrage zu stellen. Mehr noch als Saros fürchtete er den Scharfsinn des Gelehrten. Ein falsches Wort, und er würde das falsche Spiel durchschauen. »Ehrenwerter Gavriel.«

»Was kannst du uns über den Schmetterling erzählen, Corvin?«, kam der königliche Ratgeber sofort zur Sache. In seiner Stimme war kein Argwohn zu erkennen. Sie klang lediglich etwas brummig wie bei einem Bären. Aber das war bei ihm, wie Corvin von früheren Begegnungen wusste, völlig normal.

»Ich müsste ihn sehen, um zu wissen, ob wir von ein und derselben Person reden.«

»Vielleicht später«, erklärte Saros knapp. »Erzähle uns erst einmal, was du weißt.«

Corvin schwante, dass er noch viele Klippen würde umschiffen müssen, ehe man ihn zu Nelia ließ. Im Kopf hatte er sich schon eine Geschichte zurechtgelegt, die der Wirklichkeit ziemlich nahe kam. Es war ein Kompromiss, den er mit seinem Gewissen ausgehandelt hatte. Wer Böses im Schilde führte, der hatte seiner Ansicht nach kein Recht auf die Wahrheit. Umso gründlicher wog er jedes Wort ab, ehe er antwortete: »Der Falter gehörte zu einer jungen Frau aus Spanien. Sie muss ungefähr so alt sein wie ich aussehe.«

Saros nickte. »Das stimmt. Glücklicherweise ist sie Reschuth sofort aufgefallen. Hast du sie zu uns gesandt? Du weißt, warum ich dich danach frage?«

»Ja, Majestät. Aber ich kenne sie nicht, und mein Schwert hat sie nicht einmal berührt.«

»Und trotzdem hast du ihre Metamorphose miterlebt?«

»So ist es. Ich war auf dem Weg zu meinem Schattenbruder. Ihr kennt meinen Auftrag, Majestät.«

Corvins Blick begegnete kurz demjenigen Gavriels, der ihm aufmerksam zuhörte. Ob der Alte ihn durchschaute?

»Und dann?«, drängte Saros.

Corvin wandte sich wieder dem König zu. »Im Flug spürte ich, dass meine Verwandlung gerade begann. Da bemerkte ich das Mädchen. Es wurde von mehreren Straßenräubern bedrängt, und Maloron griff in das Geschehen ein ...«

»Maloron? Bist du sicher?«

»Ja. Mein Vater ist es gewohnt, mich zu beobachten und mir nachher meine Fehler unter die Nase zu reiben. Ich vermute, er wollte sehen, ob ich alles richtig mache ... Oder habt Ihr ihn zu meinem Schutz abgestellt? Mir ist seit einiger Zeit nämlich so, als würde ich von einem anderen Schattenjäger bespitzelt ...«

»Das gehört jetzt nicht hierhin«, unterbrach ihn Saros ruppig. »Berichte uns einfach, was geschehen ist.«

»Ich musste nahebei landen, die größte Dunkelheit begann. Kaum hatte ich meinen menschlichen Körper angenommen, kam ich mit einem der Räuber ins Gehege, der mir seinen Dolch in die Brust stach – die Narbe habe ich immer noch. Einen Moment lang war ich dadurch außer Gefecht gesetzt. Ich sah jedoch, wie Vaters Sense auf den

Schatten des Mädchens niederfuhr. Sein erster Streich konnte ihn aber nicht vom Körper trennen. Es wich vor ihm zurück, und ehe er nachrücken konnte, stellte sich auch ihm ein Dieb in den Weg. Es kam zum Kampf. Mein Vater verlor seine Lichtklinge und der Gegner rammte sie ihm mitten ins Herz. Ich konnte nichts für ihn tun.«

Corvin ließ den Kopf hängen. Er brauchte nicht den von Gefühlen aufgewühlten Sohn zu spielen. Seine Empfindungen waren echt – und um vieles komplizierter, als seine Zuhörer auch nur ahnen konnten.

»Soll das heißen, Maloron ist tot?«, fragte der König ungläubig.

»Nein. Er ist nur in seiner menschlichen Gestalt verblieben. Als meine Verwandlung in einen Fliegenden Schatten schon vorbei war, stand er benommen vom Boden auf und lief davon.«

Saros Blick wechselte zu Gavriel. »Was hat das zu bedeuten?«

Der Alte kraulte sich den Bart. »Weil Schattenjäger so gut wie nie während ihrer Streifzüge verletzt werden, gibt es über die Auswirkungen eines solchen Vorfalls nur wenig Verlässliches zu berichten, Majestät. Die Art der Verletzung, noch dazu hervorgerufen von einer Klinge aus geschmiedetem Licht, könnte bei Maloron die Rückverwandlung blockiert haben. Im Grunde ist er jetzt in einer ganz ähnlichen Lage wie die bunten Schmetterlinge, die man in die Welt der Tiefe zurückschickt. Er ist jetzt ein Entfremdeter.«

»Und eine Gefahr für Osttarra. Wie müssen ihn bei nächster Gelegenheit zum Schweigen bringen.«

Gavriel sah Corvin an. »Hat dein Vater irgendetwas gesagt, bevor er ging?«

»Ja. Er stammelte wirres Zeug. ›Wo bin ich? Und *wer* bin ich?‹ Mir kam es nicht so vor, könnte er irgendetwas verraten.«

Der Gelehrte nickte. »Das bestätigt meine Vermutung. Seine Erinnerungen an Osttarra waren an seinen Schatten gebunden, und den gibt es nicht mehr. Zwar wird er sich früher oder später der Dinge entsinnen, die er auf Erden gelernt hat, aber der Rest ist für immer ausgetilgt.«

Saros' Gesicht verwandelte sich in eine Fratze aus Zorn und Enttäuschung. Wütend schlug er mit der Faust auf den Tisch. »Verdammt, ausgerechnet Maloron! Niemand hat den Orden der Schattenjäger je so geführt wie er. Ihm verdankt Osttarra seine heutige Größe. Die dritte Dimension ist zum Greifen nahe ...« Plötzlich verstummte der König. Sein Kopf drehte sich langsam, bis er Corvin direkt in die Augen sah. »Bist du sicher, dass dein *Vater* die junge Frau gefunden hat? Oder ist sie zuerst *dir* begegnet? Vielleicht ist ihr Schmetterling der eine, der auf dich gewartet hat. Dann nämlich wäre es ein großer Fehler, ihn wieder fortzuschicken. Durch ihn könntest du unserer Welt die Tiefe schenken.«

Corvin begann zu schwitzen. »Es war alles so, wie ich erzählt habe, Majestät.« Um seine Unsicherheit zu überspielen, wandte er sich dem Nachtfalken auf seiner Schulter zu. Ihm war klar, dass diese Unterhaltung zunehmend einem Verhör glich und er sich über kurz oder lang in Widersprüche verstricken würde.

Saros zupfte sich nachdenklich den Bart. »Hattest du nicht eben gesagt, das Mädchen sei dir auf dem Weg zu deinem Schattenbruder aufgefallen, weil es von Räubern bedrängt wurde und dein Vater sich eingemischt habe?«

Corvin nickte. Worauf wollte der König hinaus?

»Möglicherweise hättest du sie überhaupt nicht bemerkt, wenn sie nicht die *eine* wäre, nach der wir suchen.«

»Mit Verlaub, Majestät«, mischte sich Gavriel ein, »aber das ist eine sehr freie Auslegung dessen, was dem Auserwählten widerfahren soll.«

Saros wedelte ungeduldig mit der Hand. »Ihr habt sowieso immer gesagt, unser Wissen über die Verschiebung der dritten Dimension sei noch lückenhaft – und wir müssten uns auf Überraschungen gefasst machen.«

Der Gelehrte nickte. »Weil dergleichen nie zuvor praktiziert wurde. Zwar sind die zugrunde liegenden Naturgesetze bekannt, aber man ändert trotzdem nicht mal eben so die Gestalt der Welt.«

»Ich weiß, dass Ihr am liebsten alles so belassen würdet, wie es ist, mein vorsichtiger alter Freund, doch zerbrecht Euch nicht meinen Kopf. Ihr seid das Genie, aber ich bin der König. Im Übrigen sollte das Problem des bunten Schmetterlings lösbar sein. Sagtet Ihr nicht, der *eine* sei ebenso besonders wie unser Junker Corvin?«

»Das ist richtig«, erwiderte Gavriel. Sein faltiges Gesicht glich jetzt einer steinernen Maske.

»Und sind die Gelehrten, in deren Rat Ihr den Vorsitz innehabt, sich nicht auch darin einig, dass die von ihm in unsere Welt hineingetragene Tiefe aus dem Falter befreit werden muss? Sie gleiche einem riesigen Baum, der in einem winzigen Samenkorn schlummert … Waren das nicht Eure Worte?«

Der Alte nickte grimmig.

»Gut«, sagte Saros mit einem zufriedenen Lächeln. »Dann ist ja alles ganz einfach. Unser Auserwählter wird sein Lichtschwert ins Herz der Frau versenken und dann werden wir sehen, was passiert.«

»*Was?*«, stieß Corvin hervor. In seinem Kopf wirbelte alles durcheinander.

Der König breitete die Arme aus. »Hast du ein Problem damit?«

»I-Ich denke, die bunten Schmetterlinge sind in Osttarra unverwundbar.«

»Ja«, sagte Gavriel tonlos. »Nur der *eine* nicht. Das macht ihn ja zu so etwas Besonderem. Mit einem Schwert aus Licht, kann – laienhaft ausgedrückt – die Tiefe aus seinem Herzen befreit werden. Was dabei tatsächlich geschieht, ist weitaus komplizierter.«

»Ich würde es trotzdem gerne verstehen.«

»Dazu müsste ich die mathematischen Herleitungen für den ›Lehrsatz vom raumdimensionalen Gleichgewicht‹ für dich entwirren.«

»Einfacher geht es nicht?«

Gavriel seufzte. »Im Wesentlichen wird der Schwerpunkt von Höhe, Breite und Tiefe nach Osttarra verschoben, und wenn dies geschieht, zieht er die dritte Dimension gleich mit von Terra zu uns herüber.«

»Aber …« Corvin schüttelte fassungslos den Kopf. »Niemand hat gesagt, dass ich Nelia töten …«

Er verstummte. Aber es war schon zu spät. Der Name hatte seine Lippen schon verlassen.

Gavriels Augen wandten sich dem Buch auf dem Tisch zu, als wolle er dem Gehörten keine Beachtung schenken. Beflissen strich er mit der freien Hand die Seiten glatt.

Der König indessen zeigte weniger Nachsicht. »Nelia? Hattest du nicht gesagt, du kennst sie nicht?«

»Das stimmt auch«, wand sich Corvin wie ein Aal. »Ich muss den Namen irgendwann aufgeschnappt haben.«

»Aufgeschnappt?«, wiederholte der König versonnen und lächelte süffisant. »Das Schwindeln musst du erst noch lernen, mein Lieber.«

Corvin schüttelte den Kopf. Ihm war klar, dass seine Gefühle für das Mädchen ihn verraten hatten.

Saros stellte bedächtig die gespreizten Finger der Hände gegeneinander. »Könnte es vielleicht so gewesen sein? Du bist dieser Frau schon vorher begegnet. Sie ist von ausnehmender Schönheit. Vielleicht hat sie dadurch deine Aufmerksamkeit auf sich gezogen, und Maloron sah, wie du dich ihr nähertest. Möglicherweise hast du sogar das Eherne Gesetz gebrochen und er wollte sie zum Schweigen bringen, um unser Geheimnis zu bewahren.«

»Nein«, jammerte Corvin. Er wich dem bohrenden Blick des Königs aus und starrte hilflos auf die Windrose am Boden. Ihm war klar, wie sein Verhalten auf Saros und Gavriel wirken musste. Es stimmte: Er war ein miserabler Lügner …

Plötzlich bemerkte er aus den Augenwinkeln eine schnelle Bewegung. Die Hand des Königs schoss an seinem Gesicht vorbei, nicht etwa, um ihn am Kragen zu packen und ihn den Wachen zu übergeben, sondern um nach Keszef zu schnappen.

Reflexhaft wich Corvin zur Seite aus. Der Vogel indes entkam dem Griff des Königs nicht. Vor Angst schreiend und sich wehrend, versuchte er, mit dem Schnabel nach dessen Fingern zu hacken, doch vergeblich. Saros kannte sich viel zu gut mit Nachtfalken aus, um das Tier entkommen zu lassen. Gavriel beobachtete das Geschehen mit versteinerter Miene.

»Was tut Ihr da?«, rief Corvin entsetzt.

»Ich helfe dir auf die Sprünge«, antwortete Saros kühl. Dann rief er laut nach den Wachen. Sofort stürmten sechs Leibgardisten in dem Raum. Er deutete auf Corvin. »Ergreift ihn und haltet ihn gut fest. Wir wollen diesen aufsässigen jungen Mann davor bewahren, sich und uns noch größeren Schaden zuzufügen. Vielleicht ist er ja klug und kann uns sogar besänftigen.«

Corvin wehrte sich nicht, während die vier Posten ihn an den Armen ergriffen. Als ihm jede Möglichkeit zur Flucht genommen war, richtete der König wieder das Wort an ihn.

»Wenn du Keszef unsägliche Qualen ersparen willst, dann sage mir jetzt ohne Umschweife die Wahrheit. Bist du dieser Nelia schon vor dem Kampf gegen die Räuber begegnet?«

Corvins Kinn sank auf die Brust. Was sollte er tun? Zwar galt ebenso für Keszef, was auf alle Schattenwesen Osttarras zutraf: Jede Verletzung, die der König ihm beibringen konnte, würde rasch heilen. Der Falke war untötbar. Dadurch aber auch zu endlosem Leiden fähig. Das wollte Corvin ihm ersparen.

Niedergeschlagen nickte er und rang sich ein leises Ja ab.

Saros neigte ihm das Ohr zu. »Wie bitte? Ich habe dich nicht verstanden.«

Trotzig hob Corvin den Blick. »Ja, Majestät!«

Der König reckte den Rücken. »Dann hast du das Eherne Gesetz schon wieder gebrochen?«

»Ich bin Nelia in dem Haus begegnet, in dem ich nach meinem Schattenbruder gesucht habe. Aber ich zeigte mich ihr weder, noch sprach ich zu ihr.«

»Und später?«

Corvin ließ wieder den Kopf hängen und schwieg.

Unvermittelt erschien die Hand des Königs mit dem Nachtfalken unter seiner Nase. Keszef hatte die Gegenwehr noch nicht aufgegeben, obwohl Saros den Kopf des Vogels mit dem Daumen unbarmherzig zur Seite drückte.

»Nein!«, stieß Corvin hervor.

»Soll ich deinem Freund das Genick brechen?«

»Tut ihm bitte nichts, Majestät!« Corvin merkte, wie ihm die Tränen über die Wangen liefen. »Ich bin es, der Euren Zorn verdient, aber nicht Keszef. Es stimmt. Als das Mädchen von den Straßenräubern bedrängt wurde, bin ich ihm zu Hilfe geeilt. Es hat meine Verwandlung vom Fliegenden Schatten in die menschliche Gestalt gesehen. Dann erst kam Maloron. Er hat ihm den Schatten nehmen und es töten wollen, aber weder das eine noch das andere ist ihm gelungen.«

»Weil du dich ihm in den Weg gestellt hast?« Die Frage kam von Gavriel. Seine Stimme klang überraschend sanft.

Corvin nickte mit hängendem Haupt.

Saros schnaubte. »Und was geschah dann?«

»Es kam zum Kampf. Ich wollte Vater davon abhalten, den bunten Schmetterling zu töten, und habe ihn dabei durchbohrt.« Corvins Unterlippe bebte. Er schüttelte verzweifelt den Kopf. »Ich weiß nicht einmal sicher, ob ich sein Herz treffen *wollte*. Es ging alles so schnell.«

»Sprichst du diesmal die Wahrheit?« Saros schüttelte drohend die Hand mit dem darin gefangenen Vogel.

»Ja, Majestät. Bitte lasst Keszef frei! Ich werde …« Das helle Knacken zarter Vogelknochen und der Schmerzensschrei des Nachtfalken brachten Corvin zum Schweigen. Ihm wurde speiübel.

Der König hatte die Faust geschlossen, den kleinen Falken gleichsam zermalmt. Achtlos schleuderte er ihn gegen die Stirnwand eines Bücherregals. Er fiel zu Boden und blieb wie tot liegen.

»Sammelt ihn auf und sperrt ihn in einen Käfig«, befahl Saros seinen Männern.

Corvin hatte sich den Handrücken gegen den Mund gepresst, um nicht laut loszubrüllen. Ein kalter Schauer nach dem anderen lief ihm über den Rücken. Schluchzend und mit verschleiertem Blick sah er, wie einer der Leibgardisten den reglosen kleinen Körper an einer Flügelspitze aufhob und damit die Bibliothek verließ. Wie aus weiter Ferne hörte er die bedrohlich ruhige Stimme des Königs.

»Du bist zwar einzigartig, Corvin, aber nicht unentbehrlich. Ich habe dir viel durchgehen lassen, weil nur *du* meinen Traum vom neuen ›Osttarrischen Imperium der Tiefe‹ verwirklichen kannst. Doch mein jetziges Reich ist auch nicht so übel. Ehe ich dir gestatte, es in Gefahr zu bringen, lasse ich dich lieber durch die Schattenmühle gehen.«

»Wollt Ihr das wirklich, Majestät?«, fragte Gavriel rasch und erstaunlich selbstbewusst.

Saros' Haupt ruckte herum. »Zweifelt Ihr an meiner Entschlusskraft, alter Mann?«

Der Weise schüttelte lächelnd den Kopf. »Nein. Ganz im Gegenteil. Wie oft musste ich Euch um Mäßigung bitten, Majestät! In den letzten tausend Jahren habe ich mir unzählige Male gewünscht, Ihr wäret ein Zauderer. Jetzt übrigens auch.«

»Redet Klartext, Gavriel.«

»Corvin hat sich wie ein törichter, junger Heißsporn benommen. Beurteilt man sein Handeln allein anhand von

Malorons tragischem Schicksal, dann hätte er die Schattenmühle mehr als verdient. Doch habt Ihr Euch schon überlegt, wo wir jetzt ohne seine Unbesonnenheit stehen würden? Maloron hätte den bunten Schmetterling getötet. Wenn es der *eine* ist, den Corvin uns bringen sollte, dann wäre Euer großer Plan – die Eroberung der dritten Dimension – womöglich für immer gescheitert.«

Stille trat ein. Der Blick des Königs wurde gläsern, als sehe er gerade eine Vision der imperialen Zukunft, in die er seine Welt führen wollte. Er begann zu nicken, erst ganz sacht, bald aber sehr nachdrücklich. »Ihr habt recht, mein weiser Freund. Manchmal fordert der große Sieg einen hohen Tribut. Malorons Verlust schmerzt sehr. Ich werde ihm zu Ehren ein Denkmal errichten lassen; er war uns ein treuer Gefährte, der nie vergessen werden soll. Doch sosehr wir ihn auch vermissen, wir wollen uns nicht beirren lassen. Die Verzagten scheitern, weil sie den Preis des Erfolgs nicht zahlen wollen. Aber ich bin nicht schwach.«

Er deutete mit großer Geste auf die Stelle, wo Keszef wie tot zu Boden gefallen war, und sah dabei wieder den Gefangen an.

»Corvin, möge dir das, was deinem Nachtfalken widerfahren ist, eine Lehre sein. Es sollte dir zeigen, dass meine Güte Grenzen kennt. Du kannst im Kerker über meine Worte nachdenken. Und wenn ich dich das nächste Mal rufen lasse, will ich eine Antwort von dir haben.«

Corvin blinzelte verwirrt. Er war viel zu benommen, um den Gedankengängen des Königs folgen zu können. Dies fiel wohl auch Saros auf, denn er fügte seiner Erklärung eine weitere hinzu.

»Ich rede von dem Mädchen. Du hast die Wahl: Entweder

du verharrst in deiner gefühlsduseligen Aufsässigkeit und wanderst durch die Schattenmühle oder du bohrst Nelia deine Klinge aus geschmiedetem Licht ins Herz.«

15. Der Kerker

Es ist besser, ein kleines Licht anzuzünden,
als auf die Dunkelheit zu schimpfen.
Laotse

Biráh Sharu, Negria (Osttarra)
1. Tag der 46. Finsternis des 124. Rings

Die Finsternis im Kerker von Biráh Sharu war dichter gewebt als jeder Teppich. Daher nahm Corvin seine Zelle wie ein Blinder wahr. Was sich ertasten ließ, waren vor allem massive Steinwände und Eisengitter, morsches Holz und mürbes Gewebe sowie ein Boden aus gestampfter Erde. Seine Ohren verrieten ihm überdies die Anwesenheit kurzbeiniger Mitbewohner – vermutlich Ratten. Seine Nase schließlich wurde vom Duft modernden Strohs und faulender Speisereste gereizt, was ihm das Gefühl eines Tauchgangs in bröckeliger Jauche vermittelte.

Während er sich auf einer harten Pritsche mit zwei durchgebrochenen Latten den Rücken verrenkte, haderte er mit dem Schicksal. Zum Schutz gegen die klamme Kälte gab es nichts als eine löchrige Decke – wenigstens hatte man ihm seinen Umhang gelassen. Sosehr er sich auch anstrengte, es fiel ihm ziemlich schwer, seiner Lage etwas Positives abzugewinnen.

Wenigstens war ihm vorläufig der Gang durch die Schattenmühle erspart geblieben. Gavriel hatte dem König stattdessen geraten, sich alle Möglichkeiten offenzuhalten. Der bunte Schmetterling konnte Osttarra zu einer Welt der Tiefe machen – sofern Corvin bereit war, Nelia eine Lichtklinge durchs Herz zu stoßen.

Er richtete sich zum Sitzen auf und zischte: »Nie und nimmer werde ich das tun!«

Nach wie vor war es ihm schleierhaft, wie man für eine Person, die man doch kaum kannte, so starke Gefühle empfinden konnte. Lag es daran, wie er sie kennengelernt hatte? Lag es an dem inneren Taumel beim ersten Anblick ihrer unbeschreiblichen Schönheit und der zarten Berührung ihres betörenden Dufts? Daran, wie er mit seinem wolkengleichen Leib über sie hinweggestrichen war? Wie er jedes Haar auf ihrem Körper erkundet hatte? Oder war sein Herz von ihrer Anteilnahme erobert worden, von diesem überraschenden, für ihn völlig ungewohnten Beweis menschlicher Zuwendung? Sie hatte ihn regelrecht verzaubert, als sich ihre warme Hand auf die seine legte und sie ihn mit ihrem tiefen Blick förmlich in sich aufsaugte.

Doch so süß die Erinnerungen an Nelia auch waren, so bitter stießen ihm die Begleitumstände ihrer Begegnung auf. Zusätzlich zu den Sorgen wegen der Gefahr, in der sie schwebte, quälten ihn Gewissensbisse. Er hatte seinem engsten Angehörigen ein Lichtschwert ins Herz gebohrt. Selbst wenn dieser noch lebte, kam sich Corvin wie ein Vatermörder vor. Dieses Gefühl schmeckte bitterer als Galle. Wie es Maloron jetzt wohl ging? Würden die Menschen ihn in eine Anstalt für Geisteskranke stecken?

Sogar um Tamaris tat es ihm leid. Sicher hatte Keszef sie

nicht ohne Grund ... Corvin schluckte, als ihm wieder die schrecklichen Bilder vom zerschmetterten Leib seines gefiederten Freundes in den Sinn kamen. Hoffentlich würde Saros seinen Zorn nicht noch einmal an dem zarten Geschöpf auslassen. Ob es dem Nachtfalken inzwischen besser ging?

Wenigstens wurden Tiere nicht in die Schattenmühle geworfen, beruhigte sich Corvin. Ohnehin musste, wer im Reich der Zeitlosen das Bürgerrecht besaß, schon ein Kapitalverbrechen begehen, um zu dieser »Sonderbehandlung« verurteilt zu werden. Er war gerade haarscharf daran vorbeigeschrammt. Ohne die Fürsprache von ...

Ein leises Klimpern ließ ihn herumfahren. Weit jenseits des Eisengitters mit der Zellentür bewegte sich ein Licht durch den Gang. Corvin hatte ihn vor ungefähr zwei Stunden in Begleitung des Kerkermeisters und dreier Wachen durchquert, jetzt näherte sich ihm jemand auf demselben Weg. Er stand von der Pritsche auf und trat an die Gittertür.

Im Lichtkreis einer kleinen Öllampe schwebte ein Gesicht heran. Es gehörte zu Skogg, dem Herrn dieser Unterwelt. Bald wurde seine nörgelnde Stimme hörbar. Er beschwerte sich über irgendetwas, noch waren die Worte nur undeutlich zu verstehen. Nach einer Weile konnte Corvin weitere Details erkennen, den hohen, klapprigen Körper des Oberaufsehers, sein von Narben durchpflügtes Gesicht, das weiße, blinde Auge. Mehr noch als das baldige Wiedersehen mit dem schmutzigen, nach Schweiß und Urin stinkenden Wärter überraschte Corvin jedoch die Gestalt eines weiteren Besuchers, der unvermittelt aus dem Zwielicht hinter Skogg auftauchte.

»Gavriel?«

Die beiden Männer achteten nicht auf ihn, weil sie mit sich selbst beschäftigt waren.

»... trotzdem hättet Ihr nicht ausgerechnet jetzt kommen sollen, Herr Gavriel«, maulte Skogg. »Zwei meiner Wärter sind gerade auf Rundgang. Wenn der König erfährt, dass ich die Wachstube allein gelassen habe, wird er mich vierteilen.«

»Es gibt Schlimmeres«, versetzte der Weise. »Im Übrigen hat mich der König ausdrücklich darum ersucht, nach dem Gefangenen zu sehen. Wenn Ihr mir nicht glaubt, dann könnt Ihr ihn selbst ...«

»Ist ja schon gut, ich hab's verstanden«, schnarrte der Kerkermeister. Inzwischen hatten die beiden Besucher Corvins Zelle erreicht, weshalb der Oberwärter die willkommene Gelegenheit nutzte, seinen Unmut an dem Gefangenen auszulassen. »Da will dich jemand sprechen, du Lump.«

»Ist schon gut, Skogg«, sagte der Gelehrte in beschwichtigendem Ton und klopfte dem Hageren beruhigend auf die Schulter.

Der Aufseher grunzte und deutete ins Dunkel des Gangs. »Ich warte dann mal da hinten auf Euch, Ehrwürdiger. Beeilt Euch bitte. Sollte der Bengel Euch Schwierigkeiten machen, dann ruft nach mir, und ich breche ihm ein paar Knochen.«

»Schwierigkeiten?«, wiederholte Gavriel belustigt. Er zog eine Kerze aus den Falten seines Gewands und entzündete sie an der Lampe des anderen. »Seid unbesorgt, Skogg. Er wird nicht die Eisenstäbe verbiegen und mir den Hals umdrehen.«

Der hagere Wärter drehte sich um und grummelte, während er den Gang hinabschlurfte: »Das weiß man bei diesen

Rebellen nie. Immerhin hat er den großen Maloron umgebracht. Ein Jammer ist das!«

Die Worte gingen Corvin wie ein Stich durchs Herz. Jetzt sahen ihn also auch die anderen als Vatermörder.

Gavriel träufelte etwas Wachs auf ein Quereisen des Gitters und drückte die Kerze hinein. Ohne von seiner Tätigkeit aufzusehen, fragte er leise: »Wie geht es dir, Corvin?«

Der misstraute dem sanften Ton des Gelehrten und erwiderte: »Ganz prächtig! Die Ratten sind wunderbare Gesellschafter.«

»Du traust mir nicht«, stellte der Weise fest.

Corvin schnaubte verächtlich. »Und das aus gutem Grund. Ihr habt dem König vorhin geraten, seinen großen Plan nicht aus den Augen zu verlieren. Jetzt will Saros, dass ich Nelia eine Lichtklinge ins Herz ramme. Andernfalls …«

»Andernfalls«, fiel Gavriel ihm ins Wort, »wärst du in diesem Augenblick womöglich nur noch ein Häuflein Hadern oder bereits der Stoff, aus dem die Erste Schattenschneiderin ihre Attrappen fertigen lässt.«

Corvin verschränkte die Arme über der Brust. »Wenigstens hätte ich damit Nelia gerettet.«

»*Das* glaubst du?«, fragte Gavriel belustigt. »Es ist eher das Gegenteil der Fall. Sicher, momentan geht es der Schönen gut. Ihr bestrickendes Wesen hat sogar Saros nicht kaltgelassen, weshalb ihr Gefängnis tatsächlich einem goldenem Käfig gleicht. Solange er sich von ihr einen Nutzen verspricht, wird er ihr auch nichts tun. Doch lass dich von seiner Freundlichkeit nicht täuschen. Saros ist ein Wolf im Schafspelz: Er zerreißt jeden, den er als Bedrohung empfindet. Wenn *du* für ihn endgültig verloren bist, sieht er auch den bunten Schmetterling nur noch als Gefahr und wird sich seiner schnellstens zu entledigen suchen. Willst du das?«

Mit einem Mal fühlte sich Corvin einfach nur elend. Sein Trotz war kindisch, das sah er ein. Dennoch traute er dem Alten nicht. »Warum macht Ihr Euch die Mühe, zu mir in dieses Dreckloch zu steigen, Gavriel?«

Der Gelehrte deutete auf die Kerze. »Ich wollte dir das da bringen.«

»Was?« Corvin runzelte verständnislos die Stirn.

In Gavriels blaugrauen Augen funkelte der Schalk. »Besser, ein kleines Licht anzünden, als auf die Dunkelheit schimpfen, junger Freund.«

Corvin schüttelte den Kopf. »Die Kerze wird schon bald runtergebrannt sein, weiser Mann.«

Der Alte lächelte. »Ich habe auch nicht von der Kerze gesprochen.«

Ohne ein weiteres Wort drehte er sich um und entschwand in die Finsternis. Seltsamerweise schien er auch ohne Licht bestens zurechtzukommen. Bald hörte Corvin aus der Ferne die tiefe Stimme des Gelehrten.

»Wir können gehen, Skogg. Ach! Fast hätte ich's vergessen. Ich habe Euch diesen kleinen Trunk mitgebracht, um Euch und Euren Kameraden die langen Stunden im Dunkeln ein wenig zu versüßen. Es ist ein erlesener Tropfen aus …«

Mehr konnte Corvin nicht verstehen. Eine Weile stand er trotzdem noch am Gitter und lauschte. Er spürte die Wärme der Kerzenflamme im Gesicht. Hatte Gavriel sich mit ihm einen Scherz erlauben wollen? Was sollte dieser Besuch?

Kopfschüttelnd wandte er sich um und schlurfte zur Pritsche zurück. Die Kerzenflamme brachte zum Vorschein, was er zuvor nur ertastet hatte. Die Schlafstatt war so morsch, dass sie jederzeit unter ihm zusammenbrechen konnte. Vorsichtig ließ er sich darauf nieder und sah sich in der Zelle um. Plötzlich stutzte er.

An der Gitterwand, direkt unter der Kerze, glitzerte etwas auf dem Boden. Sofort war Corvin wieder auf den Beinen, um den metallischen Glanz genauer zu untersuchen.

Es war ein Schlüssel.

Genauer gesagt, handelte es sich um einen zurechtgebogenen Notbehelf aus Rundeisen wie ihn einfache Diebe benutzten, um die einfachen Schlösser einfacher Leute zu öffnen. Hatte Gavriel den Diebshaken fallen gelassen? Und wenn ja, welche Absicht steckte dahinter? Was wie Fluchthilfe aussah, konnte ebenso gut eine Falle sein. Oder wollte der Alte nur sein Gewissen entlasten? Er hatte ja zu verstehen gegeben, dass er sich bisweilen einen etwas besonneneren König wünschte.

Corvin hob den Nachschlüssel auf, langte durchs Gitter und steckte ihn von außen ins Schloss. Es leistete dem Haken erbitterten Widerstand. Vermutlich war es seit Ewigkeiten nicht mehr geölt worden. Nach einigem Herumstochern gab es aber schließlich dem Drängen des Ausbrechers nach. Ganz sacht öffnete Corvin die Gittertür. Sie quietschte. Das Geräusch kam ihm wie ein ohrenbetäubendes Kreischen vor, war aber tatsächlich ziemlich leise.

Was jetzt?, fragte er sich. Sollte der Diebshaken tatsächlich ein Köder sein, dann musste er spätestens jetzt den Rückzieher machen. Wenn die Falle erst zuschnappte, würde Saros ihn wohl ohne viel Federlesens in die Schattenmühle schicken. Andererseits – würde sich ein so geachteter Weiser wie Gavriel für derlei Machenschaften einspannen lassen? Bisher hatte Corvin ihn nur als sehr ausgeglichenen Mann kennengelernt, als jemand, der sich vor allem der Wahrheit verpflichtet fühlte.

Während der Schattendieb so dastand und grübelte, spürte er erneut die Wärme der Kerzenflamme. Ihm kamen wieder die rätselhaften Worte des Alten in den Sinn: *Besser, ein kleines Licht anzünden, als auf die Dunkelheit schimpfen.* Hatte Gavriel in Wirklichkeit gemeint, er solle nicht länger mit seiner düsteren Lage hadern, sondern etwas tun? Durch entschlossenes Handeln konnte er zu einem Licht der Hoffnung werden, vor allem für Nelia, aber auch für sich selbst und womöglich sogar für andere, die wie er fühlten.

Corvin nahm behutsam die Kerze vom Gitter und flüsterte: »Du kommst mit, kleine Flamme. Wir zwei würden es nur bereuen, hätten wir es nicht wenigstens versucht.«

Der Kerker von Biráh Sharu glich einem Labyrinth. Wie die Wurzeln eines uralten Baumes ragten die Gänge weit in den Zitadellenberg hinein. Die Verästelungen erschienen Corvin unüberschaubar. Zwar hatte er versucht, sich den Weg von den Kellergewölben des Palastes hinunter in die Verliese einzuprägen, doch schon nach wenigen Abzweigen waren ihm Zweifel am eigenen Orientierungssinn gekommen. Jetzt folgte er nur noch seinem Instinkt. Wenn er sich hier verlief, würde er ewig herumirren und womöglich am Ende wieder von den Wachen gefangen werden.

An einer Gabelung musste er sich links für einen schmalen Quertunnel oder gegenüber für einen bogenförmigen Durchgang entscheiden. Er lief nach rechts und gelangte dadurch in einen kahlen, quadratischen Raum, der ihm einen Schauer über den Rücken jagte.

Vor ihm ragte ein Galgen in die Höhe.

Der aus Vierkanthölzern gezimmerte Rahmen stand auf einer Plattform mit einer Falltür darin. Corvin hatte von dieser »Verhörmethode« gehört. Was auf Erden meist recht schnell zum Tode führte, war im Reich der Zeitlosen eine der schrecklichsten Foltern: Dem Beschuldigten wurde ein Strick um den Hals gelegt, unter seinen Füßen öffnete sich die Luke, er fiel, sein Genick brach. Danach war er *wie* tot. Doch dann erwachte er wieder und litt furchtbare Schmerzen. Allmählich ließen sie jedoch nach, ein bis zwei Stunden später waren der gebrochene Halswirbel sowie das verletzte Rückenmark wieder zusammengewachsen und die Tortur konnte von vorne beginnen.

»Aber nicht mit *diesem* Strick«, murmelte Corvin, während er zum Querbalken emporblickte. Er hatte einmal ein Buch gelesen, in dem ein Mann sich mithilfe eines Taus aus einem Gefängnisfenster abseilen konnte. Vielleicht ließ sich das Folterwerkzeug ja auf ähnliche Weise einem guten Zweck zuführen.

Behände erklomm er den Galgen und knüpfte den oberen Halteknoten auf. Mit dem Strick kehrte er auf die Plattform zurück. Nachdem er ihn zu großen Schlingen zusammengelegt, ihn sich quer über die Brust gehängt und wieder seine Kerze in die Hand genommen hatte, setzte er die Flucht fort.

Wenig später überquerte er einen bogenförmigen, verräterisch knarrenden Holzsteg, der an der Seitenwand einer natürlichen Felsspalte verlief, als er unvermittelt Stimmen hörte. Es war ein Gemisch aus Klagen, Hilferufen und Gemurmel. Er kannte diese Stelle. Dieselben Geräusche hatte er schon auf dem Weg hinab in die Tiefe vernommen und zwar kurz nach dem Betreten des Verlieses. Sie mussten aus einem dichter belegten Teil des Kerkers kommen. Es war allgemein bekannt, dass sich hier unten einige Rebellen in Verwahrung befanden. Angeblich wurden sie regelmäßig gequält und vegetierten auch sonst unter erbärmlichsten Umständen dahin. Vermutlich wollte der König durch die abschreckende Wirkung dieser Strafen jede Auflehnung schon im Keime ersticken.

Einen Moment spielte Corvin mit dem Gedanken, die Gefangenen zu befreien – der Diebshaken steckte noch in seiner Hosentasche –, doch dann ließ er den Plan wieder fallen. Gegen die gut ausgebildete und bis an die Zähne bewaffnete Leibgarde konnten ein paar Ausbrecher nur den Kürzeren ziehen. Nein, wenn er entkommen wollte, dann still und leise.

Er huschte an einer schweren Eisentür vorbei, hinter der die Stimmen der Gefangenen erklangen. Sein Herz verkrampfte sich, obwohl es an der Vernünftigkeit seiner Entscheidung nichts auszusetzen gab. Schnell schlich er weiter zu einer in den Fels gehauenen Wendeltreppe. Auch diese kannte er bereits. Die Stiege war so schmal, dass sie von den Kerkerinsassen nur nacheinander erklommen werden konnte. Im Falle einer Revolte genügte oben *ein* bewaffneter Posten, um die Meuterer zurückzuschlagen.

Dieses Oben war eine Wachstube, in der Skogg und seine Untergebenen sich aufhielten, wenn sie nicht gerade durch die Kerkerfluchten patrouillierten. Corvin entsann sich der Gesprächsfetzen, die er zuvor aufgeschnappt hatte. Ob die beiden Kameraden des Oberaufsehers schon von ihrem Rundgang zurück waren? Er hatte keinen richtigen Fluchtplan, sondern vertraute einfach auf sein Glück. Vielleicht würde er irgendwie beim Wachwechsel entkommen können.

Plötzlich hörte er hinter sich das Knarren des Holzsteges. Erschrocken blies er die Kerze aus und fuhr herum.

An den Wänden des tunnelartigen Ganges war der Widerschein einer Lampe zu sehen. Da kam jemand! Vermutlich einer der Wärter. Hektisch sah sich Corvin um. Der Gang war an dieser Stelle sehr eng, fast so schmal wie die Wendeltreppe. Anders als erhofft, gab es hier keinerlei Möglichkeit sich zu verstecken. Außer …

Er seufzte und machte sich an die Ersteigung der Wendeltreppe.

Sie kam ihm länger vor als beim Betreten des Verlieses. Der Kerker lag mehrere Stockwerke tief im Zitadellenberg. Endlich erreichte Corvin die eisenbeschlagene Tür, hinter der die Wachstube lag. Er drückte vorsichtig dagegen. Sie bewegte sich nicht.

»Natürlich abgeschlossen«, flüsterte er verzweifelt. Gleich würde der Wachmann unter ihm die Treppe erreichen. Rasch zog er den Diebshaken aus der Tasche und fädelte ihn in das Schloss ein. Während er darin herumstocherte, hallten Gavriels Worte durch seinen Geist: *Ich habe Euch diesen kleinen Trunk mitgebracht, um Euch und Euren Kameraden die langen Stunden im Dunkeln ein wenig zu versüßen.* War das in Wahrheit ein versteckter Hinweis an ihn, den Ausbrecher, gewesen? Hatte der Weise dem Kerkermeister einen Schlaftrunk untergeschoben …?

Von unten erklangen Schritte, das Scharren von Sohlen auf steinernen Stufen. Jeden Moment konnte der Wärter hinter Corvin aufkreuzen.

Der Nachschlüssel rutschte endlich in die richtige Position. Deutlich leichter als an der Zellentür und fast lautlos ließ er sich herumdrehen. Die Tür schwang leise in gut geschmierten Angeln auf. In der etwa vier mal fünf Schritte großen Stube dahinter schlief Skogg. Seine Wange und der Oberkörper lagen auf einem rohen Tisch. Er schnarchte laut.

Corvin huschte durch die Tür und drückte sie hinter sich ins Schloss. Sie wieder zu verriegeln ersparte er sich – der Kerkermeister würde ohnehin in dieser Nacht einige Ungereimtheiten zu erklären haben. Auf Zehenspitzen schlich er zum Ausgang, öffnete ihn und spähte nach draußen.

Die Stube grenzte an einen überwölbten, weiß gekalkten, von Fackeln erhellten Gang. Corvin hörte hinter sich ein leises Klimpern. Der vom Rundgang kommende Wachmann wunderte sich vermutlich gerade, warum sich sein Schlüssel nicht herumdrehen ließ. Schnell verließ Corvin die Stube und schloss hinter sich die Tür.

Nach ein paar Schritten im Gang vernahm er vor sich plötzlich schallendes Gelächter aus zwei oder drei Kehlen. Vermutlich die Wachablösung. Hektisch sah er sich nach einem Versteck um, doch auch hier gab es keine Nebenräume, nicht einmal dunkle Nischen, in die er sich hätte ducken können.

Ein gedämpfter Schrei hallte durch den Gang. Der schlafende Kerkermeister war also entdeckt worden.

Corvin wirbelte herum. Dabei streifte sein Blick eine weitere Tür am Ende des Ganges, gleich neben der Wachstube. Sie war so perfekt in die weiß getünchte Wand eingepasst, dass er sie zuvor nicht bemerkt hatte. Ohne lange nachzudenken rannte er wieder zurück und öffnete, nein, nicht den Fluchtweg, sondern den Zugang zu …

»Ein Donnerbalken?«, entfuhr es ihm. Ein betäubender Gestank schlug ihm entgegen.

In dem Abort schlief mit heruntergelassener Hose ein Mann. Dem Waffenrock nach zu urteilen dürfte es sich um den zweiten Wärter handeln, den Skogg erwähnt hatte. Er war vermutlich ebenfalls in den Genuss von Gavriels »erlesenem Tropfen« gekommen. Corvin packte den Wächter kurzerhand beim Kragen und kippte ihn aus dem Verschlag.

Mehr als ein Brett mit einem Loch darin sowie eine brennende Kerze hatte der enge Raum nicht zu bieten. Ein Rumpeln von der Wachstubentür versetzte Corvin fast in Panik. Gleich würde der Posten herauskommen, seinen Kameraden finden und Alarm schlagen. Notgedrungen schlüpfte Corvin in den Latrinenraum und zog die Tür hinter sich zu.

Keinen Augenblick zu früh. Er hörte, wie der einzige noch wache Wärter in den Gang stürmte, einen Moment verharrte und dann »Alarm!« brüllte. Die Verstärkung war schon im Anmarsch. Schritte eilten herbei. Aufgeregte Stimmen erklangen. Jeden Moment konnte sich die Tür zum Abort öffnen – dummerweise war sie nicht verriegelbar. Corvin blickte gehetzt nach unten.

Das Loch im »Donnerbalken« war ziemlich klein.

Er klappte das Brett hoch. Die Latrine entsprach der üblichen Bauweise, soll heißen, die Exkremente wurden nicht darin gesammelt, sondern in einem gemauerten, unten offenen Trog über eine Rutsche durch einen rechteckigen Schlitz nach draußen befördert. Am Fuß der Mauer stand gewöhnlich ein Kastenwagen, in dem die Fäkalien landeten, um regelmäßig fortgeschafft zu werden.

Corvin schloss die Augen. Er konnte nicht glauben, was er zu tun beabsichtigte. Einen Atemzug später nahm er den

Galgenstrick ab und knüpfte das obere Ende an den gebogenen, schmiedeeisernen Türgriff. Hiernach schlüpfte er mit dem rechten Fuß in die Henkersschlinge und warf das übrige Seil in den Sammelbehälter. Dann umklammerte er den Strick mit beiden Händen und stieg ins Abflussbecken.

Als er mit den Füßen voraus bäuchlings über die schiefe, von Kot und Urin glitschige Ebene glitt, wurde der betäubende Gestank fast unerträglich. Corvin verspürte das überwältigende Bedürfnis, sich zu übergeben. Ehe es dazu kommen konnte, flutschte er durch den Spalt hindurch nach draußen.

Und fiel.

Obwohl der Sturz nicht sehr tief war, spürte er einen schmerzhaften Ruck im rechten Bein. Wie durch ein Wunder wurde es ihm aber nicht ausgekugelt, und sein Schädel zerplatzte auch nicht an der Mauer, trotzdem stufte er die Zweckentfremdung des Galgenstricks als nur bedingt brauchbare Idee ein. Irgendwie musste Corvins Fußgelenk ganz in die Henkersschlinge gerutscht sein.

Seine Freude darüber hielt sich in Grenzen. Er baumelte nun kopfüber an der Mauer und sah tief unter sich den Kastenwagen, in dem gewöhnlich keine Ausbrecher landeten, sondern die Fäkalien aus mehreren übereinanderliegenden Latrinen. Dummerweise war das Seil viel zu kurz, um daran auch nur in einer einigermaßen unbedenklichen Höhe abzusteigen. Nach einigen Verrenkungen schaffte er es, sich der Festungsmauer zuzuwenden. Vielleicht konnte er daran nach unten …

Nein. Was er dort sah, raubte ihm fast den letzten Mut. Die großen Quader waren so glatt und fest gefügt, dass selbst ein geschickter Kletterer daran keine Griffe zum Festhalten fand. Für Corvin kam erschwerend hinzu, dass er am ganzen Leib, die Hände eingeschlossen, von üblen Körperflüssigkeiten nur so triefte.

Trotzdem wollte er noch nicht aufgeben. Die Folgen einer neuerlichen Gefangennahme wären für ihn weit unangenehmer als seine momentane Lage. Ächzend spannte er seine Bauchmuskeln, bog sich vorne so weit durch, bis er mit den Händen das schmerzende Bein packen konnte und arbeitete sich dann weiter zum Fußgelenk hinauf. Kurz bevor er die Henkersschlinge erreichen konnte, ging plötzlich ein Ruck durch das Seil.

Offenbar versuchte oben einer der Wärter die Latrinentür zu öffnen. Corvin wurde langsam ein, zwei Handbreit in die Höhe gehoben. Dann verstärkte sich der Zug, wohl weil sich jetzt mehrere Wachen an der Tür zu schaffen machten. Plötzlich ging ein Zucken durch das Seil, doch es zog Corvin nicht etwa hinauf, sondern – sein Fuß war durch die Schlinge gerutscht – ließ ihn in die Tiefe fallen. Merklich länger als zuvor. Und genau in den Fäkalienkasten.

Glücklicherweise war dieser randvoll.

Kacke!

Corvins erste Gefühlsäußerung nach dem Aufprall musste sich auf das gedachte Wort beschränken, da er tief in die Exkremente eingetaucht war. Einen Moment tobte Panik durch ihn hindurch, weil er die Orientierung verloren hatte. Er wusste weder, wo oben, noch wo unten war. Nur, dass er nicht atmen konnte – es an diesem unappetitlichen Ort auch nicht *wollte* –, daran gab es für ihn nichts zu deuteln.

Mit einem Mal stieß seine Fußspitze gegen etwas Festes.

Er stemmte beide Sohlen dagegen, drückte die Knie durch und tauchte aus dem stinkenden Morast auf.

Als Erstes stieß er die Luft durch Mund und Nase aus, um beim anschließenden Einatmen möglichst wenig von dem anzusaugen, was ihm im Gesicht hing. Abgesehen von dem Latrinenodeur nahm er als Nächstes das Summen einer Heerschar von Fliegen wahr. Sehen konnte er noch nichts, weil der Rest seines Gesicht wie unter einer Moorpackung versiegelt war.

Es dauerte eine Weile, bis er sich die Augen frei gewischt hatte und sich umblicken konnte. Hoch über ihm hing der Henkersstrick. Von den Wärtern fehlte jede Spur – die Kellergeschosse verfügten über keine Fenster, aus denen sie hätten nach draußen spähen können. Allerdings dürfte es nicht lange dauern, bis es hier von Soldaten nur so wimmelte.

Corvin watete zum Rand des Kastens, zog sich daran hoch, schob ein Bein darüber hinweg, bekam Übergewicht, wollte sich festhalten, rutschte aber ab und glitt wie ein nasser Lappen zwischen einem Paar außen am Wagen hängenden Eimern hindurch zu Boden.

Der eigene Gestank raubte ihm fast die Besinnung und das Gesumme der Fliegen beinahe den Verstand. In geduckter Haltung sah er sich um. Der innere Zwinger war an dieser Stelle begrünt. Ein Stück weiter befand sich, halb von Büschen verdeckt, eine Wettkampfbahn. Dort veranstaltete Saros an Festtagen Ritterturniere, eine seit Langem gepflegte Tradition, die im Zeitalter von Kanonen und Vorderladern etwas anrührend Altmodisches besaß. Innovationen gelangten so gut wie ausschließlich durch geraubte Schatten nach Osttarra und stießen oft auf wenig Gegenliebe. Daher begegnete man allenorten einer seltsamen Vermischung von Alt und Neu.

Noch herrschte zwischen den beiden Festungsmauern eine fast gespenstische Ruhe. Wenn der Alarm aus dem Kerker erst einmal die höheren Regionen des Palastes erreicht hatte, würde sich das schnell ändern. Zwischen den beiden Steinwällen saß er in der Falle, so viel war Corvin klar.

Um die Gefahr einer zufälligen Entdeckung zu verringern, huschte er zunächst in die Schatten der äußeren Mauer. Wohin jetzt? Die Frage drohte ihn zu erdrücken, und die ihn umschwirrenden Fliegen machten das Nachdenken auch nicht gerade leichter. Im Palast kannte er sich zu wenig aus. Er musste irgendwie nach draußen entkommen. In die Stadt. Oder besser noch in die nahen Berge und Wälder. Nur, wie sollte er die noch vor ihm liegenden zwei streng bewachten Tore passieren?

Plötzlich hatte er eine irrwitzige Idee. Wieso nicht seine missliche Lage in einen Vorteil verkehren? Gewohnheitsmäßig waren die Wachen vor allem darauf bedacht, niemanden in die Festung *hinein*zulassen. Doch solange sie sich nicht in Alarmbereitschaft befanden, würden sie den umgekehrten Weg weit weniger streng kontrollieren. Vor allem nicht, wenn …

Corvin kicherte.

Leise hängte er zwei der Holzkübel vom Wagen ab, füllte sie randvoll mit Exkrementen und machte sich damit auf den Weg zum Tor.

Nach der Umrundung eines Gebüschs geriet er ins Sichtfeld der Wache. Nur ein einziger Soldat verrichtete auf dieser Seite der Mauer seinen Dienst. Als er die von Kopf bis

Fuß besudelte Gestalt mit den zwei Eimern auf sich zukommen sah, schaute er zunächst misstrauisch drein, dann gewahrte er wohl die Fliegenschwärme und seine Miene spiegelte nur noch Abscheu wider. Er streckte dem wandelnden Kothaufen die flache Hand entgegen.

»Halt! Wer bist du?«

Corvin lief weiter. »Ist die Frage ernst gemeint? Ich bin der Kloakenreiniger.«

»Du stinkst allerdings wie einer und das schon zehn Meilen gegen den Wind. Nicht näher kommen, habe ich gesagt! Wieso kenne ich deine Stimme nicht?«

Anstatt stehen zu bleiben, ging Corvin dreist weiter und spielte den Beleidigten. »Das wundert mich gar nicht. Unsereiner erntet von allen Seiten nur Nichtachtung. Der Dreckmeister beschäftigt mich zwar noch nicht lange, aber trotzdem müsstest du mich schon gesehen haben. Leider habe ich beide Hände voll. Wenn du mir kurz die Kacke seiner Majestät aus dem Gesicht wischen könntest, dann wirst du dich an mich …«

»Pfui! Bleib mir vom Halse«, stieß der Soldat angewidert hervor und wich in den Tordurchgang zurück. »Du stinkst ja wie die Latrine einer ganzen Kompanie.«

Corvin setzte ihm nach. »War nur der Abtritt des Königs. Allerdings völlig verstopft. Ist 'ne ziemliche Sauerei …«

»Schon gut, ich glaub's ja«, unterbrach ihn der Posten. Er presste sich den Unterarm gegen die Nase und kämpfte erkennbar gegen den Brechreiz an. Nach ein paar tiefen Atemzügen fügte er hinzu: »Mach dich vom Acker und zwar schnell, sonst werden wir den Gestank nie mehr los.«

»Ha!«, lachte Corvin. »Du hast Probleme. Was soll da ich sagen?«

Der Wachmann gab seinen Kameraden auf der anderen Seite des Torweges einen Wink, damit sie Corvin passieren ließen. Als er sich ihnen näherte, sah er ihre angeekelten Gesichter. In einem Anfall von Übermut hielt er auf sie zu und rief: »Wir haben da im Palast ein Problem. Wenn ich zurückkomme, könnte ich ein paar Freiwillige gebrauchen! Hat jemand von euch Lust?«

»Scher dich bloß weg von hier«, knurrte einer der beiden Posten.

»Aber es sind *königliche* Exkremente, die ihr …«

»Noch ein Schritt in meine Richtung und du kriegst ein königliches Schwert zwischen die Rippen.«

Corvin hob die Achseln. »Na, dann nicht.«

Als das Tor allmählich hinter ihm zurückblieb und er in die Schatten jenseits des Hauptweges eintauchte, stahl sich ein Grinsen auf sein Gesicht. Das war leichter gewesen als vermutet. Anscheinend eignete sich der penetrante Gestank bestens dazu, das klare Urteilsvermögen zu betäuben. Wie sonst ließ sich erklären, dass keiner der Posten gefragt hatte, warum er mit zwei Kübeln voller Fäkalien durch die Befestigungsanlagen marschierte? In den äußeren Zwinger hatte er es also geschafft. Wenn er am Haupttor genauso leicht …

Plötzlich ertönte hinter ihm eine Glocke.

Der Alarm!

Corvin ließ die Eimer fallen und floh in die Dunkelheit. Nachts brannten hier nur wenige Feuer, es gab viele dunkle Verstecke. Bei einer Baracke fand er ein paar Lumpen mit denen er sich notdürftig abrieb. So würde er wenigstens nicht durch eine stinkende feuchte Spur auf sich aufmerksam machen. Die feine Nase eines Bluthundes ließ sich mit dieser Maßnahme sicher nicht betrügen. Wie lange würde er sich wohl im Zwinger verbergen können, wenn ihn erst Dutzende von Leibgardisten durchkämmten? Er kannte nur einen Ort, den selbst hartgesottene Soldaten und ihre vierbeinigen Schnüffler mieden wie die Pest.

Meister Reschuths Schattenmühle.

In Corvins Sinn reifte ein Plan, während er sich dem gefürchteten Ort näherte. Dort lediglich unterzuschlüpfen würde möglicherweise nicht genügen. Reschuth und seine Gesellen hätten kein Problem damit, ihren Arbeitsplatz nach einem entlaufenen Häftling zu durchsuchen. Um sie zu täuschen, bedurfte es schon eines Verstecks, das jenseits aller Vorstellungskraft war, das als solches für keinen normalen Osttarrer infrage kommen würde. Er dagegen, der Kloakenjunge, der Schattendieb, der Bezwinger Malorons, der Außenseiter Corvin – nun wohl auch der Ausgestoßene –, er hatte sich jenseits aller Regeln gestellt.

Vielleicht war er niemals normal gewesen.

Unterwegs entledigte er sich seiner Kleidung. Er knüllte die einzelnen Wäschestücke zusammen und verteilte sie in weitem Umkreis. Der Umhang landete vor der Tür einer Hütte, das Wams auf einem Handwerkerkarren, ein Stiefel auf einem Dach, der andere in einem Schweinetrog. Weil er bis auf die Haut durchnässt war, spürte er empfindlich die Kälte der Nacht. Hoffentlich zahlte sich das Frieren aus und die Bluthunde ließen sich von der List verwirren. Splitternackt erreichte er schließlich die Schattenmühle.

Die Tür war unverschlossen. Wieso auch hätte Reschuth sie sichern sollen? An diesem Ort gab es nichts, das man stehlen, aber viel, was man verlieren konnte. Corvin huschte in das Gebäude.

Drinnen war seine erste Sinneswahrnehmung ein entferntes Rauschen. Er hatte einmal gehört, dass die Mühle von Wasser angetrieben wurde, das an dieser Stelle mit hohem Druck aus dem Felsen trat. Es dauerte eine Weile, bis seine Augen sich an die Dunkelheit gewöhnt hatten. Lebende Schatten besitzen ein außergewöhnliches Sehvermögen, solange ein wenig Licht vorhanden ist. Dank einiger Fenster war das hier der Fall. Draußen brannten vereinzelte Fackeln und jetzt, wo die Palastwache ausschwärmte, wurden ständig neue Feuer entzündet.

Bald konnte Corvin Umrisse erkennen und sich mühelos durch das Zwielicht bewegen. Das Erdgeschoss bestand fast zur Gänze aus einem einzigen großen, hohen Raum. Hölzerne Pfosten trugen die Decke. Er bemerkte einige Hohlspiegel, mit deren Hilfe tagsüber offenbar das natürliche Licht vom Dach durch einen Schacht in die unterirdischen Geschosse geleitet wurde. Eine Treppe führte in die oberen Stockwerke. Was Corvin jedoch suchte, befand sich eher unter seinen Füßen. Schaudernd betrachtete er die großen Stachelwalzen, mithilfe derer die Schatten zerrissen wurden.

Er lief rasch zu einer Stiege, die ihn tiefer in den Bauch der Mühle führte. In den nächsten zwei Geschossen sah er weitere Mahlwerke, in denen die zunächst groben Fasern des ersten Arbeitsganges weiter zerkleinert wurden. Dank des gespiegelten Lichts konnte er sich sogar hier unten noch orientieren. Nachdem er eine weitere Treppe überwunden hatte, fand er ihn endlich: den Bottich für die Schattenhadern.

Er glich einem halbierten, großen, ovalen Holzfass. Beim ersten Blick in das Gefäß bekam Corvin einen Schreck. War es leer? In dem Fall wäre es als Versteck nicht zu gebrauchen. Einem Impuls folgend tauchte er die Hand tief in den Bottich und stutzte.

Sein Unterarm verschwand bis zum Ellenbogen hinauf, so als habe er sich in Luft aufgelöst. Trotzdem spürte Corvin mehr als deutlich, dass ihm das unsichtbar gewordene Körperteil nicht abhandengekommen war.

Im ersten Moment glaubte er lediglich, Abertausende feiner Flöckchen kitzelten ihm auf der Haut, dann kam etwas anderes hinzu, das ihm fast den Atem raubte. Nie zuvor hatte er dergleichen erlebt. Zwar kannte er von seinen Streifzügen durch Terra das Gefühl enger Umschlingung mit einem fremden Geist, aber hier war dieses Empfinden viel heftiger und zugleich viel verschwommener.

Unvermittelt vernahm er über sich Stimmen, darunter auch das raue Organ des Schattenmühlenmeisters. Die Tür öffnete sich.

»Ihr glaubt doch selbst nicht, dass er *hier* untergekrochen ist«, dröhnte Reschuth.

»Der König hat befohlen, jeden Winkel der Zitadelle zu durchsuchen«, erwiderte ein anderer, der wie Togu klang.

»Na, meinetwegen. Meine Mühle sei Eure Mühle. Schaut Euch ruhig um.«

»Äh … Ihr kennt euch hier viel besser aus. Könntet nicht *Ihr* …?«

Reschuth lachte. »Hab schon verstanden. Der tapfere Kommandant fürchtet auszurutschen und in die Stachelwalze zu geraten.«

»Das tue ich nicht!«, protestierte der. »Es ist nur … Ich möchte nicht … Es heißt, wenn man den Staub zermahlener Schatten einatmet, dann … «

»Abergläubisches Weibergewäsch«, fiel ihm Reschuth

dem Gardisten ins Wort. »Aber lasst nur. Ich sehe mich für Euch um. Und wenn Ihr meine Leute aus den Betten holt, dann werden wir schneller fertig.«

»Ich schicke sofort nach ihnen.«

»Tut das.«

Corvin vernahm über sich schwere Schritte. Er überwand seinen Abscheu, zog sich auf den Rand des wannenartigen Holzgefäßes und schwang die Beine hinein. Voller Unbehagen sah er, wie rasch hintereinander Füße, Knie, Oberschenkel, Unterleib und Bauch vor seinen Augen verschwanden.

Als er endlich festen Boden unter den Fußsohlen spürte, überfiel ihn ein heftiger Schwindel. Bis zur Brust hinauf umschmiegten ihn jetzt die weichen Hadern wie Spinnweben. Doch das war nur das äußere Empfinden auf der nackten Haut. Das innere glich einem Strudel, der ihm sämtliche Sinne verwirrte. Beiläufig bemerkte er, wie seine Rechte vom Rand des Bottichs glitt und er tief in die Hadernwolke tauchte.

Hörte er Stimmen? Sah er Gesichter? Spürte er klamme Finger, die nach ihm tasteten? Er hätte es nicht mit Gewissheit sagen können. All diese Wahrnehmungen waren so flüchtig wie kurze Träume. In einem Moment fühlte er sich umgeben von unzähligen Ichs, die klagten, schrien, irre lachten, und im nächsten vernahm er nur ein gewaltiges Rauschen, so als stünde er als Fels in einer starken Brandung, die ihn zwar umspülte, ihn aber um keinen Zoll von der Stelle bewegen konnte.

Dieses Empfinden wurde rasch stärker, bis er es nicht mehr zu ertragen vermochte. In diesem Moment kapitulierte Corvins Bewusstsein vor der Übermacht der von den

Schattenhadern erweckten Gaukeleien und er versank in eine dunkle Ohnmacht.

16. Vogelfrei

In den Dämmerungen regiert das Herz.
Jean Paul

Biráh Sharu, Negria (Osttarra)
2. Tag der 46. Finsternis des 124. Rings

Das Gemurmel kam aus allen Richtungen. Träumte er? Hatte man ihn zusammen mit Hunderten von Gefangenen in einen düsteren Kerker gesperrt? Es dauerte eine Weile, bis Corvin die verwirrenden Sinneseindrücke richtig einordnen konnte. Er war immer noch in Meister Reschuths Mühle, lag zusammengesackt in einem Bottich voller Schattenhadern. Sie sprachen fortwährend zu ihm, nur verstehen konnte er sie nicht.

Wenigstens wirbelten die Überbleibsel jener, die durch die Schattenmühle gegangen waren, nicht mehr seine Sinne durcheinander. Schwerfällig richtete sich Corvin auf und streckte den Kopf aus der Holzwanne.

In der Mühle herrschte dunkle Stille. Offenbar hatte man wenigstens an diesem unheimlichen Ort die Suche nach ihm aufgegeben. Als er nach dem Rand des Bottichs greifen wollte, um sich daran hochzustemmen, durchfuhr ihn ein Schauer.

Seine Arme und Hände waren verschwunden!

Corvins Herz begann zu rasen. Hatte das Bad in den Hadern ihn zu einem Unsichtbaren gemacht? Er kratzte sich mit dem rechten Daumennagel über die linke Handinnenfläche und ein fingerbreiter Streifen Haut wurde sichtbar. Nein, beruhigte er sich. Es war nur äußerlich.

Allmählich kehrte sein klares Denkvermögen zurück. Theoretisch war ihm durchaus bekannt, dass Schattenhadern im Zwielicht zu verschwinden scheinen und im Finstern für die Augen nicht mehr wahrnehmbar sind – ähnlich verhielt es sich ja auch mit den Attrappen. Selbst Menschen wussten um die Faustregel: »Je schwächer das Licht, desto unsichtbarer der Schatten.« Aber dass dieses Phänomen auch alles einschloss, was von den Hadern verdeckt wurde, war Corvin neu. Und willkommen!

Als Unsichtbarer konnte er durch die Postenreihen schlüpfen, ohne bemerkt zu werden.

Er spuckte sich in die Hand und tauchte sie im Bottich unter. Als er sie hervorzog, hatten die Fasern den Riss in seinem Tarnmantel wieder verschlossen. Eigentlich war es eine zweite, unsichtbar machende Haut, die er – was für eine Ironie des Schicksals! – dem unfreiwilligen Bad in den Fäkalien verdankte. Die Sache hatte nur einen Haken: Spätestens im Morgengrauen wurde er wieder sichtbar, zwar nur als aschgrauer Schemen, aber wachsame Augen konnten ihn durchaus entdecken.

Sein Blick schweifte durch das Untergeschoss der Mühle. Noch herrschte draußen die Nacht. Er musste sich beeilen, wenn er unbemerkt …

Das Schwert!

An den zuvor Reschuth in Verwahrung gegebenen Waffengurt hatte Corvin keinen Gedanken mehr verschwendet, galt sein ganzes Trachten doch der Flucht. Aber eben war der Degen wie von selbst ins Zentrum seiner Aufmerksamkeit gerückt, fast so, als wolle er sich seinem Besitzer bemerkbar machen. Samt Scheide, Gürtel und Dolch hing er neben dem Hut des Schattenmühlenmeisters an einem hölzernen Haken.

Leise schwang sich Corvin aus dem Bottich, sorgsam darauf bedacht, seine zweite Haut nicht zu verletzten. Er holte das Waffengehänge, benetzte es mit Wasser und tauchte es in die Schattenhadern. Nachdem es genauso unsichtbar geworden war wie sein Besitzer, verließ Corvin die Schattenmühle.

Rasch durchquerte er den Zwinger. Wann immer er auf dem Weg zum äußeren Tor einen Suchtrupp der Palastwache sah, machte er einen großen Bogen um ihn. Er wollte gerade die Deckung der letzten Hütte verlassen, als plötzlich zwei Leibgardisten mit einem Bluthund um die Ecke bogen.

Die Männer kamen direkt auf ihn zu. Ihr Spürhund fing sofort an zu bellen und zerrte mit aller Kraft an der Leine. Corvin taumelte erschrocken zurück.

»Bist du jetzt närrisch geworden?«, schimpfte der fast von den Beinen gerissene Soldat. »Da ist nichts, Horan. Aus! Bei Fuß!«

Der Bluthund scherte sich einen Kehricht um die Befehle seines Führers, sondern veranstaltete mit diesem ein regelrechtes Tauziehen. Corvin ergriff derweil die Flucht in Richtung Tor. Erst als er dieses fast erreicht hatte, wurde es hinter ihm ruhig – die Spürnase hatte Herrchen seinen Willen gelassen.

Corvin konnte den Torweg in der äußeren Ringmauer nur etwa bis zur Hälfte überblicken, weil dieser etwa in der

Mitte abknickte. So wurde verhindert, dass feindliche Geschosse geradewegs durch den Zwinger fliegen konnten. Auf der Innenseite wurde das Tor von vier Posten bewacht. Doppelt so viele wie gewöhnlich. Sie standen in einer Reihe, ziemlich dicht nebeneinander.

Er blieb nur wenige Schritte vor ihnen stehen. Konnte er es wagen, einfach zwischen ihnen hindurchzumarschieren? Argwöhnisch beäugte er die Fackeln in den eisernen Haltern der tunnelartigen Durchfahrt. Würde er im Feuerschein sichtbar werden? Ihm war klar, dass es nur eine Möglichkeit gab, diese Fragen zu beantworten. Auf Zehenspitzen schlich er weiter.

»Riechst du das auch, Vintor?«, brummte unvermittelt der Soldat zur Rechten Corvins. Schnell huschte er weiter. Hinter sich hörte er die gleichgültige Stimme des anderen Posten.

»Der Wind trägt ab und zu eine Duftwolke von der Kloake rüber.«

»Ist ja ekelhaft. Fühlt sich an, als würde man in Gedärmen baden.«

»Wem sagst du das! Ich habe mal ...«

Die Stimmen verblassten für Corvin zu einem unverständlichen Gemurmel, als er den Knick im Torweg erreichte. Für einen Moment drückte er sich im dichtesten Dunkel an die Wand, um sein hämmerndes Herz zu beruhigen.

Das Leben eines Unsichtbaren war ziemlich aufregend.

Als sein Puls wieder etwas ruhiger schlug, lief er auf den letzten Kontrollpunkt an der äußeren Mauer zu. Dort standen sogar acht Wachen, abwechselnd waren ihre Augen nach draußen sowie in Richtung Torweg gerichtet. Zitternd schlich Corvin näher. Dabei hielt er sich links dicht an der Mauer.

Zwischen der Wand und dem ersten Posten der Reihe, der ihm den Rücken zugewandt hatte, befand sich eine schmale Lücke. Mit angehaltenem Atem zwängte sich Corvin hindurch, ohne hüben oder drüben anzuecken.

»Pfui, schäm dich! Musst du gerade furzen, wenn du neben mir Wache schiebst?«, beklagte sich plötzlich der Mann.

Corvin zog unwillkürlich den Kopf ein.

»Wer es hat zuerst gerochen, dem ist es aus dem Arsch gekrochen«, konterte der Beschuldigte.

»Kannst du zaubern? Ich sehe gerade, wie er durch die Luft fliegt«, keuchte plötzlich der Erste.

»Wer?«

»Der Stinker.«

Corvin drehte sich zum Tor um. Der außen stehende Soldat deutete mit großen Augen auf ihn, genauer gesagt auf seinen verlängerten Rücken. Siedend heiß fiel ihm ein, dass er sich im Torweg an die Wand gedrückt hatte. Wahrscheinlich war er mit dem Gesäß an der Mauer entlanggewischt und hatte dabei einen Teil seines »Tarnmantels« eingebüßt. Rasch drehte er sich um und lief so schnell wie möglich rückwärts weiter.

»Bist du jetzt völlig übergeschnappt? Ich sehe gar nichts. Schon gar keinen Arsch mit Flügeln.«

»Ich jetzt auch nicht mehr. Muss wohl die berauschende Wirkung deiner Duftmarke gewesen sein.«

»Damit das ein für alle Mal klar ist: Ich – habe – nicht – *gefurzt!*«

Als Corvin die erste Biegung der Serpentinenstraße nahm, verfing sich der Worte Schall in der Vegetation und er verstand nichts mehr. Er legte auch wenig Wert darauf.

Corvins Schamgefühl war durchaus nicht unterentwickelt. Deshalb fühlte er sich ziemlich unwohl, als er splitternackt durch Negrias Straßen flitzte. Allerdings begegnete er so kurz vor dem Morgengrauen nur einer Handvoll Schatten und diese wenigen sahen ihn nicht. Seltsamerweise machte das die Angelegenheit für ihn kaum angenehmer.

An die Irritationen seiner Sinne durch die Schattenhadern hatte er sich leidlich gewöhnt. Das Gefühl, nur ein Bewusstseinsfaden in einem Gewebe von vielen weiteren zu sein, war allerdings kräfteraubend. Allmählich bekam er Kopfschmerzen. Auch vernahm er immer noch das unablässige Gemurmel in seinem Geist, versuchte aber einfach, nicht mehr hinzuhören.

In der Nähe des südlichen Stadttores sah er Licht in einem Gebäude. Es handelte sich um eine Herberge für wohlhabende Reisende. Im Stall fand er eine Kutsche mit einer prall gefüllten Kleidertruhe. Der feinen Machart nach zu urteilen gehörten die Sachen einem begüterten Händler oder sogar einem Edelmann. Vermutlich besaß dieser noble Herr noch mehr Gepäck, wenn er beim Übernachten einen so großen Teil davon im Wagen zurücklassen konnte. Es traf also keinen Bedürftigen, beruhigte Corvin sein Gewissen, als er sich aus der Truhe neu einkleidete.

Weil er mit einem längeren Aufenthalt unter freiem Himmel rechnete, wählte er warme Kleidung in erdfarbenen Tönen. Vermutlich gehörte das meiste davon zur Jagdgarderobe des Erlauchten: Stiefel, Strümpfe, Hose, Hemd, Gürtel, Steppweste und sogar Unterwäsche aus feinem Leinen. Dies alles wickelte Corvin in eine Decke und schlich wieder auf die Straße hinaus.

Obwohl er das Kleiderbündel so klein wie möglich verschnürt hatte und es sich mit beiden Armen an den Bauch drückte, war er nun nicht mehr völlig unsichtbar. Andererseits würde sich jeder Beobachter vermutlich ungläubig die Augen reiben, wenn er Teile eines Stoffknäuels durch die Luft schweben sah. Im Falle der Stadtwache machte sich Corvin da schon größere Sorgen. Vermutlich war sie bereits alarmiert worden, während er noch besinnungslos in der Schattenmühle gelegen hatte.

Als er nur noch etwa einen Steinwurf weit vom Stadttor entfernt war, drückte er sich in einen dunklen Gasseneingang und spähte die Straße entlang zu den Posten hinüber. Hier hatte man die Wache sogar auf sechzehn Mann verdoppelt – je vier Posten standen zu beiden Seiten des Torhauses und zwei weitere Vierertrupps liefen links und rechts davon an der Mauer entlang. Anders als das Tor der Zitadelle war dieses hier geschlossen.

Corvin sah nur eine Möglichkeit, die Stadt zu verlassen. Er musste bis Tagesanbruch warten und bei der Toröffnung sofort nach draußen fliehen. Dieser Plan war mehr als tückisch, weil seine Unsichtbarkeit mit zunehmender Helligkeit immer weniger abnahm. Während er aus seinem Versteck – von solchen Zweifeln geplagt und mit inzwischen dröhnendem Schädel – das Tor beobachtete, hörte er plötzlich den Schall eines Horns.

Einer der Wachposten öffnete eine kleine Luke im Tor. Kurz darauf winkte er andere Kameraden herbei, die ihm beim Öffnen desselben helfen sollten. Irgendjemand begehrte dort draußen Einlass. Dabei konnte es sich nur um

Personen handeln, die im königlichen Auftrag handelten, denn jeder andere hätte bis zum Morgengrauen warten müssen. Corvin begriff sofort, dass sich ihm gerade eine riesige Chance auftat.

Er schickte sich an, sein Kleiderbündel nach hinten zu nehmen, um es mit dem Körper zu verdecken. Dabei bemerkte er, dass ihm, wie ja bereits am Gesäß, mittlerweile auch an Bauch und Brust die »Tarnhaut« fehlte. Einige der unsichtbar machenden Hadern klebten jetzt allerdings an der Decke. Also drehte er diesen Teil des Bündels kurzerhand nach außen, bedeckte damit sein Hinterteil und lief rückwärts auf das Tor zu.

Die Männer hatten allerdings ganz anderes zu tun, als nach fliegenden Gesäßen Ausschau zu halten. Alle waren entweder damit beschäftigt, eiligst die beiden schweren Torflügel zu öffnen, oder sie schauten ihren Kameraden bei ebendieser schweißtreibenden Arbeit zu. Kaum hatten sie die Aufgabe bewältigt, stürmte auch schon ein Tross von etwa drei Dutzend Reitern in die Stadt.

Es handelte sich um eine Patrouille der königliche Leibgarde auf der Suche nach einem »flüchtigen Rebellen«, wie Corvin aus dem kurzen Wortwechsel zweier Stadtwächter erfuhr. Damit konnte nur er gemeint sein. Rasch lief er weiter zum Tor.

Während die Pferde an ihm vorbeigaloppierten und eine Menge Staub aufwirbelten, schlüpfte er aus der Stadt hinaus. Dabei kam er einem Reiter zu nahe. Dessen Stiefel streifte ihn an der Schulter, Corvin wurde herumgewirbelt und fiel zu Boden.

Jetzt bist du dran!, war sein erster Gedanke. Entsetzt sah er dem Gardisten nach.

Der Soldat neigte den Kopf und blickte an seinem Bein entlang nach unten. Ob er bemerkte, dass ein Teil seines Stiefels unsichtbar geworden war? Jetzt drehte er sich sogar zum Tor um. Corvin, noch immer auf dem Pflaster liegend, machte sich ganz flach. Ihm war klar, dass sein »Tarnmantel« inzwischen so löchrig wie ein mottenzerfressener Teppich war.

Der Gardist wandte sich wieder um und ritt weiter.

Corvin atmete auf. Rasch erhob er sich und rannte so schnell wie möglich fort von der Stadt.

Von nun an war er ein Vogelfreier. Daran gab es für Corvin nichts zu deuteln. Saros würde ihn unbarmherzig jagen und wenn irgend möglich zur Strecke bringen. Obwohl dieser wenig ermutigende Gedanke Corvin gewaltig aufs Gemüt drückte, sehnte er sich im Moment noch viel mehr nach einer anderen Erleichterung.

Er wollte sich waschen.

Die getrockneten Fäkalien und mehr noch die Schattenhadern mussten endlich runter von seiner Haut.

Zwar folgte die Straße dem Lauf des Negris, doch in unmittelbarer Nähe der Hauptstadt war das Tal breit und die Ufer von allen Seiten gut einsehbar. Weil der Morgen bereits graute, musste das Bad im Fluss warten.

Bald endete das Straßenpflaster, die Landschaft wurde urtümlicher, das Tal enger. Die Bäume rückten nahe an den Weg heran. Etwa drei Meilen südlich von Negria hielt Corvin es nicht mehr länger aus. Die Kopfschmerzen waren inzwischen zu Orkanstärke angeschwollen und er nahm die Umgebung nur noch verschwommen wahr.

Taumelnd schlug er sich in die Vegetation, schrammte

sich die Haut an Ästen auf und büßte immer mehr von seinem »Tarnmantel« ein. Als er das steinige Flussufer endlich erreichte, ließ er sein Kleiderbündel fallen und warf sich wie ein Verdurstender in das ruhig dahinfließende Wasser. Es war kalt. Aber das störte ihn nicht. Er hatte nie etwas als erfrischender empfunden.

Der Fluss war an dieser Stelle zwar tief, aber die Strömung nicht sehr stark. Als guter Schwimmer genoss Corvin das Bad ohne Bedenken. Er kraulte ein Stück auf und ab, tauchte unter und wieder auf, planschte übermütig und juchzte wie ein kleiner Junge in der Badewanne. Die nassen Schattenhadern hatten sich schnell in eine schleimige Schicht verwandelt, die sich leicht abwaschen ließ. Bald fühlte er sich wie neugeboren.

Er holte noch einmal Luft und kehrte unter Wasser zum Ufer zurück. Als er dort auftauchte, spürte er plötzlich einen stechenden Schmerz zwischen den Schulterblättern.

»Eine falsche Bewegung, du magerer Nacktfrosch, und ich mache Schaschlik aus dir. Das Herz spieße ich als Erstes auf.«

Corvin starrte mit weit aufgerissenen Augen ins Wasser und überlegte fieberhaft, wie er sich aus dieser Lage befreien konnte. Wahrscheinlich hatte ihn eine Patrouille der königlichen Leibgarde beim allzu übermütigen Bad entdeckt. Sich von den Männern gefangen nehmen zu lassen, kam für ihn nicht infrage. Saros würde ihn in die Schattenmühle schicken und sich anschließend des bunten Schmetterlings Nelia entledigen. Corvins Rechte schloss sich um einen Flussstein und er spannte die Muskeln.

Dicht unter seiner Nase schwamm ein Fischlein vorbei.

Nur, wenn er frei war, konnte er Nelia retten.

Er wirbelte jäh herum. Neben ihm stieß eine Lanze ins Leere. Für die Dauer eines Wimpernschlags gewahrte er über sich die Gestalt eines bärtigen Mannes. Mit der Zielsicherheit eines in Hunderten von Übungskämpfen erprobten Schattenjägers schleuderte er den Stein, und während dieser noch auf die Stirn des Gegners zuflog, rollte er weitere zwei-, dreimal durchs Wasser, ehe er auf die Beine kam.

Unvermittelt nahm er aus den Augenwinkeln eine Bewegung wahr. Corvin duckte sich, doch diesmal reagierte er zu langsam. Er sah noch, wie die Streitkeule in der Faust des muskulösen Hünen auf seinen Kopf zuraste.

Dann gingen sämtliche Lichter aus.

Der strenge Geruch fühlte sich an wie ein mit ranziger Butter bestrichener Teppich. Tatsächlich stieg er von einem Fell auf, genauer von einem Maultier, auf dessen Rücken Corvin erwachte. Seine Hände und Füße waren gefesselt. Er kam sich vor wie ein Mehlsack.

Unter den Hufen des Mulis zog ein schmaler, halb von Farnen überwachsener Trampelpfad entlang. Es ging steil bergauf. Aus den Augenwinkeln nahm er die Stämme und Zweige von Nadelbäumen wahr. Vögel zwitscherten. Er wurde offenbar durch einen Gebirgswald geschleppt.

»Ah, du bist endlich wach!«, sagte hinter ihm eine Stimme. Dem Tonfall nach handelte es sich um denselben Mann, der zuvor seine inneren Organe hatte aufspießen wollen.

Corvin versuchte, sich nach seinem Peiniger umzusehen, doch die infernalischen Schmerzen im Kopf hinderten ihn an der Umsetzung des Plans. »War es unbedingt nötig, mir den Schädel einzuschlagen?«, ächzte er.

Der andere lachte. »Zugegeben, Tulk hat zu viel überschüssige Kraft, aber das zermatschte Hirn hat der feine Herr sich selbst zuzuschreiben. Wir sind doch nicht so dumm und lassen einen Spion laufen.«

»Meinst du mich?«

»Wen sonst? Ein armer Bauer bist du jedenfalls nicht. Wir haben deine Kleidung gefunden – alles feinstes Tuch und Leder.«

»Ich bin ein Dieb und kein Spion. Die Sachen habe ich gestohlen.«

»Na klar. Und ich bin der weise Gavriel. Wir haben die Patrouille der königlichen Leibgarde beobachtet. Kaum war sie verschwunden, tauchst du plötzlich auf. Ist doch klar, dass sie dich abgesetzt haben, um unser Revier auszukundschaften.«

»Das stimmt nicht. Ich …«

»Halt die Klappe, sonst muss Tulk dich noch mal behandeln.«

»Was habt Ihr mit mir vor?«, fragte Corvin ungeachtet der Warnung.

»Wenn du bist, wofür wir dich halten, dann wirst du zu Hackfleisch verarbeitet. Was von dir übrig bleibt, wird in alle Winde zerstreut. Es dürfte einige Zeit vergehen, bis du dich davon erholst. Lange genug, um unsere Pläne nicht zu gefährden.«

»Was für Pläne?«

Corvin hörte ein trockenes Lachen …

»Der Spitzel besitzt doch tatsächlich die Frechheit, uns nach unseren Absichten zu fragen. Tulk!«

… und dann schien sein Kopf ein weiteres Mal wie ein rohes Ei zu zerplatzen.

Der Duft von Maiglöckchen stieg ihm in die Nase. Er fühlte sich an wie kleine, erfrischend kühle Glaskugeln, die ihm übers Gesicht kullerten.

»He, Corvin! Hörst du mich?«

Die helle, freundliche Stimme drang wie aus einer tiefen Schlucht in den Geist des Gerufenen vor. Sie klang jung. Und sehr weiblich. Irgendwo hatte er sie schon einmal vernommen. Oder träumte er nur? Er lauschte, hörte das Rauschen des Windes in den Gipfeln von Bäumen und dann:

»Wach endlich auf, Bruder!« Jetzt klang die Stimme schon drängender.

Blinzelnd öffnete er die Augen und blickte in ein hübsches, von Sommersprossen übersätes und von goldenen Locken gerahmtes Gesicht. Er kannte es.

»Irjana?«

Die Schattenjägerin lächelte, wobei sich auf ihren Wangen ein Paar tiefe Grübchen bildeten. Sie war eine kleine, etwas burschikose Frau, deren ganze Art ihn immer an eine Raubkatze erinnert hatte. Dazu gehörte auch ihre schlanke, aber muskulöse Statur, die von der typischen schwarzen Kleidung des Ordens noch betont wurde. Ihr Maiglöckchenduft war ihm schon früher aufgefallen, als …

Jäh wurde ihm bewusst, in welchem Zustand er aus dem Wasser gefischt worden war. Erschrocken blickte er an sich herab. Ein stechender Schmerz durchzuckte seinen Kopf, gefolgt von dem beruhigendem Gefühl, dass er nicht mehr splitternackt war.

»Tulk hat dir deine Kleider angezogen«, erklärte Irjana. »Tut mir leid, dass er und Kambass dich so hart angefasst haben. Sie wussten nicht, wer du bist.«

Er versuchte sich aufzurichten, was ihm aber erst mithilfe

der Jägerin gelang. Sein Schädel brummte, als beherberge er einen ganzen Hornissenstaat. Staunend sah er sich um. Irgendjemand hatte ihn in einem Mischwald auf einem Haufen Laub abgeladen. In der Nähe standen runde Hütten, deren Dächer mit Zweigen bedeckt waren. Männer, Frauen, Kinder und sogar Hühner, Ziegen sowie anderes Kleinvieh liefen dazwischen herum.

»Wo bin ich hier?«

»In einem Lager der Schattenhüter.«

»Hüter?«

Irjana schmunzelte. »König Saros nennt uns Rebellen. Die meisten von uns sind Vogelfreie.«

»Und du bist jetzt auch eine von ihnen?«

»Hüterin ja, rechtlos bin ich nicht. Noch nicht! Für Saros spiele ich nach wie vor die eifrige Schattenjägerin. Wüsste der König, wie viele von uns in seinen Diensten stehen, würde ihm vermutlich angst und bange. Für die Männer und Frauen hier bist du ein Held, Corvin.«

»Ich …?«

»Ja. Du hast den Ersten Schattenjäger bezwungen. Eigentlich war das mein Auftrag, aber ich bin froh, dass du ihn mir abgenommen hast. Im offenen Zweikampf hätte ich Maloron nie besiegen können.«

Corvins Magen krampfte sich zu einem Knoten zusammen und er ließ den Kopf hängen. »Ich bin nicht stolz auf meine Tat.«

Sie legte ihm die Hand an die Wange. »Das kann ich nachempfinden. Du bist schließlich Malorons Zögling.«

Irjanas Mitgefühl war ziemlich verwirrend für Corvin. Wohnte ihr derselbe Wesenszug inne, den er einst von John Lamont empfangen hatte? Er räusperte sich.

»Was genau hüten die Hüter?«

Sie zog die Hand zurück. »Wir wollen Osttarras Natur bewahren: Die Schattenwelt soll nicht länger vom Raub leben und sie braucht auch keine Tiefe. Einige unserer Weisen glauben sogar, die dritte Dimension könnte eine gewaltige Katastrophe heraufbeschwören. Unser Ziel ist ein friedliches Miteinander von Terra und Osttarra.«

»Versteh mich bitte nicht falsch. Ich fühle mich auch nicht als stolzer Jäger, sondern als Schatten*dieb*, als jemand, der viel zu lange einem widernatürlichen Plan gedient hat. Aber ist euer ›Ziel‹ nicht nur ein Traum? Welcher Mensch interessiert sich schon für seinen Schatten?«

»Wenn ihnen jemand sagte, dass wir ein wichtiger Teil ihres Wesens sind, würde sich das bestimmt ändern.«

»Das hieße aber, ihr müsstet das Eherne Gesetz des Schweigens abschaffen?«

»Wäre das ein Verlust für dich? Nach allem, was man hört, hältst du dich schon eine ganze Weile nicht mehr daran.«

»Zugegeben. Aber ich zweifle, ob ihr mit eurem Plan die Massen hinter euch scharen könnt. Er verlangt eine Menge Selbstverleugnung.«

»Du meinst, weil wir uns ohne die … Schattendiebe nicht vermehren können?« Irjana lächelte. »Wir sehen darin keine ernsthafte Bedrohung, Corvin. Im Gegenteil halten wir den Glauben an die angeblichen Segnungen fortwährenden Wachstums für einen gefährlichen Trugschluss. Man kann ein Haus nicht endlos aufstocken – irgendwann stürzt es zusammen. Außerdem fördert das ständige Streben nach mehr die Unzufriedenheit und die hat noch niemanden glücklich gemacht.«

»Zumindest brauchen wir Schatten nicht zu befürchten, auszusterben«, pflichtete Corvin ihr bei. »Wir können so lange leben, wie wir wollen.«

»Das sehen wir genauso. Außerdem mögen manche uns sogar freiwillig ihren Schatten geben. Dem Menschen wohnt ein unstillbares Verlangen nach der Ewigkeit inne. Sie stellen die verrücktesten Dinge an, um nicht in Vergessenheit zu geraten. Wer dem Tod ins Auge blickt, kann durch seinen Schatten wenigstens einen Teil von sich weiterleben lassen.«

Corvin schwirrte der Kopf. Er hatte sein Gewissen zwar schon oft mit diesem Argument beruhigt, es aber nie als mögliche Grundlage für eine neue, auf gegenseitigem Respekt beruhende Beziehung zwischen Menschen und Schatten gesehen. Wie auch?

»Maloron hat mir immer das gepredigt, was der König als einzige Meinung gelten lässt: Die Schatten werden von der Menschheit missachtet und diese Geringschätzung kann nur gewaltsam beendet werden.«

»Auch in unseren Reihen ist der Ruf nach Gewalt zu vernehmen. Saros werde sich kaum unserem Plan der Harmonie zwischen Schatten und Menschen anschließen, sagen die Radikalen unter uns – sie nennen sich die ›Löwen‹. Deshalb müsse er entmachtet werden. Nur wenn er tot sei, könne es Frieden zwischen Terra und Osttarra geben.«

»Ich halte das für schwierig, vielleicht sogar unmöglich. Was ich gestern im Kampf mit Maloron erlebt habe …« Corvin hörte plötzlich ein Rascheln hinter sich, zog instinktiv den Kopf ein – er wollte kein drittes Mal niedergeschlagen werden – und wandte sich rasch um.

In seinem Rücken stand nicht etwa Tulk mit seiner Streitkeule, sondern eine schlanke Frau im fortgeschrittenen Alter. Trotz vieler kleiner Runzeln hatte sie ein markantes, ausgesprochen schönes Gesicht. Ihre hypnotischen Augen leuchteten wie grüne Smaragde und ihre langen, grauen Haare flatterten wie feine Seidenfäden im Wind. Obwohl sie fast so klein wie Corvin war, wirkte sie durch ihre auffallend breiten Schultern und die gerade Haltung majestätisch und stolz, auf eine angenehm bescheidene Art.

Zurückhaltend war auch ihr Äußeres. Sie trug ein schlichtes, lehmfarbenes Kleid mit einem breiten Gürtel, das fast bis zum Boden reichte, und an den Füßen Sandalen. Die einzige Extravaganz, die sie sich erlaubte, war eine Halskette mit großen türkisfarbenen und kleinen goldenen Perlen.

»Sprich weiter, junger Schnitter. Was genau hast du erlebt?«, fragte sie. Ihre Stimme klang voll und, obwohl sie leicht kratzte, sehr sanft.

Ungeachtet der hämmernden Schmerzen im Kopf erhob sich Corvin, um sich gleich wieder zu verneigen. Die natürliche Autorität, die sein Gegenüber ausstrahlte, gebot ihm, respektvoll zu schweigen. Einmal mehr schien Irjana seine Gefühle genau zu erraten, denn sie ergriff sofort die Initiative.

Auf die Frau deutend, sagte sie: »Darf ich dir Amíodit vorstellen? Sie ist eine unserer Weisen Ratgeberinnen.«

Offenbar handelte es sich dabei um einen Ehrentitel.

Irjanas Hand schwenkte herum. »Und das ist Corvin, der Bezwinger Malorons.«

Er verzog das Gesicht. »Diesen Beinamen habe ich nicht verdient. Für mich war es mehr ein Unglück als ein Sieg.«

»Dann schildere uns bitte das Unglück«, bat Amíodit noch einmal.

Er seufzte. »Darf ich mich dazu wieder setzen? Meine Beine sind noch etwas wacklig.«

Die Weise Ratgeberin nahm ohne Umschweife selbst im Laub Platz und deutete mit ihrer langen schmalen Hand auf eine Stelle ihr direkt gegenüber. »Bitte. Ich bin begierig zu hören, was hinter den Gerüchten steckt, die uns Irjana aus dem Palast mitgebracht hat.«

Nachdem sich die junge Schattenjägerin zwischen den beiden ebenfalls auf den Waldboden gesetzt hatte, erzählte Corvin seine Geschichte. Er fasste kurz das zusammen, was er über seine Herkunft wusste – ohne jedoch den Namen Johann Lamonts auszusprechen – und wechselte dann zu den Erlebnissen des vergangenen Tages bis hin zu dem jähen Ende seiner Flucht.

Unvermittelt brach aus Irjana der Zorn hervor. »Schangar ist ein Spion? Ich hatte zwar immer so etwas geahnt, aber jetzt schockiert es mich doch.«

Amíodit nahm kaum Notiz von der Empörung der jungen Hüterin. Gedankenvoll nickend sagte sie: »Dann ist es also wahr. Du, Corvin, hast einen bunten Schmetterling ins Reich der Zeitlosen gebracht.«

Er zog ein schiefes Gesicht. »Eigentlich hat Maloron mit seiner Sense die Metamorphose ausgelöst.«

»Aber nur, weil er dir gefolgt ist. Nelias Wesen hat deine Aufmerksamkeit auf sie gezogen. Deshalb hast du sie später wieder gesucht und wolltest sie vor den Straßenräubern retten.«

»Womit ich ihr Leben und dasjenige Malorons zerstört habe«, brummte Corvin. So bitter und schmerzlich diese

Erkenntnis für ihn auch war, tat es ihm doch gut, mit anderen darüber zu sprechen. Er seufzte. »Was ich meinem Ziehvater angetan habe, lässt sich nicht mehr rückgängig machen, aber wenigstens für Nelia kann ich noch kämpfen. Ich *muss* sie retten. Leider weiß ich weder, wo Saros sie versteckt hält, noch, wie ich sie befreien kann. Alles ist so aussichtslos, so …«

Er schüttelte mutlos den Kopf.

»So dunkel?«, schlug Amíodit vor.

Er nickte.

Sie musterte ihn nachdenklich, ehe sie sanft erwiderte: »In den Dämmerungen regiert das Herz, mein Lieber, und du scheinst mehr davon zu besitzen, als du ahnst. Vielleicht gibt es jemanden, der dir helfen kann.«

»Ihr meint die Hüter der Schatten?«

»Ich rede von einem ganz bestimmten Mann. Von einem, der Saros so nahesteht wie kein zweiter von uns. Du kennst ihn.«

Corvin runzelte die Stirn. Mit einem Mal weiteten sich seine Augen. »Etwa … *Gavriel?*«

Die Köpfe der beiden Frauen nickten im Gleichklang.

Corvin langte sich an die Stirn und hauchte: »Der oberste Gelehrte Osttarras ist ein Spion. Ich fass es nicht!«

Aber dadurch bekam plötzlich alles einen Sinn. Der jahrhundertelange mäßigende Einfluss, den Gavriel auf den König ausgeübt hatte, sein kluges Taktieren, als Saros' Zorn gegen ihn, Malorons Zögling, entbrannt war, und nicht zuletzt der Besuch im Kerker.

Amíodit lächelte wissend. Als habe sie Corvins Gedanken gelesen, sagte sie: »Bruder Gavriel hat dir den Diebshaken nicht nur gebracht, um einen tapferen Schatten zu retten, sondern auch, weil er der Erste Weise Ratgeber und damit Osttarras Oberster Hüter ist. Er wollte verhindern, dass Saros dich dazu benutzt, der Menschheit die Tiefe zu entreißen.«

Mit einem Mal wurde Corvin ganz aufgeregt. »Wann kann ich Gavriel sprechen? Kommt er wie Irjana ab und zu hierher?«

»Das wäre zu gefährlich«, antwortete diese. »Für eine junge Schattenjägerin wie mich interessieren sich die Spione des Königs kaum, aber seine engsten Ratgeber müssen ständig mit Bespitzelung rechnen.«

Amíodit nickte zustimmend. »Wenn Zeit keine Rolle spielte, könnten wir geheime Botschaften mit ihm austauschen. Doch nach deiner Flucht müssen wir mit dem Schlimmsten rechnen. Saros sieht Nelia als Bedrohung und wird sie bei nächster Gelegenheit in den Schlund der Finsternisse werfen. Du weißt, was das bedeutet?«

»Dort existieren weder Zeit noch Licht«, antwortete Corvin mit glasigem Blick. Seine Stimme war belegt und er fröstelte.

»Außer während einer Sonnen- oder Mondfinsternis«, stellte die Weise richtig. »Diesen Zeitpunkt wird Saros nutzen, um den bunten Schmetterling ein für alle Mal in die Welt der Tiefe zu verbannen. Genaueres dazu kann dir vielleicht Gavriel erklären. Grüße den treuen Gefährten von mir, wenn du ihn in der Zitadelle besuchst.«

»Ich soll …?« Corvins Mund blieb offen stehen, brachte aber kein Wort mehr hervor.

»Was hast du gedacht? Natürlich liegt die Entscheidung allein bei dir.«

Irjana klatschte grienend ihre Hand auf seinen Oberschenkel. »Mach dir keine Sorgen, Bruder. Es gibt einfachere Methoden an den Wachen vorbeizukommen, als im Kot zu baden und sich in Schattenhadern zu wälzen.«

17. Das Turmhaus

Die Sonne ist nicht verschwunden,
weil die Blinden sie nicht sehen.
Birgitta von Schweden

Bīráh Sharu, Negria (Osttarra)
3. Tag der 46. Finsternis des 124. Rings

Um nach Negria hineinzukommen, benutzten Corvin und Irjana einen verborgenen Fluchtweg. Der Zugang lag unter Wasser, dicht bei dem schweren Gittertor, wo der Negris den Stadtwall unterquerte. Kurz nach Mitternacht tauchten die beiden Schattenjäger in der Kasematte auf. Im Falle einer Belagerung diente das tief in der Mauer liegende Gewölbe als Schutz vor feindlichem Beschuss. Zwar sicherte eine massive Eisentür den weiteren Weg in die Stadt, aber Irjana besaß einen passenden Schlüssel.

Nachdem Corvin und seine Führerin ihre Ausrüstung aus den Öltüchern gewickelt und sich angezogen hatten, marschierten sie durch enge Gassen zum Zitadellenberg. Auch hier kannte Irjana Schleichwege und geheime Pforten. In Osttarra schien es weder Mauern noch Türen zu geben, die einen Schattenhüter aufhalten konnten.

Die Nacht war schon weit fortgeschritten, als sie endlich durch einen Geheimgang den Keller von Gavriels Haus erreichten. Bisher hatte Corvin das seltsame Gebäude nur von außen gesehen. In seiner Höhe glich es eher einem Turm, einem bizarr *schiefen* Turm wohlgemerkt, der sich im inneren Zwinger wie ein rankender Weinstock an die Palastmauer klammerte. Vom Grundriss her war das seltsame Bauwerk rechteckig, aber weder besonders lang noch breit. Es bestand zu etwa neun Zehnteln aus einem fensterlosen Keller. Obenauf thronte braun-weißes Fachwerk und ein ziegelgedecktes Spitzdach – der First endete knapp unterhalb der Mauerzinne.

»Hier verlasse ich dich«, sagte Irjana.

»Solltest du mich Gavriel nicht vorstellen?«, fragte Corvin überrascht.

»Er hat dich aus dem Kerker befreit. Schon vergessen?«

»Natürlich nicht. Aber er kann ja kaum ahnen, dass ich mit euch Schattenhütern …«

»Du hast keine Ahnung, wovon der Erste Weise Ratgeber alles eine Ahnung hat«, schnitt sie ihm das Wort ab, gab ihm einen Kuss auf die Wange, wünschte ihm viel Glück und verschwand wieder im Geheimgang.

Perplex blickte er ihr nach. Es war Corvins erster Kuss gewesen. Seine Hand tastete nach der Stelle, wo ihn Irjanas warme Lippen berührt hatten. Es tat nicht weh. Ganz im Gegenteil. Was hatte das zu bedeuten? Küsste die Schattenhüterin jeden, dem sie sich verbunden fühlte? Oder …?

Er schüttelte unwillig den Kopf. Früher hatte er mit Irjana kaum ein Wort gewechselt, und in den wenigen Stunden, seit dies anders war, konnte sie sich doch kaum in ihn verliebt haben …

Aber wie verhielt es sich denn mit ihm und Nelia? Hatten nicht allein ihr Anblick, ihr Duft und eine zarte Berührung ausgereicht, um in ihm einen wahren Feuersturm von Gefühlen zu entfachen?

»Mach es nicht komplizierter, als es ohnehin schon ist«, flüsterte er unwillig und setzte den Fuß auf die erste Stufe der Kellertreppe.

Bei ebenjener handelte es sich um einen wahren Lindwurm aus Stufen, der sich im Kern des schiefen Gebäudes nach oben wand. Im Licht der kleinen Öllampe, die Corvin trug, sah er ein Stockwerk nach dem anderen an sich vorüberziehen. Die unteren waren mit Gerümpel vollgestopft, es folgten einige mit Weinflaschen und anderen Vorräten, hierauf kamen Bücher, Bücher und wieder Bücher, und dann stand er vor einer hölzernen Tür.

Dahinter mussten Gavriels Wohnräume liegen. Bestimmt schlief der Gelehrte. Corvin hob die Hand, um sich mit einem sachten Klopfen anzumelden … Da wurde plötzlich die Tür aufgerissen und eine blitzende Schwertklinge reckte sich ihm entgegen. Sie zielte geradewegs auf seine Nasenspitze.

Eine kleine, aber unangenehme Stille trat ein.

»Du kommst spät«, brummte der Weise. Sein Blick schien die im Lampenlicht schimmernde Stahlklinge als Rutschbahn zu benutzen, um darauf bis in Corvins Gesicht zu gleiten.

»Ich … äh … musste ein paar Schwierigkeiten meistern …«

Gavriel ließ das Schwert sinken und atmete aus. »Wenigstens weißt du, wie man einen Diebshaken benutzt. Jetzt steh da nicht dumm rum, sondern komm rein. Mein bescheidenes Heim ist so ziemlich der einzige Ort in der Feste des Saros, an dem man nicht bespitzelt wird.«

Corvin zwängte sich am Hausherrn vorbei in ein von Kerzen beleuchtetes Zimmer. Sofort wurde hinter ihm die Tür verriegelt und verrammelt.

»Wie könnt Ihr Euch da so sicher sein?«

Gavriel lächelte füchsisch. »Bin ich nun der Oberste der Weisen von Osttarra oder nicht? Ich habe meine Vorkehrungen getroffen – nach neuestem Stand der Wissenschaft versteht sich. Dir die Einzelheiten zu erklären, würde zu weit führen.«

Der bedeutendste Gelehrte im Reich der Zeitlosen war, diesen Eindruck zumindest gewann Corvin nach flüchtigem Umschauen in dessen privatem Reich, einigermaßen zerstreut. Oder sein Verständnis von Ordnung spielte sich in einer höheren Dimension ab, die sich dem Wahrnehmungsvermögen normaler Schatten entzog. Jedenfalls war das Zimmer, in dem er offenbar studierte, wohnte, schlief und aß, derart mit Utensilien aller Art vollgestopft, dass man sofort jeglicher Orientierung verlustig ging.

Bücher, Handschriften, zwei Fernrohre, halb geleerte Weinflaschen, Vergrößerungsgläser, glitzernde Steine, Glaskästen mit darin schwimmenden toten Tieren, Brotkanten, engmaschige Käfige mit darin krabbelnden Rieseninsekten, fremdartige Instrumente, einzelne Wollstrümpfe mit gewagten Mustern, verschiedene Flöten, ein aufgeplatztes Daunenkissen mit einer nicht näher bestimmbaren Anzahl von Federn, Hüte und Kappen in mindestens drei Dutzend Ausführungen, Waffen unterschiedlichster Machart und etliches mehr wetteiferte miteinander um den knappen Platz im Raum.

»Lass dich vom äußeren Schein nicht täuschen. Im Chaos herrscht Ordnung. Dient alles nur zur Verwirrung der

Spione«, erklärte Gavriel knapp. Er musste wohl Corvins Blick bemerkt haben.

»Sind das die Vorkehrungen, die Ihr erwähntet?«

»Meine Chaostheorie *ist* der neueste Stand der Wissenschaft. Aber nimm doch bitte Platz.«

Corvin sah sich hilflos nach einer geeigneten Stelle um.

»Warte, das haben wir gleich«, sagte Gavriel und lief zu einem Tisch, der seinem Gast zuvor nicht aufgefallen war. Kurzerhand kippte der Gelehrte einen Stapel Manuskriptblätter von einem Stuhl, murmelte dazu: »Das Buch schreibe ich sowieso nicht zu Ende«, und deutete einladend auf die Sitzgelegenheit. Für sich selbst räumte er einen Käfig mit einer pelzigen Schlange zur Seite und ließ sich seinem Gast gegenüber nieder.

»Bist du zugempfindlich? Soll ich das Fenster schließen?«

»Etwas frische Luft tut gut«, antwortete Corvin spontan. Im Zimmer war es mehr als stickig. Er machte eine vage Geste, die dem Chaos galt. »Ihr seid wohl ein viel beschäftigter Mann.« Etwas Höflicheres fiel ihm angesichts der äußeren Umstände nicht ein.

»Das lässt sich nicht leugnen!«, pflichtete ihm Gavriel bei. Seine Miene wirkte angespannt. »Ich bin froh, dich wohlbehalten wiederzusehen, mein Lieber. Mir ist zwar berichtet worden, dass dir die Flucht auf ziemlich kuriose Weise gelang, trotzdem würden mich die Einzelheiten interessieren.«

Obwohl Corvin zum Umfallen müde war, erzählte er in geraffter Form einmal mehr seine Geschichte. »Und außerdem soll ich Euch von Amíodit einen schönen Gruß bestellen«, schloss er seinen Bericht.

»Danke. Wie geht es meiner kleinen Schwester?«

»Gut, soweit ich das beurteilen kann.« Corvin bemerkte ein gespanntes Leuchten in Gavriels Augen. War das Sehnsucht? Er nannte sie seine kleine Schwester und sie hatte von ihrem treuen Gefährten gesprochen. Die zwei schienen sich sehr nahezustehen.

Dem Weisen war der forschende Blick seines Gegenübers offenbar nicht entgangen, denn er räusperte sich mit einem Mal und fragte: »Wo hast du eigentlich Malorons Sense vergraben?«

Corvin zögerte einen Moment, aber dann verriet er das Versteck im Brunnenschacht. Ihn bewegten ganz andere Dinge. »Stimmt es, dass der König Nelia bei nächster Gelegenheit in den Schlund der Finsternisse werfen will?«

Der Gelehrte nickte ernst. »Das ist leider wahr. Er hat den ganzen Palast zusammengeschrien, als er von deiner Flucht erfuhr. Skogg ist heute früh durch die Schattenmühle gewandert.«

»Der Kerkermeister?«, fragte Corvin bestürzt.

»Ja. Und seine Wärter hat der König gleich hinterhergeschickt.«

»Aber wie konntet *Ihr* seinem Zorn entgehen?«

Gavriel deutete beiläufig zu einem Tischchen, auf dem einige Glaskolben und Fläschchen mit verschiedenfarbigen Flüssigkeiten standen. »Ich hatte vorgesorgt. Skogg soll beim Verhör nur wirres Zeug geredet haben. Seine Erinnerungen waren fast völlig ausgelöscht und ehe sich sein Gehirn davon erholen konnte, war er schon zu Schattenhadern zerrupft worden.«

»Verstehe. Der ›erlesene Tropfen‹, den Ihr ihm und seinen Kameraden mitgebracht hattet, muss ja ziemlich stark gewesen sein.«

»Ja, das war er wohl. Er enthielt eine winzige Dosis Schweres Licht sowie ein paar Pflanzenextrakte, die im Kopf ungefähr den gleichen Zustand hinterlassen, den du hier in meinem Gemach siehst.«

Corvin blickte sich unbehaglich um, ehe er auf sein Anliegen zurückkam. »Wo ist Nelia? Und wie kann ich sie retten?«

»Du erinnerst dich bestimmt, dass Saros sagte, sie sitze in einem goldenen Käfig. Das war nicht ganz falsch. Sie ist tatsächlich in einem Käfig gefangen, aber er besteht aus geschmiedetem Licht.«

Unwillkürlich senkte sich Corvins Hand auf den Degengriff. »Wie ist das möglich? Wir Schattenjäger müssen unsere Klingen in Osttarra verhüllen, weil sie sonst gewaltige Verwüstungen anrichten würden.«

Gavriel schnappte sich eine Lupe vom Tisch und umklammerte den Stiel, als gehöre er zu einer Streitaxt. »Das ist richtig. Nur dir selbst würde nichts geschehen, solange du das Heft deines Schwertes nicht loslässt. Saros war selbst einmal ein Schattenjäger und weiß genau, was er tut. Der erwähnte Käfig wurde vor langer Zeit nach seinen Anweisungen in der ›Schmiede des Lichts‹ gebaut. Seine Gitterstäbe sind mit Farbe bestrichen, sodass die darin gebannte Kraft nur entfesselt wird, wenn jemand diesen dünnen Überzug verletzt.«

»Ihr meint, wenn ich versuchen würde, ihn aufzubrechen …?«

Der Weise nickte. »Die Folgen wären verheerend. Niemand weiß mit Sicherheit, was dabei mit dem Mädchen geschähe. Vielleicht erlitte es ein ähnliches Schicksal wie jemand, der durch die Schattenmühle geht. Aber Saros' Bosheit geht noch weiter. Selbst wenn Nelia die Entladung reiner Energie bei einem Ausbruchsversuch unbeschadet überstehen würde, käme danach noch etwas viel Schlimmeres auf sie zu.«

»Viel …?« Corvin schluckte. Er ballte seine Hände im Schoß zu Fäusten, um den Zorn zu bändigen – und damit sie nicht wie Espenlaub zitterten. »Was kann denn *noch* schlimmer sein?«

»Der Käfig hängt an einem dicken Tau über dem Schlund der Finsternisse. Der Strick würde wie ein Flachsdocht verglühen und Nelia fiele ins dunkle Nichts.«

Einen Moment lang konnte Corvin nur entsetzt in das faltige Gesicht des Alten blicken. Er hätte sich das Herz aus der Brust gerissen und es für Nelia dahingegeben, wenn er sie dadurch retten könnte. Das alles war so widersinnig! Er schüttelte den Kopf. »Ich verstehe das nicht. Wenn Saros so wütend ist, warum stößt er sie nicht sofort hinein?«

»In diesem Abgrund gibt es zwar weder Zeit noch Licht, doch ich habe dem König gesagt, dass er trotzdem nicht das Ende allen Seins ist. Fiele ein bunter Schmetterling hinein, könne er irgendwann, irgendwo wieder herauskommen. Möglicherweise sogar hier in Osttarra. Das hat Saros überhaupt nicht gefallen.«

»War das eine Finte?«

»Nein. Ich habe einige Berechnungen angestellt, die mich in meiner Ansicht bestärken. Der König jedenfalls will Nelia ein für alle Mal loswerden, schon allein wegen ihrer Unbeugsamkeit – niemand kann den Willen eines bunten Falters brechen. In dem Käfig aus geschmiedetem Licht sieht Saros nur die sicherste Methode, sie zu *verwahren.* Sobald der richtige Zeitpunkt gekommen ist, wird er sich ihrer mithilfe des Großen Schlundes *entledigen.*«

»Der ›richtige Zeitpunkt‹? Was genau bedeutet das?«

»Hat Maloron dich die Zusammenhänge zwischen der osttarrischen und der terranischen Zeitrechnung gelehrt?«

»Ich denke ja. Ein Ring besteht aus achtzehn Erdenjahren, elf Tagen und ungefähr acht Stunden.«

Gavriel nickte. An seiner Miene ließ sich ablesen, dass diese Erklärung ihm zu oberflächlich war. Sonnen- und Mondfinsternisse auf der Erde folgten exakt dem von Corvin angegebenen Rhythmus, ergänzte er deshalb. In der Welt der Tiefe spreche man von »Chaldäischen Perioden«, weil die alten Babylonier diese Zyklen bereits entdeckt hatten. Im Schattenreich dagegen habe sich die Bezeichnung »Ringe« durchgesetzt. Dies sei allerdings irreführend, weil man auch alle *zusammengehörenden* Perioden so nenne. Anders ausgedrückt, die Finsternisse eines bestimmten Rings wiederholten sich alle achtzehn Erdenjahre, elf Tage und acht Stunden – wegen der Erdrotation nur nicht immer an genau demselben Ort. Daraus folge: Unmittelbar aufeinanderfolgende Eklipsen gehörten immer *verschiedenen* Ringen an.

»Deshalb wurde mein Schattenbruder im ›Großen Sonnenkreis der fünf Ringe‹ geboren«, warf Corvin ein. »Im Menschenjahr 1805 ereigneten sich fünf Sonnenfinsternisse.

»Die zu fünf verschiedenen Ringen gehörten«, betonte Gavriel erneut. »Jeder dieser Ringe hat einen Anfang und ein Ende – eine erste und eine letzte Finsternis.

»Inwiefern ist das wichtig, um Nelia zu retten?« Corvin konnte nur daran denken.

»Weil meine Untersuchungen mich zu einer frappierenden Schlussfolgerung veranlasst haben: Der Ring ist das verbindende Element zwischen dem irdischen Ursprung einer Kreatur und ihrem osttarrischen Gegenstück.«

»Das ist mir zu hoch.«

»Du könntest sämtliche Eklipsen eines Rings mit der Nabelschnur zwischen Mutter und Kind vergleichen. Solange diese nicht durchtrennt – die letzte Finsternis des Rings also noch nicht vergangen – ist, kann immer noch ein Austausch zwischen beiden stattfinden.«

»Aber nur durch die Nabelschnur … ich wollte sagen, durch den Ring?«

Gavriel nickte. »Das trifft natürlich auch auf Gegenstände und – darauf würde ich die Inneneinrichtung meines Studierzimmers verwetten – sogar auf die bunten Schmetterlinge zu, die durch das Weltentor zu uns gelangen.«

»Das heißt, sofern Nelia vom Schlund der Finsternisse verschluckt wird, fällt ihre Rückkehr nach Terra auf eine spätere Eklipse desselben Rings, der sie hergeführt hat?«

»Genau. Wegen der erforderlichen enormen Energiemengen geht meine Theorie sogar noch einen Schritt weiter: Der Wiedereintritt in die Welt der Tiefe kann nur während einer totalen Sonnenfinsternis erfolgen. Als Region der Materialisierung kommt nur der schmale Pfad infrage, den der dunkelste Schatten des Mondes auf der Erde abschreitet.«

Corvin ließ hörbar die Luft durch die Nase streichen. »Na schön. Noch einmal ganz langsam zum Mitschreiben: Damit Nelia absolut sicher auf Nimmerwiedersehen aus Osttarra verschwindet, muss Saros sie während einer totalen Eklipse des 124. Rings in den Schlund werfen. In der 46. kam sie zu uns, er wird sich ihrer also frühestens in der 47. Sonnenfinsternis derselben Chaldäischen Periode – in rund achtzehn Jahren – entledigen können. Richtig?«

»Hättest du Lust, als mein Famulus bei mir anzufangen?«

Corvin nickte, nicht, weil er tatsächlich als Gehilfe in den Dienst des Gelehrten treten wollte, sondern er hatte endlich verstanden. »Dadurch gewinnen wir wenigstens Zeit.«

»Sofern nichts Unvorhergesehenes geschieht.«

»Was heißt das nun schon wieder?«

»Wenn Nelia früher in den Abgrund fällt – sei es durch einen missglückten Befreiungsversuch oder weil Saros die Nerven verliert – bleibt sie im zeit- und lichtlosen Schlund gefangen. Dann wäre sie für uns *alle* unerreichbar, bis die nächste Chaldäische Periode beginnt. Danach mag sie hier oder in der Welt der Tiefe wiederkehren. Allerdings hat die Sache einen Haken.«

Corvin stöhnte. »Noch einen?«

»Leider, mein junger Freund. Die 46. Eklipse ist eine der letzten des 124. Rings. Er wird nur noch *sechs* totale Sonnenfinsternisse hervorbringen, hiernach eine zum Teil ringförmige und dann folgen ausschließlich partielle, bis er schließlich ganz erloschen ist. Sollte Nelia also in den Abgrund fallen, dann werden sich ihr auch nur sechs Tore zur Rückkehr nach Terra öffnen, alle achtzehn Jahre eines und jedes nur für sehr kurze Zeit. Wenn sie diese Chancen verpasst, wird der 124. Ring verblassen und sie bleibt für immer im Schlund der Finsternisse gefangen.«

»Ihr versteht es wirklich, einem Mut zu machen.«

»Die Sonne verschwindet nicht, nur weil die Blinden sie nicht sehen.«

»Was?«

»Du darfst deine Augen nicht vor der Wahrheit verschließen, weil sie unangenehm ist, Corvin. Je besser du alle Umstände und Gefahren kennst, desto eher kannst du das Richtige tun. Die Hüter der Schatten werden dir dabei helfen. Nur eines solltest du wissen.«

Corvin hob die Augenbrauen. »Ja?«

»Ehe Saros dich dazu zwingt, Nelia mit einer Lichtklinge zu durchbohren, erwähle dir lieber den Gang durch die Schattenmühle.«

»Das hättet Ihr mir nicht sagen müssen. Ich liebe sie mit allen Fasern meines Schattenleibs und werde ihr nie etwas zuleide tun.«

»Trotzdem solltest du die Konsequenzen eines solchen Frevels kennen. Er könnte unser aller Ende bedeuten. Generationen von Gelehrten haben dem König eingeredet, er könne für sein Reich durch einen bunten Schmetterling und durch den Auserwählten die Tiefe gewinnen. Aber ich halte das für einen gefährlichen Irrtum.«

»Und warum?«

»Aus demselben Grund, warum auch alle anderen bunten Schmetterlinge gefährlich sind. Die vielbeschworene Ausnahme von der Regel ist ein Trugschluss. Ich bin nämlich überzeugt, dass es mehr als nur die drei Raumdimensionen sowie die vierte – die Zeit – gibt. Hast du dich nie gefragt, wieso das Prisma der Seelen ein Weltentor ist? Ein einziger Schritt bringt dich von Osttarra nach Terra. Wie kann so etwas sein?«

»Weil es mehr als vier Dimensionen gibt?«, fragte Corvin ungläubig.

Gavriel nickte. »Vermutlich sind es elf, vielleicht sogar sechsundzwanzig. Beide Welten existieren in unmittelbarer Nachbarschaft, aber in völlig unterschiedlichen Dimensionen. Länge und Breite bei uns sind nur scheinbar mit denen auf der Erde identisch, verhalten sich aber eher wie zwei Magnete, die sich gegenseitig abstoßen.«

»Und deshalb passt auch Terras Tiefe nicht zu uns«, murmelte Corvin.

»Richtig. Sie würde das Reich der Zeitlosen zerreißen. So jedenfalls lautet meine Theorie. Nelias Reichtum besteht nicht in dem, was sie uns geben, sondern in dem, wovor sie uns bewahren kann. Denn unser Glück besteht nicht darin, die Welt der Tiefe zu kopieren, wir müssen einen Weg finden, der unserer eigenen Art entspricht. Einen Weg des friedlichen Miteinanders wohlgemerkt. Menschen und Schatten sind keine Feinde, sondern sie ergänzen einander. Dieses Ziel verfolgen die Hüter seit …«

Ein fernes Donnern ließ Gavriel innehalten.

Corvin fuhr vom Stuhl hoch. »Was war das?«

»Da hat jemand an die Haustür geklopft.«

»Um diese Zeit? Kommt das öfters vor? Wer …?«

Unvermittelt drang eine Stimme durchs offene Fenster. »Bitte öffnet die Tür, ehrenwerter Gavriel. Wir müssen Euch dringend sprechen.«

»Hört sich an wie Togu«, brummte Gavriel. Er bahnte sich einen Weg zum Fenster, lehnte sich heraus und rief: »Kommt morgen früh wieder, Kommandant.«

»Mir wurde gemeldet, dass sich ein Spion in der Zitadelle herumtreiben soll. Wir wollen Euer Haus durchsuchen, um sicherzugehen …«

»Togu«, schnitt Gavriel ihm energisch das Wort ab. »Meine Widersacher im Hohen Rat wollen mich seit Jahrhunderten beim König anschwärzen. Dazu gehört auch der ständige Versuch in meinem Haus herumzuschnüffeln. Ihr wisst, dass ich das keinesfalls dulde. Wenn hier ein Spion ist, dann wird mein Schwert ihm den Weg nach draußen weisen. Und nun geht und schlaft euch …« Gavriel verstummte, als plötzlich das Geräusch splitternden Holzes zu ihm heraufschallte, gefolgt von Togus entschlossener Stimme.

»Wir handeln auf Befehl des Königs, Ehrenwerter. Bleibt, wo Ihr seid. Wir kommen zu Euch nach oben.«

Gavriel knallte das Fenster zu und wandte sich um: »Aus der Plausch, mein Lieber. Du musst sofort verschwinden.« Er lief zu Corvin, packte ihn am Ärmel und zog ihn zur Tür. Auf dem Weg dorthin schnappte er sich eine Lampe und sein Schwert.

»Wie soll ich denn an den Soldaten vorbeikommen? Die Wendeltreppe ist der einzige Weg hier herauf.«

Gavriel drückte ihm die Öllampe in die Hand, öffnete die Tür, schob ihn hindurch und raunte: »Das lass nur meine Sorge sein. Schnell, die Treppe runter.« Dann richtete er laut rufend das Wort an die ihnen entgegeneilenden Gardisten. »Bemüht Euch nicht herauf zu mir, Kommandant. Ich komme zu Euch.«

»Ihr bleibt, wo Ihr seid!«, hallte es von unten herauf.

»Was habt Ihr vor?«, flüsterte Corvin, während er die Stufen hinablief.

»In meinem Weinkeller gibt es eine geheime Tür. Sie führt in den Palast. Auf halber Strecke zweigt ein Weg nach unten ab. Den musst du nehmen. Er führt geradewegs durch die Mauer zu dem Tunnel, den Irjana dir gezeigt hat. Findest du von dort nach draußen?«

»Ja.«

»Gut. Dann verlasse die Stadt und schlag dich nach Norden durch. Nelias Käfig hängt ein Stück oberhalb des Seelenprismas. Den genauen Ort musst du selbst finden.«

»Ich wünschte, Keszef wäre bei mir. Der Falke würde ihre Witterung sofort …«

»Da rechts hinein«, schnitt Gavriel ihm das Wort ab.

Corvin betrat einen Raum, in dem hauptsächlich Regale voller verstaubter Flaschen standen. Der Weise schob ihn zu einem Schrank und öffnete die Tür. »Auf der anderen Seite geht's in den Gang. Gleich werden die Wachen da sein. Also nimm das hier und verschwinde.« Er drückte Corvin ein Fläschchen in die Hand, ein bauchiges Kristallgefäß mit langem Hals, in dem sich eine violettrote Flüssigkeit befand.

»Was ist das?«

»Darin befindet sich Schweres Licht. Es kann äußerlich und innerlich angewendet werden, sowohl zur Betäubung wie auch zum Löschen frischer Erinnerungen. Schon ein Tropfen lässt jeden Schatten für zwei oder drei Tage in einen todähnlichen Schlaf fallen. Mehr solltest du auf keinen Fall verwenden. Und jetzt geh! Rette Nelia. Ich wünsche dir viel Glück.«

Corvin hörte die Schritte der nach oben stürmenden Leibgardisten. Er drückte kurz Gavriels Hand, flüsterte ihm ein Danke zu und verschwand in dem Schrank.

18. Die Schmiede des Lichts

Düfte sind wie die Seele der Blumen,
man kann sie fühlen
selbst im Reich der Schatten.
Joseph Joubert

Biráh Sharu, Negria (Osttarra)
3. Tag der 46. Finsternis des 124. Rings

Der Schlund der Finsternisse löste bei vielen Beklemmungen aus. Wie eine hässliche schwarze Wunde klaffte er in der Talsohle. Selbst Schattenjäger mieden seine Nähe außerhalb der kurzen Zeiten, wenn Sonne oder Mond ihn erstrahlen ließen. Vielleicht war es die absolute Abwesenheit des Lichts, die den Abgrund für jeden so unheimlich machte. Schon wenn man sich ihm näherte, wurde man oft von unberechenbaren Winden durchgeschüttelt. Und blickte man länger hinein, konnte sich leicht der eigene Verstand im Nichts verlieren. Nelias Käfig über einem solchen Cañon aufzuhängen war an Niederträchtigkeit kaum zu überbieten.

Corvin hatte sie auch ohne den Nachtfalken schnell gefunden. Es gab nicht viele Orte, an denen man ein Tau über den Schlund der Finsternisse spannen konnte. Eine dieser Engstellen befand sich ungefähr zwei Meilen nördlich des

Seelenprismas, unweit der Schmiede des Lichts – dort wurden die Klingen angefertigt, mit denen die Schnitter in Terra ihr »Erntewerk« verrichteten, und hier hatte Saros auch Nelias Käfig bauen lassen.

Der Negris war so weit oberhalb der Hauptstadt noch ein Wildbach, der sich aus vielen Quellen speiste und erst kurz vor Negria Flussbreite erreichte. Als sei auch dem Gewässer der finstere Schlund nicht geheuer, schlängelte es sich in gebührendem Abstand zu ihm durch das enge Tal. Sein Rauschen war hier allgegenwärtig und die Landschaft weniger lieblich als im Süden, wo sich die Hüter der Schatten versteckten. Pflanzen wuchsen auf dem felsigen Untergrund nur spärlich. Innerhalb weniger Meilen stieg das Tal steil bis über die Baumgrenze an.

Aus sicherer Distanz hatte Corvin die Engstelle jetzt schon den ganzen Nachmittag lang beobachtet. Der würfelförmige Käfig wirkte so klein! Und Nelia so grau. Auf die Entfernung war sie tatsächlich nicht größer als ein Schmetterling. Zu sehen, dass der bunte Falter alle Farbe eingebüßt hatte, tat Corvin im Herzen weh. Wie es ihr wohl ging? Seit Stunden hatte sie sich nicht mehr bewegt. Ihr regloses Harren in dem schwarzen Gitterkubus machte den Schmerz für Corvin nur noch schlimmer … Plötzlich ging ein Ruck durch seinen Körper. Schluss mit dem Warten und Beobachten!, feuerte er sich an. Nun beginnt die Zeit des Handelns.

Nur zwei Posten bewachten die Gefangene. Vor einer Stunde hatten sie ein anderes Paar abgelöst. Ein merkwürdig kleines Aufgebot, fand Corvin. Ob dies ein Hinterhalt war? Oder hielt Saros den Käfig für so sicher, dass ihm ein größeres Kontingent an Soldaten unnötig erschien?

Die beiden Leibgardisten drückten sich dicht an einen schroffen Felsen, auf dessen anderer Seite der Wildbach toste. Irgendwann musste an dieser Stelle eine Steinlawine abgegangen sein, nur der große Brocken und ein wenig Geröll war vom Sturz in die Zeitlosigkeit verschont worden. Der Fels im Rücken schützte die Männer einigermaßen vor den tückischen Böen über dem Großen Schlund. Nicht aber vor dem, was sich gleich über ihren Köpfen zusammenbrauen würde.

Als nun die Dämmerung hereinbrach, wagte sich Corvin aus seinem Versteck. Er achtete darauf, immer den Felsen zwischen sich und den Posten zu behalten. Schließlich erreichte er ihn. Behände kletterte er daran empor und lugte von oben auf die beiden Wachen herab. Sie hatten ihre Helme abgesetzt und plauderten miteinander. Der eine war ziemlich wohlbeleibt und rieb sich beim Reden ständig den Bauch. Offenbar fühlten die zwei sich völlig sicher. Warum auch nicht? Wer suchte schon freiwillig diesen verfluchten Ort auf!

Corvin zog das Fläschchen mit dem Schweren Licht aus der Tasche. Er musste einen windstillen Moment abpassen, um das Betäubungsmittel auf die Köpfe der Männer zu tropfen. Während er wartete, trugen die Winde hin und wieder den Singsang schwerer Hämmer an sein Ohr. Sogar für den Orden der Schattenjäger war die Schmiede des Lichts verbotenes Terrain. Deshalb hatte Corvin sie nie mit eigenen Augen gesehen, sondern kannte sie nur aus Malorons Erzählungen. Was in den Höhlen am Rande des Schlundes hergestellt wurde, gehörte ausnahmslos dem König. Saros allein entschied über die Verwendung von geschmiedetem Licht, egal in welcher Form.

Plötzlich trat Stille ein. Es war, als hielte der unheimliche Schlund den Atem an. Corvin zog schnell den Stöpsel aus dem Flakon, zielte und ließ einen violettblauen Tropfen durch den langen Flaschenhals laufen. Während ein wohlbemessenes Quäntchen der Droge auf den ersten Posten herabfiel, nahm Corvin schon den zweiten Mann ins Visier. Und als die Tinktur auf Kopf Nummer eins seine Wirkung entfaltete, war auch der andere schon benetzt.

»Du, mir ist mit einem Mal so schwummerig«, lallte unvermittelt Ersterer und kippte, Gesicht voraus, seinem Kameraden an die Brust.

Der blickte benommen auf den sich an ihn kuschelnden Kopf, sagte: »Mir auch.« Und sackte nach hinten, bis die Felswand ihn am Hinfallen hinderte.

»Das ging aber schnell«, murmelte Corvin. Argwöhnisch beäugte er die Flüssigkeit in ihrem kristallenen Flakon. Er mochte sich lieber nicht vorstellen, was mit *ihm* geschähe, wenn das Fläschchen jemals in seiner Tasche zerbrach.

Rasch kletterte er von dem Felsen herunter. Eine kurze Inaugenscheinnahme der Wachen schien zu bestätigen, was Gavriel gesagt hatte. Die beiden sahen aus wie tot. Dem Dickeren nahm Corvin den breiten Ledergürtel ab und legte ihm dafür seinen eigenen Waffengurt samt Degen in den Schoß.

»Schön drauf aufpassen, Kamerad. Ich komme später noch mal vorbei und hole die Sachen wieder ab.«

Bevor er den waghalsigsten Teil des Unternehmens anging, entzündete er die beiden Laternen der Posten. Sie sollten ihm später als Leuchtfeuer dienen, um über dem dunklen Schlund nicht die Orientierung zu verlieren.

Der Abgrund war an dieser Stelle etwa einen halben Bogenschuss breit. Genau auf der Mitte – das Tau hing dort am weitesten durch – baumelte der Käfig. Je nach Heftigkeit der Böen schaukelte er mal mehr, mal weniger stark. Obwohl er schwarz lackiert war, hob er sich deutlich vor dem stumpfen, lichtlosen Untergrund ab. Er bestand ganz aus Winkeln, Stäben und Nieten. Am Boden war das Gitter deutlich enger. Dort saß auf einem großen Kissen Nelia.

Wohl um die Wachen mit Nichtachtung zu strafen, hatte sie ihnen den Rücken zugewandt. Deshalb konnte sie jetzt auch Corvin nicht sehen. Er überlegte, ob er ihren Namen rufen sollte, entschied sich dann aber dagegen. Die Schmiede des Lichts war nahe. Jedes Geräusch konnte ihn verraten.

Das dicke Seil, an dem der Käfig hing, war an einer massiven Felsnase befestigt. Sie ragte ungefähr zwei Schritte vom Abgrund entfernt aus dem Boden. Links und rechts des Vorsprungs stellte Corvin die Laternen ab, legte sich danach mit dem Bauch auf das stramm gespannte Tau und schnallte sich den Gürtel des Soldaten um, wobei er den Riemen auch um das Halteseil schlang. Hierauf ließ er sich herumkippen, bis er geradewegs in den Himmel blickte; der Gurt sicherte ihn vor dem Herabfallen. Dann packte er das Tau fest mit beiden Händen, kreuzte darüber die Beine und schob sich mit dem Kopf voraus auf den Großen Schlund zu.

Sobald er über den Rand des Abgrunds kam, nahmen die Winde zu. Ungestüm zerrten sie an Corvins Kleidern. Als eine besonders starke Bö ihn traf, blickte er bange in die Tiefe. Erschrocken schnappte er nach Luft. Ihm war, als blicke er in den aufgerissenen Rachen eines langhalsigen Ungetüms, das gierig nach ihm schnappte. Als auch noch ein heftiger Schwindel ihn herumzuwirbeln schien, lockerte sich sein Griff.

Corvin fiel.

Aber nur mit dem Oberkörper sackte er herab, dann hielt ihn der Waffengurt des Soldaten. Einige aufgeregte Herzschläge lang fühlte er sich wie der sprichwörtliche Wurm an der Angel. Es kostete ihn seine ganze Willenskraft, den Blick von dem Abgrund abzuwenden und nach oben zu sehen. Hierauf bekam er auch wieder das Tau zu fassen.

Über ihm erglühte gerade ein erster, noch schwacher Halbkreis: die Bahn des Abendsterns. Es sah aus, als habe jemand mit weißer Wasserfarbe einen blassen Bogen an die tiefblaue Himmelsleinwand gemalt. Bald würde das Sonnenlicht ganz verschwinden und das Firmament von Tausenden solcher Schlieren überzogen sein.

»Wer bist du?«, fragte plötzlich eine helle Stimme von weiter unten am Seil. Einmal mehr musste Corvin bei ihrem Klang an ein kristallenes Glockenspiel denken. Das Schaukeln des Seils hatte zweifellos auch den Käfig erzittern lassen.

Seine Antwort klang gepresst. »Warte, Nelia. Ich bin gleich bei dir.«

»Der Schattendieb?«, hörte er sie ungläubig fragen.

»Ja«, keuchte er. »Einen Moment noch.« Seine Arme wurden schneller lahm, als er voranzukommen schien, die Hände wollten das Seil kaum noch umfassen. Nelia hingegen konnte schon jetzt nicht mehr an sich halten.

»Ich musste ständig an dich denken, Corvin«, sprudelte sie hervor. »König Saros hat mich nach dir ausgehorcht. Er sagte, du seist in seinem Kerker und er werde dich töten, wenn ich mich weigere, dich wiederzusehen. Ich wünschte, du wärst gekommen.«

»Aber das tue ich doch … gerade.« Mit dem letzten Wort

hatte er endlich den Käfig erreicht, der durch einen stabilen Ring mit dem Tau verbunden war. Erschöpft ließ Corvin die Beine durch die schwarz lackierten Gitterstäbe sinken. Der Gürtel des Soldaten rutschte ihm dabei bis unter die Achseln. Diese Lage war nicht übermäßig bequem, aber sie erlaubte ihm, wenigstens zu sitzen und seine geplagten Muskeln zu entspannen. Ohne lange nachzudenken, streckte er die Rechte in den Käfig.

Nelia hatte sich inzwischen aufgerichtet und griff sofort danach. »Du bist so anders als die Jungen und die Männer, die ich bisher kennengelernt habe. Warum setzt du immer wieder dein Leben aufs Spiel, um mir zu helfen?«

Dies war nun schon das zweite Mal, dass er ihre warme Hand in der seinen spürte und wieder raubte ihm ihre Lebendigkeit fast den Atem.

»Weil …« Er schloss die Augen und schüttelte den Kopf. »Ich bin mir nicht sicher. Alles ist so verwirrend.«

Sie ließ die Luft durch den Mund entweichen, als wollte sie lachen, doch es war nur ihr Atem zu hören. »Das sagst *du?* Der Schattendieb aus Osttarra? Ich verstehe noch viel weniger, was hier passiert. Was hat der Sensenmann mit mir getan? Wieso bin ich an diesem schrecklichen Ort? Warum quälen mich Hunger und Durst, ohne dass ich merklich schwächer werde? Weshalb sperrt man mich in diesen Käfig, der angeblich aus Licht besteht und mich verbrennen kann, wenn ich seinen Lack ankratze?«

»Du bist ins Reich der Zeitlosen entführt worden, in dem es keine Tiefe gibt«, antwortete Corvin und fasste dann in wenigen Worten Nelias Rolle in dem perfiden Plan von König Saros zusammen. Dabei musste er immerfort ihre Schönheit bewundern und sah dabei unweigerlich auch den

Schlund unter ihren Füßen, dessen hypnotische Schwärze ihn zunehmend verwirrte. Als Nelia hörte, auf welche Weise die Dimension der Tiefe aus ihr herausgelöst werden sollte, zog sie erschrocken die Hand zurück.

»Du sollst mich töten?«

»Ja. Aber ich werde dir nichts tun. Lieber gehe ich durch die Schattenmühle.«

»Was ist … eine Schattenmühle?«

»Das würde jetzt zu weit führen, Nelia. Unsere Zeit ist knapp bemessen. Jeden Moment könnte jemand aus der Schmiede kommen und mich entdecken. Außerdem merke ich, wie der Schlund meine Gedanken betäubt. Sag mir, wer verwahrt den Schlüssel zu deinem Käfig?«

»Saros. Er war gestern persönlich hier, um mich darin einzusperren.«

»Dann trägt er ihn am Körper?«

»Ja. An einer goldenen Kette um seinen Hals. Der Schlüssel hat zwei Bärte.«

Corvin schüttelte verzweifelt den Kopf. »Auch das noch! Das heißt, ich müsste die gesamte königliche Leibgarde überwinden, um an den Schlüssel zu kommen.«

»Vielleicht kennt Orkut einen anderen Weg, den Käfig zu öffnen. Er war dabei, als ich hier eingepfercht wurde.«

»Du meinst den Meister der Lichtschmiede?«

Sie nickte. »Ein Riesenkerl mit Fistelstimme.«

»Das wäre eine Möglichkeit. Ich werde ihm einen Besuch abstatten.« Er streckte abermals die Hand in den Käfig.

Diesmal wich Nelia nicht zurück, sondern griff danach. »Sieh dich vor, Corvin. Orkut ist ein grober Bursche, viel größer und kräftiger als du. Ich möchte nicht, dass dir etwas zustößt.«

Er musste tief Luft holen, weil ihre Sorge um sein Wohlergehen ihm fast die Sprache raubte. Mit bebender Stimme antwortete er: »Und mir wäre es unerträglich, wenn dir etwas passierte. Ich habe mich für dich von Räubern durchstechen, mich einkerkern und mir den Schädel einschlagen lassen und noch ganz andere Dinge angestellt, die man einem so feinen Mädchen wie dir lieber nicht erzählen sollte. Da macht mir ein Schmied keine Angst. Doch jetzt muss ich dich verlassen.«

»Was? Schon so schnell? Immer gehst du, kaum dass du gekommen bist. Warte!« Sie löste das Tuch von ihrem Hals, das sie ihm schon einmal hatte geben wollen, und streckte es ihm entgegen. »Ich möchte, dass du es bei dir trägst, damit du mich nicht vergisst. Bei unserer letzten Begegnung hast du gesagt, du könntest nichts in deine Welt mitnehmen außer Schatten und Erinnerungen. Jetzt habe ich es für dich hergebracht. Es ist leider grau geworden, doch trotzdem soll es ein Unterpfand meiner Wertschätzung für dich sein.«

Corvins Hand zitterte, als er das Tuch entgegennahm. »Nur der Wertschätzung?«

Sie schlug die Augen nieder und flüsterte: »Mein Herz ist genauso durcheinander wie deins. Da sind noch mehr Gefühle. Gefühle für *dich.* Aber sie sind zu neu … zu fremd, um sie beim Namen nennen zu können.«

Er nickte, verstand er doch nur zu gut, was sie meinte. Auch in ihm tobten die unterschiedlichste Empfindungen, eine verwirrender als die andere. »Hab keine Angst, Nelia«, sagte er leise und drückte ihr Tuch an die Nase.

Als er durch das feine Gewebe den Duft tief einatmete, begriff er mit einem Mal, dass der Schmetterling seine Buntheit nicht verloren hatte. In Nelias Duft konnte er den Flügelschlag des Falters, der die Farben und die Tiefe einer ganzen Welt in sich trug, immer noch spüren. Und in diesem Moment wusste Corvin, was seine Bestimmung war: Nicht ein Schattenhüter wollte er sein, sondern der Hüter des bunten Schmetterlings.

»Ich werde dich finden, wohin immer Saros dich auch schickt«, gelobte er zum Abschied und zog sich auf das Tau hinauf. Noch ahnte er nicht, was er sich mit diesem Versprechen aufgebürdet hatte.

Corvin brauchte das Tor zur Schmiede des Lichts nicht lange zu suchen. Er folgte einfach den Wagenspuren, die niemand nach dem Transport des Käfigs verwischt hatte. Inzwischen war es weit nach Mitternacht – er hatte nach seiner Rückkehr auf festen Boden fast vier Stunden in einem Versteck geschlafen. Der Eingang lag in einer Klamm, die vom Haupttal abzweigte. Maloron hatte einmal von einer zwar schmalen, aber gigantisch hohen Staumauer weiter oben in der engen Schlucht erzählt. Das Wasser in dem dahinterliegenden Damm diene ausschließlich dem Betrieb der Schmiede.

Corvin überstürzte nichts. Die verwischten Bahnen von Mond und Sternen sorgten für genügend Licht, um das Terrain zu sondieren. Eine Stunde lang beobachtete er die steinernen Pforten der Schmiede. Während der ganzen Zeit bemerkte er keinerlei Lebenszeichen. Man erzählte sich, Meister Orkut sei ein lichtscheuer Geselle. Er schlafe sogar in seiner Schmiede (im erweiterten Sinne des Wortes wurde so nicht nur sein Arbeitsplatz, sondern das ganze unterirdischen Höhlenareal bezeichnet). Ob seine Gehilfen die gleichen Hingabe besaßen? Corvin rückte weiter vor.

Das zweiflüglige Tor zwang ihn, stehen zu bleiben. Es war verschlossen. Weder Klinke noch Riegel oder Schlüsselloch ließ sich ausmachen. Nur eine blaue Kristallkugel ragte halb aus der eisenbeschlagenen Holztür hervor. Corvin drückte dagegen. Ergebnislos. Er versuchte, die Kugel zu drehen. Auch das gelang ihm nicht. Gedankenverloren spielte er mit den Zipfeln von Nelias Tuch, das er sich um den Oberarm geknotet hatte. Mit einem Mal hatte er eine Idee.

Langsam zog er den Degen aus der Scheide. Jeder Zoll mehr ließ die Lichtklinge stärker erstrahlen. Bald leuchtete sie so hell, dass Corvin die Augen zu engen Schlitzen zusammenzog. Staunend gewahrte er, dass die Klamm im Licht an Tiefe zu gewinnen schien. Die Felsen und verkrüppelten Bäume an den steilen Flanken wirkten für osttarrische Verhältnisse so plastisch wie sonst nur während einer Sonnen- oder Mondfinsternis. Kein Wunder, dachte er, das Schwert ist aus dem gleichen Licht gemacht.

Entschlossen richtete er die Degenspitze auf die durchscheinende Halbkugel. Der Kristall erstrahlte in saphirenem Blau. Ansonsten tat sich nichts. Auf Corvins Stirn bildete sich eine steile Falte. Hatte er sich geirrt? »Ach, was soll's«, murmelte er und schob die Klinge noch weiter vor, bis sie die Kugel berührte.

Nun erst wurde das geschmiedete Licht richtig entfesselt. Es sah aus, als würde die Kugel gleißende Funken sprühen. In Osttarra gab es wenig, das unter der Berührung mit einem solchen Schwert nicht sofort zerbarst, und dieser Kristall gehörte offenbar zu jenen außergewöhnlich widerstandsfähigen Mineralien. Ein dunkles Geräusch hallte durch die Klamm, so als würde tief unter der Erde ein riesiges Horn geblasen. Dann öffnete sich das Tor.

Am liebsten wäre Corvin umgedreht und geflohen. Dieser Laut konnte niemandem in der Schmiede entgangen sein. Aber dann musste er wieder an Nelia denken und lief mit gezücktem Schwert durch die Pforte.

Orkuts Wirkungsstätte war offenbar natürlichen Ursprungs. Es sah aus, als habe irgendetwas den Fels ausgewaschen. Corvin steckte seinen Degen zwar in die Scheide zurück, ließ ihn aber ein wenig herausstehen, um sich im Dunkeln orientieren zu können.

Vor ihm lag ein breiter Stollen, der die Spuren häufiger Benutzung aufwies. Überdies ließen parallel verlaufende Rillen am Boden darauf schließen, dass hier öfters schwere Wagen entlangfuhren. Der Tunnel besaß keinerlei Stützwerk. Sein Querschnitt war rund, dabei aber völlig ungleichmäßig, so als handele es sich um die Hauptschlagader eines riesigen Organismus. Je tiefer sich Corvin in Orkuts dunkles Reich hineinwagte, desto mehr wurde dieser Eindruck durch andere Gänge und Öffnungen verstärkt, die sich in immer feineren Verästelungen durch den Fels zogen. Lediglich der Boden war künstlich verbreitert und abgeflacht worden. Corvin folgte weiter den Wagenspuren des Hauptwegs.

Mit einem Mal vernahm er Schritte. Jemand kam ihm entgegen. Hektisch sah er sich um. Auf Kniehöhe entdeckte er eine Öffnung. Schnell schob er sich mit den Füßen voran hinein. Es war einer der Momente, da er Maloron dafür dankte, seinem Schattenbruder so viel Verschnitt gelassen zu haben. Wäre Corvin nur etwas größer oder ein wenig stärker gebaut, hätte er nicht mehr in die enge Röhre hineingepasst.

Kaum war er darin verschwunden, wurde es hell im Tunnel. Ein Trupp Männer mit Lampen eilte an ihm vorüber, alles grobe, schmutzige Gesellen in Lederschürzen. Einige trugen Schwerter, aber die meisten waren mit Hämmern bewaffnet. Keiner von ihnen hätte in die Röhre gepasst. Dies mochte erklären, weshalb sie weiterzogen, ohne Corvins Versteck zu beachten.

Als die Schritte der Schmiedegesellen verhallt waren, zog er sich wieder ins Freie und lief weiter. Sein ganzer Plan bestand im Überraschungsmoment. Orkut musste überrumpelt werden. Sollte dies misslingen …

Plötzlich entdeckte Corvin vor sich eine von Fackeln erhellte Höhle. Er stieß den Degen in die Scheide zurück und schlich näher heran. Vorsichtig spähte er in den Felsenraum.

Dessen Wände waren glatt wie Tropfsteine, dabei aber fast schwarz. Zu seiner Rechten sah Corvin einen beleuchteten Durchgang. Von dort vernahm er Gemurmel. Unwillkürlich musste er an Nelias Beschreibung des Meisterschmieds denken: *ein Riesenkerl mit Fistelstimme.* Es hörte sich eher nach einem Zwerg im Stimmbruch an. Offenbar führte Orkut Selbstgespräche.

Corvin näherte sich leise dem Durchgang, sank auf alle viere und spähte dicht über dem Boden um die Ecke.

In der benachbarten Höhle lagen allerlei bizarre Schmiedearbeiten aus gewöhnlichem Stahl herum, möglicherweise Modelle für zukünftige Lichtarbeiten. An den Wänden hingen Entwürfe extravaganter Waffen. Auf dem Boden lagen Pergamentrollen, andere türmten sich auf einem grob gezimmerten Holztisch. Und neben einem mannshohen Feuerbecken, ganz in die Betrachtung eines Kristalls in seinen Händen vertieft, stand Orkut.

Der Lichtschmied war tatsächlich ein Hüne, mindestens acht Fuß groß und so breit wie ein Rhinozeros, dazu noch kahlköpfig, so gut wie halslos, narbenübersät und krebsrot – er trug Sandalen, knielange Beinkleider aus Leder, einen breiten Brustgurt und sonst nichts.

Es dauerte eine Weile, bis Corvins Herz, das ihm zwischenzeitlich in die Hose gerutscht war, wieder an seinem angestammten Platz pochte. Es gab kein Zurück mehr. Wollte er Nelia retten, musste er die Sache durchziehen.

Lautlos krabbelte er vom Durchgang weg, richtete sich auf, legte die Hände als Trichter an den Mund und rief fröhlich in Orkuts Richtung: »Dank Euch, Ihr tapferen Schmiede. Von hier ab finde ich mich allein zurecht.« Das letzte Wort war kaum gesprochen, als er auch schon mit langen Schritten in den Durchgang eilte.

In der Nachbarhöhle war der Meisterschmied gerade damit beschäftigt, den durchscheinenden Gegenstand, der ihn so sehr gefesselt hatte, hinter dem Rücken zu verstecken. Hoch aufgerichtet und mit grimmiger Miene trat er dem Eindringling entgegen.

»Wie kommt Ihr hier rein?«

Er klingt tatsächlich wie ein Gnom im Stimmbruch, dachte Corvin und lächelte. »Ich habe angeklopft. Ist Euch das entgangen, Meister Orkut?«

Dessen Kopf neigte sich leicht, während er den Schwertgriff an Corvins Seite musterte. »Euch bin ich noch nie begegnet, wohl aber kenne ich Euren Degen. Ich habe ihn für den König angefertigt.«

»Wie alle Lichtklingen in seinem Reich«, sagte Corvin, wobei der den ungeduldigen Boten mimte. Das fiel ihm nicht schwer, denn jeden Moment konnten die Schmiedegesellen zurückkehren. Er durfte keine Zeit verlieren. »Saros schickt mich, um die Gefangene abzuholen.«

»Ihr meint …?«

Er nickte. »Den bunten Schmetterling. Er soll wieder in den Palast verlegt werden.«

»Ach was!«

»Ja. Könnten Eure Männer mir helfen, den Käfig einzuholen?«

»Selbstverständlich.« Orkut streckte grinsend seine Pranke aus. »Dann seid bitte so freundlich und gebt mir den Schlüssel.«

Corvins Nacken verhärtete sich. War er gerade durchschaut worden? Er lächelte. »Den trägt seine Majestät, wie Ihr genau wisst, über dem Herzen. Der König meinte, Ihr bekämt den Käfig auch so geöffnet.«

»Sicher. Wenn Ihr Euch bis zur nächsten totalen Finsternis gedulden wollt. Das durch den Schlund strömende Licht wird die Gitterstäbe weich machen. Dann kann ich sie auseinanderbiegen.«

»W-Was?«

»Der einzige Schlüssel zu diesem Käfig hängt, wie Ihr ganz richtig bemerktet, am Hals des Königs. Ich glaube auch nicht, dass er irgendjemandem erlauben würde, seinen hübschen Falter zu entführen. Nicht einmal Euch, Junker Corvin.«

Einen Wimpernschlag lang schien die Szene in der Höhle eingefroren zu sein, so starr, wie es sonst nur Schattenjäger in der Welt der Tiefe während einer Finsternis erleben. Die Blicke der beiden Männer kreuzten die Klingen; es war ein Lauern, ein gegenseitiges Abtasten.

Plötzlich entluden sich die aufgestauten Energien. Orkut

wirbelte herum, um den Tisch zu erreichen. Dort lehnte eine doppelschneidige Streitaxt von grotesker Größe. Corvin zückte blitzschnell den Degen. Die Reflexe des Schattenjägers siegten über jene des Schmieds. Ehe Letzterer den Axtstiel erreichen konnte, blickte er geradewegs in das gleißende Licht des Schwertes. Hastig riss er die Hand hoch, um seine Augen zu beschirmen.

»Noch eine Bewegung und Euer eigenes Meisterstück wird euch in tausend Fetzen zerreißen«, drohte Corvin und stutzte. Zum ersten Mal sah er aus der Nähe den Kristall, den Orkut nur mit dem Daumen festhielt. Eigentlich handelte es sich um einen schlichten, durchsichtigen Körper, vielleicht nur aus Glas oder Quarz bestehend, dessen Gestalt an ein Spitzdach erinnerte: die Flächen an den beiden Stirnseiten waren drei-, die des Mantels dagegen viereckig. Als das Licht des Degens darauf traf, erstrahlten in der Hand des Schmieds alle Farben des Regenbogens.

Orkut bemerkte wohl, was die Aufmerksamkeit seines Gegenübers so fesselte, denn plötzlich schloss er die Finger um das kleine Prisma und richtete sich langsam auf. Die Degenspitze blieb weiter auf sein Gesicht gerichtet. »Ihr begeht einen schweren Fehler, Corvin.«

»Ich weiß nicht, wovon Ihr redet.«

»Habt Ihr Euch nie gefragt, wie es möglich ist, in Osttarra Klingen zu schmieden, die hier scheinbar alles zerstören? Diese Schmiede befindet sich aus gutem Grund am Großen Schlund. Der Fels hier hat es in sich.«

»Trotzdem scheint das Schwert vor Eurer Nase Euch nicht zu behagen«, konterte Corvin. Er gab sich selbstbewusst, bekam aber Zweifel an seiner überlegenen Position.

Orkut zuckte die Achseln. »Ich will lediglich vermeiden, dass Ihr mir den Kopf abschneidet. Wir arbeiten hier, abgesehen von den kurzen Zeiten der Finsternisse, rund um die Uhr mit normalem Stahl. Die Schmiede kann sich keinen Ausfall leisten. Außerdem ist das An- oder Nachwachsen verlorener Körperteile ziemlich schmerzhaft.«

Schnell ließ Corvin das Schwert sinken, jedoch nur ein Stück. Jetzt zielte die Spitze auf Orkuts Herz. »Ist es besser so?«

»Was wollt Ihr, Corvin?«, fistelte der Schmied bestürzt.

»Das habe ich schon gesagt: die Gefangene.«

»Holt sie Euch doch. Sie hängt draußen.«

»Wie bekomme ich den Käfig auf?«

»Mit dem Schlüssel.«

Corvin schob die Klinge auf Haaresbreite an die Brust des Schmieds heran. »Dann gebt ihn mir!«

Orkut begann zu zittern. Offensichtlich hielt er sein Herz für besonders verletzlich. »Ich habe nur einen einzigen angefertigt und den besitzt der König.«

»Was Ihr vorhin über das Verbiegen der Gitterstäbe gesagt habt – entsprach das der Wahrheit?«

»Ja. Während einer totalen Finsternis strömt das Licht mit solcher Kraft durch den Großen Schlund, dass sich die Erzadern in diesem Gestein verflüssigen und es binden. Aus dieser Mischung schmieden wir unsere Schwerter – genau *eines* je Finsternis. Hätte ich den Käfig nicht versiegelt, würde er im nächsten starken Finsternisstrom schmelzen wie Wachs und in den Schlund stürzen. Bei starker Verformung reißt der Lack auf und es geschieht dasselbe.« Die Mundwinkel des Schmieds zuckten vor stillem Vergnügen. »Er ist das perfekte Gefängnis. Absolut ausbruchssicher.«

Corvin glaubte, sein Arm bestehe plötzlich aus Blei. Damit war Nelias Befreiung wohl gescheitert. Jedenfalls in dieser Nacht. Bis zur nächsten totalen Finsternis hatte Saros alle Zeit der Welt, um sich des bunten Schmetterlings zu entledigen.

»Meister!«, hallte eine Stimme durch das Tunnellabyrinth. Die Gesellen kehrten zurück.

»Wie komme ich hier raus?«, fragte Corvin rasch. Er verspürte ohnmächtige Wut.

Orkut grinste. »Gar nicht.«

Corvin langte in die Hosentasche. Er hatte große Lust, seinen Zorn an dem selbstgefälligen Meisterschmied auszulassen. »Du willst also, dass ich dein Herz mit diesem Schwert durchbohre?«

»Du bist ein dürres kleines Bürschlein. Vielleicht …«

»Meister. Wir haben eine Ratte im Bau«, tönte abermals der Ruf eines Gesellen, diesmal ganz aus der Nähe.

»Sprich!«, fauchte Corvin und ließ die Schwertspitze für einen winzigen Moment die Haut des Schmieds berühren. Sofort bildete sich eine braune Stelle auf seiner Brust.

Orkut zischte vor Schmerz und deutete in einen dunklen Winkel der Höhle. »Dort ist ein Gang. Wenn du ihm folgst, gelangst du in den großen Schmiederaum und von dort führen die ausgespülten Erzadern zum Rand der Schlucht …«

»Meister«, erscholl zum dritten Mal die Stimme des Gesellen, jetzt kam sie direkt aus der benachbarten Höhle. Der Mann stürmte in Orkuts Gelass, zwei andere folgten ihm dichtauf. Sprachlos starrten sie auf den Fleischberg, der dort am Boden lag. Der Oberschmied hatte keine erkennbaren Verletzungen. Trotzdem rührte er sich nicht, schien nicht einmal zu atmen.

Der erste Geselle deutete aufs Gesicht seines Meisters.

»Hat er den lila Fleck da vorher auch schon gehabt? Sieht aus, als würde sich die Backe auflösen.«

»Das dürfte seine geringste Sorge sein«, antworte einer der beiden anderen. »Er sieht aus wie tot.«

Corvins Hand schloss sich um das Prisma. Lautlos zog er sich in den dunklen Tunnel zurück.

19. Alles oder nichts

Die Menschen lieben die Dämmerung
mehr als den hellen Tag,
und eben in der Dämmerung
erscheinen die Gespenster.
Johann Wolfgang von Goethe

Biráh Sharu, Negria (Osttarra)
4. Tag der 46. Finsternis des 124. Rings

Corvin hatte dem Meisterschmied, entgegen Gavriels ausdrücklicher Warnung, mehr als einen Tropfen Schweren Lichts ins Gesicht gespritzt. Er war ob seines Zorns weder willens noch unter dem Zeitdruck in der Lage gewesen, das Mittel sparsamer zu dosieren. Trotzdem schlug ihm das Gewissen, während er durch die dunklen Tunnelröhren der Schmiede eilte. Ob sich Orkuts Kopf tatsächlich auflöste?

»Selbst schuld«, brummte er. Der Meister diente dem König mit Hingabe. Er war sichtlich stolz auf seine Schmiedearbeit, das »perfekte Gefängnis«, gewesen. Was er Nelia damit antat, schien ihn nicht zu kümmern. Doch auch mit diesem Argument konnte Corvin sein Gewissen nicht zum Schweigen bringen.

Endlich erreichte er den großen Schmiederaum, eine annähernd rund geformte Höhle, in der Ambosse, Hämmer,

Zangen und anderes Gerät herumlagen. Außerdem sah Corvin Rohlinge von Waffen aus Eisen und normalem Stahl. In mehreren Feuerstellen glomm Glut. An der gegenüberliegenden Wand klafften etliche Löcher. Das mussten die ausgespülten Erzadern sein, von denen Orkut gesprochen hatte.

Corvin wählte eine Öffnung, in die er geduckt hineinlaufen konnte. Ein spürbarer Luftzug deutete auf eine Verbindung mit der Oberwelt hin. Bald musste er wieder sein strahlendes Schwert bemühen, um sich in den dunklen Windungen zu orientieren. Nach einer Weile hörte er ein Pfeifen. Und dann blickte er unversehens ins Nichts.

Die Wand des Cañons fiel vor ihm senkrecht in die finstere Tiefe. Und über seinem Kopf ragte sie mindestens dreißig Fuß hoch auf. Normalerweise kannte er keine Höhenangst, aber in diesem Moment verspürte er einen heftigen Schwindel.

Dann aber sah er den Käfig. Er hing einen Bogenschuss weiter südlich. Das Licht der Gestirne spiegelte sich im glänzenden Lack. Auf dem Kissen zusammengerollt lag Nelia. Bei ihrem Anblick wurde Corvin ganz warm ums Herz und neuer Mut strömte in seine verzagte Seele. Für sie, die große Liebe seines Lebens, würde er sich sogar Flügel wachsen lassen, aber vielleicht ging es ja auch einfacher.

Er ließ seinen Blick über den Fels nach oben wandern. Abermals nahm er das Lichtschwert zu Hilfe, um nach Vorsprüngen oder Rissen zu suchen. Tatsächlich gab es davon mehr als genug. An unzähligen Stellen war das weiche Erz aus dem Muttergestein herausgeschmolzen worden und hatte Vertiefungen zurückgelassen, manche glichen kleinen Kratern, andere offenen Mündern.

Kaum hatte Corvin das Loch der ausgeschwemmten Ader verlassen, zerrten wieder die unberechenbaren Winde an ihm. Ohne diese wäre ihm die Ersteigung der Wand nicht schwergefallen, so aber wurde daraus ein lebensgefährliches Unterfangen. Dicht unterhalb der Kante traf ihn eine besonders heftige Bö. Sein linker Fuß rutschte ab und gleich darauf auch der rechte. Unversehens baumelte er am Abgrund wie ein Banner vergeblicher Liebesmüh.

Der Wind trieb ein übermütiges Spiel mit ihm. Abermals schlug er zu und auch Corvins Linke verlor den Griff. Die Finger der Rechten konnten den hin- und herschlagenden Körper kaum noch halten. Plötzlich hörte er Nelias Stimme, leise zwar, doch zwischen den Wänden der Schlucht klang sie ganz nahe.

»Corvin, bist du das?«, fragte sie überrascht. Einen Moment zögerte sie, um gleich desto ungestümer hervorzusprudeln: »Allmächtiger, du bist es! Warum …? Halt dich fest! Du darfst nicht in den Schlund fallen. Ich bin in mich gegangen und weiß jetzt, was ich für dich empfinde, Corvin. Es ist *Liebe!* Nie hat jemand sein Leben für mich aufs Spiel gesetzt, und du tust es sogar mehrmals – verjagst erst das Räuberpack und kämpfst danach gegen den unheimlichen Sensenmann. Als du mich gleich zweimal beim Namen genannt hast, musste ich einfach deine Hand berühren. Ich wollte fühlen, dass es dich wirklich gibt. Mir war, als hätte ich mein Leben lang nach dir gesucht und dich endlich gefunden. Spätestens beim Blick in deine Augen wurde mir klar, wir zwei sind füreinander bestimmt … Um Himmels willen, nicht loslassen, Corvin! Bitte! Ich will dich nicht verlieren.«

Nelia hätte keinen günstigeren Augenblick wählen können, um ihren Gefühlen Ausdruck zu verleihen. Das Geständnis ihrer Liebe beflügelte Corvin tatsächlich, als seien ihm die Fittiche eines Adler gewachsen, denn auch ihm war längst klar, dass er dieses Mädchen über alles liebte. Es stimmte zwar: Zählte man die Minuten ihrer bisherigen Begegnungen zusammen, kam eine beklagenswert kurze Zeit heraus, aber anscheinend hatte Nelia recht: Es gab Paare im Universum, die füreinander bestimmt waren.

Im Aufwind dieses Gedankens schaffte es Corvin, seinen linken Arm nach oben zu schwingen und neuen Halt zu finden. Dann tastete er mit den Füßen nach Mulden und war auch dabei erfolgreich. Unter Nelias Anfeuerungsrufen kletterte er die Felswand hinauf und schob sich keuchend über den Rand.

»Ich wusste, du schaffst es!«, rief sie begeistert.

Er rappelte sich hoch und lief zu dem Felsvorsprung, an dem das Seil befestigt war. So leise wie möglich, doch so laut wie nötig sagte er: »Danke, Nelia. Du hast mich gerettet.«

»Ich habe doch nur gesagt, was ich für dich empfinde, Corvin.«

»Und ich fühle genauso für dich, schönstes aller Mädchen.«

»Du meinst …?«

»Ja, ich liebe dich, Nelia. Deshalb wurde ich zu dir geführt: nicht, um dich zu töten, sondern um dich zu *lieben*, heute und für immer, hier und in allen Welten.«

Sie seufzte. »Ich wünschte mir, du könntest mich in die Arme nehmen.«

»Das werde ich. Ich verspreche es dir. Doch dazu muss ich dich zunächst verlassen.«

»Bitte bleib noch!«

»Nein. Bestimmt werden gleich Orkuts Gesellen hier aufkreuzen. Wenn Sie dich nach mir fragen, verrat ihnen nichts.«

»Eher springe ich in diesen Höllenschlund.«

»Nur das nicht!«, stieß Corvin entsetzt hervor. »Harre aus, Nelia. Auch wenn es dir nicht so erscheint, du bist ein bunter Schmetterling mit einem unbeugsamen Willen. Das hat ein Freund zu mir gesagt. Du und ich, wir sind nämlich nicht allein. Es gibt andere in dieser Welt, die auf unserer Seite kämpfen.«

»Ist das wahr?«

»Ja. Und nun leb wohl. Ich werde nicht eher ruhen, bis ich dich sicher weiß.«

Amíodits Miene verriet, wie wenig sie von Corvins Idee hielt. »Sich in den Palast zu schleichen ist eine Sache, aber ins Schlafgemach des Königs einzudringen eine ganz andere. Du könntest uns alle in Gefahr bringen, wenn man dich erneut gefangen nimmt.«

Er schüttelte entschieden den Kopf. »Vor mir habt Ihr nichts zu befürchten, Weise Ratgeberin.«

Die Hüter der Schatten hatten ihr Lager nach dem Vorfall in Gavriels Turmhaus sofort verlegt. Auf der Suche nach dem neuen Versteck war Corvin auf Kambass und Tulk gestoßen, die ihn diesmal ohne »Sonderbehandlung« mitgenommen hatten. Nun saß er Amíodit in einem Rundzelt gegenüber und versuchte, sie von einem Plan zu überzeugen, der selbst ihm reichlich abenteuerlich vorkam.

Die Weise griff gedankenvoll nach einem kleinen trockenen Zweig, den irgendjemand mit ins Zelt getragen hatte. Einen Moment drehte sie ihn zwischen ihren Fingern, betrachtete ihn versonnen und ließ ihn plötzlich knackend zerbrechen. »Du hast ja keine Ahnung, welche Schmerzen dir Saros' Folterknechte zufügen können.«

Corvin blieb stur. Nelia war ihm jedes Opfer wert. »Habt Ihr Euch schon einmal gefragt, wie vertrauensvoll Irjana ist?«

Ein strenger Ausdruck erschien im Gesicht der Schattenhüterin. »Worauf spielst du an?«

»Warum ist die Leibgarde des Königs ausgerechnet bei Gavriel aufgekreuzt, als ich in seinem Haus war? Nur Irjana wusste davon.«

»Biráh Sharu ist voller Augen und Ohren. Ich vertraue Irjana. Sie hat sich in vielen gefährlichen Situationen bewährt. Ihr wohnt die Liebe inne, genauso wie dir.«

Corvin ließ das Thema fallen. Sicher irrte er sich. Außerdem wollte er unter den Hütern kein Misstrauen säen. »Wenn wir schon von ihr sprechen: Sie könnte mir helfen, ins Schlafgemach des Königs zu gelangen.«

»Den Weg dorthin kennt nur Gavriel.«

»Ich spreche auch nicht von Irjana als Führerin, sondern als Schattenjägerin. Sie müsste im Besitz mehrerer Schattenattrappen sein.«

Amíodits Stirn legte sich in Falten. »Und?«

»Eine unfreiwillige Entdeckung, der ich meine Flucht aus dem Kerker verdanke, ist die unsichtbar machende Wirkung von Schattenhadern im Dunkeln. Sie sind der Rohstoff, aus dem die Attrappen bestehen. Aus drei oder vier davon müsste sich ein passables Tarngewand nähen lassen, das haltbarer als die ›zweite Haut‹ ist, die ich mir in Reschuths Mühle zugelegt habe. Damit wäre ich vor den Blicken der Leibgarden verborgen.«

»Du meinst so eine Art Tarnanzug, in dem du ganz verschwindest?« Amíodit schmunzelte und fuhr dann fort: »Du hast recht! Warum nur sind *wir* noch nicht darauf gekommen? So könnte dein Plan tatsächlich gelingen. Irjana befindet sich im Lager. Ich werde sie sofort rufen und alles Nötige in die Wege leiten lassen. Wenn die Nacht anbricht, wirst du unsichtbar sein.«

»Danke«, sagte Corvin erleichtert. Er schöpfte wieder Hoffnung.

Amíodit schüttelte den Kopf. »Wir müssen *dir* danken, junger Hüter. Trotzdem halte ich deinen Plan immer noch für ein mehr als riskantes Unternehmen. Deshalb wird Irjana dich wieder begleiten.«

Er nickte ergeben. »Wenn es Euer Wunsch ist, Weise Ratgeberin. Hauptsache ist, dass wir Neila befreien.«

Wieder erreichten sie Gavriels Haus erst weit nach Mitternacht. Irjana öffnete die Tür des Geheimgangs und ließ Corvin den Vortritt.

»Du könntest in der Schattenmühle enden oder gar im Schlund der Finsternisse. Ist Nelia das wirklich wert?«, fragte sie.

Er sah sie sprachlos an. Die Lampe in ihrer Hand strahlte ihr Gesicht von unten an und verzerrte die sonst so hübschen Züge zu einer unheimlichen Grimasse.

»Warum guckst du so?«

»Weil ich nicht glauben kann, was du da eben gesagt hast. Selbst wenn dir Nelia nichts bedeutet, hängt von ihrem Wohl und Wehe doch das Schicksal zweier Welten ab. Osttarra könnte zugrunde gehen, falls Saros seinen Plan verwirklicht.«

»Ist das der wahre Grund, weshalb du dein Leben aufs Spiel setzt, Corvin?«

»Ich weiß nicht, was das für eine Rolle spielt«, antwortete er ausweichend.

»Liebst du sie?«

»Das ist doch wohl ganz allein meine Angelegenheit.«

Irjana senkte den Blick und nickte. »Du hast recht. Wieso solltest du mit mir über deine Gefühle reden.« Sie holte tief Luft und sah ihn mit ausdrucksloser Miene an. »Ich habe dir deinen Tarnmantel besorgt und dich bis hierher gebracht. Von jetzt an bist du auf dich allein gestellt.«

»Soll das bedeuten, du willst mich wieder hier unten verlassen?«

»Ja. Meine Aufgabe ist getan.«

Er schüttelte den Kopf und griff nach ihrem Arm. »Nein. Ist sie nicht. Diesmal kommst du mit nach oben.«

Ihre rehbraunen Augen funkelten zornig. »Seit wann gibst du mir Befehle?«

»Seit jetzt.«

»Und wie kommst du dazu?«

»Sagen wir, ich fühle mich sicherer, wenn du mich noch ein Stück begleitest und auf unseren Ersten Weisen Ratgeber achtgibst.«

Es schien, als wolle sie widersprechen, dann aber antwortete sie: »Meinetwegen, wenn dir so viel daran liegt.«

Gemeinsam machten sie sich an den Aufstieg. Dabei kamen sie an der inzwischen reparierten Tür, den Rumpelkammern, dem Weinkeller und den Bücherlagern vorbei. Gavriel empfing sie in gewohnter Manier – mit grimmiger Miene und einem Schwert in der Hand.

Seit der Durchsuchung seiner Räume befand er sich im

eigenen Haus unter Arrest. Zwar nannte es niemand so, aber es lief genau darauf hinaus. Wenn er seinen Turm verlassen wollte, musste er dies anmelden. Und sobald er vor die Tür trat, schloss sich ihm eine zweiköpfige »Eskorte« an, vorgeblich, um ihn zu beschützen. Der Gelehrte nahm es mit Humor.

»Früher wusste im Palast nie jemand, wo ich mich gerade herumtreibe. Jetzt *glaubt* man es zu wissen, was meine Geheimausgänge erheblich aufwertet.«

»Das ist der Grund, weshalb ich Euch erneut aufsuche, Ehrenwerter Gavriel«, sagte Corvin und legte dem Weisen seinen Plan dar. Dessen Urteil kam schnell und unmissverständlich.

»Hast du den Verstand verloren?«

»Nein. Ich tue nur, was getan werden muss. Aber wenn es Euch tröstet: Amíodit hatte anfangs so ähnlich reagiert wie Ihr.«

»Amíodit?« Wieder begannen Gavriels Augen auf jene besondere Weise zu leuchten, die Corvin schon bei seinem letzten Besuch aufgefallen war. »Wie geht es unserer kleinen Schwester?«

»Sie macht sich Sorgen um Euch.«

»Um mich? Das sieht ihr ähnlich.« Der Alte lächelte versonnen.

»Amíodit meinte, mit meinem Tarngewand aus Schattenattrappen könnte der Plan gelingen«, sagte Corvin, um Gavriel wieder in die Wirklichkeit zurückzuholen. »Werdet Ihr mir den Weg ins Schlafgemach des Königs zeigen?«

Der Weise blinzelte. »Äh … Ja. Sicher helfe ich dir. Obwohl ich deinen Plan aberwitzig finde. Nicht völlig aussichtslos – dank deiner genialen Erfindung, diesem Tarnmantel, um den ich dich sogar beneide –, aber nichtsdestotrotz aberwitzig.«

Nachdem er seinen Standpunkt kundgetan hatte, erklärte Gavriel in allen Einzelheiten den Weg. Er begann in dem Schrank, den Corvin schon einmal zur Flucht benutzt hatte, und führte über eine ganze Folge anderer geheimer und weniger geheimer Gänge bis zu Saros innerstem Gemach. »Kannst du dir das alles merken?«

Corvin schwirrte der Kopf, doch er nickte.

Irjana schnaubte. »Kein Schattenhüter hat es je gewagt, dem König so auf die Pelle zu rücken. Wieso willst du ihm dann nur den Schlüssel stehlen? Schaffen wir uns Saros ein für alle Mal vom Hals. Sind wir ihn erst los, könnte dieser bunte Schmetterling in seine Welt zurückflattern und wir Schatten friedlich nach unserer Natur leben.«

»Warum sprichst du mit so viel Verachtung über Nelia?«

»Du hast es vorhin doch selbst gesagt: Sie könnte Osttarra zerstören. Je schneller sie verschwindet, desto besser.«

»Das meint auch der König, und deshalb hasst er sie.«

Irjana verschränkte die Arme über der Brust und funkelte Corvin herausfordernd an.

Er schüttelte den Kopf. »Ich verstehe dich nicht, Irjana. Außerdem, wie soll ich uns von Saros befreien? Selbst wenn ich – was ich nicht vorhabe – schwer bewaffnet in sein Gemach eindränge, könnte ich ihn nicht töten.«

»Möglicherweise doch.«

»Du meinst …?«

Sie nickte. »Das Schwere Licht. Schütte deinen ganzen Vorrat über ihm aus, davon wird er sich nicht mehr erholen.«

»Ich bin kein Mörder, Irjana.«

»Sich *nicht* eines Despoten zu entledigen wäre Mord – an all denen, die *er* sonst noch umbringen würde.«

»Ich finde nicht, dass man ein Unrecht mit einem anderen aufwiegen kann. Man darf nicht selbst böse werden, um dem Bösen Einhalt zu gebieten.«

»Aber ...«

»Schluss jetzt!«, ging Gavriel energisch dazwischen. »Wir Hüter werden dem Recht Geltung verschaffen, Irjana, aber nicht heute. Corvins Plan ist auch so schon riskant genug. Ein Anschlag auf den König, wie du ihn vorschlägst, ist keine gute Idee. Schatten sind so verschieden wie die Menschen, von denen sie abgeschnitten wurden – man kann nie sicher sein, wie sie auf das Schwere Licht reagieren.«

Irjana stieß vernehmlich die Luft durch die Nase aus und schwieg.

»Am besten, ich gehe sofort los, damit ich bis zum Morgengrauen wieder zurück bin«, sagte Corvin leise. Was Gavriel über die unzuverlässige Wirkung der violettroten Flüssigkeit in dem Kristallflakon gesagt hatte, beunruhigte ihn.

»Hast du dein Schweres Licht dabei?«, erkundigte sich der Weise.

»Ja.« Corvin klopfte sich auf die Hosentasche.

»Gut. Aber denk dran: ein Tropfen und nicht mehr!«

»Ich werd's mir merken«, versprach Corvin. Er räusperte sich und deutete auf Irjana. »Ich würde es sehr schätzen, wenn sie bis zum Morgen auf Euch aufpasst.«

Gavriels buschige Augenbrauen zogen sich zusammen. Er sah erst Corvin, dann Irjana an und nickte verstehend. »Guter Vorschlag, mein Lieber. Der König hat mir Damenbesuch zwar nur nach Anmeldung gestattet, aber keine Regel ohne Ausnahme. Heute machen wir eine.«

Dass man einfach über ihren Kopf hinweg entschied, ging Irjana erkennbar gegen den Strich. Und als Gavriel sie in liebenswürdigem Ton darum bat, in seinem Chaos zu warten, bis er Corvin auf den Weg gebracht habe, wurde sie noch ungehaltener. Doch letztlich fügte sie sich der Autorität des Ersten Weisen Ratgebers.

»Du hältst Irjana doch nicht für eine Verräterin?«, fragte Gavriel, als er Corvin im Weinkeller die Schranktür öffnete.

»Ich weiß es nicht. Ihr habt sie ja eben selbst erlebt. Sie kommt mir irgendwie ... verwirrt vor. Mir ist einfach wohler, wenn Ihr sie im Auge behaltet, solange ich durch den Palast schleiche.«

»Vielleicht hast du recht. Ich werde ihr mal auf den Zahn fühlen, während wir auf deine Rückkehr warten.«

Corvin nickte. »Noch etwas. Ich wollte in Irjanas Gegenwart nicht darüber sprechen, aber könntet Ihr das hier für mich verwahren?« Corvin zog das kleine Prisma aus der Tasche und reichte es dem Gelehrten.

Gavriel hielt es gegen das Licht seiner Öllampe. Mit einem Mal wurden seine Augen groß. »Woher hast du das?«

»Es ist Orkut aus der Hand gerollt, als er die Besinnung verlor. Mir ist aufgefallen, dass es irgendwie dem Prisma der Seelen gleicht.«

»Möglicherweise nicht nur irgendwie. Die Schmiede des Lichts liegt am Rand des Großen Schlundes. Wenn dieser Quarzblock dort im Fels gefunden wurde, könnte nicht nur seine Form dem Seelenprisma gleichen, sondern möglicherweise besitzt er auch ähnliche Eigenschaften.«

»Lässt sich das herausfinden?«

»Sicher. Spätestens bei der nächsten Eklipse wird es uns sein Geheimnis verraten.«

»Dann behaltet es so lange. So kann es wenigstens nicht Saros in die Hände fallen, sollte seine Leibwache mich heute Nacht gefangen nehmen.«

Gavriel schüttelte unwillig den Kopf. »Davon will ich nichts hören. Du bist zu wertvoll für uns, mein Lieber.«

»Für die Hüter der Schatten?«

»Ja. Du bist so etwas wie das Zünglein an der Waage, Corvin. Saros sieht in dir nur den Eroberer der Tiefe. Aber seit ich von dir weiß, hege ich eine andere Hoffnung. Durch dich könnten die Schatten wieder den Platz einnehmen, der ihnen in der Schöpfung zugedacht ist. Sie sind weder Beherrscher noch sollten sie mit Füßen getreten werden. Wir verkörpern das Gleichgewicht guter Kräfte im Menschen und so sollten sie uns auch sehen.«

»Schön und gut, aber wieso muss ausgerechnet *ich* alles ins Lot bringen? Warum kann ich nicht einfach ich selbst sein?«

Der Weise lächelte. »Aber das sollst du doch. Du bist stark, mein Lieber, und viel mächtiger, als du glaubst. Anscheinend traust du dieser Kraft nur noch nicht oder du fürchtest dich davor. Anstatt deine Gaben zu gebrauchen, sträubst du dich gegen das Erwachsenwerden. Doch ich vertraue darauf, dass du dein wahres Wesen zur rechten Zeit erkennen wirst. Und dann wirst du tatsächlich du selbst sein.«

»Es macht mich ganz krank, wenn ich daran denke, wie Nelia in ihrem Käfig über dem Großen Schlund hängt. Mir würde es vollauf genügen, sie zu retten«, seufzte Corvin.

Gavriel legte ihm die Hand auf die Schulter. »Das eine

schließt das andere nicht aus. Es könnte im Gegenteil sogar untrennbar miteinander verbunden sein. Jetzt zieh dir den Tarnmantel an und lass dich nicht fangen, junger Freund.«

Lautlos öffnete sich die Geheimtür. Sie lag hinter einem Langschild mit darüber gekreuzten Speeren und Bannern verborgen. Corvin schob den Kopf durch den Spalt und spähte in den Gang. In jedem Wandleuchter brannte nur eine Kerze. Ihre Flammen spiegelten sich im polierten Parkett. Das spärliche Licht vermochte kaum die Dunkelheit zu vertreiben.

Hüben wie drüben stand alle paar Schritte eine dunkle Gestalt im Harnisch. Sie waren mit Hellebarden und Schwertern bewaffnet. Corvin entsann sich der Worte des Ersten Weisen Ratgebers: *Manchmal stecken Männer in den Rüstungen. Wenn sie sich nicht bewegen, dann sind sie leer.*

Sie rührten sich nicht.

Dummerweise hatte Gavriel nicht erwähnt, wie lange so ein Posten reglos dastehen konnte. Nirgends gab es so viele Gardisten wie im Herzen von Biráh Sharu. Der Palast war der am besten bewachte Ort von ganz Osttarra. Ein Dieb konnte sich hier nirgends sicher fühlen. Zaudern war ebenso gefährlich wie Übermut. Corvin hatte sich seit dem Abschied von Gavriel mehrmals in dunkle Winkel flüchten müssen, um einer Entdeckung durch patrouillierende Leibgardisten zu entgehen. Also entschied er sich für ein rasches Vorrücken.

Er schlüpfte aus dem Geheimgang, schloss hinter sich die Tür und huschte durch den Gang. Ab und zu verschwammen die an den Wänden hängenden Bilder vor seinen Augen. Die im Tarnanzug eingeschlossenen Schattenhadern trieben ihr Spiel mit seinen Sinnen. Unablässig raunten und flüsterten sie in seinem Geist. Das Gewand aus Schattenattrappen war, um ihm größere Festigkeit zu verleihen, auf eine Lage Seide genäht.

Obwohl es ihn so gut wie unsichtbar machte, fühlte er sich dadurch nicht wirklich sicher.

Argwöhnisch beäugte er die Rüstungen, zwischen denen er hindurcheilte. Seine Hand lag auf dem Schwertgriff, jederzeit zum Ziehen des Degens bereit, doch sämtliche Ritter waren hohl. Dafür hallten aus der Ferne Stimmen zu ihm herüber, vermutlich Palastwachen auf Rundgang. Nicht mehr lange und sie würden hier aufkreuzen.

Endlich erreichte Corvin das private Speisezimmer des Königs. Es war unverschlossen. Lautlos glitt er ins Dunkel des Raums. Hier kannte er sich aus. An der langen Tafel war er ins Geheimnis der bunten Schmetterlinge eingeweiht worden. Und nun kehrte er wegen einem dieser Falter hierher zurück. Um Nelia zu retten.

Bisher hatte er nicht gewusst, dass sich in dem Saal auch eine Geheimtür befand. Corvin widerstand der Versuchung, sein Schwert aufleuchten zu lassen. Jeder Lichtstrahl, der durch die schmalen Fenster nach draußen drang, konnte ihn verraten. Es dauerte einen Moment, bis sich seine Augen an die Finsternis gewöhnt hatten, dann aber sah er die Kerzenleuchter an der Wand. Abermals rief er sich Gavriels detaillierte Beschreibung in den Sinn: *Ziehe am zweiten Wandhalter von links und eine Tür wird sich öffnen.*

Das tat er und mit leisem Schaben schwang eines der Wurzelholzpaneele neben dem Leuchter auf. Corvin betrat den Geheimgang und schloss von innen die Tür.

Nun stand er völlig im Dunkeln. Nur durch ein kleines Astloch drang ein Hauch von Licht. Ob der König von hier aus gelegentlich seine Gäste belauschte? Notgedrungen zog Corvin sein Schwert ungefähr einen Fingerbreit aus der Scheide, gerade weit genug, um sich zu orientieren. Vor ihm erstreckte sich ein schmaler, erstaunlich hoher Gang; weiter hinten knickte er nach rechts ab. Er münde, so hatte Gavriel erklärt, hinter einem Wandteppich im Schlafgemach des Königs.

Leise setzte Corvin seinen Marsch fort. Er duckte sich unter Spinnweben und losen Balken vorbei, stieg über Rattenkot und Stolperdrähte hinweg. Vor Letzteren hatte der Erste Weise Ratgeber nachdrücklich gewarnt. Sie seien mit Glöckchen verbunden, die bei der geringsten Berührung Alarm schlügen. Alles blieb still und Corvin erreichte nach mehrmaligem Abbiegen eine Tür.

Glücklicherweise war auch sie gut geölt. Lautlos ließ sie sich öffnen. Er blickte auf die Rückseite einer Tapisserie. Auch hier gab es ein Guckloch. Ob es im Auftrag des Königs in das Bild eingearbeitet oder nachträglich hineingebohrt worden war, konnte man nur ahnen. Vermutlich überließ Saros nichts dem Zufall, selbst in seinem Schlafzimmer nicht. Vorsichtig schob Corvin sein rechtes Auge an das Löchlein und spähte hindurch.

Das achteckige Gemach war groß und von dem Versteck aus bei Weitem nicht völlig zu übersehen. Hinter einem Paravent brannte Licht. Scheinbar erweckte die flackernde Flamme auf dem stoffbespannten Schirm zwei Mischwesen zum Leben, einen Greif und eine Chimäre, die auf Leben und Tod miteinander kämpften.

Beherrscht wurde der mit dicken Teppichen ausgelegte

Raum von einem großen Himmelbett in der Mitte. Die Vorhänge waren an drei Seiten geschlossen, nur die dem Späher zugewandte Seite stand offen. Vom Kopfkissen her erklang ein zwar nicht lautes, doch vernehmliches Schnarchen.

Ein paar Schritte daneben stand auf einem einzelnen Stativfuß ein Torso. Auf der kopf-, arm- und beinlosen Puppe hingen nicht nur die Gewänder des Königs, sondern – Corvin stockte der Atem – eine goldene Halskette mit einem Schlüssel. Es musste der von Nelias Käfig sein, denn genau wie von ihr beschrieben, hatte er zwei Bärte.

Corvin spähte wieder zum Bett. Ob er es wagen konnte, den Schlüssel zu stibitzen, ohne Saros zu betäuben? Der Atem des Königs ging ruhig und gleichmäßig. Nein, entschied Corvin. Saros würde nach der Entdeckung des Verlustes eine Treibjagd auf den Dieb veranstalten und die vermutlich ohnehin schon verschärfte Bewachung der Gefangenen noch einmal verstärken. Wenn er aber zwei bis drei Tage in einem todesähnlichen Schlaf lag, dann mochte allein dies hinreichend Verwirrung stiften, um Nelia aus ihrem Gefängnis zu befreien.

Langsam schob sich Corvin hinter dem Wandteppich hervor und schlich auf Zehenspitzen zum Himmelbett. Bis dorthin waren es fünf oder sechs Schritte. Nach dreien griff er unter sein Tarngewand in die rechte Hosentasche, holte das Kristallfläschchen hervor und zog mit der Linken behutsam den gläsernen Stopfen ab. Saros hatte ihm den Rücken zugewandt. Umso besser, dachte Corvin. Er würde einen wohl dosierten Tropfen auf das Haupt des Königs träufeln und dann in aller Ruhe mit dem Schlüssel verschwinden.

Am Bett angelangt, verharrte Corvin für einen Moment

reglos neben dem Schlafenden und erinnerte sich daran, wie sehr er den Herrn aller Schatten einmal bewundert hatte. Auch Irjanas Mordgelüste gingen ihm durch den Sinn. Wie leicht wäre es doch, den ganzen Flakon über Saros auszuleeren. Corvin streckte den Arm aus …

Plötzlich fuhr die Gestalt im Bett herum, packte sein Handgelenk, entwand ihm das Fläschchen und rief mit Schangars Stimme: »Ich hab ihn!«

Ehe Corvin die Situation überhaupt erfassen konnte, tauchten hinter den Vorhängen des Himmelbetts weitere Schemen auf. Etliche Hände streckten sich nach ihm aus. Im Nu hielten sie ihn so fest im Griff, dass er weder vor- noch zurückkonnte, und rissen ihm die Schattenattrappen vom Leib. Hinter ihm zog jemand den Paravent zur Seite und fachte das Feuer an. Im Raum wurde es hell und zahlreiche Leibwachen stürmten ins Licht, bewaffnet mit Schwertern, Speeren und Armbrüsten.

Malorons Stellvertreter und voraussichtlicher Nachfolger gönnte sich ein triumphierendes Grinsen. »Du warst ein Schwächling, bist ein Schwächling und wirst bis zu deinem baldigen Ende ein Schwächling bleiben, Junker Corvin.«

»Allein *ich* entscheide, wie mit diesem Rebellen zu verfahren ist«, meldete sich Saros gebieterisch zu Wort.

Corvin sah sich nach dem König um. Er stand neben der Öllampe, umgeben von vier kampfbereiten Männern. Seine Rechte streichelte den Nacken einer jungen Schattenjägerin.

Es war Irjana.

»Verräterin!«, schnaubte Corvin wutentbrannt. Noch immer hielt er den mit Schwerem Licht benetzten Flakonverschluss in der Linken. In seinem rasenden Zorn mobilisierte er ungeahnte Kräfte. Es gelang ihm, das Handgelenk so weit herumzudrehen, dass er den Stopfen wie einen Stempel gegen Schangars Unterarm drücken konnte.

Der Schattenjäger keuchte. »Was hast du …?«

Während er noch die Augen verdrehte und betäubt aufs Bett zurücksank, wand sich Corvin aus dem Klammergriff seiner überraschten Bewacher. Wütend stürmte er auf Irjana zu, die sich erschrocken hinter Saros versteckte, kam aber nicht weit. Die Leibwachen mussten annehmen, der Tobsüchtige wolle sich auf den König stürzen und reagierten befehlsgemäß.

Als der Pfeil der ersten Armbrust in Corvins Brust eindrang, lief er einfach weiter – er hatte nur einen dumpfen Schlag gespürt. Dann aber trafen ihn kurz hintereinander weitere Geschosse, eines ins rechte Bein, zwei in den Leib und das vierte in den rechten Arm. Sein Angriff geriet ins Stocken. Verwirrenderweise sah er Tränen auf den Wangen der Verräterin, die ängstlich hinter der Schulter des Königs hervorlugte. Sie schüttelte entsetzt den Kopf. Corvin streckte seine Hand nach ihr aus. Noch einen Schritt …

Saros bemächtigte sich des Speers, den der rechts von ihm stehenden Leibwächter zur Verteidigung erhoben hatte, und stieß sofort zu. Die Spitze bohrte sich mitten in Corvins Brust. Der König schob sein Gesicht nahe an das des Getroffenen heran und zischte: »Du Narr! Du hättest alles von mir bekommen können und jetzt kriegst du nichts. Nicht einmal deines Namens wird man sich mehr erinnern.«

Corvin hustete. Blut quoll ihm aus dem Mund. Die Schmerzen waren nicht einmal das Schlimmste, aber alles um ihn herum drehte sich. Die jammervolle Miene der Verräterin und das wütende Antlitz des Königs – der endlich seine wahre Natur zeigte – verschwammen. Die Welt der Lichter schien Corvin zu entfließen. Ganz kurz beschwor noch sein Geist das Bild von Nelias Gesicht herauf, dann versank er in friedvollem Dunkel.

20. Das Urteil

Wehe denen, die das Böse gut nennen
und das Gute böse;
die Finsternis zu Licht machen
und Licht zu Finsternis …!
Jesaja 5, 20

Biráh Sharu, Negria (Osttarra)
3. Tag der 11. Finsternis des 136. Rings

Die »Halle des Rechts« machte ihrem Namen keine Ehre. Corvins Verteidigungsrede traf bei den darin versammelten Richtern nur auf taube Ohren. Ihr Urteil stand von vornherein fest. Dafür hatte Saros im Voraus gesorgt. Nominell war der Hohe Rat von Osttarra zwar sein wichtigstes Beratungsgremium und bildete zugleich den obersten Gerichtshof, doch gegen den Willen des Monarchen getraute sich niemand, aufzubegehren. Gavriel hätte es vielleicht noch gewagt, doch er war seit dem Vorfall im Schlafgemach des Königs spurlos verschwunden. Sein Platz als Vorsitzender des Hohen Rats blieb verwaist.

Zwölf hochlehnige Stühle standen zur Rechten und zwölf zur Linken des Throns. Die Prozessbeobachter, ausnahmslos handverlesene, treue Anhänger der Krone, hatte man auf Bänke in den hinteren Teil der Halle verbannt. Corvin saß in Ketten dem König gegenüber am Ende des Richterspaliers.

Die in jener bewussten Nacht erlittenen Verletzungen waren binnen weniger Stunden verheilt, aber die an der Seele davongetragenen Wunden schmerzten immer noch. Irjanas Verrat ließ sich schwer verwinden, wenngleich er nicht einmal das Schlimmste war – Corvin hatte in ihr eine Kameradin gesehen, vielleicht sogar eine Seelenverwandte, deren Freundschaft er sehr schätzte, aber nie mehr als das. Nelia dagegen *liebte* er. Das Gefühl, nichts für sie tun zu können, bereitete ihm furchtbare Qual. Seit zwei Wochen hing ihr Käfig jetzt schon über dem Schlund der Finsternisse. Niemand sprach mit ihr. Niemand gab ihr zu essen oder zu trinken. Der Gedanke an ihr Leiden hatte Corvin anfangs halb wahnsinnig gemacht, nun war er – zumindest äußerlich – abgestumpft.

Die Verlesung der Anklagepunkte hatte er scheinbar teilnahmslos hingenommen. Die Liste reichte von Hochverrat, über »Mortalisierung« des Ersten Schattenjägers Maloron (eine juristische Umschreibung für seine gewaltsame Verwandlung in einen Sterblichen) bis zum versuchten Mord am Monarchen. Auch die »Beweisführung« ließ der Beschuldigte widerspruchslos über sich ergehen. Allein für sein Plädoyer hatte er die Lethargie abgeschüttelt, doch vergeblich.

Nun erhob sich der König, um das Urteil zu verkünden, das ihm der stellvertretende Vorsitzende des Hohen Rats auf einem Blatt Papier per Boten über eine Distanz von exakt acht Schritten hatte zustellen lassen. Auch Corvin und alle anderen in der Halle des Rechts standen von ihren Plätzen auf.

»Corvin, Sohn Malorons, Schatten aus dem Land der Schotten, der Hohe Rat ist zu einem einstimmigen Urteil gelangt. Ihr seid in allen Anklagepunkten schuldig befunden worden. Mehr noch als der feige, von zahlreichen Augenzeugen beobachtete Anschlag auf das Leben Eures Königs hat Euer Verrat und Eure Weigerung, die Namen Eurer Mitverschwörer preiszugeben, den Richtern jeden Spielraum zur Gnade genommen. Daher erwartet Euch die Höchststrafe. Bei der nächsten totalen Sonnenfinsternis werdet Ihr mit Eurem eigenen Lichtschwert hingerichtet.«

Ein Raunen ging durch die versammelte Menge. Die meisten im Publikum hatten den Rebellen vermutlich schon durch die Schattenmühle gehen sehen, aber ein Todesurteil? War das überhaupt möglich?

Saros hielt es offenbar für nötig – schon aus Gründen der Abschreckung – dazu eine Erklärung abzugeben. »Ihr selbst, Corvin, habt uns gezeigt, wie wir das Urteil an euch vollstrecken können: indem Ihr Euren Ziehvater, den edlen, von uns allen bewunderten und hochgeschätzten Maloron, in einen Sterblichen verwandelt habt. Zuerst wird der Scharfrichter mit der Lichtklinge Euer Herz durchbohren und sobald ihr ein Mensch geworden seid, werdet ihr enthauptet.«

Wieder entstand Gemurmel auf den Bänken.

Corvin knirschte nur mit den Zähnen. In all den Verhören der letzten Tage hatte er nie genau erzählt, wie der Ordensmeister der Schattenjäger besiegt worden war. Die Einzige im Saal, die aus seinem Mund alle Einzelheiten kannte, saß in der ersten Reihe hinter ihm.

Es war Irjana.

Saros verschaffte sich mit einer souveränen Geste Gehör

und wandte sich nun direkt an den Verurteilten. »Das Gesetz gesteht Euch ein letztes Wort zu. Habt Ihr noch etwas zu sagen, Junker Corvin?«

Er nickte. »Nur so viel, Majestät: Was ich Maloron angetan habe, den ich wie einen Vater liebte, lastet schwer auf meiner Seele. Ich teile Euren Kummer und den des Volkes über den Verlust dieses großen Schattens und bitte demütig um Verzeihung. Den Vorwurf des Vorsatzes oder gar der Arglist weise ich entschieden zurück, doch die Schuld an dem Tod, der meinen Ziehvater nun erwartet, trage ich trotzdem. Euch dagegen, Majestät, habe ich kein Leid angetan. Ich wollte Euch niemals töten. Es ging mir nur um Nelia. Ich *liebe* sie. Dies ist mein Wesen, das ich meinem Schattenbruder verdanke: die Liebe. Den Tod nehme ich gerne in Kauf, wenn ich sie dadurch retten kann. Und vielleicht vermag ich so auch Osttarra vor Schaden …«

»Schweig!«, schrie unvermittelt Irjana hinter ihm. »Deine sogenannte Liebe hat uns allen nur Unglück gebracht: dir und Nelia und unserem verehrten Ordensmeister und …« Sie biss sich auf die Unterlippe und sah sich beschämt um. Kleinlaut fügte sie hinzu: »Und allen anderen hier.«

»Wohl wahr, wohl wahr!«, sagte der König mit gewichtigem Nicken und gab den Gerichtsdienern einen Wink. »Bringt ihn zurück in seine Zelle. Dort soll er bis zur Urteilsvollstreckung über seine Schandtaten nachsinnen. Vielleicht findet er ja den Weg zur Reue, ehe der Henker seinem schmachvollen Dasein ein Ende setzt.«

Corvins Todeszelle befand sich in luftiger Höhe. Nachdem ihm bereits einmal die Flucht aus dem Kerker gelungen war, hielt Saros es für das Beste, ihn in den Turm zu sperren.

Wenn in Biráh Sharu ein Gefangener in »den Turm« geworfen wurde, dann war damit der älteste Teil der Zitadelle gemeint, ein trutziger Bergfried im inneren Mauerring. Corvin bewohnte das halbrunde Gelass seit dem Vorfall im Schlafgemach des Königs. Hier hatte er das Bewusstsein wiedererlangt und sich von seinen Wunden erholt. Die Einrichtung war im Gegensatz zum unterirdischen Kerker erstaunlich komfortabel. Neben der Pritsche mit dem Strohsack gab es einen Tisch, zwei Stühle und einen abdeckbaren Eimer zur Verrichtung der Notdurft. Außerdem gestand der König ihm täglich zwei Essensrationen und sauberes Wasser zum Trinken zu. Vielleicht wusste Saros, dass es etwas sehr viel Wirkungsvolleres gab als schlechte Behandlung und Folter, um den Gefangenen zu zermürben, nämlich die Ungewissheit über Nelias Schicksal.

Wenige Minuten, nachdem Corvin wieder in sein Turmgelass gesperrt worden war, klapperten erneut die Schlüssel des Wärters an der Tür. Als diese sich öffnete, fuhr er vom Stuhl auf. Er traute seinen Augen kaum.

»Irjana?«

Ihre Miene war ausdruckslos, als sie in die Zelle trat. Mit einer knappen Geste gab sie dem Wächter zu verstehen, dass er sie mit dem Gefangenen allein lassen sollte. Die Tür wurde wieder verriegelt.

»Hast du keine Angst, dass ich dir an die Gurgel gehe?«, knurrte Corvin, blieb aber ruhig am Tisch sitzen.

»Nein. Ich bin überzeugt, du hättest mir auch im Schlafgemach des Königs nichts getan. Vielleicht wäre ich von dir ein bisschen durchgeschüttelt worden, aber mehr nicht.«

»Wie kannst du dir da so sicher sein?«

»Gewalt liegt nicht in unserer Natur.«

»Wir beide sind Schattenjäger.«

»Nein.« Sie schüttelte den Kopf und näherte sich langsam dem Tisch. Leise fügte sie hinzu: »Das sind wir nicht, Corvin. Schatten*diebe* vielleicht, aber keine Jäger. Ich wurde von einem sechsjährigen Mädchen geerntet. Seit ich klein war, habe ich dich bewundert, den Schatten, der sich weigerte erwachsen zu werden. Natürlich habe ich mich gefragt, was der Grund für deine Haltung ist. Ich kam zu dem Schluss, dass wir verwandte Seelen sein müssen. Uns ist die Liebe ins Herz geschrieben.«

Inzwischen war sie ihm so nahe gekommen, dass ihr Maiglöckchenduft sämtliche anderen Gerüche im Raum überdeckte und ihre Beine seine Knie zu berühren drohten. Er sprang vom Stuhl auf und wich empört an die Wand zurück. »Was redest du da! Du hast mich verraten. Und vermutlich auch Gavriel und die anderen Schattenhüter.«

»Das stimmt nicht!«, zischte sie. Ihr war anzusehen, wie sehr dieser Vorwurf sie verletzte. »Gavriel ist aus dem Palast geflohen, nachdem ich mich aus seinem Turm abgesetzt hatte, um Saros vor dir zu warnen.«

»Na bitte! Du gibst deinen Verrat selbst zu.«

»Ja, aber nicht, weil ich eine Anhängerin des Königs geworden bin. Ich halte die Eroberung der Tiefe nach wie vor für einen selbstzerstörerischen Weg. Nur …« Sie senkte den Blick. Ihre Unterlippe bebte. »Ich wollte dich nicht diesem Mädchen überlassen, Corvin. Sie ist ein Mensch. Ein bunter Schmetterling. Ein Wesen, das in Osttarra nichts verloren hat. Aber wir beide, du und ich, wir sind von derselben Art. Ich … ich liebe dich, Corvin.«

Er hatte es geahnt. Manchmal hatte sie ihn so seltsam intensiv angesehen und dann wieder so schnippisch reagiert, wenn es um Nelia ging. Spätestens bei dem Kuss in Gavriels Turm hätte er sie zur Rede stellen sollen. Stattdessen war er der Wahrheit ausgewichen. Trotzdem konnte er nicht anders, als ungläubig den Kopf zu schütteln. »Aber ich habe dir doch gar keine Hoffnungen gemacht …«

»Nein, das hast du wirklich nicht«, fiel sie ihm trotzig ins Wort. »Immer habe ich dich nur aus der Ferne bewundert. Wegen dir bin ich, obwohl ich die Schattenjägerei verabscheue, in den Orden deines Ziehvaters eingetreten, dessen Verschwinden jetzt angeblich alle so bedauern. Ich hatte gehofft, dass du mich irgendwann bemerken würdest. Und als du dann bei den Hütern der Schatten aufgetaucht bist, war ich überglücklich. Als Gleichgesinnte im Kampf gegen das Böse, so dachte ich, wird er mich achten und lieben lernen. Stattdessen hast du ständig nur von Nelia geredet.«

»Weißt du, wie es ihr geht?«

»Ha! Was habe ich gesagt? Du tust es schon wieder.« Sie verschränkte die Arme über der Brust und blickte zornig zu der kleinen Lichtöffnung unter der Decke hinauf. Nach kurzem Schweigen antwortete sie dann aber doch: »Nelia isst und trinkt jetzt regelmäßig, ansonsten lebt sie in ihrer eigenen Welt. Niemand dringt zu ihr durch. Vermutlich kann der Schlund ihr deshalb nichts anhaben. Ein Wächter sagte mir, es käme ihm so vor, als hielte sie Winterschlaf und nehme ihre Nahrung zu sich, ohne aufzuwachen.«

»Danke«, murmelte Corvin und starrte eine Weile leer vor sich hin. Sein Atem flatterte, als er tief Luft holte. Einerseits war ihm zum Heulen zumute, andererseits hätte er vor ohnmächtiger Verzweiflung am liebsten gebrüllt. Er fühlte sich so hilflos! Wenigstens schien Nelia nicht sehr zu leiden. Sein Blick wanderte zu der Überbringerin dieser Nachricht, die ihn immer noch mit trotziger Nichtachtung strafte. Leise sagte er: »Ich habe dich immer geschätzt, Irjana. Zuletzt sogar als Freundin. Auch das ist eine Art der Liebe. Aber wenn jetzt …« Er schüttelte den Kopf. »Deine angebliche Zuneigung zu mir hat sich in Hass verwandelt. Du bist eine Konkubine des Königs geworden, um mich zu zerstören …«

Sie fuhr mit weit aufgerissenen Augen herum. »Das ist nicht wahr! Ich habe alle seine Annäherungsversuche abgewehrt.«

Corvin schnaubte. »Das soll ich dir glauben? Ich habe doch Saros' Hand in deinem Nacken gesehen.«

»In der Nacht war ich zornig und verwirrt, aber danach hat der König mich nie mehr berührt.«

Die Klappe am Türgitter öffnete sich. »Braucht Ihr Hilfe, Herrin?«

»Nein!«, brauste sie auf. »Wartet, bis ich Euch rufe.«

Die Luke schloss sich wieder.

»Warum bist du gekommen?«, fragte Corvin ruhig.

»Ich wollte, dass du mich verstehst.«

»Du hast dich erklärt. Jetzt kannst du gehen.«

»Und ich soll dir ein Angebot des Königs überbringen.«

Seine Augenbrauen hoben sich. »Ah! Jetzt zeigt die Verräterin ihr wahres Gesicht.«

Sie biss sich auf die Unterlippe und es dauerte einen Moment, ehe sie antwortete: »Das eine hat mit dem anderen nichts zu tun. Saros bietet dir eine Amnestie an.«

»Und das soll ich glauben? In der Halle des Rechts hatte es sich noch so angehört, als sei ich das größte Ungeheuer des Universums.«

»Ich denke, er kennt deinen Wert genau. Nur durch dich kann er bekommen, wonach sein Herz verlangt: die größte Eroberung aller Zeiten. Jeden anderen hätte er schon bei wesentlich geringeren Vergehen durch die Schattenmühle gehen lassen, aber dir würde er fast alles vergeben – sofern du auf seine Bedingungen eingehst.«

»Und die lauten?«

»Wenn du dich ihm vorbehaltlos unterwirfst, dann wird das Todesurteil aufgehoben.«

»Mit anderen Worten: Ich soll Nelia mein Schwert ins Herz stechen.«

Irjanas Schweigen war eine mehr als beredte Antwort.

Er nickte. »Sag ihm, ich will seinen Vorschlag überdenken.«

»Was?«, entfuhr es ihr überrascht.

Corvin musste alle Beherrschung aufbieten, um seine Gefühle vor ihr zu verbergen. »Du hast richtig gehört. Allerdings knüpfe ich eine Bedingung an mein Angebot.«

Sie lachte kurz auf. »*Du* willst Saros Bedingungen stellen? Vergiss es.«

»Dann soll er mich hinrichten lassen. Von allen Übeln, die ich nicht verhindern kann, ist mein Tod immer noch das Beste für Nelia.«

Sie schnaufte. »Was verlangst du vom König?«

»Nelia muss anständig behandelt werden. Sie soll weder hungern noch frieren noch sonst wie gequält werden. Ich möchte, dass sie wieder hierher in den Palast zurückkehrt, bis ich zu einer Entscheidung gekommen bin.«

Irjana funkelte ihn zornig an. »Du verlangst allen Ernstes, dass ich meiner Rivalin Erleichterung verschaffe?«

»Ja. Nelia hat dir nie etwas getan. Und wage ja nicht, irgendeine neue Intrige zu spinnen. Wenn ich bis heute Abend keine überzeugende Antwort vom König erhalte, werde ich einen anderen Boten zu ihm schicken.«

Ihre Augen wurden schmal wie Schießscharten. »Sei unbesorgt, Corvin. Ich werde Saros deine Antwort überbringen. Wortgetreu. Aber mach dir nicht zu viele Hoffnungen. Er hat dich bisher nur aus Berechnung so gut behandelt. Nur, weil du für ihn der Einzige bist, der seine Pläne verwirklichen kann. Deshalb redet er sich ein, deine Halsstarrigkeit brechen zu können. Aber sobald er die Sinnlosigkeit dieser Hoffnung erkennt, hast du von ihm keine Gnade mehr zu erwarten.«

Die Rückführung von Nelia nach Biráh Sharu war für Corvin ein bitterer Triumph gewesen. Zwar freute er sich über die Erleichterungen, die ihr durch die Verlegung und auch durch die regelmäßige Versorgung mit Nahrung zuteil wurden, doch das Zugeständnis war mit einer neuerlichen Bosheit des Königs verbunden. Saros hatte die Gefangene nämlich im selben Turm eingesperrt, in dem Corvin schmachtete. Das Mädchen, das er so sehr liebte, war ihm jetzt ganz nahe und blieb ihm doch unerreichbar fern. Nicht einmal miteinander reden konnten sie. Er fühlte sich wie ein Verdurstender, der das Wasser schon plätschern hört, es aber trotzdem nicht erreichen kann.

So verstrich Woche um Woche, Monat für Monat! Und Corvin zermarterte sich weiter das Hirn, wie er Nelia retten konnte. Er hoffte auf eine Botschaft von den Schattenhütern, lauerte auf einen Fehler seiner Bewacher. Doch diesmal waren die Sicherheitsvorkehrungen lückenlos. Zweimal am Tag bekam er zu essen, einmal wurde sein Eimer geleert, ansonsten überließ man ihn sich selbst. Nicht einmal Irjana besuchte ihn. Er kam sich vor wie eingemauert in einem Mausoleum.

Bald wurde das Alleinsein zur Qual. Corvin glaubte allmählich den Verstand zu verlieren. Um seinen Geist zu schützen, forderte er regelmäßig das Letzte von seinem Körper, indem er stundenlang bestimmte Übungen wiederholte, die jeder Schattenjäger beherrschte. Doch selbst, wenn danach seine Muskeln schmerzten, konnte er die bleierne Leere der Einzelhaft nicht vergessen.

Selbiges traf auf die vielen kleinen Beschäftigungen zu, die er sich abverlangte. Er ritzte die Tage als Striche ins Mauerwerk seiner Zelle, um sich das Gefühl für die Zeit zu bewahren. Einmal wöchentlich wusch er seine Kleider im Trinkwasser und wartete nackt, bis sie wieder getrocknet waren. Besondere Pflege ließ er Nelias Halstuch angedeihen, das er mittlerweile, säuberlich zusammengefaltet, in der Hosentasche verwahrte. Überdies jagte er so oft wie möglich Fliegen, ließ sie wieder frei und fing sie erneut. Solche Rituale waren besser, als dem Nichts ins Antlitz zu sehen.

Um das Gefühl des Alleinseins zu betrügen, formte er irgendwann aus eingespeicheltem Brot kleine Figuren der drei wichtigsten Personen seines Lebens: Johann Lamont, Maloron und Nelia. Letzte fiel deutlich größer und detailreicher aus als die beiden Männer. Damit seine kleinen Gefährten nicht verschimmelten, trocknete er sie im Sonnenlicht, das durch die Öffnungen unter der Decke drang. Und dann unterhielt er sich mit ihnen bald so angeregt, manchmal auch erhitzt, als seien sie lebendig. Für ihn waren sie es tatsächlich! Er beobachtete ihr Mienenspiel, die Bewegungen ihrer Lippen und sogar, wenn sie sich kratzten.

Johann fragte er über sein Leben aus, wie er Nelias Eltern das Verschwinden ihrer Tochter beigebracht und was er seitdem so alles unternommen habe. Mit dem schönsten aller Mädchen selbst sprach er stundenlang über alles, was ihn bewegte. Sie war eine geduldige Zuhörerin. Bei Maloron entschuldigte er sich für den Herzstich und erkundigte sich nach den Licht- und Schattenseiten des Lebens als Mensch. Dieses Thema beschäftigte ihn besonders, seit Irjana über Nelia hergezogen war, sie als Wesen beschimpft hatte, das in Osttarra nichts verloren habe. *Wir beide, du und ich, wir sind von derselben Art.*

Bedeutete dies nicht, dass es für ihn und Nelia widernatürlich wäre, sich völlig einander hinzugeben, wie es eigentlich im Wesen von Mann und Frau lag? Gab es überhaupt eine gemeinsame Zukunft für sie? Er konnte sie zwar retten, indem er ihr eine sichere Rückkehr nach Terra ermöglichte – und an diese Hoffnung klammerte er sich nach wie vor –, doch was käme danach? Er war ein Schatten, sie ein Mensch. Sich nur bei einer totalen Sonnenfinsternis ein paar Sekunden lang in die Arme schließen zu können, war keine sonderlich trostreiche Aussicht.

Er musste einen Weg finden, diese Kluft zu überbrücken. Er musste ein Mensch werden wie Nelia.

»Ein Sterblicher.«

Als Corvin diesen Gedanken erstmals aussprach, war er starr vor Schreck. Sein Lebensmaß selbst zu bestimmen, gehörte zu den Gaben, die Schatten dem Menschen voraushatten! Darauf freiwillig zu verzichten war ungeheuerlich, ein Sakrileg. Nein, es war ein Opfer von kosmischer Dimension!

Einige Tage lang schnitt Corvin das Thema gegenüber

dem Brotpüppchen nicht wieder an, um es nicht weiter zu beunruhigen. Doch es ließ ihn nicht mehr los. Irgendwann erzählte er der Nelia-Statuette doch von dem mythischen Hochkönig Niall von den neun Geiseln, dem die Verwandlung in einen Mensch gelungen war. Vielleicht käme daher ja überhaupt die Wendung vom »Königsweg«, schwang sich Corvin gegenüber der Brot-Nelia zu gewagten Mutmaßungen auf. Natürlich habe er seinen Pflegevater gefragt, wie denn so etwas möglich sei. Maloron hatte dazu nie etwas sagen können. Oder wollen?

Aber dann gab er seinem Zögling auf so tragische Weise doch eine Antwort.

In den endlosen Stunden des Alleinseins fasste Corvin den Entschluss, für Nelia ein zweiter Niall Noígíallach zu werden.

Ab und an wurde er zum Verhör abgeholt. Manchmal war ihm dies lästig, wenn er deshalb eine Unterhaltung mit seinen Brotgefährten unterbrechen musste. In weniger entrückten Momenten atmete er sogar auf. Er ließ sich dann lieber beschimpfen und drangsalieren, als im Sumpf der Einsamkeit zu versinken. Manchmal machte er seinen Peinigern Hoffnung, um dem bunten Schmetterling einen neuen Aufschub zu verschaffen. Ihm selbst wurden aber keine weiteren Erleichterungen zugestanden. Die Folter der Isolation sollte noch lange fortdauern.

Einmal unterhielt er sich so angeregt mit der Johann-Figur, dass er seinen Bewacher nicht kommen hörte. Die Zellentür flog auf, der Wärter sah ihn und seinen kleinen Gesprächspartner verdutzt an, Corvin fürchtete schon, nun seiner Gesellschafter beraubt zu werden, doch der Wachsoldat lachte nur schallend, schüttelte den Kopf und ging wieder hinaus. Für ihn stand außer Frage, dass der Häftling verrückt geworden war.

Obwohl Corvins regelmäßige Konversation mit geformten Brotklumpen durchaus diese Vermutung rechtfertigte, bewirkte sie doch eher das Gegenteil. Die Gespräche halfen ihm, seine Gedanken immer wieder neu zu ordnen. Von den drei Figuren war es vor allem die des Mädchens, die ihn dem Wahnsinn trotzen ließ. Und wenn er dazu noch Nelias Halstuch in die Hand nahm, rief ihr Duft nach Nachthyazinthen sämtliche Erinnerungen an sie wach, jede Sekunde des Zusammenseins, alle zwischen ihnen getauschten Worte. Ihr Geruch überdauerte die Zeit der Gefangenschaft, er war in Osttarra genauso unzerstörbar wie Nelia selbst. Dadurch rettete er – vielleicht sogar mehr als die Figürchen – Corvins Verstand.

So gingen fünf Mondfinsternisse vorüber – nach Menschenmaß verstrich mehr als ein Jahr, bis schließlich am 31. Dezember 1861 der Tag der nächsten totalen Sonnenfinsternis kam.

Die Stunde seiner Hinrichtung nahte mit Riesenschritten. Corvin glaubte dieses Stapfen buchstäblich zu hören.

Jemand stieg die Treppe herauf.

Mit der Bedächtigkeit eines Henkers, der nichts anderes zu tun hat, als einem Delinquenten das Leben zu nehmen, stieg er Stufe für Stufe nach oben. Dem Geräusch nach war er nicht allein. Schlüssel klapperten im Schloss. Corvin wappnete sich, seinem Scharfrichter ins Auge zu sehen. Die Tür wurde aufgezogen.

Und Saros erschien.

Corvin neigte das Haupt, sagte aber nichts.

Der König betrat die Zelle, gefolgt von zwei Leibwächtern. Er musterte den Gefangenen von oben bis unten und sagte: »Du siehst furchtbar aus, Corvin.«

»Danke, Majestät. Da, wo ich hingehe, spielt das keine Rolle.«

»Du hast also mit deinem Leben abgeschlossen. Einfach so?«

»Ich hatte ausreichend Zeit, Majestät.«

»Wärst du daran interessiert, noch mehr davon zu bekommen? Ein zweites Leben sozusagen?«

Corvin betrachtete lauernd das Gesicht des Königs. Was für eine Gemeinheit hatte er sich jetzt wieder ausgedacht?

Saros machte eine vage Geste. »Ich riet dir bei der Urteilsverkündung, deine Schandtaten zu überdenken und den Weg der Reue einzuschlagen.«

»Ja, um meinem Henker geläutert gegenüberzutreten.«

»Ich könnte Gnade vor Recht ergehen lassen, sofern du tatsächlich deine Sünden bereust und dem Rebellentum abschwörst.«

»Meine Entschuldigung für den Maloron zugefügten Schaden haben alle Beobachter des Prozesses gehört. Und was das angebliche Attentat auf Euer Leben anbelangt, will ich gerne vor aller Öffentlichkeit davon Abstand nehmen – ich hatte nämlich nie vor, Euch zu ermorden. Doch im Hinblick auf Nelia hat sich meine Haltung nicht geändert.«

»Du kannst für sie die Zeit nicht zurückdrehen. Von meinen Schattenjägern weiß ich, dass ihre Eltern sie für tot halten.«

Corvin zog die Augen zu engen Schlitzen zusammen. »Was wollt Ihr mir damit sagen, Majestät?«

»Im Augenblick dämmert das Mädchen nur noch vor

sich hin. Es rührt sein Essen nicht mehr an, trinkt auch nichts, sagt nie ein Wort. Nelia ist eine lebende Tote. Oder vielleicht hat sich der bunte Schmetterling auch nur neu verpuppt. Es liegt in deiner Hand, ihre nächste Metamorphose zum Guten zu wenden.«

»Indem ich ihr ein Lichtschwert ins Herz stoße? Ich habe im letzten Jahr viel darüber nachgedacht, aber an Eurem Plan nichts Gutes finden können. Niemals werde ich Nelia ein Leid zufügen.«

»Manchmal führt der Weg der Heilung nur über den Schmerz. Angenommen, du könntest ihr Los durch ein kleines Leiden verbessern, wärst du nicht gerne bereit, es zu tun?«

»Worauf wollt Ihr hinaus, Majestät?«

»Irjana hat mir erzählt, wie du dem Ersten Schattenjäger deinen Degen ins Herz gebohrt hast. Ist dein Ziehvater daran gestorben?«

Corvins innere Abwehr geriet jäh ins Wanken, ging es doch genau um den Punkt, den er in letzter Zeit so heftig mit dem Brot-Mädchen diskutiert hatte. Der Herzstich mit dem Lichtschwert, bei jedem Menschen zweifellos tödlich, war für Maloron nur wie ein kurzer Niederschlag. Er verwandelte ihn in einen Sterblichen. Konnte es sein, dass auch Nelia …?

»Ich will nur, dass du die Tiefe aus dem bunten Schmetterling befreist«, betonte Saros ruhig. »Danach seid ihr beide frei. Ich lasse euch gehen, wohin immer ihr es wünscht.«

Verwirrt blinzelte Corvin den König an. Die Gedanken in seinem Kopf schwirrten. Unterschwellig hatte er das Gefühl, diese Lösung sei zu einfach, doch auf Anhieb fiel ihm kein stichhaltiges Gegenargument ein.

»Ich … ich muss darüber nachdenken.«

Saros schüttelte den Kopf. »Draußen warten deine Henker auf dich. Jetzt verlange ich eine Antwort von dir. *Sofort!*«

»Ich brauche Bedenkzeit«, beharrte Corvin. Er traute dem König nicht.

In dessen Gesicht braute sich ein Unwetter zusammen. Er ballte die Fäuste, schien jeden Moment explodieren zu wollen. Doch dann entspannte er sich wieder und sagte: »Also gut. Ich habe viele Jahrhunderte auf dich gewartet. Du bekommst deine Frist. Ich hoffe, du triffst die richtige Entscheidung. Nicht in meinem, sondern in Nelias Interesse. Und natürlich in deinem eigenen.«

21. Der Kaiser von Mexiko

Die Dämmerung versetzt die Wahnsinnigen in Erregung.
Charles Baudelaire

Querétaro (Mexiko)
29. August 1867

In Mexiko hatte man Besseres zu tun, als sich um die Sonnenfinsternis den Kopf zu zerbrechen. Sie kreuzte Lateinamerika im Laufe des Vormittags ohnehin wesentlich weiter südlich, in Chile, Argentinien und Paraguay. Nur bei Antonio Miramón löste die Nachricht von der totalen Verdunkelung der Sonne Beklemmungen aus. Die wahre Ursache dieses Gefühls kannte er nicht. Er wusste zwar, dass er vor sieben Jahren während einer Eklipse im spanischen Castellón de la Plana ein neues Leben begonnen hatte. Aber was vor diesem 18. Juli 1860 gewesen war, daran konnte er sich nicht erinnern. Daher kannte er auch nicht seinen osttarrischen Namen:

Maloron.

Obwohl er von seiner früheren Identität als Erster Schattenjäger also nichts ahnte, hatte er doch seine Begabungen nicht verloren. Er war klug, um nicht zu sagen gerissen, und er konnte kämpfen. Dieser Umstand verschaffte ihm einen kometenhaften Aufstieg.

In Castellón hatte er einen gewissen Ramón Álvarez, den Grafen von Morella, kennengelernt. Der war fest überzeugt, seine Tochter Nelia sei unter die Räuber gefallen und von ihnen verschleppt worden. Als Ort der Entführung rekonstruierte die Polizei eine Gasse, in der eine herrenlose Hand aufgefunden worden war.

Da Zeugen den herumirrenden Antonio nahebei gesehen hatten, wurde er vorübergehend festgenommen, verhört und den völlig aufgelösten Eltern vorgeführt. An diesem Tag fasste er den Entschluss, fürs Erste Antonio *Álvarez* zu heißen.

Weil er in Castellón ein Niemand war und sogar für verrückt gehalten wurde, meldete er sich in Valencia zur spanischen Armee. So kam er nach Mexiko, wo gerade Soldaten gebraucht wurden, weil dort ein erbitterter Bürgerkrieg tobte. Eine liberale Regierung hatte in dem mittelamerikanischen Land versucht, Reformen einzuleiten, eine Neuordnung der Besitzverhältnisse und Religionsfreiheit. Das behagte weder den konservativen Landeignern noch der katholischen Geistlichkeit und so zettelten sie gemeinsam ein Blutbad an.

Antonio interessierte sich genauso wenig für die große Politik wie einst Maloron. Doch im Kriegshandwerk kannte er sich aus, wenngleich ihm die modernen Feuerwaffen anfangs nicht ganz geheuer waren. So kämpfte er ein paar Wochen lang an der Seite von Engländern und Franzosen gegen die in Richtung Norden ausweichenden Liberalen. Als die Spanier sich unversehens nach Europa zurückzogen, setzte auch er sich von der Truppe ab. Es gefiel ihm in Mexiko. Er wollte bleiben.

Als Deserteur lebte man damals gefährlich. Man landete

allzu leicht vor einem Erschießungskommando. Deshalb änderte Antonio kurzerhand erneut seine Identität. Listig, wie er war, schaffte er es, sich dem mexikanischen General Miguel Miramón als verlorener Zwillingsbruder unterzujubeln – tatsächlich war die Ähnlichkeit zwischen den beiden frappierend. Und so wurde aus dem Spanier Antonio Álvarez der Mexikaner Antonio Miramón. Ob eine unterschwellige Erinnerung ihn ausgerechnet diesen, seinem osttarrischen so ähnlichen Namen wählen ließ?

Jedenfalls arbeitete sich der »Bruder« des hoch angesehenen Miguel binnen weniger Monate durch hervorragende Leistungen in der Militärhierarchie nach oben. Als die Franzosen Erzherzog Ferdinand Maximilian Joseph von Österreich zum Kaiser von Mexiko kürten, wurde Antonio in die Leibwache des neuen Monarchen berufen.

Was für ihn zunächst wie eine glückliche Fügung aussah, endete bald in einem Desaster. Sein habsburgischer Dienstherr – übrigens der Bruder des österreischen Kaisers Franz Josephs I. – machte dem Gros seiner Untertanen keine rechte Freude. Und als sich nach dem Ende des Amerikanischen Bürgerkriegs 1867 dann auch noch die Franzosen aus Mexiko zurückzogen, bekamen die Liberalen unter Benito Juárez Oberwasser.

Sie gewannen verlorenes Terrain zurück und beherrschten wenig später wieder das ganze Land. Der mexikanische Kaiser aus Wien wurde mit seinen Truppen in Querétaro umzingelt und musste schließlich am 14. Mai kapitulieren.

Antonio hatte noch kurz zuvor wie ein Löwe für ihn gekämpft und sich auf einer geheimen Mission vor den Toren der Stadt eine Kugel eingefangen. Auf der Flucht vor den Verfolgern musste er sich verstecken, das Bleigeschoss konnte nicht gleich entfernt werden und später hatte der Arzt gesagt, der Eingriff sei zu gefährlich. Seitdem wanderte das Ding wie ein Käfer in Antonios Leib herum und zwickte ihn gelegentlich, mal mehr, mal weniger.

Trotz der Verwundung gelang es ihm, sich wieder in die eingeschlossene Stadt durchzukämpfen. Doch am Ende hatte sein Heldenmut weder ihm noch dem Kaiser genützt. Maximilian bedankte sich bei seinem Leibwächter für den aufopferungsvollen Dienst und begab sich in die Hände der Sieger. Gut einen Monat später wurde er von den Liberalen zu den Klängen seines Lieblingsliedes *La Paloma* exekutiert.

Er war nicht der Einzige, dem die neuen alten Machthaber nach dem Leben trachteten. Auch Antonio musste sich in der Stadt verstecken, um nicht verhaftet zu werden. Dies gelang ihm inzwischen ganz gut – er war ja gerissen –, doch an diesem 29. August hatte er schon beim Aufstehen am Morgen ein schlechtes Gefühl gehabt. Er war in seinem Versteck geblieben, einem weitläufigen Weinkeller am Rande von Querétaro.

Große Fässer gab es darin und angenehme Temperaturen; von der schon am Vormittag sommerlichen Hitze draußen war nichts zu spüren. Der Besitzer trauerte insgeheim dem hingerichteten Kaiser nach. Deshalb hatte er dem Verfolgten auch Unterschlupf gewährt und gestattete ihm, sich an seinem Wein gütlich zu tun.

Während der Desperado bei Kerzenlicht an einem guten Roten nippte, flatterte plötzlich ein kleiner Vogel durch den Keller.

Antionio griff sofort zu seinem Degen. Er hatte zwar auch einen Colt *Dragoon* aus Armeebeständen der Vereinigten

Staaten, doch das Schwert zog er immer noch dem Revolver vor. Argwöhnisch musterte er den gefiederten Besucher.

Es handelte sich um einen nur spatzengroßen schwarzen Greif, dem Aussehen nach ein Falke, aber nie zuvor hatte Antonio einen so kleinen gesehen …

Oder doch?

Es schien ihm, als wehe eine ferne Erinnerung durch seinen Geist, nur eine Rauchfahne am Horizont seines ohnehin verdüsterten Bewusstseins. Mit einem Mal überkam ihn die Ahnung, selbst in dem Weinkeller nicht länger sicher zu sein. Angestrengt lauschte er in die Dunkelheit. Sein Blick schweifte durch die Schatten zwischen den Fässern. Als er sich umdrehte, sah er sich plötzlich einer furchterregenden Gestalt gegenüber.

Völlig lautlos hatte sich der drahtige, seltsam altertümlich gewandete Mann angeschlichen. Im Kerzenlicht wirkte er irgendwie farblos. Wie mit Asche bestäubt. Sogar seine Augen und sein Haar waren grau.

Antonio wich erschrocken bis an das Fass zurück, dessen Inhalt ihn gerade noch beglückt hatte, und richtete die Degenspitze auf den Fremden. »Keine Bewegung! Wer sind Sie? Was wollen Sie hier?«

Der Graue lächelte auf eine ruhige, maliziöse Art. »Mich könnt Ihr nicht täuschen, Maloron.«

»Maloron? So heiße ich nicht. Mein Name ist Antonio Miramón. Ich bin der Bruder von General …«

»Schweigt!«, herrschte ihn der Fremde an. »Ich habe keine Zeit für Eure Ausflüchte. Ihr kennt mich …«

»Nein!«, beteuerte Antonio. »Wirklich nicht. Gehen Sie, sonst mache ich von meiner Waffe Gebrauch.«

»Deshalb bin ich ja gekommen. Ich wollte schon immer

wissen, wer in Osttarra der bessere Schwertkämpfer ist: Maloron oder Schangar.«

»Señor, Sie verwechseln mich. Mein Name ist …« Er verstummte, weil der Fremde, der sich Schangar nannte, unvermittelt einen Säbel aus der Scheide zog und ihn hoch über den Kopf hielt. Die Klinge gleißte wie Sonnenlicht. Antonio stockte das Blut in den Adern.

»Schluss jetzt mit dem Schmierentheater, Maloron. Saros schickt mich zu Euch, damit das Eherne Gesetz des Schweigens nicht gebrochen wird. Ich soll Euch ausrichten, er bedauere die Notwendigkeit dieser Maßnahme.« Schangar ließ seinen Säbel blitzschnell auf seinen Gegner herabfahren.

Antonio riss den Degen hoch, parierte den Hieb und versuchte einen Streich gegen den Leib des Gegners. Dabei spürte er einen ziehenden Schmerz in der Hüfte – die Kugel meldete sich zum ungünstigsten Zeitpunkt zurück. Er sog mit zusammengebissenen Zähnen die Luft ein und wich zur Seite aus. Als er das Grinsen im Gesicht dieses Schangar sah, war ihm klar, dass er sich diese Blöße nicht hätte geben dürfen.

Der Graue ließ nun einen ganzen Hagel von Hieben auf ihn niedersausen. Antonio taumelte zurück. Die Kugel schränkte seine Bewegungsfreiheit ein – sie zwickte immer stärker. Zu allem Übel blendete ihn auch noch der gleißende Säbel des anderen. Links, rechts, links, rechts blitzten die Streiche um ihn herum, immer schneller.

»Ihr seid fürwahr nach wie vor ein recht passabler Kämpfer«, knurrte Schangar und ließ seine Attacken gnadenlos weiter auf den Gegner niederregnen.

Plötzlich stieß eine von Antonios Hacken gegen etwas Flaches, und ehe Antonio dem Hindernis ausweichen konnte, strauchelte er. Im Fallen sah er noch, dass er über einen Schemel gestolpert war. Instinktiv riss er den Degen hoch.

Sein Widersacher setzte sofort nach und ließ den Säbel waagerecht durch die Luft sausen.

Antonio spürte einen merkwürdigen Ruck in der Bauchgegend, so als sei dort etwas entzweigerissen. Dann hörte er ein metallisches Klicken und begrub den Hocker unter sich. Er wusste sofort, dass er sich von dieser Wunde nicht mehr erholen würde. Der Graue hatte ihn geöffnet wie eine Reisetasche. Als Erstes war die Kugel herausgefallen. Der Arzt hatte recht gehabt. Es war zu gefährlich, sie zu entfernen.

Antonio presste sich die Hände gegen den Bauch. Trotz des unbeschreiblichen Schmerzes, den er dort fühlte, wandte er sich seinem Gegner zu, der sich gerade breitbeinig über ihn stellte und erneut mit dem Säbel ausholte.

»Diese Frage wäre geklärt«, sagte Schangar und grinste. »Du bist die Nummer zwei, Maloron, und ich werde ab heute unbesiegbar sein.«

Antonio zog eine höhnische Grimasse. Danach sah er, wie der Säbel auf seinen Hals niederfuhr – und dann nahm er überhaupt nichts mehr wahr.

22. Die Haarspange

Wer einen schönen Schatten werfen kann,
achtet nicht auf den Schatten,
sondern auf den Körper.
Lü Bu We

Biráh Sharu, Negria (Osttarra)
1. Tag der 49. Finsternis des 124. Rings

Eine Finsternis nach der anderen war verstrichen und immer wieder hatte Corvin die königlichen Gesandten vertröstet. Seine Hoffnung auf eine Gelegenheit zur Flucht blieb allerdings unerfüllt. Auch Nelia bekam er nie zu sehen. Nur ab und zu ließ man ihn wissen, dass sie ihm weiterhin ganz nahe sei. Sie habe sich, bildlich gesprochen, in einen Kokon eingesponnen. Nach wie vor dringe niemand zu ihr durch. Davon zu hören, bereitete ihm jedes Mal unendliche Qual.

Aber trotzdem verzagte er nicht.

Ihr duftendes Halstuch hielt die Hoffnung an die Unvergänglichkeit ihres Wesens wach, und die Konversation mit den Brotfigürchen regte seinen Geist an. Außerdem verschaffte ihm sogar Saros Erleichterung, der ihm neuerdings Bücher und Manuskripte in die Zelle schickte. Es handelte sich um wissenschaftliche Abhandlungen, meist Theorien zur Eroberung der dritten Dimension. Einige dieser Schriften wagten die Behauptung, der bunte Schmetterling werde durch die Lichtklinge nur verwandelt, aber nicht getötet. Das Misstrauen gegen Saros wurde dadurch nicht etwa zerstreut, eher das Gegenteil war der Fall. Keine einzige Abhandlung trug Gavriels Namen. Corvin hatte den Verdacht, der König ließ die Aufsätze extra für ihn verfassen.

Was dazu gedacht war, seinen Widerstand zu brechen, bewirkte genau das Gegenteil. Die geistige Auseinandersetzung mit dem Gegner – wenn auch nur in Schriften und im Kopf geführt – stärkte ihn. So verging nach irdischer Zeitrechnung ein halbes Menschenalter, bis Saros der Geduldsfaden riss.

In den vergangenen Wochen hatte er dem Gefangenen im Turm in zunehmend schärferem Ton mitteilen lassen, dass der Hohe Rat auf die Vollstreckung des Todesurteils dringe. Corvin hatte sich auch davon nicht beirren lassen. Deshalb wurde ein neues Hinrichtungsdatum festgesetzt. Es sei unaufschiebbar, ließ man ihn wissen.

Als auf Terra der 21. August 1914 und damit der Tag einer weiteren totale Sonnenfinsternis anbrach, waren wieder Geräusche auf der Treppe zu hören. Corvin konnte inzwischen die Zahl seiner Besucher am Klang ihrer Schritte genau bestimmen. Diesmal kamen ganze fünf Personen zu ihm herauf. Er rechnete nicht damit, doch noch einen weiteren Aufschub beim König herausschinden zu können. Es war auch nicht Saros, der ihm nach Öffnen der Zellentür mit einer Fackel in der Hand entgegentrat.

Sondern Schangar.

Wie sich während eines Verhörs herausgestellt hatte, war der Schnitter mit dem eisgrauen Haar längst zum Nachfolger Malorons im Amt des Ersten Schattenjägers ernannt worden.

»Schickt der König den Ordensmeister persönlich, um das Todesurteil zu vollstrecken?«, fragte Corvin verwundert.

Der Graugewandete lächelte. »Ich habe ihn sogar darum ersucht. Doch in seiner unendlichen Gnade will er dir eine allerletzte Chance einräumen.«

Bevor Corvin etwas erwidern konnte, traten zwei Schattenjäger an ihn heran und legten ihm Hand- und Fußketten an.

»Was habt Ihr mit mir vor?«

»Wir machen einen kleinen Ausflug.«

»Zum Prisma der Seelen?«

»Nein. Noch ein Stück darüber hinaus. Warte es ab. Es gibt eine freudige Überraschung.«

Corvin beschlich eine dunkle Ahnung. Wortlos ließ er sich die Treppe hinabführen. Das Gehen mit der Fußfessel fiel ihm schwer. Mehrmals geriet er ins Stolpern, doch seine Bewacher hielten ihn fest.

Der innere Zitadellenhof war noch von Fackeln erhellt. Die Bahnen der letzten Sterne verblassten gerade am Himmel und das erste Morgengrauen verlieh ihm die Farbe von Blei. Vor dem Turm warteten ein geschlossener Vierspänner sowie ein Dutzend Reiter. Corvin wurde in die Kutsche gestoßen, die Tür fiel hinter ihm zu.

Durch ein kleines, rechteckiges Guckloch konnte er verfolgen, wie der Wagen die Tore und später die Stadt durchquerte. Normalerweise ließ sich der König keine Gelegenheit entgehen, seine Strenge dem Volk als abschreckendes Beispiel vor Augen zu führen. Vor dem Gang durch die

Schattenmühle wurden die Delinquenten gewöhnlich der Menge präsentiert. Warum also versteckte Saros ihn, den angeblich schlimmsten Rebellen von allen, vor Negrias Einwohnerschaft?

Nach dem Nordtor ratterte die Kutsche noch ein Stück weit über das Pflaster, bis dieses einer unbefestigten Waldstraße wich. Die Stadtmauern blieben ebenso zurück wie das Prisma der Seelen. Corvins Ahnungen verfärbten sich pechschwarz.

Je näher die Eskorte dem Schlund der Finsternisse kam, desto karger wurde die Landschaft. Der Wagen fuhr eine Weile zwischen dem Negris und dem Abgrund entlang. Etwa eine Meile nördlich des Seelenprismas befand sich die »Tafel des Lichts«, ein Felsplateau, das weit über die Schlucht hinausreichte, so lang und fast auch so breit wie ein vier Morgen großes Feld.

Corvin fürchtete schon, Schangar und seine Schattenjäger sollten ihn hier über den Rand des Plateaus in den Großen Schlund stoßen. Aber wie würde das zu der »allerletzten Chance« passen, die Saros ihm einräumen wolle?

Der Pferdewagen klapperte an der nächsten »Tafel« vorbei.

Nach einer weiteren Meile wurden Corvins finsterste Ahnungen Gewissheit. Das Ziel der Fahrt war die Engstelle bei der Schmiede des Lichts. Durchs Guckloch sah er im Vordergrund eine Abteilung Soldaten, zahlreiche osttarrische Würdenträger, darunter auch etliche der Richter, die ihn einst zum Tode verurteilt hatten. Hinter der Menge spannte sich das Tau über den Abgrund. In dessen Mitte hing der schwarze Käfig. Und darin saß eine farblose Gestalt.

Es war Nelia.

Ihr Gesicht hatte sie wie zum Trotz der am Rand der Schlucht versammelten Menge zugewandt, doch ansonsten verharrte sie völlig reglos in ihrem Gefängnis, so als sei sie nur eine Figur.

Corvins Herz krampfte sich zusammen. Wütend zerrte er an den Ketten und hämmerte gegen die Tür.

Kaum hatte der Kutscher die Pferde zum Stehen gebracht, wurde der Schlag aufgerissen und vier Speere reckten sich dem Gefangenen entgegen. Sie lagen in den Händen königlicher Gardisten. Hinter den Soldaten stand Schangar.

»Immer mit der Ruhe, Junker. Mit Spießen im Leib nützt du weder dir noch dem bunten Schmetterling.«

Die Soldaten zerrten Corvin aus dem Wagen. Auf Schangars Befehl hin führten sie ihn an den versammelten Leibgardisten und durch die Reihe der Mitglieder des Hohen Rats hindurch zu dem Felsvorsprung, an dem das Tau befestigt war. Spätestens jetzt musste Nelia ihren Gefährten sehen können. Doch sie zeigte noch immer keine Regung.

»Seit wann hängt sie wieder über dem Schlund?«, fragte Corvin mühsam beherrscht. Seine Stimme drohte ihm zu versagen, er musste gegen die Tränen ankämpfen.

»Erst gestern wurde das Mädchen wieder hergeschafft. Ich habe mein Wort also gehalten«, rief eine Stimme aus dem Hintergrund.

Die umstehenden Soldaten und Honoratioren bildeten rasch eine Gasse, die König Saros mit langen Schritten durcheilte. Vor dem Gefangenen blieb er stehen.

»Jetzt ist die Frage, ob auch du das deine hältst. Ich habe die Edlen des Reiches an diesem Ort zusammengerufen, damit sie deine Läuterung bezeugen und die Neuerschaffung unserer Welt beobachten können.«

Schangar trat an den König heran und raunte: »Ich spüre das Kommen der Finsternis, Majestät.«

Saros nickte. »Du hast es gehört, Corvin. Ob so oder so, diese Eklipse bringt die Entscheidung. Mein Volk ist zahlreicher als die Menge der Schatten Terras. Die Menschen sind untereinander zu entzweit, um unseren Sieg noch zu gefährden. Wir haben ihnen ihr Gleichgewicht genommen. Anstatt sich gegen uns zu verbünden, wollen sie *einander* zerfleischen. Die Zeit ist also reif.« Der König deutete mit großer Geste zum Käfig. »Befreie *jetzt* die Tiefe aus Nelias Herzen oder stirb.«

Corvin spürte, wie das Licht der Sonnenfinsternis durch den Großen Schlund brauste. Ehe er antworten konnte, brach es daraus hervor. Frauen wie auch Männer stießen erschrockene Laute aus. Ihre Gestalten erstrahlten in kräftigen Farben und wurden plötzlich dreidimensional. Ein Raunen ging durch die ganze Menge. Bis auf Saros, den Gefangenen und die Schattenjäger wichen die meisten von dem Abgrund zurück. Einen Moment lang waren alle von dem gleißenden Strom geblendet.

Plötzlich fühlte Corvin, wie ihn jemand von hinten anrempelte. Maiglöckchenduft stieg ihm in die Nase, eine Hand umfasste seine Brust, ihm wurde etwas in die Hosentasche geschoben, und er vernahm ein Flüstern. »Du darfst nicht sterben, Bruder! Die Hüter der Schatten brauchen dich. Deshalb gebe ich dir zurück, was du durch mich verloren hast.«

Die Person zog sich zurück.

Er hatte Irjana nicht sehen müssen, um sie wiederzuerkennen. Ihr Geruch war unverwechselbar und ihre Worte ließen erahnen, was sie ihm zugesteckt hatte. Corvin widerstand der Versuchung, in die Hosentasche zu greifen. Was er da spürte, konnte nur der Flakon mit dem Schweren Licht sein.

Weil das Wahrnehmungsvermögen von Schatten dem von Menschen weit überlegen ist, gewöhnten sich die Augen der Versammelten schnell an das blendende Licht. Einige rückten schon wieder näher an den Abgrund heran.

»Ich warte auf eine Antwort«, sagte Saros fordernd zu dem Gefangenen.

Corvin wandte sich dem König zu. Er blinzelte, spielte den Geblendeten. In seinem Kopf jedoch blitzte es nur so vor fieberhaftem Sinnen. Wie konnte er das Schwere Licht benutzen, um Nelia zu retten?

Er musste Zeit gewinnen.

»Was?«

Saros deutete zum Käfig. »Der bunte Schmetterling. Wirst du tun, wozu du bestimmt bist?«

»Wie denn, Majestät? Soll ich mich in Ketten am Seil entlanghangeln?«

»Die Fesseln nehmen wir dir ab, und du bekommst ein Geschirr umgeschnallt, das dich sichert.«

»Warum lasst Ihr Nelia nicht zu mir bringen?«

»Weil ich dir nicht traue, Corvin. Mit einer Lichtklinge könntest du viel Unheil anrichten. Dort draußen, über dem Schlund vermagst du damit höchstens dir selbst zu schaden und deinem bunten …« Saros sprach den Satz nicht zu Ende, weil die Menge plötzlich aufgeregt murmelte. Zahlreiche Finger deuteten zum lichtdurchfluteten Schlund.

Corvin blickte sich zum Käfig um und erstarrte. Nelia hatte sich erhoben. Sie war barfuß und trug ein bis zu den Knöcheln reichendes, schneeweißes Hemd. Das Gleißen aus dem Abgrund ließ ihren zerbrechlichen Körper durch das feine Gewebe als verschwommenen Schemen hindurchscheinen. Es umstrahlte sie wie eine Aura, ließ sie wie ein himmlisches Geschöpf erscheinen – ein trauriger Engel. Und trotzdem wirkte sie stärker als je zuvor. Ihre Hände umklammerten die Gitterstäbe, während sie Corvin jetzt direkt anzublicken schien und ihre Lippen sich bewegten.

»Ruhe!«, donnerte Saros. »Sie will uns etwas mitteilen.«

Augenblicklich kehrte Stille ein.

»Corvin!«, sagte sie. Obwohl sie ihre helle Stimme kaum erhob, hallte diese nun für alle deutlich vernehmbar über dem Schlund der Finsternis. Jeder konnte hören, dass die Worte aus einer ungebrochenen Seele kamen. Das lange Eingesperrtsein hatte Nelia nicht zerstört, sondern sie nur noch unbeugsamer gemacht. Dies war das Wesen der bunten Schmetterlinge, das Saros so sehr fürchtete: Sie wuchsen an den Leiden, die er ihnen zufügte.

»Ja, Nelia, ich höre dich«, antwortete Corvin.

»Weißt du noch, was du mir versprochen hast, als wir uns das letzte Mal sahen?«

»Ja. Ich sagte, ich würde nicht eher ruhen, bis du in Sicherheit seist.«

Sie nickte. »Ich glaube ganz fest daran. Du wirst mich finden, wo immer ich bin.« Nelia griff sich an den Hinterkopf.

»Was tut sie da?«, knurrte Saros.

Nelias Hand kam wieder zum Vorschein, in den Fingern blitzte etwas.

»Nein!«, hauchte Corvin entsetzt.

»Es ist eine Haarnadel«, sage eine Frau in der Menge.

»Woher hat sie die? Haltet sie sofort auf!«, schrie der König.

Unter seinen Männern entstand Verwirrung, weil sie nicht wussten, wie der Befehl gemeint war. Ein Speer sauste über den Rand des Abgrunds, verfehlte jedoch das Ziel.

Nelia bückte sich und begann mit der Nadel am Lack ihres Käfigs zu kratzen.

»Du Narr! Willst du ihr auch noch helfen?«, brüllte Saros den Speerwerfer an. »Ich brauche sie unverletzt.«

»Gebt mir den Schlüssel, Majestät. Ich werde das Mädchen für Euch holen«, rief ein schwarz gewandeter Schattenjäger.

Saros zögerte nicht lange, sondern nahm die Kette vom Hals und warf sie ihm zu.

Der Mann legte sie sich um, schwang sich auf das Tau und begann darauf wie ein Seiltänzer zum Käfig zu laufen. Offenbar hatte er sein irdisches Dasein im Zirkus verbracht, so sicher bewegte er sich über den Schlund. Als ihn nur noch wenige Schritte von Nelia trennten, richtete sie sich abrupt auf. Ihre Augen suchte den Blick des Liebsten.

Corvin schüttelte verzweifelt den Kopf.

Mit einem Mal brach ein grellweißes Gleißen aus dem Gitterboden des Käfigs hervor, heller noch als das Strahlen des Abgrunds. Nelia hatte mit der Haarnadel die schützende Lackschicht verletzt und nun schmolz das geschmiedete Licht, aus dem der Käfig bestand. Der blendende Glanz, den die im Schlund gebündelte Sonnenkraft in den bloßgelegten Stäben entfachte, breitete sich wie ein Lauffeuer über das Gitterwerk aus.

Nelia stand reglos in dem Kubus aus purem Licht. Selbst als ihr Sitzkissen in Flammen aufging, rührte sie sich nicht.

Plötzlich gab unter ihr der Boden nach, wie Wachsstäbe bog sich das Gitter nach unten und das Mädchen fiel hindurch.

»Neiiin!«, schrien Corvin und Saros und Schangar und viele andere.

Den Schattenjäger auf dem Tau schreckte eher der Anblick des glühenden Käfigs. Er drehte um und trat hastig den Rückzug zum Rand des Abgrunds an. Doch ehe er diesen erreichen konnte, riss das Seil am Haltering des Gitterwerks. Sowohl der Käfig als auch der Mann stürzten in den Großen Schlund.

In der dicht gedrängten Menge brach Panik aus. Männer und Frauen rannten durcheinander. Einige wurden über den Rand des Abgrunds gedrängt und fielen ebenfalls in die Tiefe. Die Mehrzahl brachte sich jedoch in Sicherheit. Wobei hier und da jemand stolperte und nicht eher wieder auf die Beine kam, bis die ganze Menge über ihn hinweggetrampelt war.

Saros wandte sich wutschnaubend dem Gefangenen zu. »Habt ihr diesen Wahnsinn zusammen ausgeheckt, um meinen Plan zu vereiteln?«

Corvins Wangen waren feucht von Tränen. Benommen schüttelte er den Kopf. »Nein. Es war allein Nelias Entscheidung.«

»Und was soll ich nun mit dir anfangen? Meinst du etwa, ich schicke dich nach Terra, um das Mädchen zu suchen? Niemand weiß, wo und wann es wiederkommt. Meine Geduld ist erschöpft, Corvin. Mit deiner angeblichen Liebe hast du allen nur Schaden gebracht: dir, mir, deinem Mädchen, Osttarra und der ganzen Menschheit, die unser Schatten werden sollte, nachdem du für mich die Tiefe gewonnen hättest. Jetzt werden meine Schnitter so lange Raubbau an der Seele Terras treiben, bis ihre Bewohner sich gegenseitig auslöschen. Die Welt, in die dein kleiner Schmetterling zurückkehrt, soll eine lebensfeindliche Wüste werden. Aber du wirst das nicht mehr erleben.« Saros gab Schangar einen Wink. »Die Finsternis ist noch jung. Bringt ihn und sein Schwert durchs Weltentor. Er soll sterblich werden, sobald die größte Dunkelheit ihn verwandelt hat. Und dann tötet ihn mit seiner eigenen Klinge.«

Die Welt der Tiefe öffnete sich für die Besucher aus dem Reich der Zeitlosen über Nordwestgrönland. Nachdem die Verwandlung in einen Fliegenden Schatten abgeschlossen war, sah Corvin aus luftiger Höhe die vom Mondschatten grau gefärbten Gletscher der Insel. Einen Moment lang war es wie früher, wenn er mit seinem adlergleichen Blick noch kleinste Details unter sich erspähte. Auf dem Eis entdeckte er einen jungen Mann vom Volk der Inuit mit seinem Hundeschlitten. Bemerkenswerterweise waren alle Tiere des Gespanns schwarz. Unter dem Eindruck der Sonnenfinsternis musste der Polareskimo es wohl zum Stehen gebracht haben und sah nun, so schien es jedenfalls, direkt zu Corvin hinauf.

Zwei Jäger, die unterschiedlicher kaum sein konnten.

Im nächsten Moment wurde er von dunklem Gewölk umfangen. Es waren die schemenhaften Körper von Schangar und den drei Schnittern, die ihn als Henkersknechte nach Terra begleiteten. Corvin kannte keinen von ihnen. Offenbar hatte der Erste Schattenjäger den Orden gründlich umgekrempelt, nachdem ihm das Amt Malorons übergeben worden war.

»Ab nach Osten mit ihm«, befahl Schangar.

»Warum tötet ihr mich nicht gleich hier?«, fragte Corvin trotzig.

»Zur Sicherheit habe ich dafür den Ort ausgewählt, an dem die Finsternis am intensivsten ist und länger als nirgends sonst auf dieser Welt andauert.«

Corvin ließ sich ohne weiteren Widerspruch abführen. Eskortiert von seinen Henkern überquerte er den Nordatlantik, Norwegen, Schweden und die Ostsee. Als Ostpreußen unter ihnen hinwegzog, entdeckte er Scharen von Soldaten, zunächst im Feldgrau des Deutschen Heers, später in den ebenso tristen Uniformen der russischen Armee. Dabei kamen ihm Saros' Worte in den Sinn. Anstatt sich gegen Osttarra zu verbünden, wollten die Menschen sich gegenseitig zerfleischen, hatte der König gesagt und damit gedroht, seine Schnitter diesem Ziel zu widmen, bis die Erde für Nelia unbewohnbar wäre. Ging es etwa schon los?

Die Fliegenden Schatten eilten weiter. Schangars Ziel war eine Halbinsel am Nordufer eines sichelförmigen Sees, ungefähr fünfundvierzig Meilen nordwestlich von Minsk und fünfundsiebzig östlich vom litauischen Vilnius. Die Hinrichtungsstätte lag mitten in einem Wald.

»Wir kommen gerade rechtzeitig«, sagte der Erste Schattenjäger.

Auch Corvin konnte spüren, dass die größte Dunkelheit nahte. Das bleierne Licht legte sich wie ein Leichentuch über die Welt und die Baumwipfel tanzten wild im Finsterniswind. Noch hatte er einen Schattenleib und konnte seinen letzten Trumpf – das Schwere Licht – nicht ausspielen. Mit wachsender Spannung wartete er auf die Verwandlung.

Dann spielten seine Sinne verrückt: Er fühlte nichts als

Brennen, hörte nur lautes Rauschen und sah lediglich hüpfende Lichter. Den anderen Schatten musste es ähnlich ergehen. Ihre Sinne waren getrübt.

Sobald sich Corvins Körper materialisiert hatte, griff er in die Hosentasche. Seine Finger tasteten nach dem Kristallflakon. Und fanden ihn! Rasch schlossen sie sich um das Fläschchen und zogen sich zurück. Um keinen Verdacht zu erregen, ballte Corvin beide Hände zu Fäusten. Gleich darauf wurde er von zwei Jägern an den Armen gepackt.

Schangars Hand lag auf dem Griff seines gewaltigen Lichtsäbels, zweifellos das richtige Werkzeug für eine Enthauptung, zum Durchbohren eines Herzens dagegen so gut wie ungeeignet. Ob es nun solche praktischen Erwägungen waren oder der Respekt gegenüber dem königlichen Befehl, ließ sich für Corvin kaum ermessen, jedenfalls streckte sein Henker dem Schnitter zur Rechten unvermittelt die Hand entgegen und sagte: »Gib mir das Schwert, Ron.«

Dieser Ron war ein stämmiger Mann mit rabenschwarzem Haar und Vollbart. Er reichte seinem Anführer den in der Scheide steckenden Degen. Der Ordensmeister ging um den Delinquenten herum und befahl ihm, sich hinzuknien.

Damit hatte Corvin nicht gerechnet. Er wand sich im Griff der Henkersknechte, um seine Hände zusammenzubringen, und spielte gleichzeitig das Lästermaul.

»Was denn, Schangar, seid Ihr zu feige, mir ins Angesicht zu sehen, während Ihr mir das Schwert ins Herz stecht?«

Hinter ihm ertönte ein Lachen. »Du meinst, ich *fürchte* mich vor dir? Da täuschst du dich. Ich habe Maloron in die Augen gesehen, während ich ihm das Haupt von den Schultern nahm. Mir wird es ein Vergnügen sein, auch dich dabei anzulächeln.« Der Graugewandete trat direkt vor den Verurteilten hin und schleuderte mit Schwung die Scheide ins Unterholz.

Corvin war völlig benommen. »Maloron … ist *tot?*«

»Er hat sich unter der Erde vor mir verkrochen«, erklärte Schangar in selbstgefälligem Ton, »aber mein Nachtfalke hat ihn trotzdem gefunden. Den Befehl zu seiner Hinrichtung hat Saros persönlch erteilt – das Eherne Gesetz, du weißt schon. Ich wollte dir das sowieso noch sagen, bevor … Na, jedenfalls starb der große Maloron wie ein normaler Mensch und dir wird es gleich ebenso ergehen.«

Einige Herzschläge lang war Corvin alles egal. Er wusste selbst nicht, warum ihn die Nachricht vom Tod seines Ziehvaters so ins Mark getroffen hatte. Immerhin war ihm von Maloron wenig echte Zuneigung geschenkt worden. Und dennoch – er war vielleicht kein liebevoller Vater für seinen Zögling gewesen, trotzdem war er der Einzige, den Corvin je hatte so nennen dürfen.

Während der Delinquent noch um Fassung rang, kostete der Scharfrichter seine Macht weidlich aus. Mit Kennerblick musterte er die gleißende Degenklinge. »Ein prachtvolles Schwert. Ich werde den König bitten, es mir zu schenken, wenn das hier vorüber ist.«

»Möge es Euch genauso viel Glück bringen wie mir«, knurrte Corvin. Er hatte gerade an Nelia denken müssen und dadurch im letzten Moment die Kontrolle über sich selbst zurückgewonnen. Unauffällig zog er den Stöpsel aus dem Flakon.

Schangar gönnte sich ein kleines Lächeln. »Nun denn. Deine Zeit ist abgelaufen, Corvin, Sohn Malorons.« Er richtete die Spitze des Degens aufs Herz des Todgeweihten.

Plötzlich hörte Corvin über sich einen hohen Schrei. Unwillkürlich sah er nach oben.

»Der älteste Trick des Universums. Darauf falle ich nicht herein«, spottete Schangar voller Verachtung.

Corvin bäumte sich gegen die Henkersknechte auf, musste zu seinem Entsetzen aber feststellen, dass er das Handgelenk nicht weit genug herumdrehen konnte, um sie mit dem Schweren Licht zu benetzen.

»Willkommen im Reich der Sterblichen«, sagte der Ordensmeister und holte zum Herzstich aus.

Plötzlich schoss zwischen den Baumwipfeln ein Blitz auf ihn herab. Messerscharfe Krallen bohrten sich ihm ins Gesicht. Er schrie vor Schmerzen auf, taumelte zurück und schlug wild mit dem Lichtschwert um sich.

»Keszef?«, entfuhr es Corvin. Er konnte es nicht glauben.

Noch überraschter als er waren allerdings seine Bewacher. Mit einem gewaltigen Aufbäumen riss er seine rechte Hand los. Ohne allzu viel Sorgfalt in die Dosierung zu legen, spritzte er dem Schattenjäger zur Linken die violettrote Flüssigkeit ins Gesicht.

Der Mann schrie kurz auf, verdrehte die Augen, bis nur noch blutunterlaufenes Weiß zu sehen war. Dann sackte er in sich zusammen.

Der zweite Schnitter ließ Corvin los und versuchte, zurückzuweichen. Er trug ein Langschwert an der Seite. Seine Hand griff nach dem Heft, um die Waffe zu ziehen, doch ehe ihm dies gelang, schleuderte ihm Corvin eine Kaskade feiner Tröpfchen entgegen. Mindestens eines traf den Mann am Hals und auch er ging zu Boden.

Corvin wandte sich dem Schauplatz des anderen Kampfes zu. Dabei verfing sich seine Fußkette in einem abgebrochenen Ast und er fiel der Länge nach hin. Nur wenige Schritte von ihm entfernt mühte sich Ron redlich, seinem Herrn die fliegende Furie vom Hals zu schaffen. Dazu schwang der Jäger recht erfolglos seinen Säbel gegen den gefiederten Angreifer und riskierte sogar die eigene Unversehrtheit, weil Schangar immer noch mit Corvins Degen um sich schlug.

Der kleine Greif indes war flinker als das Lichtschwert. Immer wieder attackierte er den Schnitter mit Schnabel und Krallen. Der Erste Schattenjäger blutete aus dem linken Auge und brüllte wie wahnsinnig, weil er den Plagegeist weder treffen noch vertreiben konnte.

Mit einem Mal entglitt ihm das Heft und der Degen fiel auf den Waldboden.

Ron starrte ein, zwei Atemzüge lang das Lichtschwert an. Offensichtlich wurde er sich gerade bewusst, dass nicht der Nachtfalke, sondern Corvin sein Hauptfeind war, denn im nächsten Moment ging ein Ruck durch seinen Körper. Er steckte den Säbel weg, hob das Schwert vom Boden auf und stürzte damit auf Corvin los.

Der hing immer noch mit der Fußfessel im Ast fest. Verzweifelt versuchte er, sich zu befreien, während der Schattenjäger mit großen Schritten näher kam. Im Hintergrund wütete Schangar, weil der Falke ihm auch das zweite Auge ausgehackt hatte.

»Jetzt bist du dran, Verräter!«, knurrte Ron, packte den Degengriff mit beiden Händen und hob die Waffe über den Kopf, die Spitze nach unten gerichtet, um den Gegner damit an den Boden zu nageln.

Corvin schickte sich an, sein Schweres Licht ein drittes Mal einzusetzen, doch das Fläschchen war leer. Verzweifelt ließ er es fallen und streckte abwehrend die Arme aus. »Nein!«

»Doch!«, grunzte der Schnitter und spannte den Rücken.

Plötzlich wurde sein Körper von einem Schlag getroffen, der ihn nach vorne taumeln ließ, als wolle er lang hinfallen. Irgendetwas hielt ihn jedoch fest. Ein Ausdruck maßloser Überraschung trat auf Rons Gesicht. Der Degen glitt ihm aus den Händen und fiel neben ihm zu Boden. Entgeistert sah er an sich herab. Auf seiner linken Brust strahlte ein gleißend helles Licht, um das herum sich ein rasch größer werdender Blutfleck bildete.

Es dauerte einen Augenblick, bis Corvin begriff, was da gerade passiert war. Eine Lichtklinge hatte sich von hinten durch Rons Herz gebohrt, vorne war nur ein kleines Stück ihrer Spitze zu sehen. Ron wurde zur Seite gestoßen und hinter ihm kam ein weißhaariger Mann mit goldgelber Kappe und gleißendem Sensenblatt zum Vorschein.

»Gavriel?«

Die buschigen Augenbrauen des Weisen zogen sich zusammen. »Hast du jemand anderen erwartet?«

Corvin schüttelte ungläubig den Kopf. Kurz hielt er nach dem geblendeten Schangar Ausschau, der jammernd in Richtung See stolperte. Unablässig wurde er dabei aus der Luft attackiert. »Dann habt *Ihr* Keszef zu mir gebracht?«

»Unsinn. Es war umgekehrt. Zum Glück hat der Nachtfalke seinen wahren Herrn nie vergessen. Er lebt bei mir, seit ich mich aus dem öffentlichen Leben zurückgezogen habe. War nicht leicht, ihn aus Biráh Sharu zu entführen. Dummerweise sind wir zwei fast zu spät gekommen, weil ich mich kurz vor der Ankunft in Fleisch und Blut verwandelt habe. Halt still!« Gavriel holte mit der Lichtsense aus und zerteilte Corvins Fußfesseln. Ein zweiter Hieb zersprengte die Kette zwischen seinen Händen. »Gut, dass du mir das Versteck von Malorons Klinge verraten hast.«

Corvin rappelte sich vom Boden hoch und hob den Degen auf. Dabei streifte sein Blick den Schattenjäger, der ihn hatte töten wollen. Ron wälzte sich stöhnend auf die Seite. Seine Wunde blutete nicht mehr, und es sah so aus, als wolle er aufstehen.

»Lass ihn in Frieden«, sagte Gavriel zu Corvin.

Überrascht sah der den Weisen an. »Denkst du, ich will diesen Mann töten?«

»Etwa nicht?«

»Nein. Er hat gerade zu sterben begonnen. Vielleicht dauert es noch ein paar Jahrzehnte, aber sein Tod wird so sicher kommen wie …« Corvin brachte Malorons Namen nicht über die Lippen, weil ihm jäh ein Kloß den Hals verstopfte. Mit einem Mal spürte er ein ihm nur allzu bekanntes Kribbeln.

»Fühlt es sich so an, wenn die Rückverwandlung beginnt?«, fragte Gavriel.

Corvin wandte den Blick zum Himmel. »Ja. Die größte Dunkelheit geht zu Ende.« Rasch lief er zur Schwertscheide und hob sie vom Boden auf.

Während Gavriel das Sensenblatt ebenfalls in einem Futteral verstaute, sagte er: »Dann lass uns nach Osttarra zurückkehren. Dort bist du in den vergangenen Ringen zur Legende geworden. Deine Unbeugsamkeit hat den Schattenhütern viel Zulauf eingetragen.«

»Ach, deshalb hat Saros mich in aller Heimlichkeit aus Negria herausbringen lassen.«

»Ja. Er traut seinem eigenen Volk nicht mehr. Die Hüter

der Schatten werden dir einen triumphalen Empfang bereiten.«

Unvermittelt hörte Corvin ein zischendes Geräusch. Keszef schoss auf ihn zu, landete auf seiner Schulter und tanzte aufgeregt von einem Bein aufs andere.

»Ich freue mich auch, dich wiederzusehen, kleiner Freund«, sagte Corvin.

Der Vogel verschwamm vor seinen Augen.

Kurz darauf waren alle drei verwandelt. Mit Ausnahme von Ron, der zwar inzwischen wieder auf den Beinen war, doch wie ein Betrunkener wankte. Benommen starrte er auf die dunklen Säulen, die eben noch Männer gewesen waren. Auch die wie tot am Boden liegenden Schattenjäger hatten sich scheinbar in Rauch aufgelöst. Kopfschüttelnd murmelte er: »Was für ein verrückter Traum!« Dann drehte er sich um und stolperte davon. Seine Bewegungen wurden scheinbar immer langsamer, bis er in seltsam schiefer Haltung auf einem Bein zwischen den Bäumen stehen blieb.

Die Zeit hatte den Takt gewechselt, Corvin war wieder ein Fliegender Schatten. Er wandte sich dem Weisen zu.

»Wie seid Ihr eigentlich durch das Weltentor gekommen, Gavriel? Als ich das Prisma der Seelen zuletzt sah, war es streng bewacht.«

»Sehr streng sogar. Übrigens nicht erst seit heute. Saros kontrolliert es seit Irjanas Verrat und meiner Flucht aus dem Palast. Erfreulicherweise hast du den Hütern der Schatten ein eigenes Tor gegeben.«

»Ich? Du meinst das kleine Prisma, aus der Schmiede des Lichts?«

»Das du Orkut gestohlen hast. Ganz richtig. In der schwer zugänglichen Bergregion südlich der Hauptstadt gibt es ein paar Höhlen, die weit ins Herz unserer Welt hinabführen. Einige unterirdische Ausläufer des Schlundes der Finsternisse erstrecken sich bis dorthin. So konnte ich weitab von den Patrouillen des Königs dein Prisma benutzen, um mit Keszef in die Welt der Tiefe hinüberzugehen. Du wirst es nicht glauben, aber es ist mein erster Besuch hier seit Sokrates den Tod durch den Schierling fand.«

»Der berühmte griechische Philosoph? Seid Ihr etwa der Schatten *dieses* Mannes?«

»Ja. Angeblich soll er neue Götter eingeführt und die Jugend verführt haben. Alles Quatsch! Es war eine abgefeimte Intrige. Saros hat mich geerntet, kurz bevor Sokrates aus dem Giftbecher trank. Aber das behältst du bitte für dich. Ich will mich nicht mit fremden Federn schmücken.«

»Mir geht es genauso. Mein Schattenbruder ist auch ein berühmter Mann … *war,* muss ich wohl sagen. Er wäre fast einhundertundneun, wenn er noch lebte. Ich wüsste zu gerne, wie es ihm nach unserer letzten Begegnung ergangen ist.«

»Erzähl mir bei Gelegenheit mehr darüber, mein Lieber. Jetzt sollten wir von hier verschwinden. Ich traue Schangar zu, dass er mit Verstärkung zurückkehrt, um dich gleich wieder einzufangen.«

»Ich komme nicht mit nach Osttarra, Gavriel.«

»*Was?*«

»Ihr selbst habt mir einmal erklärt, dass Nelia in einer Eklipse des 124. Rings nach Terra zurückkehren wird. Gerade jetzt erleben wir eine solche. Vielleicht ist Nelia durch den Schlund direkt in diese Zeit gefallen. Ich muss den Pfad des Mondschattens nach ihr absuchen, Gavriel.«

»Du weißt aber, was das für dich bedeutet.«

»Ja. Sobald sich das Weltentor schließt, verliere ich meine Kraft. Ich kann nur noch durch die Länder der Menschen fliegen und nach Nelia Ausschau halten.«

»Selbst wenn du sie fändest, du könntest dich ihr nicht einmal mitteilen.«

»Maloron hat mich auch gelehrt, ich könne nichts von Terra nach Osttarra mitnehmen und trotzdem habe ich eine Narbe, die mich an meinen Kampf mit den Straßenräubern erinnert. Ihr seht, wie wenig wir in Wirklichkeit über die Geheimnisse unserer Natur wissen. Ich glaube an die Kraft der Liebe. Sie wird mir einen Weg zu Nelia zeigen.«

Ein kleines Lächeln huschte über das Gesicht des Weisen, nicht etwa spöttisch, sondern eher wie das Echo einer angenehmen Erinnerung. »Vielleicht hast du recht. Ich wünsche dir viel Glück.«

»Ich bin ein bisschen aus der Übung, was den Ablauf der Eklipsen anbelangt. Wann könnte ich frühestens nach Osttarra zurückkehren?«

»Die nächste partielle Mondfinsternis ist in vierzehn Tagen.«

»Zwei Wochen. Das ist für einen Fliegenden Schatten nur ein Wimpernschlag.«

»Täusche dich nicht, Corvin! Für dich schleppt sich die Zeit hier quälend langsam dahin.«

»Die Einsamkeit kann mich nicht mehr schrecken. Sie war im alten Turm von Biráh Sharu mein treuester Gesellschafter – abgesehen von ein paar Brotkrumen. Nelia ist mir jedes Opfer wert.«

»Ich merke, du bist nicht umzustimmen.«

»Nein. Ich liebe Nelia mit allem, was ich bin, und auch mit dem, was ich für sie zu werden hoffe.«

Gavriel stutzte, wohl weil die merkwürdige Wortwahl seines jungen Gefährten Spielraum zu allerlei Spekulationen gab. Er konnte ja nicht ahnen, welche Themen Corvin in den Jahren seiner Gefangenschaft mit Brotfiguren erörtert hatte. Doch anstatt ihn danach zu fragen, antwortete er nur: »Wenn du nach Osttarra zurückkehrst, überlasse Keszef die Führung. Der Falke kennt den Weg zum geheimen Weltentor.«

»Das werde ich tun. Danke, Gavriel. Für alles. Ohne dich hätte ich heute wohl meinen Kopf verloren.«

»Schon gut. Dann bleibt mir also nur, dir viel Kraft zu wünschen. Du wirst sie für die vor dir liegenden Prüfungen brauchen können.«

23. Der ruhelose Schatten

Der ganze Krieg setzt menschliche Schwäche voraus,
und gegen sie ist er gerichtet.
Carl von Clausewitz

Willenberg/Ostpreußen (Deutsches Reich)
30. August 1914

Auf der Suche nach Nelia hielten Corvin und Keszef kurz inne, als sie südlich von Willenberg den Schuss einer Pistole vernahmen. Scharf wie eine Peitsche hallte er durch den Wald und unterschied sich vom donnernden Schlachtenlärm wie das Gezeter eines Spatzen vom rauen Gekrächze der Nebelkrähen. Blitzschnell eilten der Fliegende Schatten und der Nachtfalke zur Quelle des Geräuschs.

Gerade fiel General Alexander Samsonows Hand herab, die Waffe entglitt seinen Fingern, dann erst sackte er in sich zusammen. Für Corvin vollzog sich alles in grotesker Langsamkeit.

Er verharrte einen Moment über dem Leichnam. Der Mann war für ihn längst kein Unbekannter mehr. Es handelte sich um den Oberbefehlshabers der zweiten russischen Armee. Der Tote versinnbildlichte für ihn den ganzen Irrwitz des Krieges, dieser unheilvollen Mischung aus Hurrapatriotismus, Kampfgeist, Stolz, unsagbarem Leid und tausendfachem Sterben. Aber genau so etwas hatte Saros ja vorausgesagt.

Auf der Suche nach Nelia war Corvin immer wieder die Schattenbahn des Mondes zwischen dem nördlichen Polarmeer und Zentralasien abgeflogen, kreuz und quer, auf und ab. Viel Wasser und unbewohnte Gegenden gab es da, nur leider nicht das Mädchen, an dem ihm so viel lag. Ständig ging ihm Saros' Drohung durch den Kopf, Terra für den bunten Schmetterling zu einer Wüste zu machen. In Ostpreußen zeichneten sich diesbezüglich einige beängstigende Fortschritte ab. Corvin fürchtete von Stunde zu Stunde mehr, Nelia könne ausgerechnet dort in die Welt der Tiefe zurückgekehrt und mitten zwischen die Fronten geraten sein. Daher konzentrierte er seine Suche zunehmend auf dieses Gebiet.

Sowohl auf deutscher wie auf russischer Seite hatte er die Generäle und Offiziere ausspioniert, um herauszufinden, wo demnächst die Kugeln pfeifen würden. Diese »Todeszonen« kämmte er besonders gründlich nach dem Mädchen durch.

Bisher ohne Erfolg.

Stattdessen war er den Hauptfiguren der Metzelei so nahe gekommen wie sonst wohl nur wenige, hüben dem deutschen General der Infanterie Paul von Hindenburg mit seinem Generalmajor Erich Friedrich Wilhelm Ludendorff, drüben dem russischen Frontstab unter Jakow Schilinski mit dem Befehlshaber der Njemen-Armee Paul von Rennenkampf und dem glücklosen Alexander Wassiljewitsch Samsonow, der in den letzten Tagen von seinem Vorgesetzten kaum Unterstützung, oft sogar Behinderung erfahren hatte. Nun war die Schlacht für den Kavalleriegeneral vorbei.

Er war ein Soldat alter Schule gewesen, nicht nur in Bezug auf sein Ehrgefühl, sondern auch in der Kriegsführung. In vielerlei Hinsicht taktierte er wie im 19. Jahrhundert, während der Feind längst im 20. angekommen war. Nichts schien den Fortschritt auf Erden so sehr zu beflügeln wie der Krieg.

Für Alexander Samsonow kam diese Einsicht zu spät. Im Angesicht der Niederlage hatte der stolze General wohl nur noch einen Weg zur Ehrenrettung gesehen: den Tod von eigener Hand.

Für ein fast unsterbliches Geschöpf wie Corvin war der Anblick eines Schlachtfeldes vielleicht noch schlimmer als für die armen Teufel, die von ihren politischen und militärischen Führern ins feindliche Sperrfeuer geschickt wurden. Die Soldaten ließen sich von Maschinengewehren durchlöchern, von Granaten haschieren und von der Artillerie zerfetzen. Mancherorts wateten sie durch Blut und Gedärme, um dem Gemetzel zu entkommen. Wer hier Arm oder Bein verlor, dem wuchs nichts mehr nach. Wer blind oder taub geschossen wurde, der blieb ein Invalide. Und wer starb, der stand nicht wieder auf. Keine Fantasie konnte so grauenvoll sein wie die Wirklichkeit.

Corvin hatte auch als Schattenjäger schon das eine oder andere Gefecht hautnah miterlebt, aber diese waren nur Plänkeleien im Vergleich zur »Schlacht bei Tannenberg« (diese Bezeichnung ging auf Vorschlag Hindenburgs in die Geschichtsbücher ein, obwohl der gleichnamige Ort im Kampfgeschehen keine große Rolle gespielt hatte).

»Lass uns weiterziehen«, sagte er zu seinem Nachtfalken.

Alexander Samsonow war als Entschatteter gestorben.

Sowohl in der russischen wie auch in der deutschen Militärführung hatten die Schnitter aus Osttarra reichlich Ernte gehalten. Selbiges traf auf Offiziere und einfache Soldaten zu. Auch unter der nicht kämpfenden Bevölkerung hatte Corvin Attrappen entdeckt, nicht nur ein paar, so wie früher, sondern wohl ebenso viele wie echte Schatten.

War das der Grund, warum Scharen von Frauen ihre Männer mit Blumensträußen und Pickelhaube in den Krieg schickten? Hatten Saros' Jäger ihnen mit den Schatten auch das Rückgrat herausgeschnitten, sodass niemand seine Stimme gegen die Euphorie der Masse zu erheben wagte? Nahmen sie ihnen die Weisheit, um die Folgen ihres Handelns abzusehen? Oder die Liebe, die dem Mitmenschen kein Leid zufügt?

Anscheinend hatte der König von Osttarra schon lange für den Fall vorgesorgt, dass seine Eroberungspläne scheitern könnten. Das wahre Ausmaß des Massensterbens konnte Corvin noch nicht ermessen, weil es gerade erst begonnen hatte. Es sollten Stahlgewitter folgen, in denen die Zahl der Opfer in die Millionen ging.

Er dachte zuerst und vor allem an Nelia. Weil seine bisherige Suche nach ihr erfolglos geblieben war, beschloss er nun, das Suchraster auszuweiten. Die Menschen waren mobiler geworden. Im Vergleich zu früher rasten ihre Eisenbahnen und Schiffe nun förmlich um den Globus. Hinzu kamen die neuen Automobile, die Flugzeuge und Luftschiffe. Nelia mochte in neun Tagen schon Hunderte von Meilen weit gekommen sein. Wenn man davon allerdings neunzigtausend in der Sekunde zurücklegen konnte, erleichterte das die Aufgabe doch erheblich.

Beim Durchforsten von Zeitungsmeldungen in Königsberg machte er unverhofft eine aufregende Entdeckung. Da las er von einer »jungen zartgliedrigen Frau« ohne Gedächtnis, die südlich von Allenstein – dort also, wo die sogenannte »Schlacht bei Tannenberg« am heftigsten getobt hatte – zwischen den kämpfenden Verbänden herumgeirrt war. Ein bayerischer Stabsarzt hatte sich ihrer angenommen. Als er Heimaturlaub bekam, lud er sie aus Menschenfreundlichkeit, vielleicht auch aus wissenschaftlichem Interesse, nach München ein, um sie dort von Fachkollegen behandeln zu lassen.

Corvin war elektrisiert wie eine Gewitterwolke. Endlich hatte er eine Spur gefunden! Das konnte nur, nein, das *musste* Nelia sein. Die Beschreibung, so dürftig sie auch war, passte haargenau. Er huschte nach München, um dort nach ihr zu suchen. Auch in der bayerischen Hauptstadt hatte die Presse von ihr berichtet, wenn auch nur in einer winzigen Notiz. Und dann fand Corvin sie in einem Sanatorium.

Sie ähnelte Nelia tatsächlich ein wenig, aber es war eine andere.

Corvins Enttäuschung brach wie eine Lawine über ihn herein. In diesem Verschüttetsein unter Traurigkeit fiel ihm mit einem Mal sein Schattenbruder ein. Vor Kurzem hatte er noch gesagt, er wüsste zu gerne, wie es diesem seit ihrer letzten Begegnung ergangen sei. Nun konnte er es in Erfahrung bringen.

Wie vermutet, lebte Johann nicht mehr. Er war am 6. August 1879 in »seiner« Sternwarte in Bogenhausen gestorben. Die große Tragik seines Lebens lag vielleicht in seiner verkümmerten Liebesfähigkeit; er hatte nie eine Frau, nie eine Nelia, an seiner Seite gehabt. Doch sein wissenschaftlicher Ruhm währte über den Tod hinaus.

Der 1805 geborene Schotte hatte sich als Astronom, Meteorologe, Geophysiker, Geodät, Statistiker und findiger Mechaniker verdient gemacht, war mit zahlreichen Auszeichnungen überhäuft und schließlich von König Ludwig II. sogar in den Adelsstand erhoben worden. So traurig der Gedanke an sein Hinscheiden für Corvin auch war, empfand dieser ihn doch als versöhnlich. Aus dem Schotten John Lamont war, auch ohne Schatten, der bayerische Gelehrte Johann von Lamont geworden, ein wahrlich Großer unter den Menschen.

In einer melancholischen Stimmung und doch gestärkt setzte Corvin die Suche nach Nelia fort. Dabei registrierte er auch weiterhin, wie die Welt der Tiefe zunehmend im Chaos versank, wie in atemberaubender Geschwindigkeit immer mehr Länder in den Strudel des Verderbens gerissen wurden.

Mit jedem Tag wuchsen seine Zweifel am raschen Erfolg der Suche. Immer unwahrscheinlicher erschien es ihm, dass Nelia geradewegs durch den Schlund der Finsternis gefallen war. Möglicherweise hatte dieser sie sogar nach Osttarra zurückgeschleudert. Oder sie verweilte im Nichts der Licht- und Zeitlosigkeit. Er brauchte Gewissheit.

Aber dazu musste er ins Schattenreich zurückkehren.

So vernünftig diese Überlegungen auch waren, so viel Unbehagen bereiteten sie ihm. Tief im Innern kam er sich wie ein Verräter vor. Vielleicht, so redete er sich ein, vermochte er in Osttarra sogar etwas zu tun, um Saros wahnsinnigen Zerstörungsplan zu durchkreuzen. Er hatte sogar schon eine Idee. Und wenn er Nelia jenseits des Weltentores nicht fand, dann konnte er die Suche nach ihr diesseits schon bei der nächsten Eklipse fortsetzen. Doch die Bedenken des Herzens können schwerer wiegen als jedes gute Argument.

Dann aber wurde seinem Zaudern von anderer Seite ein Ende gesetzt. Er durchstreifte gerade wieder einmal die nordöstlichste Region des Deutschen Reiches, weil sich an den Masurischen Seen neues Unheil zusammenbraute. Die Njemen-Armee der Russen hatte sich nordwestlich davon in eine Verteidigungsstellung zurückgezogen. Falls Nelia doch irgendwo zwischen den verfeindeten Kampfverbänden umherirrte, wo wäre ihr Leben bald am meisten bedroht?

Um das herauszufinden, musste er den Gegnern unbedingt in die Karten schauen. Also schlich er sich sowohl beim Befehlshaber der 1. russische Armee ein als auch bei Erich Ludendorff, dem Chef des Stabs der 8. Armee des Deutschen Heeres.

Es war der 4. September 1914. Eine neue Finsternis hatte gerade das Weltentor geöffnet. Diesmal schob sich die Erde zwischen Sonne und Mond. Ludendorff, ein schwerer Mann von fast fünfzig mit Schnurrbart und Doppelkinn, saß breitbeinig an einem Schreibtisch, studierte Berichte über abgefangene Funksprüche und amüsierte sich darüber, dass der Gegner diese nicht einmal verschlüsselt hatte. Corvin beobachtete ihn aus dem Kamin heraus, wo sein wolkengleicher Körper praktisch unsichtbar war. Plötzlich bemerkte er einen anderen Fliegenden Schatten im Raum.

Im ersten Moment war Corvin wie paralysiert. Er versuchte, mit den Rußpartikeln im Abzug zu verschmelzen, weil er fürchtete, der andere könne ihn entdecken. Doch offenbar fühlte sich dieser Schnitter völlig sicher und achtete nicht auf seine Umgebung.

Rasch näherte er sich von hinten dem Generalstabschef. Aber wozu?, fragte sich Corvin. Jeder Schattenjäger musste doch erkennen, dass Ludendorff ein Attrappenträger war, ein Seelenkrüppel, ein Entschatteter. Dann aber beobachtete Corvin das Unfassbare. Der Schnitter drang durch das Ohr in den Mann ein. Machte er sich zu einer Stimme im Kopf des Militärs? Verstieß er etwa gegen das Eherne Gesetz des Schweigens?

Ludendorffs Haupt ruckte unvermittelt nach oben und blickte sich erschrocken um. Mehr Beweise bedurfte es wohl nicht, dass der Generalstabschef gerade etwas vernommen hatte.

Rasch schwebte Corvin näher an den Deutschen heran und verband sich ebenfalls mit dessen Geist. Solange der Osttarrer in dessen Sinn herumschnüffelte, würde er die Gegenwart eines zweiten Schattens nicht bemerken.

»... Hindenburg nur ein träger alter Trottel«, hörte Corvin eine nur allzu bekannte Stimme sagen. Sie gehörte Schangar, dem Ersten Schattenjäger – und Mörder Malorons. »Aber du bist ein Stratege, der die Welt verändern kann. Der absolute Krieg wird dich zum einflussreichsten Mann im Reich machen. Du musst nur verlangen, dass dein Land sich voll und ganz in den Dienst des Krieges stellt, dann wirst du mächtiger werden als der Kaiser.«

Corvin hatte genug gehört. Benommen zog er sich zurück und entschwand durch den Kamin in den Himmel, wo Keszef auf ihn wartete.

»Es ist etwas Schreckliches passiert«, sagte er zu dem Nachtfalken. »Bring mich sofort zu Gavriel.«

Wie ein größerer Palmenwedel aus buntem Licht fächerte

sich der Vorhang unter dem kleinen Prisma auf. Kaum hatte die Mondfinsternis das geheime Tor geöffnet, durchquerten Corvin und Keszef es auch schon.

»Ich war mir nicht sicher, ob du kommen würdest«, hörte er eine brummende Bassstimme sagen, noch bevor sich seine Sehfähigkeit von der Verwandlung erholt hatte.

»Mir ging es genauso, Erster Weiser Ratgeber«, antwortete Corvin. Sein verschwommener Blick klärte sich und vor seinen Augen erschien Gavriel.

Der Weise empfing den Heimkehrer in einer engen Höhle, deren schwarze Wände wie erstarrtes Magma aussahen. Das von Orkut erbeutete Prisma hatte er in eine Spalte geklemmt, die über einem schmalen, gezackten Riss im Boden lag, aus welchem helles Licht hervorstrahlte.

»Der Ausläufer des Schlundes der Finsternisse, von dem ich dir erzählt habe«, erklärte Gavriel, auf die gleißende Schrunde deutend.

Corvin nickte abwesend. »Ich bringe schlechte Nachricht aus Terra. Doch zuvor muss ich wissen, ob Nelia gesehen worden ist.«

»Deinen Worten entnehme ich, dass du sie nicht gefunden hast.«

»Sonst würde ich nicht fragen«, erwiderte Corvin gereizt.

Der Weise musterte ihn nachdenklich, ehe er ruhig antwortete: »In Osttarra ist sie nicht. Es war auch kaum zu erwarten in Anbetracht des Zeitpunkts, zu dem sie in den Großen Schlund gefallen ist.«

»Seid Ihr sicher? Kann sie nicht doch irgendwo …?«

»Saros hat überall am Schlund der Finsternisse Posten aufgestellt. Wenn seine Männer das Mädchen gefunden hätten, wüssten wir es.«

»Dann habt Ihr also wieder Spione am Hof?«

Gavriel lächelte. »Wir hatten immer unsere Augen und Ohren dort, selbst nach Irjanas Verrat und meiner Flucht. Übrigens hat sie wieder Kontakt zu uns aufgenommen.«

»Wer? Irjana? Sie will doch nicht etwa schon wieder die Seiten wechseln.«

»Glaubt man ihren Worten, dann hat sie das nie getan. Allerdings herrscht im Rat der Schattenhüter Uneinigkeit darüber, ob man ihr vertrauen kann. Wenn ja, dann spielt sie ein ziemlich gefährliches Spiel.«

»Wie war es ihr überhaupt möglich, mit Euch in Verbindung zu treten, ohne Euch in Gefahr zu bringen?«

»Mit Schiffchen.«

»Womit?«

»Wir benutzen seit vielen Ringen kleine Schiffe aus Pappmachee, um Botschaften aus Negria zu uns in den Süden zu schmuggeln. Deshalb haben wir ständig Späher am Fluss.«

»Männer wie Tulk und Kambass meint Ihr?«

»Die zwei haben inzwischen andere Verantwortungen übernommen – sie sitzen schon eine Weile im Rat der Schattenhüter –, aber früher gehörten sie tatsächlich zu den Kundschaftern. Sie fischten die Kurierboote aus dem Wasser.«

»Und Nacktfrösche.«

»Wie bitte?«

»Nichts. Warum eigentlich Pappmachee? Das löst sich doch schnell auf.«

»Eben. Wenn uns ein Schiffchen durch die Lappen geht, dann weicht es auf und versinkt, ehe es die Dörfer und Städte in den Südlanden erreichen kann. Mit dieser Methode brauchen wir auch keinen festen Platz für den Austausch von Nachrichten zu vereinbaren und sind von den Patrouillen des Königs kaum zu entdecken.«

»Sichere Methode hin oder her, ich finde, Irjana ist eine Gefahr für die Schattenhüter. Was hat sie Euch denn geschrieben?«

»Angeblich bereut sie ihren Verrat. Sie sei besessen gewesen von dem Gedanken, dich für sich allein zu besitzen. Ihr Verstand habe ausgesetzt. Anstatt Nelias Bedeutung für unsere Welt zu begreifen, habe sie in ihr nur die Rivalin gesehen.«

Corvin nickte. »Die Menschen haben ein Sprichwort: ›Eifersucht ist eine Leidenschaft, die mit Eifer sucht, was Leiden schafft.‹ Ich traue Irjana nicht.«

»In ihrer Botschaft teilt sie uns mit, dass *sie* die Haarnadel in Nelias Zelle geschmuggelt hatte.«

»*Was?* – Na, vielleicht hat sie es getan, um den bunten Schmetterling ein für alle Mal loszuwerden.«

»Möglicherweise aber auch, um ihn zu retten. Hat sie dir nicht auch das Schwere Licht zugesteckt?«

»Stand das in ihrem Brief?«

»Ja. Sie lässt uns wissen, dass Saros nach der Rückkehr Schangars einen Tobsuchtsanfall bekommen hat. Unsere anderen Quellen am Hof bestätigen das. Der König hatte das Kapitel ›Corvin und Nelia‹ für sich schon abgeschlossen. Stattdessen seid ihr jetzt seiner Kontrolle entzogen. Er fürchtet von eurer Seite unliebsame Überraschungen. Deshalb wird der Schlund der Finsternisse so lückenlos überwacht.«

»Unliebsame Überraschungen? Denkt er, ich werde sein innerstes Gemach noch einmal besuchen?«

»Mehr noch fürchtet er etwas ganz anderes. Etwas, über

das ein paar besorgte Frauen und Männer gerne mit dir reden würden.«

»Klingt geheimnisvoll. Worum geht's denn?«

Gavriel nahm das Prisma aus dem Felsspalt und drückte es Corvin in die Hand. »Das gehört dir. Steck es ein und komm mit. Ich bringe dich zum Rat der Schattenhüter. Dann erfährst du, was dem König schlaflose Nächte bereitet.«

Die Hüter der Schatten hatten sich auf einer Waldlichtung versammelt, die von mächtigen Nadelbäumen umgeben war. Mehrere Feuer erhellten das Lager. Etwa vier Dutzend Rundzelte bildeten einen Ring um das freie Zentrum. Das Versteck lag tief im Hügelland. Bewacht wurde es von einer losen Kette aus Spähern, die jede Annäherung des Feindes rechtzeitig melden würden. Allerdings wagten sich die Soldaten des Königs nur selten und nur in größerer Zahl in diese Gegend, hatte Kambass erklärt.

Die sechsunddreißig Mitglieder des Rates begegneten Corvin mit großem Respekt. Ihm war das eher unangenehm. Unter ihnen befanden sich so bejahrte Weise wie Gavriel und Amíodit, aber auch noch recht junge Schattenhüter wie Kambass und Tulk. Die beiden waren bärenstark, mäßig intelligent und, wie sie in mancher Äußerung durchblicken ließen, äußerst kampferprobt.

Bis nach Einbruch der Dunkelheit hatte Corvin seine Geschichte erzählt. Danach übte man sich zunächst in betroffenem Schweigen. Offensichtlich hatten die Hüter nicht damit gerechnet, dass die Zustände auf Erden inzwischen so schlimm sein konnten, und die Nachricht von Schangars Machenschaften schockierte sie besonders. Schließlich ergriff Amíodit das Wort. Sie saß an der Seite des Ersten Weisen Ratgebers – auffallend nahe, wie Corvin fand.

»Was du uns berichtet hast, ist sehr besorgniserregend, junger Bruder. Die von dir geschilderten Zustände lassen vermuten, dass der König seine Schattenjäger schon längere Zeit als Kriegstreiber missbraucht.«

Gavriel nickte. »Saros bricht alle Regeln, sogar das Eherne Gesetz des Schweigens. Und aus seiner Warte scheint er damit Erfolg zu haben. Ich habe einige Messungen mit dem Dimensionsgravimeter vorgenommen, einem Instrument zur Bestimmung der Balance zwischen Terra und Osttarra. Die Ergebnisse sind alarmierend: Das Gleichgewicht verschiebt sich bereits. Hätte Corvin den bunten Schmetterling mit der Klinge aus Licht durchbohrt, dann wäre die Erde jetzt bestenfalls eine Scheibe – natürlich bildlich gesprochen. Die Menschenwelt wäre ihrer Tiefe beraubt worden. Möglicherweise hätte der Eingriff ins Gefüge der Dimensionen aber noch eine viel größere Katastrophe ausgelöst. Dann würden die beiden Welten überhaupt nicht mehr existieren.«

Und Nelia fände nie einen Ort, an dem sie in Frieden leben kann, fügte Corvin in Gedanken hinzu. Er räusperte sich. »Was auf der Erde geschieht, ist auch so schon schlimm genug. Wie es aussieht, stehlen die Schnitter nicht nur Schatten, sie machen die Menschen auch zu ihren Marionetten.«

»So weit würde ich nicht gehen, Bruder Corvin. Jeder gesunde Terraner hat einen freien Willen. Selbst einer Stimme im Kopf kann man widersprechen. Leider mangelt es vielen am seelischen Gleichgewicht. Manche sind durch ihre Erziehung, ihr Umfeld oder schreckliche Erlebnisse in Schieflage geraten und andere durch die Schattenjäger. Das macht die Sterblichen verführbar. Wer da nicht wachsam ist, erliegt leicht den Verlockungen und verkauft seine Seele an den Teufel.«

»Offenbar sind aus den Schnittern sehr geschickte Hetzer geworden. Ihr hättet die Euphorie sehen sollen, mit der die Massen den Krieg bejubeln. Wir müssen so schnell wie möglich etwas dagegen tun.«

Einige der älteren Mitglieder des Rates schüttelten die Köpfe und lachten leise.

»Ich meine das ernst«, knurrte Corvin.

»Dessen sind wir uns sicher«, sagte Amíodit besänftigend. »Uns amüsiert lediglich deine Ungeduld. Du bist jetzt über einhundert Menschenjahre alt und trotzdem noch so quecksilbrig wie der junge Bursche, der du äußerlich zu sein scheinst. Lass dir bitte von einer Frau, die schon mehr als zweitausend Erdenjahre länger hier lebt, etwas sagen: Veränderungen vollziehen sich in Osttarra *niemals* schnell. Es kostet viel Geduld, sie herbeizuführen, manchmal auch Opfer und große Entbehrungen. Die Hüter der Schatten mussten das leidvoll erfahren. Trotzdem sind Gavriel und ich davon überzeugt, dass wir die Zustände im Reich der Zeitlosen durch dich zum Guten wenden können.«

Corvin schüttelte den Kopf. Er hatte sich nie für etwas Besonderes gehalten. »Was könnte ich schon tun?«

»Ganz Osttarra spricht von dir«, sagte Tulk.

»Ja, du bist für Männer, Frauen und Kinder ein Held«, pflichtete Kambass ihm bei.

»Ich? Aber wieso denn?«

Tulk rieb sich die Glatze, als könnte er die Worte in seinem Kopf dadurch schneller ordnen. »Weil bisher niemand so offen gegen Saros aufbegehrt hat. Du hast dich geweigert erwachsen zu werden, um dich nicht für seine Zwecke einspannen zu lassen; bist von ihm eingekerkert worden und wieder entkommen; warst einer der erfolgreichsten Schattenjäger, obwohl der Orden dich nie aufgenommen hat; bist einfach in das Schlafgemach des Königs spaziert; hast den mächtigen Maloron besiegt, lange bevor Schangar … «

»Ich bin nicht stolz darauf«, schnitt Corvin ihm unwirsch das Wort ab. Irgendwie fühlte er sich als Komplize Schangars, hatte er ihm doch den Anlass dazu geliefert, Maloron zu ermorden.

Der Hüne nickte. »Richtig! Hatte ich vergessen zu erwähnen. Du tust das alles, als sei es so normal wie einen Kuhstall auszumisten. Nicht aus Hass, sondern aus Liebe, heißt es. Und deshalb bist du weit über Negria hinaus ein Held. Wenn du die Schatten zum Widerstand gegen Saros aufrufen würdest, dann müsste der König sich warm anziehen.«

»In puncto Ungeduld steht Tulk dir in nichts nach«, fügte Gavriel rasch hinzu. »Die Mehrheit von uns glaubt, wir sollten Saros *allmählich* das Wasser abgraben. Dieses Art des Kampfes erfordert Ausdauer und Geduld, vielleicht viele Ringe lang, aber der Preis wäre wohl ein Sieg ohne Gewalt. Dein Vorbild hat uns schon jetzt viel Zulauf gebracht.«

»Ja«, pflichtete ihm Amíodit bei. »Auf dem Weg zum Großen Schlund musste der König dich verstecken, weil du unter der Bevölkerung von Negria so beliebt bist. Er wollte keinen Aufstand riskieren. Wir glauben, dass sich noch viel mehr auf die Seite der Hüter schlagen würden, wenn du dich den Schatten zeigst.«

»Ein paar aufsehenerregende Aktionen haben wir uns

auch schon ausgedacht«, sagte eine junge Frau mit schwarzem Haar, die Corvin als Lania vorgestellt worden war.

Er zog den Mund schief. »Ihr hättet mich vielleicht zuerst fragen sollen. Ich will nur Nelia retten und sonst nichts.«

»Und nebenbei noch die Welt der Tiefe«, versetzte Amíodit.

»Wenn es mir nicht gelingt, dem Morden auf der Erde einen Riegel vorzuschieben, könnte Nelia eines Tages in eine Hölle geworfen werden anstatt in eine lebenswerte Welt.«

»Das ist bestimmt nicht dein einziger Beweggrund. In deinen Schilderungen eben hast du uns deine Gefühle offengelegt, Corvin. Du brauchst dich dafür nicht zu schämen, dass du außer dem Wohlergehen des Mädchens auch das der Menschen im Sinn hast. Wir alle hier verdanken ihnen unser Dasein. Nur sag uns bitte, *wie* du dem Töten auf Erden Einhalt gebieten willst. Doch wohl kaum, indem du als ruheloser Schatten durch die Welt der Tiefe geisterst.«

Er breitete in einer hilflosen Geste die Arme aus. »Ich bin kein Deus ex Machina, der durchs Weltentor herabfährt und alle Unvernunft Terras verglühen lässt. Aber mir ist aufgefallen, wie weit die Entschattung der Menschheit fortgeschritten ist. Wenn wir die Schnitter daran hindern könnten, unter den Erdbewohnern weiter Raubbau zu treiben, dann würde die Überzahl der Schattenlosen wieder zurückgehen.«

»Du meinst, weil sie sich alle gegenseitig umbringen?«, fragte Tulk.

Gavriel bedachte ihn mit einem strengen Blick, ehe er sich wieder dem Helden wider Willen zuwandte. »Der Orden der Schattenjäger ist dem König treu ergeben. Schangars Gefolgschaft wird nie zu uns überlaufen.«

»Das braucht sie auch nicht«, erklärte Corvin, nahm das Prisma aus der Tasche und hielt es für alle sichtbar hoch. »Ich bin ein Dieb und wie ein Dieb werde ich kämpfen.«

Gavriel und Amíodit wechselten einen fragenden Blick.

»Versteh ich nicht«, brummte Tulk.

Corvin lächelte. »Ganz einfach. Ich werde den Schattenjägern das Weltentor stehlen.«

24. Die unsichtbare Armee

Aber er war aus der Stille,
der Dämmerung, der Dunkelheit,
welche ganz allein
die reinen Produktionen begünstigen kann.
Johann Wolfgang von Goethe

Biráh Sharu, Negria (Osttarra)
1. Tag der 42. Finsternis des 126. Rings

Durch Negrias Straßen und Gassen huschten unsichtbare Gestalten. Es waren keine Geister. Bei Licht hätten sie wie irdische Schatten ausgesehen. Doch in der Dämmerung waren sie fast nicht zu bemerken. Nach Erdenzeit brach gerade der 8. Juni 1918 an.

Gavriels Einschätzung war am Ende die richtige gewesen. Die Vorbereitungen zu dem verwegenen Plan hatten den Schattenhütern viel Ausdauer und Geduld abverlangt. Man zerstörte nicht mal eben das Prisma der Seelen. Corvin hatte Terra im Vorfeld des Unternehmens mehrere Besuche abgestattet, vordergründig zum Erwerb neuer Erkenntnisse für die geplanten Überraschungsaktionen, doch jede freie Sekunde nutzte er für die Suche nach Nelia – leider vergeblich. Nun aber war der große Tag gekommen. Er konnte vor Anspannung kaum atmen.

In weniger als einer Stunde würde eine weitere totale Sonnenfinsternis den Großen Schlund erstrahlen lassen, die zweite seit seiner Rettung vor den Henkern des Königs. Das Vorhaben könne nur während einer totalen Eklipse gelingen, hatte Gavriel erklärt, weil dann das von Erz durchsetzte Gestein am Abgrund brüchig werde.

Unter den Hütern der Schatten hatte anfangs Uneinigkeit darüber bestanden, ob man Corvins Vorschlag überhaupt in die Tat umsetzen sollte. Schließlich verdankte jeder Osttarrer seine Existenz dem Prisma der Seelen. Nach wochenlangem Ringen war es Gavriel schließlich gelungen, die Partei der Zweifler zu überzeugen. Auf Erden sterbe ein Kind nicht beim Durchtrennen der Nabelschnur, hatte er argumentiert. Ganz im Gegenteil. Der erste Schritt in ein unabhängiges Leben sei die Abnabelung von der Mutter.

Als sich am 3. Februar 1916 über Südamerika die Sonne verfinsterte, waren die Vorbereitungen in Osttarra immer noch nicht abgeschlossen. Im Gegensatz zu den Menschen, die sich in einem Weltkrieg gegenseitig abschlachteten, wollten die Hüter der Schatten nur möglichst viel Verwirrung stiften, um an das streng bewachte Prisma der Seelen heranzukommen. Gleichwohl hatte Corvin während seiner Streifzüge durch die Kommandozentralen Terras manches über Strategie gelernt und diese Erkenntnisse würden nun zur Anwendung kommen. Teile der Stadtmauer sollten in die Luft gesprengt, Brände gelegt, Scheinangriffe unternommen werden.

Mehr als einhundert Einzelaktionen wollten minutiös aufeinander abgestimmt sein. Der dazu nötige Aufwand für Aufklärung überstieg alles bisher Dagewesene. Wann lösten sich wo wie viele Wachen ab? Mit welcher Truppenstärke hatte man in den verschiedenen Einsatzgebieten zu rechnen? Wer befehligte die Verbände? Welche Schwächen hatten diese Kommandeure? All das musste herausgefunden und ständig auf dem neuesten Stand gehalten werden.

Endlich hatte das Warten ein Ende.

Genau wie ihre Gefährten in anderen Teilen der Stadt trugen auch Corvin, Tulk und Kambass Tarnkleider, während sie sich dem Saros-Denkmal näherten. Um die unsichtbare Armee mit Anzügen auszustatten, waren schon in einer frühen Phase der Vorbereitungen an die tausend Attrappen aus der Schattenschneiderei gestohlen worden. Die Näherinnen hatten daraus gut dreihundert »Tarnanzüge« hergestellt.

In Corvins Rucksack befand sich überdies etwas ganz Spezielles. Es war eine von ihm entworfene Weiterentwicklung von Ideen, die er aus den Rüstkammern der terranischen Kriegsparteien mitgebracht hatte. Hoffentlich zahlten sich die vielen Blessuren aus, die er sich bei der Erprobung seiner Erfindung eingehandelt hatte.

Weil so gut wie jeder Besucher der Zitadelle den Siegesplatz überqueren musste, herrschte bereits einiger Trubel unter der kolossalen, von Grünspan überzogenen Saros-Statue. Vor allem königliche Bedienstete waren zu dieser frühen Stunde schon auf den Beinen, um die gewaltige Maschinerie des Hofstaates in Schwung zu bringen. Zwar erhöhte dieser Umstand das Risiko, doch zugleich versprachen sich die Schattenhüter davon für ihr Unternehmen die größtmögliche Aufmerksamkeit der Bevölkerung.

»Willst du die Sache wirklich ganz allein durchziehen?«, fragte Kambass, als sie direkt unter dem erhobenen Schwertarm der Figur standen.

Corvin stöhnte. Das unablässige Gemurmel der Schattenhadern machte ihn reizbar. »Das haben wir doch alles hundertmal durchgekaut. Da oben ist gerade genug Platz für einen Mann mit einem Lichtschwert, und mehr brauchen wir für die Aktion auch nicht. Ihr haltet mir den Rücken frei. Sollten die Soldaten schneller aufkreuzen als erwartet, dann lenkt sie ab.«

Tulk kicherte. »Hoffentlich sind sie ganz fix zur Stelle. Ich will die Feuerwerkskörper schließlich nicht umsonst hergeschleppt haben.«

»Auch wenn ich es tausendmal sagen muss: Wir vermeiden jedes unnötige Risiko. Habt ihr verstanden?«

Beide nickten, was nur am Rascheln ihrer Tarnanzüge zu vernehmen war.

»Dann geht jetzt auf Position. Das Spektakel muss pünktlich zur Finsternis beginnen.«

Kambass und Tulk wünschten Corvin viel Glück und entfernten sich.

Er zog einen Nachschlüssel aus der Tasche, der ihm die Tür im Mauersockel des Standbildes öffnen sollte. Ein paar Herzschläge später befand er sich in dem Bauwerk. Die aus Kupferblech bestehende Figur war innen hohl. Vereinzelte Öffnungen sorgten für ein dämmriges Licht. Über Treppen konnte man bis in den Schwertarm des Königs hinaufsteigen. Genau das tat Corvin jetzt.

Die Stufen bestanden aus Bronze und waren mit dem Stützgerippe aus Streben und Stangen vernietet. Dadurch übertrug sich jede Erschütterung auf die ganze Konstruktion. Corvin kam es so vor, als schlage er mit jedem seiner Schritte einen riesigen Gong. Hoffentlich waren die Geräusche draußen nicht genauso laut zu hören.

Von der kolossalen Schulter an aufwärts führte eine schmale, sehr steile Stiege in die Höhe. Im Handgelenk befanden sich eine Reihe von Gucklöchern; von unten hatten sie ausgesehen wie ein Armband. Corvin spähte hinaus. Nach Norden hin konnte er bis weit über das Prisma der Seelen hinweg blicken, im Süden versperrte ihm der Zitadellenberg die Sicht. Seine Aufmerksamkeit wandte sich dem östlichen Horizont zu, der ein tiefes Violett zeigte. Nicht mehr lang, und dort würde das halbkreisförmige Sonnenband erscheinen, erst ganz schwach, dann aber rasch heller werdend.

Die Zeit schien so zäh dahinzufließen, wie sonst nur auf Terra für die Fliegenden Schatten. Corvin zog sich die Tarnmaske vom Kopf und verstaute sie in einer Außentasche. Dadurch wurde das Gefühl in einer murmelnden Schattenmenge eingezwängt zu sein etwas erträglicher. Am liebsten hätte er zur Ablenkung seinen gefiederten Freund zu sich gerufen, der irgendwo über dem Standbild kreisen musste. Um sich nicht durch irgendeinen dummen Zufall zu verraten, ließ er es aber bleiben – der Nachtfalke war ja nicht unsichtbar. Allein nach Keszef Ausschau zu halten, machte ihm das Warten jedoch leichter. Dann begann die Sonne endlich ihren Bogen ins blaue Firmament zu malen.

Von nun an bis zur totalen Eklipse würden nur noch wenige Minuten vergehen. Corvin öffnete seinen Rucksack. Jetzt gab es keinen Spielraum mehr für Fehler. Jeder Handgriff musste sitzen. Seine Finger zitterten, als er den Drachengleiter bereit machte. Ein letztes Mal überprüfte er seine Ausrüstung und blickte dann, gerade rechtzeitig, durch das Guckloch nach Norden.

Die Finsternis begann.

Das östliche Sonnenband wurde von dem Licht aus dem Großen Schlund überstrahlt. Negrias sonst so blasse Farben wirkten mit einem Mal kräftig und frisch, Häuser und Straßen bekamen plötzlich Tiefe, der Finsterniswind wirbelte Blätter und Staub auf. Jetzt würden Schangar und seine Schattenjäger durch den lichten Vorhang treten. Sie ahnten nicht, dass jemand sich anschickte, das Weltentor hinter ihnen zuzuschlagen.

Eine wohlbemessene Weile wartete Corvin noch. Niemand wusste besser als er, wie viel Zeit die Schnitter brauchten, um den Vorhang aus buntem Licht zu durchqueren. Nach Ablauf dieser Frist zückte er den Degen.

Er konnte nur ahnen, welche Reaktionen das gleißende Licht in der Stadt auslösen würde. Für die Schatten unten musste es aussehen, als würde das Armband des kupfernen Königs aus strahlenden Perlen bestehen. Gleich würden in ganz Negria die Alarmglocken ein wildes Geläut anstimmen. Doch schon vorher – genau in diesem Moment – reagierten die Hüter der Schatten auf das Signal.

Aus der Ferne wehte ein Donnern herüber. Das nördliche Stadttor war gesprengt worden. Weitere Explosionen folgten. Corvin stach die Spitze des Schwertes durch eines der Gucklöcher und vollzog eine rasche Kreisbewegung. Der kupferne Schwertarm kreischte wie eine verstimmte Orgelpfeife. Es war verblüffend, wie leicht die Klinge aus Licht durch das Metall schnitt.

Die abgetrennte Hand des Königs stürzte samt dem kolossalen Schwert in die Tiefe und zerbarst krachend auf dem Pflaster.

Corvin steckte den Degen in die Scheide zurück und reckte den Kopf ins Freie. Auf dem Siegesplatz scharten sich mehrere Dutzend Personen um die Trümmer. Zum Glück war niemand verletzt worden. Weitere Schaulustige strömten aus den angrenzenden Straßen herbei. Einige deuteten zu ihm – dem scheinbar freischwebenden Haupt eines jungen Mannes im Armstumpf – hinauf, andere starrten ungläubig die Trümmer zu Füßen des Standbildes an.

Er legte die Hände wie einen Trichter an den Mund und rief den eingeübten Spruch nach unten: »Frauen und Männer von Negria. Ich bin Corvin, Schattenhüter aus dem Schottenland, Ziehsohn Malorons. Heute hat nur die Figur eures Königs ihre Rechte verloren, doch für euch soll es ein Zeichen sein. Die Tage von Saros' Gewaltherrschaft sind gezählt. Er hat euch belogen, indem er euch eine Welt der Tiefe verspricht, die in Wirklichkeit Osttarras Untergang bedeuten würde. Damit soll Schluss sein. Schließt euch den Hütern der Schatten an und zeigt, dass die Tapferkeit im Reich der Zeitlosen nicht ausgestorben ist.«

Er war froh, diesen Teil der Aktion hinter sich zu haben. In der Rolle des heroischen Befreiers fühlte er sich unwohl. Hoffentlich nützte das Possenspiel Nelia.

Auf dem Siegesplatz herrschte eine merkwürdige Stille. Obwohl ihm mittlerweile alle Gesichter zugewandt waren, schien ihn niemand verstanden zu haben. Keiner nickte, alle starrten nur ungläubig in die Höhe. Corvin sah von Norden her eine berittene Abteilung Soldaten anrücken.

Plötzlich rief unter ihm jemand: »Ihr seid unser Held, Corvin.« Er klatschte rhythmisch in die Hände. Andere folgten seinem Beispiel und stimmten ihm begeistert zu.

»Soll der König doch allein untergehen«, brüllte eine Frau. »Zeig uns den Weg in die Freiheit, Corvin aus dem Schottenland.«

Unterdessen kamen die königlichen Reiter immer näher.

Während die Beifallsrufe auf dem Platz zahlreicher wurden, setzte Corvin oben seine Tarnkappe wieder auf und warf den Gleiter in die Luft. Das aus Seide, Schattenattrappen und Fäden bestehende Gebilde war nach einer ausgeklügelten Methode zusammengefaltet. Sobald es in den Finsterniswind geriet, entfaltete es sich zu einem muschelförmigen Drachen.

Corvin wurde von einer Bö förmlich aus dem Loch gerissen.

Die Leute unter ihm sahen kaum mehr als eine dunkle Wolke und ein paar Schnüre, doch sie ahnten wohl, dass sich da gerade ihr Held in die Lüfte erhoben hatte. Einige pfiffen und johlten vor Begeisterung. Kaum einer hatte bisher die heranpreschenden Gardisten bemerkt. Jeden Moment konnten diese den Platz erreichen.

Als der Hauptmann gerade in die Schattenmenge galoppieren wollte, krachte es vor ihm. Sein Ross stieg wiehernd in die Höhe. Der überraschte Reiter verlor den Halt und fiel zu Boden. Um ihn herum brach ein wahres Gewitter von Explosionen aus – Tulk hatte die Knallkörper als Kette miteinander verbunden. Weitere Pferde scheuten, immer mehr Reiter wurden abgeworfen.

Die Schatten auf dem Siegesplatz stoben auseinander.

Trotz des geglückten Ablenkungsmanövers, hinterließ diese erste Phase der Flucht bei Corvin eher Beklemmungen. Das Fliegen über den Dächern einer Stadt hatte er bisher nur aus Terra gekannt. Es war ein mehr als zwiespältiges Vergnügen, sich ganz dem unsteten Finsterniswind anvertrauen zu müssen. Er blies – wenigstens darauf konnte man sich verlassen – vom Großen Schlund her in südliche Richtung.

Als wolle er seinem Herrn Mut machen, gesellte sich ihm kurz darauf Keszef zu. Er schwebte neben dem Gleitschirm her, quietschte vergnügt und flatterte aufgeregt um den Drachenlenker herum. Nach einiger Zeit verdrängte die Euphorie über den gelungenen Coup die Angst. Corvin lenkte seinen Schirm um den Zitadellenberg herum und flog auf die Stadtmauer zu. Aus der Höhe konnte er in verschiedenen Vierteln Negrias Rauchwolken sehen – die Schattenhüter hatten in Kasernen und anderen Gebäuden der Krone Feuer gelegt oder Sprengsätze hochgehen lassen. Von allen Seiten ertönte das Geläut der Alarmglocken. Immer wieder eilten Trupps der Stadtwache, der Leibgarde oder anderer bewaffneter Einheiten unter ihm entlang.

Plötzlich wirbelte eine heftige Bö den Drachengleiter herum.

»Ho, ho, ho!«, rief Corvin. Die Windverhältnisse waren bei den vielen Erprobungsflügen nie so unberechenbar gewesen. Es wurde Zeit, dass er wieder sicheren Boden unter die Füße bekam, sonst würden ihn die Turbulenzen noch gegen irgendeinen Turm oder ein Dach schleudern. Er versuchte sich zu orientieren.

Unter ihm lag die Südallee, eine breite, von Bäumen gesäumte Prachtstraße, die vom Stadttor zum Zitadellenberg lief. In den Nebengassen hielten sich mehrere Schattenhüter versteckt, um ihn bei der Landung und der weiteren Flucht zu unterstützen. Er steuerte einen Springbrunnen an, welcher Saros als Beherrscher der osttarrischen Weltmeere darstellte. Von rechts näherte sich ein schwarzes, scheinbar reiterloses Ross. Genau neben dem Rappen ging Corvin nieder.

»Ich kümmere mich um den Drachengleiter«, hörte er seinen Gefährten sagen. Dessen Schemen schwang sich vom Pferd.

»Danke. Lass dich nicht fangen«, erwiderte Corvin, sprang in den Sattel und drückte dem Rappen die Fersen in die Weichen. Keszef schickte er wieder auf Spähposten in die Wolken.

Phase zwei der Flucht war ein großes Täuschungsmanöver. Als eine Patrouille der Stadtwache seinen Weg kreuzte, riss sich Corvin die Tarnmaske vom Kopf und rief: »Sucht Ihr mich? Ich bin hier.« Dann verhüllte er sich wieder und trieb den Rappen in eine Seitengasse.

Nachdem er dieses Spiel noch zweimal, jeweils ein Stück weiter südlich, wiederholt hatte, wechselte er in der Deckung einer Toreinfahrt mit einer Kameradin das Pferd. Während die Schattenhüterin ihre Verfolger weiter zum Südtor lockte, ritt er auf einem umgesattelten, schwarz-weiß gescheckten Wallach nach Norden.

Damit befand er sich in der dritten Phase. Von nun an gab er sich den Soldaten nicht mehr zu erkennen. Wer das scheinbar reiterlose Pferd durch die Gassen preschen sah, musste denken, Feuer, Explosionen, Glocken und Geschrei hätten das arme Tier durchgehen lassen. So gelangte Corvin unbehelligt zum nördlichen Stadttor.

Dessen Trümmer waren von der Explosion in weitem Umkreis zerstreut worden. Soldaten löschten die auf der Straße lodernden hölzernen Überreste. Vereinzelt hatte der Sprengsatz sogar massive Steine aus dem Stadtwall gerissen. Aus dem Torhaus quoll dunkler Qualm. Corvin nutzte diesen als Deckung und trieb sein Pferd mitten durch das dunkle Gewölk hindurch.

Nun war es nicht mehr weit zum Prisma der Seelen – Phase vier begann.

Er galoppierte wie ein brausender Sturm am Ufer des Negris entlang. Unvermittelt warnte Keszef ihn vor einem Trupp Reiter. Corvin versteckte sich hinter einem Felsen, bis sie vorüber waren, und setzte den Ritt fort. Vom Rand des Großen Schlundes wehten Rauchschwaden zum Fluss herüber. Sie sollten den dort stationierten Truppen der königlichen Garde die Sicht nehmen, damit sie ihren Feind überschätzten. Eine Hundertschaft von Schattenhütern beschoss sie nämlich aus der Deckung mit Pfeilen und Steinen und machte dabei einen Lärm, als wären es mindestens tausend. Die entlang des Abgrunds verteilten Posten zogen sich zusammen, um den – wie sie glaubten – massiven Angriff der Rebellen abzuwehren.

Corvin umging die königlichen Einheiten, ritt am Weltentor vorbei, schlug einen Haken und näherte sich seinem Ziel von Norden. Um sich durch das Hufgeklapper nicht zu verraten, legte er die letzte halbe Meile zu Fuß zurück. Der Felskegel, aus dem die Klippe bis über den Abgrund hinauswuchs, ragte wie ein gewaltiger Dorn aus dem Tal auf. Weil dieser im Norden bis an den Rand der Schlucht heranreichte, musste Corvin auf dem letzten Stück einen weiteren Umweg in Kauf nehmen.

Während er um den Fels herumschlich, blickte er sich ständig um. Zwar hob er sich im Tarnanzug kaum vor dem grauen Hintergrund ab, aber trotzdem rechnete er jeden Moment mit einem Angriff. Seine Hand lag auf dem Griff des Degens. Im Zweikampf konnte niemand gegen diese Waffe bestehen – es sei denn, er war selbst Träger eines Lichtschwertes. Doch die Schattenjäger befanden sich alle jenseits des Weltentores. Das durch die totale Sonnenfinsternis hierher umgeleitete Licht würde noch durch den Schlund fluten, wenn es längst zu spät für sie war.

Vor Corvin tauchte der Weg auf, der zum Prisma der Seelen führte. Nur noch wenige Schritte war er davon entfernt. Ganz in der Nähe brüllte jemand: »Ihr werdet alle durch die Schattenmühle gehen!« Doch die Stimme entfernte sich, anstatt herbeizueilen. Corvin konnte kaum fassen, dass die Ablenkungen so perfekt funktionierten. Oder hatte sich bei Hofe schlichtweg niemand – der König eingeschlossen – einen Angriff auf das Prisma der Seelen, auf den heiligsten Ort von Osttarra, vorstellen können?

Mit einem Sprung gelangte Corvin auf den steinernen Pfad. Vor ihm strahlte ein breiter Fächer bunten Lichts. Das Weltentor. Es lag tatsächlich verlassen da. Rasch lief er unter den tief hängenden Felsen, der wie ein Schild aus dem riesigen Kegel herausstand. Drei oder vier Schritte vor dem lichten Vorhang blieb er stehen. Sein Blick wandte sich dem klaren Kristall zu, der das Licht in seine Farben »zersägte«. Unwillkürlich musste er an Nelia denken. Wenn er erst seine Aufgabe hier beendet hatte, würde das von Orkut gestohlene Prisma der einzige Weg zu ihr sein.

Der sehr viel größere Quarz schien zum Greifen nahe, doch Corvin wusste nur zu gut, dass er ihn nicht einmal mit dem Lichtschwert würde erreichen können. Das Prisma hing am Ende des Felsschildes, unerreichbar über dem lichtdurchfluteten Schlund.

Solange er fest in seiner Fassung aus Stein saß.

Corvin konzentrierte sich. Ihm würde nicht viel Zeit bleiben, nachdem der Degen erst einmal gezückt war. An Nelias Käfig hatte er gesehen, wie schnell das Licht der totalen

Finsternis die Klinge zum Schmelzen bringen würde. Er holte tief Luft, spannte die Muskeln, hob den Blick zur Felsendecke und murmelte: »*Ein* Schnitt muss genügen.« Dann riss er das Schwert aus der Scheide.

Ehe die gleißende Klinge sich in den Stein fressen konnte, tauchte, gleichsam aus dem Nichts, ein anderes Schwert auf. Er sah es nur aus den Augenwinkeln. Wie ein Blitz kreuzte es die Bahn des Degens und stieß diesen mit brachialer Gewalt zurück.

Corvins Reflexe reagierten schneller als sein Verstand. Er wirbelte herum, um dem mächtigen Säbel zu entkommen. Nur geschmiedetes Licht hatte seinen Hieb parieren können. Der kleinste Kratzer von seiner solchen Klinge konnte ihn in tausend Stücke zerreißen. Die schnelle Drehung brachte ihn und seine Waffe in eine bessere Verteidigungsstellung: die Beine auseinander, die Knie leicht angewinkelt, den rechten Fuß etwas vorgerückt. So wandte er sich dem lichten Vorhang und damit seinem Gegner zu – und zuckte erschrocken zusammen.

»Netter Tarnanzug, Corvin. Gleichwohl hat dich dein Schwert verraten. Hast wohl nicht mit mir gerechnet?«

Schangars dünne Lippen kräuselten sich. Schlimmer noch als sein diabolisches Grienen hatte Corvin der Anblick seiner Augen verstört. Sie waren blutrot. Offenbar hatte der von Keszef geblendete Schnitter die Rückkehr nach Osttarra antreten müssen, ehe sie richtig verheilen konnten. Zwar schien er wieder sehen zu können, doch der Nachtfalke hatte den Ersten Schattenjäger bleibend entstellt.

»Ihr ward schon mal hübscher«, sagte Corvin lauernd. Er machte sich keine Illusionen, in einem Schwertkampf gegen diesen Krieger bestehen zu können. Andererseits musste er schnell etwas tun, ehe sein Degen wie Wachs im Feuer zerschmolz.

Schangars Mund zog sich noch mehr in die Breite. »Das habe ich dir und deinem Falken zu verdanken. Meinen Triumph über Maloron darf ich ja leider nicht öffentlich auskosten – Saros lässt ihn weiter als Held verehren –, aber mit meinem Aussehen bin ich trotzdem allseits gefürchtet. Übrigens pflege ich seit unserer letzten Begegnung das Weltentor bei jeder Finsternis mehrmals zu durchqueren. Irgendwie habe ich geahnt, dass ich dich hier eines Tages treffen werde. Um dich wie deinen Ziehvater zu *vernichten* …«

Der Angriff kam schnell und brutal. Natürlich wusste auch Schangar, dass sein Säbel nur noch kurze Zeit zu gebrauchen war. Deshalb versuchte er den Gegner mit einem blitzschnellen Hieb zu enthaupten.

Sofort duckte sich Corvin – er hatte mit einer solchen Attacke gerechnet. Während die breite Klinge über seinem Kopf hinwegfauchte, tänzelte er nach rechts. Dort war die Decke besonders niedrig, was seinen Kontrahenten daran hinderte, den Säbel über dem Kopf zu schwingen. Zudem hatte Corvin hier die Wand des Felskegels im Rücken, doch scheinbar auch jede Chance zur Flucht verspielt.

Er sah nur einen Weg, diesen Kampf zu gewinnen, und zwar nicht durch Stärke, sondern durch List. Mit ein paar flinken Stößen gegen den Leib des Gegners nahm er diesem die Gelegenheit, selbst in die Offensive zu gehen. Kurz gelang es ihm dadurch sogar, Schangar auf das Prisma der Seelen und damit auf den Rand des Abgrunds zuzutreiben. Dann aber kehrte der Erste Schattenjäger den Spieß um.

Mit einem mächtigen Hieb riss er Corvin fast den Degen aus der Hand. In schneller Folge sausten von links und rechts weitere Streiche auf den Verteidiger zu. Dem blieb nichts anderes übrig, als Schritt für Schritt zurückzuweichen und auf einen Fehler des anderen zu hoffen. Am Klang der Waffen konnte er hören, dass diese immer weicher wurden.

Als Schangar den Säbel gefährlich dicht unter die Decke hob, machte Corvin einen jähen Ausfallschritt nach rechts und schwang den Degen gegen den Kopf des Gegners. Es war nur eine Finte, doch Schangar musste reagieren. Er riss den Säbel hoch, um den Streich des Kombattanten von oben her abzuwehren. Dabei zog er die Spitze der Lichtklinge quer über den Stein.

Der Felsenschild erbebte. Während Corvin sich rasch an die Wand zurückzog, vernahm er über sich ein mahlendes Knirschen, das ihm eine Gänsehaut über den Rücken rief. An der vom Lichtsäbel verletzten Stelle klaffte ein Riss.

Schangar legte den Kopf in den Nacken und sagte: »Oh, oh!«

Er beugte sich noch vor, um wie sein Kontrahent in den geschützten Winkel zu hechten, sprang sogar, doch ehe er der Gefahrenzone entkommen konnte, war der steinerne Schild entzweigebrochen und zermalmte den Schattenjäger unter sich. Nur sein Kopf und die Arme ragten unter den Trümmern hervor.

Entsetzt starrte Corvin auf die Überreste des stolzen Schnitters. Von dieser Niederlage würde er sich nicht so schnell erholen. Mit einem Mal bewegte sich über ihm der Felsen, das Prisma der Seelen zog ihn in den Schlund. Der steinerne Schild kippte zuerst auf Corvins Seite hoch und rutschte dann krachend über den Rand des Abgrunds in die Tiefe.

Corvin steckte seinen Degen in die Scheide zurück, zog sich die Tarnkappe vom Kopf und entwand den Säbel Schangars Griff. »Du bist eines solchen Schwertes weder würdig, noch wirst du es in Zukunft länger brauchen: Das Weltentor existierte nicht mehr, was dich zu einem Meister ohne Aufgabe und Gefolgschaft macht.«

Schangar starrte ihn nur stumm an. Seine blutroten Augen waren zwar weit aufgerissen, aber vermutlich hatte sich sein Geist für lange Zeit von der Außenwelt verabschiedet.

25. Löwen und Lämmer

Auch der Adler fliegt nicht höher als die Sonne.
Russisches Sprichwort

Irgendwo südöstlich von Negria (Osttarra)
1. Tag der 42. Finsternis des 126. Rings

Mitten im unzugänglichen, sonst so stillen Wald- und Hügelland südlich von Negria herrschte ausgelassene Freudenstimmung. Die Hüter der Schatten feierten ihren Sieg über Saros, feierten sich selbst, und vor allem feierten sie ihren Helden. Auf dem Rappen, der Corvin durch die Straßen der Hauptstadt getragen hatte, ritt er ins Lager ein, flankiert von Kambass und Tulk, die eine halbe Pferdelänge hinter ihm blieben. Den dreien folgten etwa zweihundert Krieger.

Zuerst und vor allem war es Corvins Ehrengeleit. Ausgerechnet ihm, dem Triumphator, wollte das Jubeln allerdings nicht so recht gelingen. Er lächelte verlegen, winkte hin und wieder, wirkte in sich gekehrt. Manchmal streichelte er abwesend den Nachtfalken, der auf seiner Schulter saß, wenn dieser unruhig mit den Flügeln flatterte. Corvins Gedanken drehten sich die ganze Zeit um Nelia. Hatte er die Welt der Tiefe vor dem Absturz ins Chaos gerettet? Gab es dort für das schönste aller Mädchen eine lebenswerte Zukunft?

Als er zwischen den ersten Rundzelten hindurchritt, kamen ihm Gavriel und Amíodit entgegen. Einige Schritte weit hielten sie sich bei den Händen, ließen dann aber einander los. Corvin lenkte seinen Rappen zu ihnen und schwang sich aus dem Sattel. Amíodit streckte ihm beide Hände entgegen, und sobald er sie ergriff, zog sie ihn zu sich heran und legte ihre Wange an die seine.

»Ich gratuliere dir zum Gelingen deines Feldzugs«, raunte sie. »Wie gefällt dir die Rolle des Helden?«

Er sah sie verwirrt an. »Sie ist mir egal. Die Schattenjäger sind aus Osttarra verbannt und führerlos. Solange sie in der Welt der Tiefe kein Unheil mehr anrichten, wird sie auch für Nelia sicherer. Jetzt muss ich sie nur noch finden.« Er wandte sich Gavriel zu. »Gibt es denn gar keinen Weg, den Ort und die Zeit ihrer Wiederkehr zu bestimmen?«

»Ich arbeite daran, mein Lieber, habe Geduld. Heute solltest du dich einfach nur freuen, denn Freude stärkt das Herz. Glückwunsch zum Sieg auch von mir.«

Corvin ließ den Kopf hängen. »Danke, Ehrenwerter.«

Gavriel legte ihm die Hand auf die Schulter. »Sieh es einmal so: Niederlagen zermürben, indes sein Ziel zu erreichen, gibt frischen Mut für neue Herausforderungen. Im Übrigen hat Saros heute durch dich seine mächtigsten Krieger verloren. Die Schattenjäger mehren ja nicht nur seine Untertanen, gegen ihre Lichtschwerter kann keine andere osttarrische Waffe standhalten. Allerdings warne ich davor, den König schon am Boden zu sehen. Der Speer, den wir heute gegen ihn geschleudert haben, könnte morgen schon zu uns zurückkehren.«

»Wie meint Ihr das?«

»Lass uns später im Rat der Schattenhüter darüber reden.«

Tulk und Kambass waren gerade hinzugetreten und pflichteten dem Weisen bei: Saros blieb gefährlich.

Corvin nickte. Dann fiel ihm etwas ein. Er drehte sich zu seinem Pferd um, löste die Verschnürung um ein längliches, in Decken gehülltes Bündel und reichte es dem Ersten Weisen Ratgeber.

Gavriels Augen weiteten sich. »Ist das …?«

»Schangars Säbel«, bestätigte Corvin.

Amíodit legte ihre Hand auf das Bündel, als könne sie die Klinge durch die dicke Umhüllung ertasten. »Damit haben wir jetzt drei Schwerter des Lichts und Saros nur noch zwei: sein eigenes und das von Irjana.«

»Ja«, mischte sich Tulk ein. »Ich finde, wir sollten diesen Vorteil nutzen. Heute ist Saros vor uns eingeknickt. Jetzt können wir ihm das Haupt von den Schultern schlagen.«

Im Rat der Schattenhüter hatten sich zwei Parteien gebildet: die Löwen und die Lämmer. Erstere waren in der Überzahl, sie wurden von Kambass und Tulk angeführt. Letztere hatten Gavriel und Amíodit als Sprecher, wodurch ihre Stimme ein größeres Gewicht besaß. Corvin verhielt sich neutral. Der Sturz von Saros interessierte ihn nur im Zusammenhang mit Nelia. Für sie hatte er das Prisma der Seelen im Großen Schlund versenkt. Er wollte sie retten. Alles andere war für ihn zweitrangig.

Der Rat tagte etwas abseits des Lagers unter freiem Himmel. Obwohl die Dämmerung gerade erst einsetzte, brannte in dem Kreis aus Stühlen bereits ein wärmendes Feuer.

»Wir debattieren jetzt schon drei Stunden und drehen uns trotzdem nur im Kreis«, beschwerte sich Kambass. Er hatte sich von seinem Stuhl erhoben. Der Hüter war ein Bär von Mann: groß, breit, in seiner ganzen Erscheinung ein Schwergewicht, aber trotzdem nicht so plump wie sein bester Freund Tulk. Das hellblonde Haar trug er kurz wie Moos, was seinen Stiernacken zusätzlich betonte. Weil sein dunkelbraunes Lederwams keine Ärmel hatte, konnte jeder die Kraft in seinen Armen sehen – Corvins Oberschenkel waren nicht so dick wie sie.

Im Kreis wurde zustimmend genickt.

»Schlag einen Kompromiss vor, Bruder, dann können wir endlich unseren Sieg feiern«, sagte die junge Ratsfrau Lania erschöpft.

»Meine Meinung kennt ihr. Im Volk regt sich immer mehr Unmut gegen den König. Corvin hat heute Schangar in einen Bettvorleger verwandelt und uns seine Schattenjäger vom Hals geschafft. Das ist der schwerste Schlag, der uns je gegen Saros gelungen ist. Im Moment schwächelt der König. Aber dieser Vorteil wird nicht ewig anhalten. Wir müssen ihn *jetzt* nutzen. Zwingen wir ihn zur großen Entscheidungsschlacht.«

»Hast du die Möglichkeit erwogen«, fragte Amíodit sanft, »dass wir, die wir den königlichen Verbänden an Zahl weit unterlegen sind, in einem solchen Waffengang vernichtend geschlagen werden könnten?«

Er schnaubte. »Besser ein Ende mit Schrecken als ein Schrecken ohne Ende.«

»Ende?« Amíodit schmunzelte. »Selbst wenn ihr euch alle gegenseitig verstümmelt und euch in Stücke zerhackt, werdet ihr bald wieder aufstehen und alles geht von vorne los. Was also soll ein Gemetzel uns nützen?«

Diesmal nickten Gavriel und einige andere aus der Partei der Lämmer. Durch Einwürfe wie »Richtig!«, »Gewalt erzeugt nur Gegengewalt« und »Da beißt die Maus keinen Faden ab« pflichteten sie ihrer Weisen Ratgeberin bei.

»Was wäre, wenn wir die ganze Armee des Königs in den Schlund der Finsternisse werfen?«, murmelte Corvin abwesend.

Plötzlich war es still in der Runde. Alle sahen ihren Helden an. Nur das Knacken der Holzscheite im Lagerfeuer war zu hören.

Corvin blinzelte benommen. »Habe ich etwas gesagt?«

»Ja, hast du«, brummte Tulk.

»Wir bräuchten mehr Krieger«, grübelte Kambass.

Gavriel erhob sich nun ebenfalls vom Stuhl und verlieh seinen Worten mit ausladenden Gesten Nachdruck.

»Auf die Gefahr hin mich zu wiederholen, aber ich halte schon die heutige Aktion für ein zweischneidiges Schwert, das sich leicht gegen uns richten kann. Ich kenne Saros nur zu gut. Er neigt zum Jähzorn und hat mehr Schatten unter Waffen als wir je aufbieten können. Das ist eine gefährliche Mischung. Im besten Fall wird er nach der Zerstörung des Seelenprismas das Volk mit eiserner Knute drangsalieren, um jeden Widerstand im Keime zu ersticken.«

»Wenn wir seine Heere in den Großen Schlund treiben, wird er um Gnade winseln«, erwiderte Kambass.

Der Weise funkelte ihn zornig an. »Ist dir überhaupt klar, was du da sagst, Bruder? Du sprichst davon, Tausende ins Nichts zu stoßen. Viele von ihnen sind zum Waffendienst *gezwungen* worden. Sie kämpfen nur aus Angst vor der Schattenmühle für den König.«

Amíodit ergriff seine Hand und sagte sanft: »Niemand will durch die Mühle gehen. Aber rechtfertigt der Selbsterhaltungstrieb Mord, Zerstörung oder sonst ein großes

Unrecht? Würden sich die Streiter des Königs seinem Befehl verweigern, müssten vielleicht einige wenige den schweren Gang antreten, aber Saros würde kaum seine ganze Armee vernichten.«

Tulk schüttelte unwillig den Kopf.

»Philosophiert Ihr nur oder liegt in Euren Worten eine Lösung für unser Dilemma?«, fragte Kambass.

Sie lächelte den Heißsporn an. »Ich stimme dir zu, Bruder: Wir müssen das Übel von der Wurzel her ausrotten. Doch nicht mit Gewalt. Auch der Adler fliegt nicht höher als die Sonne.«

»Adler?«, grunzte Tulk.

»Der König der Vögel, mein Guter.«

»Seit wann reden wir über Vögel?«

Einige kicherten.

»Das war eine Metapher, Bruder Tulk«, erklärte Amíodit geduldig. »Es geht nach wie vor um die Frage, wie wir Saros vom Thron vertreiben können, und ich meine, Corvin hat uns heute den Weg gezeigt. Er war vorher schon eine lebende Legende, aber nach seiner Aktion auf dem Siegesplatz wird ganz Osttarra von ihm reden. Wenn er zukünftig in ähnlicher Weise an verschiedenen Orten auftreten würde, könnte sich ihm das Herz nicht nur des Volkes, sondern auch des Militärs und des ganzen Hofstaates zuwenden. Irgendwann wäre dann Saros nur noch ein verbitterter alter Mann, der sich in seinem Turm verbarrikadiert und keine Macht mehr besitzt.«

Kambass beugte respektvoll das Haupt vor ihr. »Ihr habt es selbst gesagt, Ehrenwerte: Euer Plan könnte ›irgendwann‹ gelingen. Doch was, wenn Eure Hoffnung sich nicht erfüllt? Dann wäre unsere *heutige* Chance vertan.«

»Das stimmt«, fuhr Blavia von ihrem Sitz hoch, eine braunlockige Schönheit mit feurigem Temperament. »Unser tapferer Freund hat Orkut ein Prisma abgenommen. Wenn der Lichtschmied *einen* Kristall dieser Art finden konnte, wird Saros mit einer ganzen Armee von Quarzsuchern bestimmt bald weitere aus dem Fels am Rand des Großen Schlundes herausholen. Dann baut er sich ein neues Weltentor, holt seine Schattenjäger zurück und alles fängt von vorne an. Ich bin auch dafür, *jetzt* zuzuschlagen, und zwar hart und vernichtend.«

Nun erhob sich auch Corvin und sprach mit einer Kraft, die sein jugendliches Äußeres vergessen machte.

»Ich denke, wir können dem Disput leicht ein Ende machen. Ohne die drei Lichtklingen könnt ihr nichts gegen die Übermacht des Königs ausrichten. Malorons Sense und Schangars Säbel habe ich wohlweislich in Gavriels Obhut gegeben, und ich werde nie einer Verwendung zustimmen, die er nicht billigt. Außerdem stimme ich dem Ersten Weisen Ratgeber und Amíodit zu: Die Hüter der Schatten können in einer offenen Schlacht gegen die Armee des Königs nur verlieren.«

Jangar, ein junger, kraftstrotzender Mann mit rotem Haar, stand vom Stuhl auf und sagte ehrerbietig: »Heute haben wir aber gesehen, dass man einen überlegenen Gegner auch mit List bezwingen kann.«

»Das ist richtig«, pflichtete ihm Corvin bei. »Aber nicht mit *Arglist.* Oder zählt das Wort Gavriels und Amíodits für euch gar nichts mehr? Ihr weiser Rat hat euch viele Jahrhunderte lang behütet, gestärkt und geführt. Ich finde, ehe wir uns an unseren Mitschatten versündigen, sollten wir nichts unversucht lassen, ihren Vorschlag umzusetzen. Entziehen wir dem König die Grundlage seiner Macht auf leise Art.«

Manche murmelten zustimmend, andere klatschten sogar Beifall. Auch von den Ratsmitgliedern, die zuvor auf Seite der Löwen gestanden hatten, begannen immer mehr zu nicken. Corvin fragte sich, was diesen Meinungsumschwung verursacht hatte. Lag es an seiner glühenden Rede, an der Autorität, die ihm seine Heldentaten verliehen, oder schlicht an der Weigerung, die drei Lichtschwerter in den Dienst der großen Entscheidungsschlacht zu stellen?

Letztlich war ihm auch das egal. Er atmete auf, hatte er doch Zeit gewonnen. Wertvolle Wochen, Monate und vielleicht sogar Jahre, in denen er Nelia suchen konnte.

26. Alles neu

Wer sich tief weiß,
bemüht sich um Klarheit;
wer der Menge tief scheinen möchte,
bemüht sich um Dunkelheit.
Friedrich Nietzsche

Irgendwo südöstlich von Negria (Osttarra)
1. Tag der 50. Finsternis des 124. Rings

Die Konstruktion war monströs: kantige Stahlträger, in ebenso zweckmäßiger wie unästhetischer Verschränkung aneinandergenietet und mit schwarzer Farbe bemalt. Dem Ausleger wohnte nichts von der natürlichen Schönheit inne, die das alte Prisma der Seelen umfasst hatte. Eher glich er einer hässlichen Prothese, die aus dem Felsenkegel herausragte wie die Hakenhand eines Piraten. Doch an der Harmonie von Formen war Saros auch nicht gelegen. Für ihn zählte allein die Funktion. An diesem Tag würde er das »Neue Prisma der Seelen« seiner Bestimmung übergeben.

Er und Schangar erwarteten schon sehnsüchtig die Rückkehr der Schattenjäger. Und vielleicht – mit ein wenig Glück – würde sogar ein noch viel bedeutenderes Ereignis eintreten, denn man sah keiner normalen Eklipse entgegen. Nicht einmal einer gewöhnlichen totalen Sonnenfinsternis. Vielmehr würde der 124. Ring am frühen Nachmittag seinen Zyklus beenden und einen neuen beginnen. Das bedeutete, der bunte Schmetterling konnte wiederkehren und es gäbe vielleicht eine zweite Chance zur Eroberung der Tiefe.

Diese 50. Finsternis des besagten Rings war ein schwarzer Tag für die Hüter der Schatten und mehr noch für Corvin. Seine fruchtlose Suche nach Nelia hatte ihn zu einem ernsten, in sich gekehrten Mann werden lassen. Vor allem Amíodit bereitete diese Veränderung Sorge. Sie meinte, er werde jedes Mal, wenn er durch den bunten Lichtfächer seines kleinen Prismas aus Terra zurückkehre, wortkarger.

Deshalb ermunterte sie ihn unermüdlich, die Hüter der Schatten nicht zu vergessen. Ihre Ziele seien auch in seinem Interesse. Da die Eklipsen immer nur wenige Stunden dauerten, solle er in den Zeiten dazwischen nicht Trübsal blasen, sondern am »großen Wandel« mitarbeiten. Er schätzte den Rat dieser Frau ebenso wie die Weisheit Gavriels, und deshalb war er in den vergangenen vierzehn Erdenjahren alles andere als untätig gewesen.

In den verschiedenen Regionen Osttarras hatte er sich unzählige Male gezeigt, dabei Dutzende spektakulärer Aktionen gewagt, war hierzu Tausende von Meilen gereist und oft nur mit knapper Not seinen Häschern entkommen. Im Reich der Zeitlosen gab es inzwischen mehr Bewunderer des so jugendlich wirkenden Rebellen als Anhänger des Königs.

Saros hatte darauf nicht nur wie befürchtet mit Trotz oder Zorn reagiert, sondern mit Bespitzelung und beispielloser Härte. Gavriel nannte die Spione des Königs die »Gedankenpolizei«, weil diese nach winzigsten Anzeichen innerer Abneigung gegen den Monarchen fahndeten, nach Illoyalität, nach Meinungen, die von der vorgegebenen Linie der Krone abwichen. Die Folge war eine Atmosphäre der Angst und des gegenseitigen Misstrauens. Wer sich verdächtig machte, wurde verhaftet, verhört, gefoltert, eingesperrt, umerzogen und manchmal sogar in die Schattenmühle geschickt.

Neuerdings, so berichteten die Spione der Schattenhüter aus Biráh Sharu, wurde diese schlimmste aller Strafen wieder häufiger vollstreckt. Gavriel, der sich in der Gedankenwelt des Königs wie kein Zweiter auskannte, erklärte diese Veränderung mit dem Wiederaufbau des Weltentores. Das Gleichgewicht zwischen Schatten und Menschen sei zum Zeitpunkt der Zerstörung des alten Seelenprismas fast ausgeglichen gewesen; Osttarra habe nur einen winzigen Vorteil gehabt. Jeder zerstörte Schatten zehre diesen Vorsprung wieder auf. Nun aber, da in Kürze mit Nachschub aus der Welt der Tiefe zu rechnen sei, brauche Saros die Unzufriedenen und Spötter nicht länger zu dulden.

Am vergangenen Abend war eine beunruhigende Botschaft von Irjana eingetroffen. Darin stand, dass der König insgeheim eine neue Schattenmühle gebaut habe, hundertmal größer als die alte. Und er ließ große Silos errichten, zur Lagerung gewaltiger Massen von Schattenhadern.

Weil diese Nachricht von einer Verräterin kam – neben Schangar der einzigen in Osttarra verbliebenen Schattenjägerin –, hatte der Rat der Hüter sie mit Vorsicht aufgenommen. Amíodit und Gavriel vertraten die Auffassung, man müsse Irjana die Möglichkeit zur Umkehr einräumen. Wenn sie Taten der Reue zeigte, sollte man diese auf Wahrhaftigkeit prüfen.

Kambass hingegen argumentierte, Irjana zu glauben, bedinge auch, die Konsequenzen aus ihren Berichten zu ziehen. Ein Tyrann wie Saros könne nicht mit einer »sanften Revolution« gestürzt werden, sondern nur mit Gewalt, und zwar je eher, desto besser. Bald werde er unbezwingbar sein.

Selbst Corvin, der so oft seinen Hals riskiert hatte, um den friedlichen Wechsel herbeizuführen, wurde immer häufiger von Zweifeln geplagt. War alles vergebliche Liebesmüh gewesen? Hatte er sein Leben umsonst aufs Spiel gesetzt? Selbst wenn dem so war, würde das an seinem Misstrauen gegenüber Irjana nichts ändern. Ihr Verrat hatte bei ihm tiefe Narben hinterlassen.

Im Moment beobachtete er von einem hoch gelegenen Spähposten in den Bergen aus die letzten Vorbereitungen zur Einweihung des Neuen Seelenprismas. Im Osten leuchtete gerade erst das Sonnenband auf.

Tief unter ihm legten Arbeiter letzte Hand an den Stahlarm an, der wie ein Kranausleger über den Schlund der Finsternisse hinausragte. Am Ende des Gerüsts glitzerten mehrere Reihen unterschiedlich großer Prismen; keines erreichte auch nur annähernd das Format des verloren gegangenen. Offenbar hatte man sich überdies kurzfristig dazu entschlossen, die Nieten an den Stahlträgern mit Blattgold zu belegen, um die Hässlichkeit der Konstruktion ein wenig zu kaschieren.

Neben dem Felskegel lief Schangar wild gestikulierend zwischen einer Gruppe von Männern und Frauen in grauen Kutten umher. Dass er einmal ausgesehen hatte wie ein Bärenfell vor einem Kamin, war ihm nicht mehr anzumerken. Mit seinen raumgreifenden Gebärden glich er einem Feldherrn, der seinen Offizieren einen Schlachtplan erklärte.

Wer waren diese Leute? Etwa neue Schattenjäger? Nein,

sie trugen keine Waffen. Oder hatte Schangar einen weiteren Orden gegründet? Dies würde ihre eigene Tracht erklären, deren Grau dem von Schangar bevorzugten Farbton glich. Welche Aufgaben sollten sie in Terra wohl wahrnehmen? Corvins Besorgnis wurde besonders durch den Umstand erregt, dass keiner der bei Hofe eingeschleusten Spione diese Kuttenträger erwähnt hatte.

Sein Blick schweifte wieder über das Areal rund um das Prisma. Es war weitläufig abgesichert. Dazu hatte Saros eigens eine Mauer bauen lassen, die am nördlichen Stadttor begann und bis um den Felskegel herumreichte. Wachttürme in regelmäßigen Abständen sorgten dafür, dass niemand sich dem Neuen Prisma der Seelen ungesehen nähern konnte. Für den besonderen Anlass der Einweihung rückten zudem zweitausend Soldaten an – sie bezogen gerade Posten entlang des Steinwalls.

Still zog sich Corvin zurück. Er hatte genug gesehen, um die Bedenken der Löwen zu verstehen. Saros stand im Begriff, zum Gegenschlag auszuholen. Weniger denn je würde er dabei Rücksicht auf Schatten und Menschen nehmen.

Corvin verfolgte die Heimkehr der Jäger und ihrer Nachtfalken nach Osttarra aus sicherer Distanz. Sie verschwanden in Scharen durchs Weltentor, kaum dass es sich geöffnet hatte. Er selbst war mithilfe des kleinen Prismas gleich zu Beginn der Finsternis nach Terra aufgebrochen. Gemäß dem gregorianischen Kalender notierte man dort den 31. August 1932.

Sofern Gavriels Berechnungen stimmten, würde Nelia irgendwo innerhalb des schmalen Pfades wiederkehren, den der dunkelste Schatten des Mondes auf der Erde abschritt. Diese Bahn nahm einmal mehr über dem Nordpolarmeer ihren Anfang. Dorthin hatte sich Corvin auch als Erstes begeben.

Er fürchtete, dass Saros seinen Schattenjägern keine Verschnaufpause gönnen würde. Vermutlich empfing er sie unter dem Neuen Seelenprisma, ließ sie von einer handverlesenen Jubelmenge beklatschen und schickte sie gleich wieder nach Terra zurück. An seinen Allmachtsträumen im Hinblick auf die Welt der Tiefe hatte sich ja nichts geändert. Er wollte entweder alles haben oder alles zerstören …

Unvermittelt tauchten aus dem Tor wieder Fliegende Schatten auf. Man hätte glauben können, im Himmel bilde sich ohne erkennbaren Grund eine dunkle Rauchfahne, die, vom starken Wind erfasst, rasch auseinanderfächerte und sich in der Weite über dem Nordpolarmeer auflöste.

Kehren die Schattenjäger so schnell zurück?, wunderte sich Corvin. Nein. Mit einem Mal meinte er zu wissen, was da vorging. Es waren die *Grauen!* Irjana hatte behauptet, Saros wolle weiter unsichtbare Hetzer nach Terra entsenden. Damit waren offenbar nicht die Schnitter gemeint, sondern der neue Orden. Als Mann oder Frau im Ohr leichtgläubiger Menschen würden diese Verführer Versprechungen machen, um die niederen Instinkte ihrer Opfer zu wecken.

Mit Sorge folgte Corvin dem großen Oval, das der Kernschatten des Mondes aufs Erdenrund pinselte. Es zog über die vereiste Polkappe hinweg nach Kanada, streifte den äußersten Nordosten der Vereinigten Staaten und verlor sich schließlich im Atlantik. Gavriel hatte nie erwähnt, ob ein bunter Schmetterling sich auch mitten im Meer materialisieren konnte. Eine grauenhafte Vorstellung.

Doch weder auf dem Eis noch im Ozean fand Keszef die Witterung des Mädchens – er hatte sie anhand des Halstuchs aufgenommen, das Corvin nach wie vor wie einen kostbaren Schatz hütete. Als die Finsternis sich dem Ende näherte, sah er sich wieder dem gleichen Dilemma gegenüber wie seinerzeit 1914. Sollte er nach Osttarra zurückkehren oder weitersuchen? Es konnte ja immerhin sein, dass bunte Schmetterlinge sich während ihrer Rückverwandlung in Menschen auf eine Weise veränderten, die sie für Nachtfalken unauffindbar machte.

Corvin entschied sich dafür, in Terra zu bleiben.

Vermont auf kanadischer Seite und New Hampshire in den USA waren die am dichtesten besiedelten Gebiete, die der Mondschatten verdunkelt hatte. Dort setzte er seine Suche fort. Nach bewährtem Rasterprinzip durchstöberte er zunächst Stadt und Land. Als diese Bemühungen zu keinen Ergebnissen führten, verlegte er sich auf Krankenhäuser, Nervenheilanstalten, Klöster und sogar auf Gefängnisse. Er las Hunderte von Namenslisten, durchforstete Zeitungsberichte, verfolgte Rundfunkmeldungen. Alles vergeblich.

Bei der partiellen Mondfinsternis am 14. September überlegte er nur kurz, ob er nach Osttarra zurückkehren sollte und beschloss dann abermals, seinen Aufenthalt zu verlängern.

Zunächst nur am Rande, bald ganz bewusst bekam Corvin mit, wie die Welt der Tiefe sich innerhalb der vergangenen achtzehn Jahre verändert hatte. Der Große Krieg war wenige Wochen nach Zerstörung des Seelenprismas tatsächlich zu Ende gegangen, aber Frieden und Sicherheit hatten die Menschen dadurch nicht gefunden. Sie waren von einer Plage nach der anderen gegeißelt worden: von der Spanischen Grippe, Revolutionen, dem Gespenst der Inflation, der Weltwirtschaftskrise und immer wieder von bewaffneten Konflikten. Selbst der 1920 gegründete Völkerbund hatte die Waffen nicht zum Schweigen bringen können.

Corvin fragte sich, wo Saros wohl den Hebel ansetzen würde, falls er Nelia endgültig verloren gegeben und seine »Strategie der verbrannten Erde« wieder aufgenommen hatte. Sollte es seinen Grauen gelingen, einen zweiten Weltkrieg anzuzetteln, bliebe von Terra wohl tatsächlich nur eine Wüste übrig, ein lebensfeindlicher Planet. Damit hätte er den bunten Schmetterling zuletzt doch vernichtet. Doch wie lässt sich dieser Plan vereiteln?, fragte sich Corvin.

Indem er zunächst einmal Nelia fand. Das stand für ihn fest. Aber würde das genügen? Wohl kaum! Es blieb ihm gar nichts anderes übrig, als erneut die Schaltzentralen der Macht auszuspionieren, um die Keimzelle des nächsten großen Sturms ausfindig zu machen.

Er entsann sich des Entschatteten, den Schangar kurz nach Ausbruch des Großen Krieges besucht hatte. Ein willfähriger Erich Ludendorff mochte ein willkommenes Werkzeug für Saros' zerstörerisches Vorhaben sein – sofern sich Schangars Versprechungen erfüllt hatten und der General in seinem Volk ein ganz Großer geworden war. Um dies festzustellen, begab sich Corvin nach Deutschland.

Der einstige Held der »Schlacht bei Tannenberg« lebte noch. Während des Krieges war er gemeinsam mit Paul von Hindenburg in die Oberste Heeresleitung und tatsächlich zu einem der mächtigsten Männer im Deutschen Reich aufgestiegen. Doch mit der Niederlage des Landes hatte sich für ihn das Blatt gewendet.

Sich dem eigenen Versagen zu stellen, kam für Ludendorff nicht infrage. Darum klagte er die Politiker an. Sie hätten den Militärs ein Messer in den Rücken gerammt und nur deshalb sei der Krieg verloren worden. Tatsächlich nutzte er diese »Dolchstoßlegende«, um die eigene politische Karriere zu beflügeln.

Hierfür suchte er sich neue Gesinnungsgenossen, einen Österreicher namens Adolf Hitler und einen gewissen Wolfgang Kapp. Doch weder ein mit ihnen ausgeheckter Putschversuch noch die Kandidatur zum Reichspräsidentenamt schwemmten ihn wieder ganz nach oben. Und so streckte Ludendorff die Waffen.

Der Absturz des einstigen Kriegshelden ließ Corvin auch nach dessen Vorgesetzten aus jenen Tagen Ausschau halten. Vielleicht hatte ihm Schangar oder ein anderer »Mann im Ohr« ja ähnliche Versprechungen wie Ludendorff gemacht? Dabei erlebte Corvin eine Überraschung.

Paul von Hindenburg, inzwischen fast fünfundachtzig Jahre alt, war seit 1925 deutscher Reichspräsident. Erst im April hatte er eine zweite Amtszeit angetreten. Jetzt buhlte Adolf Hitler um seine Gunst.

Am Tag vor der Sonnenfinsternis hatte der neue Reichstag seine erste Sitzung abgehalten. Hitlers NSDAP – die Nationalsozialistische Deutsche Arbeiterpartei – stellte die stärkste Fraktion. Der inzwischen eingedeutschte Österreicher strebte an die Macht.

Corvin fragte sich, ob dieser wenig ansehnliche Schnauzbart, aus dem Worte meist nur wie aus einem Überdruckventil herausschwallten, Saros den Angriffspunkt bot, um die Welt der Tiefe aus den Angeln zu heben? Es blieb wohl nichts anderes übrig, als sich den Mann genauer anzusehen.

Das Erste, was Corvin an Hitler auffiel: Er hatte keinen Schatten. Wann ihm allerdings die Attrappe angehängt und ob er ebenfalls von Stimmen im Kopf heimgesucht worden war, ließ sich nicht so ohne Weiteres feststellen. Um der Sache nachzugehen, las Corvin einiges über ihn und befasste sich auch mit seinen Schriften.

Im Buch *Mein Kampf* gab Hitler die Parole Rassenkampf statt Klassenkampf aus. Er hatte es 1924 in Festungshaft verfasst. Vor allem die Juden und sowjetischen »Bolschewisten« hielt er für verabscheuungswert. Es wollte Corvin nicht in den Kopf gehen, wieso die Deutschen mehrheitlich die Partei eines Mannes wählten, der sich für einen »Rassenkrieg« stark machte. Hatte denn keiner sein Buch gelesen?

Während Corvin mit dem rechten Auge die Suche nach Nelia fortsetzte, verfolgte er mit dem linken die weitere Entwicklung in Deutschland.

Als Paul von Hindenburg am 30. Januar 1933 Adolf Hitler zum Reichskanzler ernannte, ahnte der wolkengleiche Beobachter, dass sich über Europa, vielleicht sogar über der ganzen Welt der Tiefe neues Unheil zusammenbraute. Am 10. Februar verfinsterte sich der Mond, das Weltentor öffnete sich, doch Corvin blieb.

Ein ums andere Mal verschob er hiernach seine Rückkehr nach Osttarra. Er wollte etwas erzwingen, das sich nicht erzwingen ließ. Je schlimmer die Zustände auf Terra wurden, desto verbissener durchkämmte er jeden Winkel der Welt nach Nelia. Als 1936 Menschen aus aller Herren Länder zur Olympiade nach Berlin strömten, begab er sich ebenfalls dorthin.

Das »Fest des Friedens« kam ihm vor wie ein großer Maskenball. Er kannte die deutschen Konzentrationslager, wusste, wie im ganzen Hitler-Reich Juden und andere Menschen drangsaliert und getötet wurden. Und mit einem Mal präsentierte sich Deutschland vor der Weltpresse als Musterstaat. Der sonst allgegenwärtige Rassismus wurde geschickt kaschiert und allzu viele Besucher ließen sich täuschen.

Angewidert wandte sich Corvin von dem Schmierentheater ab. Vom Rassenwahn in Deutschland sensibilisiert, bemerkte er diesbezüglich in den Wochen nach den Spielen auch andernorts Diskriminierungen der unterschiedlichsten Art. Sogar Franklin Delano Roosevelt, der Präsident der Vereinigten Staaten von Amerika, weigerte sich, den vierfachen Olympiasieger Jesse Owens im Weißen Haus zu empfangen – Owens war schwarz, Roosevelt dagegen weiß.

Die Entschattung Terras hatte ein nie da gewesenes Ausmaß erreicht.

Nun, da Corvin den Grauen bewusst nachspürte, entdeckte er ihre schattenhaften Schemen immer öfter in der Nähe der politischen, militärischen, wirtschaftlichen und religiösen Führer der Welt. Hitler war ja bei Weitem nicht der einzige Entschattete, der ein hohes politisches Amt bekleidete. Italien hatte Mussolini, die Sowjetunion Stalin und andere Länder hatten andere Männer, die zwar nicht alle Diktatoren, aber nichtsdestotrotz schattenlos waren. Wie würde die Erde aussehen, wenn niemand diese Leute aufhielt? War es richtig, so fragte sich Corvin, die osttarrischen Hetzer einfach gewähren zu lassen, während er sich in einer vergeblichen Suche aufrieb?

So bitter es für ihn war, gestand er sich endlich ein, dass Nelia noch in der Zeitlosigkeit gefangen sein musste. Oder schlimmer noch: Saros hatte sie längst wieder in einen Käfig eingesperrt. Als sich am 13. Dezember 1936 die Sonne über Australien verfinsterte, kehrten er und Keszef nach Osttarra zurück.

27. Der Krieg der Schatten

Ein gefällter Baum wirft keinen Schatten.
Chinesisches Sprichwort

Irgendwo südlich von Negria (Osttarra)
1. Tag der 46. Finsternis des 131. Rings

Obwohl Corvin mit dem Schlimmsten rechnete, schien seine Rückkehr nach Osttarra doch zunächst unproblematisch zu verlaufen. Der bunte Lichtfächer des kleinen Prismas entließ ihn und Keszef in derselben unterirdischen Höhle, in der sie schon zweiundzwanzig Erdenjahre zuvor von Gavriel empfangen worden waren. Und auch diesmal hörte der Heimkehrer, ehe seine Sehfähigkeit ganz wiederhergestellt war, dessen brummiges Organ.

»Willkommen daheim. Wir fürchteten schon, dich und deinen Falken niemals wiederzusehen.«

Dann aber meldete sich eine zweite, deutlich sanftere Stimme. »Lass ihn doch erst einmal zu sich kommen.«

Corvin blinzelte. »Amíodit? Habt ihr zwei euch hier ein Liebesnest eingerichtet?« Das war als Scherz gedacht, aber trotzdem errötete die weise Frau.

Gavriels schlohweiße Augenbrauen zogen sich bedrohlich zusammen. »Das ruhelose Herumstreifen durch Terra scheint deine Manieren verdorben zu haben.«

»Oh, verzeiht, ehrenwerte Weise Ratgeber. Ich wollte es nicht an Respekt mangeln ...«

»Jetzt hör schon auf damit! Ehre und Titel sind uns beiden schnurz. Bleiben wir einfach bei der brüderlichen Anrede. Jeder hier verdient genauso viel Achtung. Aber was das andere anbelangt – wer sagt dir denn, dass Amíodit und ich verbandelt sind?«

Unwillkürlich musste Corvin schmunzeln. »Das sieht doch ein Blinder mit Krückstock.«

Plötzlich stutzte er. In einer Nische der Höhle lagen Decken und Säcke. Darauf deutend, staunte er: »Ihr wohnt tatsächlich hier!«

»Ja«, knurrte der Alte. »Aber erst seit heute, und es ist *kein* ›Liebesnest‹, wie du es zu nennen pflegst.«

»Was ist geschehen?«

»Kambass ist geschehen.«

Amíodit legte Gavriel beruhigend die Hand auf den Arm. »Er meint, die Löwen haben das Kommando übernommen.« Sie deutete auf die Decken. »Komm, machen wir es uns etwas bequemer. Seit deinem Fortgang ist im Reich der Zeitlosen einiges passiert. Du solltest besser sitzen, wenn du es erfährst.«

Etwa eine halbe Stunde lang berichteten die beiden Weisen ausführlich über die neuesten Entwicklungen in Osttarra. Saros knechtete sein Volk mit immer grausamerer Härte. Seit die Schattenjäger wieder zur »Ernte« auszogen, schickte er jeden durch Reschuths Häckselwerke, der ihm verdächtig schien. In einem geheimen Bericht behauptete Irjana, sein neues Motto laute: »Je mehr, desto besser.« Das traf auf die Hinrichtungen zu, auf den Bau neuer Mühlen und Hadernsilos wie auch auf den Raub von Schatten in

Osttarra. Als habe es das Eherne Gesetz des Schweigens nie gegeben, ließen die Schnitter jede Vorsicht fahren und rafften zusammen, was ihnen unter die Klingen kam.

In einem solchen Klima könnten sich Stimmen der Mäßigung nur schwer Gehör verschaffen, erklärte Amíodit traurig. Kambass und Tulk hätten immer lauter die große Entscheidungsschlacht gefordert und von Mal zu Mal gewannen sie mehr Anhänger für ihren radikalen Kurs.

»Uns sind einfach die Argumente ausgegangen«, erklärte Gavriel zerknirscht.

»Und warum seid ihr jetzt hier?«, fragte Corvin. Gedankenvoll streichelte er Keszefs Gefieder. Der Nachtfalke saß wie so oft auf seiner Schulter.

»Kambass schlug dem Rat vor, man solle uns vor dem Feind beschützen. Was er in Wirklichkeit damit meinte, war Arrest. Er wollte uns einsperren, damit wir ihm nicht in die Quere kommen.«

Amíodit nickte. »Und da haben wir kurzerhand unsere Sachen gepackt und sind hierher umgezogen.«

»Wann soll die Schlacht beginnen?«

»Morgen bei Tagesanbruch.«

»*Was?* So bald schon? Wie viele Hüter wollen in den Kampf ziehen?«

»Etwa neuntausend.«

Er pfiff leise durch die Zähne. »Das ist eine Menge.«

»Saros hat allein rund um die Hauptstadt einhunderttausend Schatten unter Waffen.«

Corvin merkte, wie seine Augen schier aus den Höhlen quollen. »Elf Krieger gegen einen. Das ist ja Wahnsinn.«

»Allerdings. So ein Blutbad hat Osttarra noch nicht gesehen.«

»Aber wie wollen die Löwen gegen eine solche Übermacht gewinnen?«

»Mit List. Erinnerst du dich? Es ist *deine* Strategie. Kambass meint, er könnte die Armee des Königs zur Tafel des Lichts locken und sie dort in den Großen Schlund treiben.«

Corvin erschauderte. »Das hieße, einhunderttausend Schatten auszulöschen.«

»Oder sie auf ewig ruhelos durch Terras Gefilde geistern zu lassen, sofern der Schlund sie je wieder ausspeit«, fügte Amíodit hinzu.

»Das Negristal nördlich der Stadt ist schmal. Die königlichen Truppen können keine richtige Schlachtordnung einnehmen«, grübelte Corvin.

»Ja«, gab Gavriel ihm recht. »Darauf baut auch Kambass. Er will Saros' Armee erst tief ins Tal locken, sie dann von den Hängen zu beiden Seiten unter Beschuss nehmen und wenn sie sich zurückziehen, durch einen Sturmangriff über das Felsplateau jagen.«

»Ganz dumm ist das nicht.«

Amíodit schüttelte den Kopf. »Nein. Es ist sogar *gewaltig* dumm. Wenn das Kriegsglück sich wendet, könnten am Ende die neuntausend Hüter in die Zeitlosigkeit stürzen. Kürzlich wurde uns nämlich berichtet, dass einer unserer Brüder gefangen und wenig später in die Schattenmühle geschickt wurde. Wir wissen nicht, ob und wie viel er Saros verraten hat.«

»Du meinst, der König könnte längst über den Schlachtplan im Bilde sein?«

»Möglich wäre es.«

»Und Kambass hält trotzdem an seiner sogenannten List fest?«

»Du kennst ihn ja. Er kann ziemlich stur sein.«

»Wo sind Malorons Sense und Schangars Schwert?«

Gavriel deutete auf ein Lederfutteral zwischen den Gepäckbündeln. »Die Klinge deines Ziehvaters konnte ich retten, aber den Säbel hat sich Kambass angeeignet. Er meinte, als Heerführer stehe ihm ein Lichtschwert zu.«

Corvin schloss die Augen. Seine Gedanken überschlugen sich. Sorgfältig formulierte er eine Frage. »Angenommen wir könnten uns einen wirklichen Vorteil verschaffen, um Kambass' Strategie gelingen zu lassen – wäre es recht oder unrecht?« Hiernach blickte er Gavriel gespannt an.

Dessen Miene verriet keine Regung. »Du meinst, ob es besser ist, einhunderttausend Schatten leben und einen Despoten weiter herrschen zu lassen oder ob man lieber Saros' Krieger opfern und seiner Gewaltherrschaft ein Ende bereiten soll?«

»Ja«, sagte Corvin mit belegter Stimme.

»Die Antwort musst du für dich allein herausfinden.«

»Ist Nelia in Osttarra wieder aufgetaucht?«

»Nein. Davon hätten wir mit Sicherheit erfahren. Aber Irjana behauptet, die Schattenjäger suchten bereits nach einem anderen bunten Schmetterling.«

Corvin nickte. »Saros behält offenbar gerne mehrere Eisen im Feuer. Hast du inzwischen etwas darüber herausgefunden, wie ich Zeit und Ort von Nelias Rückkehr in die Welt der Tiefe bestimmen kann?«

»Ja.«

»*Was?*«, stieß Corvin aufgeregt hervor. »Und warum hast du noch nichts gesagt?«

Gavriels Gesichtszüge schienen zu versteinern. »Weil es ein dunkler Weg ist, der zu ihr führt.«

»Jetzt mach es nicht so spannend. Wie komme ich zu ihr?«

»Meinen jüngsten Berechnungen zufolge ist ein dreidimensionales Wesen – also ein bunter Schmetterling – bei seinem Übergang nach Osttarra sozusagen unteilbar. Damit meine ich, dass auch alles, was zusammen mit Nelia zu uns kam, weiter zu ihr gehört. Selbst wenn es in den Raumdimensionen von ihr getrennt wird, bleibt es mit ihr verbunden.«

Corvin starrte erst Gavriel mit glasigem Blick an, dann Amíodit und schließlich wieder den Weisen. »Du meinst …?«

Er nickte. »Hast du noch dieses Halstuch von ihr?«

Mit zitternden Händen nestelte Corvin es aus seiner Tasche und hielt des Gavriel unter die Nase. »Was muss ich damit tun?«

»Binde einen Streifen davon um das Bein deines Falken und wirf ihn in den Schlund der Finsternisse. So wird er direkt zu dem Mädchen geführt.«

»Wie bitte?« Corvin war so zittrig, dass er nicht mehr klar denken konnte.

Gavriel verdrehte die Augen zur Decke. »Der 124. Ring vergeht nach den kommenden zwei Eklipsen. Wenn du durchs Weltentor trittst, wird der Falke seinen Herrn finden und dich zu Nelia führen.«

»Und wenn dabei irgendetwas schiefgeht? Wenn der Falke in der Zeitlosigkeit seinen Spürsinn einbüßt? Oder irgendetwas anderes Unvorhergesehens passiert? Keszef ist gewiss klug und treu, aber … Könnt ihr mir guten Gewissens raten, etwas so Wichtiges wie die größte Liebe meines Lebens einem vernunftlosen *Tier* anzuvertrauen?«

Die beiden Weisen tauschten beklommene Blicke.

»Also nicht«, schloss Corvin aus ihrem Verhalten. »Dann habe ich eine bessere Idee. Ich werde selbst mit dem Tuch in den Großen Schlund springen.«

»Wir ahnten, dass du diesen Vorschlag machen wirst«, sagte Amíodit mit besorgter Miene.

Gavriel schüttelte mürrisch den Kopf. »Das ist zu gefährlich, Corvin. Im schlimmsten Fall wirst du ewig als ruheloser Schatten durch die Welt der Tiefe streifen, unfähig, dich irgendjemandem bemerkbar zu machen ...«

»Aber im besten Fall werde ich direkt vor ihren Füßen landen«, unterbrach Corvin ihn. Seine Hände waren feucht, sein Blick fiebrig.

Der Weise verzog das Gesicht. »Ja. Wobei es durch den unterschiedlichen Eintrittszeitpunkt in den Schlund der Tiefe zu geringfügigen Verschiebungen beim Austritt kommen kann. Eine gute Spürnase wie Keszef bei sich zu haben, kann auf keinen Fall verkehrt sein.«

»Dann nehme ich ihn mit.«

Amíodit legte Corvin die Hand auf den Arm. »Was Gavriel herausgefunden hat, birgt viele Unwägbarkeiten in sich. Die Möglichkeit, dass alles gut geht, ist klitzeklein. Willst du wirklich so viel für dieses Mädchen opfern?«

»Ja. Sie bedeutet mir mehr, als ihr euch vorstellen könnt.«

Sie lächelte. »Ich kann dich sehr wohl verstehen, mein Lieber. Gavriel und mir geht es ähnlich. Schon sein Schattenbruder Sokrates und meine Schattenschwester Diotima waren sich sehr verbunden, wenngleich es eher das Verhältnis zwischen einer mütterlichen Lehrerin und ihrem Schüler war.«

Gavriel nickte. »Diotima hat Sokrates gelehrt, in welchem Verhältnis das ›Schöne‹ zu dem ›Guten‹ steht und auf welche Weise die Liebenden Anteil an der Unsterblichkeit haben. Wir zwei können also gut nachempfinden, was in dir vorgeht. Trotzdem möchte ich dich bitten, nichts zu überstürzen. Vielleicht finde ich noch einen weniger gefährlichen Weg, der dich zu Nelia führen wird.«

Corvin blickte dumpf vor sich hin. In seinem Kopf flirrten zusammenhanglos unterschiedlichste Gedanken, darunter auch solche von den erhitzten Debatten mit der Brot-Nelia im Turm von Biráh Sharu. Sie hatte ihm ebenfalls einen gewagten Plan ausreden wollen …

Amíodit verstärkte sanft den Griff um sein Handgelenk.

»Wie stellst du dir eigentlich die Zeit nach deinem Wiedersehen mit Nelia vor, mein Lieber?«

»Ich möchte sie nie mehr verlassen. Sie für immer beschützen«, antwortete Corvin ausweichend.

»Aber du bist ein Schatten und sie ist ein Mensch. Deine Existenz ist so gut wie unauslöschlich, sie aber wird wieder eine Sterbliche sein. Und was mir am meisten Sorgen bereitet: Wenn Saros euch zusammen findet, könnte er seinen frevelhaften Plan doch noch verwirklichen.«

»Ich werde Nelia nie mein Lichtschwert ins Herz stoßen.«

»Nur mal ins Unreine gesprochen«, sagte Gavriel. »Er könnte deinen Willen brechen – vielleicht mit einer Droge – und dir hierauf die Hand führen. Was dann?«

Corvin ließ das Kinn auf die Brust sinken und schloss die Augen. An diese schreckliche Möglichkeit hatte er noch gar nicht gedacht. »Ich muss eben schneller sein als Saros«, murmelte er.

»Schneller worin? Etwa im Zweikampf?«

Trotzig sah er die beiden Alten wieder an. »Nein. Es gibt

einen Weg, wie ich Saros' Plan ein für alle Mal durchkreuzen *und* mit Nelia glücklich werden kann. Ich entscheide mich für die Sterblichkeit.«

Gavriels Augenbrauen gingen vor Verblüffung in die Höhe. »Das kannst du nicht …«

»Doch, mein Vorfahr, der legendäre König Niall Noígíallach, hat es auch getan.«

»Lass mich bitte aussprechen, Corvin. Ich wollte dir erklären, dass du eine Entscheidung von derart immenser Tragweite nicht so im Vorbeigehen treffen kannst.«

»Als ich im Turm gefangen war, habe ich mir lange darüber den Kopf zerbrochen. Wir haben das Für und Wider gründlich …«

»*Wir?* Warst du nicht in Einzelhaft?«

»Ja. Die anderen drei … sind nicht wichtig. Sie wurden vermutlich längst von Vögeln gefressen. Es ist ganz allein meine Entscheidung.«

Gavriel schüttelte verständnislos den Kopf. »Sei's drum. Bist du dir überhaupt im Klaren, worüber du da sprichst? Die Menschen träumen seit allen Zeiten vom ewigen Leben. Sie haben Dutzende von Jungbrunnen-Legenden. Die meisten würden alles geben, um mit dir zu tauschen. Und du willst *freiwillig* sterblich werden?«

»Vielleicht habe ich mich unklar ausgedrückt, Ehrenwerter: Ich *liebe* Nelia und das sogar mehr als mich selbst. Und heißt es nicht, die Liebe sei stärker als der Tod? Um mit ihr zusammen zu sein, würde ich sogar *zehn* Tode sterben.«

»Allein die Verwandlung in einen Menschen dürfte schwerer als das sein, mein Lieber. Es hieße, den Weg Malorons zu gehen: Jemand müsste dir eine Klinge aus geschmiedeten Licht ins Herz stoßen und sie wieder herausgezogen haben, ehe die größte Dunkelheit der Finsternis ganz vergangen ist.«

Corvin lief es eiskalt über den Rücken, doch er nickte entschieden. »Ich weiß.«

»Abgesehen von dem kurzen Schmerz und dem Gefühl des Todes musst du aber noch einen anderen Preis zahlen. Du selbst hast mir erzählt, was mit deinem Ziehvater geschah. Du wirst dich an nichts mehr erinnern können.«

»Nicht einmal an meine Liebe zu Nelia?«, flüsterte er.

Der Alte schüttelt bedauernd den Kopf. »Rechne lieber nicht damit. Du erkaufst die Sterblichkeit als Mensch mit dem Vergessen. Bist du wirklich bereit, diesen Preis zu zahlen?«

»Aber Niall Noígíallach hat seine Geschichte doch auch an seine Nachfahren weitergegeben.«

»Er hatte sie zuvor jemanden diktiert und damit gegen das Eherne Gesetz des Schweigens verstoßen.«

Corvin musste an Johann Lamont denken. Ob er seinem Tagebuch das Geheimnis des osttarrischen Schattenbruders anvertraut hatte? Wie auch immer, es war müßig, darüber nachzugrübeln. Tote erinnerten sich auch an nichts, und er, Corvin, würde jederzeit für Nelia sterben. Sie war ihm jedes Opfer wert. »Ja«, hauchte er. »Dazu bin ich bereit.«

Eine Weile herrschte bedrückte Stille in der Höhle. Dann brach Corvin das Schweigen. Er holte tief Luft und sagte aufgeräumt: »Fassen wir zusammen: Saros ist zwar unbeliebter als je zuvor, hält sich aber mit Gewalt auf dem Thron. Er verfügt über das größte Heer Osttarras, mit den Schattenjägern über die besten Krieger der Welt und darf durchaus hoffen, seinen ursprünglichen Plan doch noch zu verwirklichen. Sollte er einen anderen bunten Schmetterling finden, könnte das Gefüge beider Welten in sich zusammenstürzen. Damit wäre auch Nelia für immer verloren. Ich muss also alles in meiner Macht Stehende tun, um seinem Treiben ein Ende zu bereiten. Habe ich unsere Lage in etwa richtig beschrieben?«

Gavriel und Amíodit sahen ihn betroffen an, als sei seine plötzliche Abgeklärtheit ihnen nicht geheuer.

Corvin nahm ihr Schweigen als Zustimmung. »Dann steht meine Entscheidung fest. Obwohl es mir widerstrebt, mache ich mich sofort auf den Weg zu Kambass.«

»Du willst ihm helfen?«, fragte Gavriel erstaunt.

»Mir bleibt keine andere Wahl.«

Die beiden Weisen ergriffen einander bei den Händen, sahen sich kurz in die Augen und nickten abermals.

»Wir kommen mit dir«, sagte Amíodit.

Gavriel blickte nachdenklich in ihre grünen Augen. »Ich weiß nicht, ob ich mich darüber freuen soll.«

Sie lächelte. »Bald werden wir es wissen.«

Als das Sonnenband im Osten sichtbar wurde, schrie Keszef vor Vergnügen. Ahnte der Falke, was sich im engen Negristal zusammenbraute? Corvin jedenfalls konnte es tief unter sich sehen, und es jagte ihm Angst ein. Während er fast lautlos durch den Himmel glitt, spähte er die Stellungen des Feindes aus. Wie gut, dass er seinerzeit mehrere Lenkschirme hatte anfertigen lassen!

Für die Kundschafter des Königs war der einsame Drachenflieger am Himmel so gut wie unsichtbar. Gavriel hatte für ihn nämlich nicht nur den Schirm, sondern auch einen Tarnanzug verwahrt. Zwar bereitete Corvin das ständige Gemurmel aus den doppellagigen Überzügen auch weiterhin Unbehagen, zu seiner eigenen Sicherheit hatte er sich trotzdem hineingezwängt.

In der letzten Nacht war er kaum zur Ruhe gekommen. Gemeinsam mit den beiden Weisen Ratgebern hatte er die bewaldeten Hänge östlich von Negria durchquert, um die Verbände der Schattenhüter zu erreichen. Hierfür standen den dreien nur zwei Pferde zur Verfügung. Gavriel ritt einen feurigen Schimmel und Amíodit einen Fuchs, der auch Corvin trug.

Ihr Vorhaben war riskant. Hätte Keszef nicht angeschlagen, wären sie in dem unübersichtlichen Gelände fast einem königlichen Spähtrupp in die Falle gegangen. Saros hatte offensichtlich einen engen Ring aus Posten um seine Hauptstadt gelegt.

Oberhalb des Lagers der Schattenhüter trennten sich die Gefährten dann. Die beiden Weisen ritten zu Kambass und Corvin stieg in die Berge hinauf. Kurz vor dem Morgengrauen hatte er sich dann von einer Klippe gestürzt. Mit seinem Gleitschirm.

Die Aufwinde an den Bergflanken geschickt nutzend, war er inzwischen weit nach Norden vorgedrungen. Wenn die Ausrüstung mitspielte, wollte er die Klamm erreichen, in der sich die Schmiede des Lichts befand. Unterwegs hatte er bereits die Kampfverbände beider Seiten inspizieren können. Nördlich der Hauptstadt lagerte unter den Bannern des Königs ein riesiges Heer. Es reichte bis zum Neuen Prisma der Seelen.

Nur etwa eine Meile weiter – ungefähr bei der Tafel des Lichts – hatten die Hüter der Schatten ihre Zelte aufgeschlagen. Die etwa dreitausend Krieger zählende Armee war der Lockvogel für Saros' Generäle. Scheinbar steckten sie in dem engen Tal in der Falle. Wesentlich größere Einheiten lagen jedoch verborgen in den Hängen rund um das voraussichtliche Schlachtfeld. Sie sollten den Gegner unter Beschuss nehmen, sobald er sich weit genug ins Negristal hatte hineinlocken lassen.

Endlich entdeckte der Drachenflieger vor sich die Klamm. Es sah aus, als habe ein Riese sie mit seiner Streitaxt ins Gebirge geschlagen. Zum ersten Mal konnte Corvin auch den Stausee und darunter die gewaltige Mauer sehen. Als sein Lenkschirm auf den Eingang der Schlucht zuschwebte, erblickte er etwas, mit dem er nicht gerechnet hatte.

Die Klamm war auf ihre gesamte Länge und Breite angefüllt mit königlichen Soldaten. Es mussten zwei oder sogar dreitausend Krieger sein.

Wie hatte Kambass' Kundschaftern dieser Hinterhalt entgehen können? War er zu sehr von der Genialität der eigenen Strategie überzeugt gewesen? Offenbar hatte er nur nach Süden geblickt, nur auf den Massenaufmarsch des Gegners, nicht ahnend, dass in seinem Rücken schon lange im Voraus ein zweites Heer in Stellung gebracht worden war.

»Wenn wir versagen, werden alle Hüter in den Schlund getrieben«, murmelte Corvin.

Keszef antwortete mit einem Schrei.

Aus der Ferne ertönte ein Donnern.

Die große Schlacht hatte begonnen.

Als der Drachenschirm fast unsichtbar über den Köpfen des feindlichen Heeres hinwegschwebte, begann der riskanteste Teil des Fluges. Die Winde zwischen den engen Bergflanken waren nur schwer zu berechnen. Am liebsten hätte sich Corvin des Tarnanzugs entledigt, der unablässig seine

Sinne mit verwirrenden Reizen traktierte. Doch gerade jetzt wäre das so ziemlich das Dümmste …

Unvermittelt wurde er hin und her geschleudert, himmelwärts gerissen und wieder fallen gelassen. Jeden Moment konnte der Schirm umschlagen oder ganz den Auftrieb verlieren. Corvin sah sich schon auf die Lanzen der Soldaten aufgespießt, die von dem turbulenten Flug über ihren Kopfen nichts mitbekamen, doch über der Schmiede des Lichts geriet er in einen warmen Luftstrom und wurde weit nach oben getragen.

Mit einem Mal schwebte er in den Wolken und war blind.

Er unterdrückte einen Fluch und rief nach Keszef. »Zeige mir den Weg zum Staudamm.«

Der Nachtfalke schien genau zu verstehen. Er quietschte übermütig und verschwand im Wolkendunst.

»Auch das noch!«, stöhnte Corvin.

Im nächsten Moment war Keszef wieder da. Mit weiteren kurzen Vorstößen in Richtung See gab er seinem Herrn die Richtung an.

Eine Weile kam Corvin gut voran, aber dann war er wieder so weit gesunken, dass erneut die Böen aus der Schlucht ihr Spiel mit ihm trieben. Fatalerweise konnte er immer noch nichts sehen. Die Wolken hatten sich tief in die Klamm geschoben.

Plötzlich wurde er von einem so heftigen Windstoß erfasst, dass sein Unterstes sich zuoberst kehrte. Einen grotesk langen Moment sah er den Gleitschirm dort, wo eigentlich seine Füße hingehörten. Dann stürzte er auf diesen zu, wurde von dem Tuch umhüllt und fiel wie ein in Seidenpapier eingepackter Stein nach unten.

Damit sah Corvin seine Rolle in der Entscheidungsschlacht für beendet an. Beim Aufprall am Grund der Klamm würde es ihm schlimmer ergehen als seinerzeit Schangar unter dem Felstisch des Prismas. Bis seine Einzelteile wieder zueinandergefunden hätten, würde das Schicksal Osttarras längst besiegelt sein. Ob man den Schmerz bei einem Sturz aus solcher Höhe überhaupt spürte …?

Corvin fühlte ihn. Es kam ihm vor, als sei er von einem Meteoriten gerammt worden. Alle Luftbläschen, die sein Schattenkörper eben noch beherbergt hatte, schienen schlagartig entwichen zu sein. Er wollte atmen, um Nachschub zu besorgen, konnte aber nicht. Mit einem Mal merkte er, dass etwas nicht stimmte. Das Gluckern um ihn herum, konnte nicht von seinen Körpergasen stammen.

Er war nicht am Grund der Schlucht zerborsten, sondern in den Stausee gefallen.

Neuer Mut strömte in Corvins taube Glieder. Offenbar war er gar nicht hoch über dem Wasser gewesen, sonst hätte dieses ihm beim Aufprall sämtliche Knochen im Leib zerbrochen. Er riss sich die aufgeweichte Tarnkappe vom Kopf, befreite sich aus dem Fallschirmtuch und kämpfte sich mit kraftvollen Stößen an die Oberfläche zurück.

Vor ihm ragte in nebligem Dunst die Staumauer auf. Zur Linken entdeckte er unweit ein Ruderboot. Es lag unterhalb eines in den steilen Fels geschlagenen Pfades. Dorthin schleppte er sich und den Drachenschirm. Während er sich mit seinem vollgesogenen Anhängsel an Land zog, flatterte Keszef aufgeregt um seinen Kopf.

Nachdem Corvin den nassen Schirm mehr schlecht als recht zusammengelegt hatte, deutete er zur Mauerkrone. »Sieh dich mal um, kleiner Freund. Ich möchte nicht noch eine unliebsame Überraschung erleben.«

Während der Nachtfalke vorausflog, machte sich sein Herr mit dem triefenden Bündel an die Ersteigung des Dammes. Erfreulicherweise hatten dessen Erbauer Stufen in den Fels gehauen, die das Vorhaben erheblich erleichterten.

Endlich oben angekommen, konnte Corvin Folgendes feststellen: Erstens wehte ein kräftiger Wind, zweitens hatte dieser jenseits der Mauer die Wolken vertrieben, drittens stürmte tief unten gerade die königliche Armee durch den Ausgang der Schlucht, um den Schattenhütern in den Rücken zu fallen, viertens befand sich mitten auf der Dammkrone ein steinernes Wärterhäuschen und fünftens eilte ihm von dort ein ungeschlachter Geselle entgegen, der eine stattliche Axt schwang.

Keszef schrie aufgeregt.

»Danke. Ich habe ihn gesehen«, sagte Corvin, zückte sein Lichtschwert und lief auf den Dammwärter zu.

Als dieser den strahlenden Degen gewahrte, blieb er schliddernd stehen.

»Du siehst richtig«, rief ihm Corvin zu. »Meine Klinge stammt aus der Schmiede da unten. Wenn du dir eine Menge Schmerzen ersparen willst, dann solltest du jetzt fix verschwinden.«

Der Dammwärter begrüßte offensichtlich den Vorschlag, denn er machte augenblicklich kehrt und rannte auf das gegenüberliegende Ende der Staumauer zu. Ehe er dieses erreichte, kam Corvin mit dem wieder verstauten Degen und seiner tropfenden Last beim Wärterhäuschen an.

Rasch entfaltete er den Drachenschirm und versuchte den Wind einzufangen. Das nasse Tuch wölbte sich zwar kurz, fiel aber gleich wieder in sich zusammen wie eine gestrandete Qualle.

»Das kann ja heiter werden«, brummte Corvin.

Missmutig raffte er den Schirm wieder zusammen. Es blieb keine Zeit mehr, einen neuen Fluchtplan auszuarbeiten. Saros' Falle schnappte bereits zu. Er zog erneut den Degen aus der Scheide, drehte die Spitze nach unten und stach sie mit aller Kraft in die Dammkrone.

Was nun geschah, übertraf seine kühnsten Erwartungen. Rund um die Klinge sprühten Funken. Das Mauerwerk wurde förmlich entzweigerissen. Steinsplitter schwirrten durch die Luft. Ohne die schützende Macht des Schwertes, hätten sie ihn vermutlich wie Schrapnelle durchsiebt. Zu seinen Füßen knirschte es bedenklich.

Schnell steckte er den Degen in die Scheide zurück und klaubte seinen schlaffen Rettungsschirm vom Boden auf. Während er damit zum äußeren Rand der Dammkrone lief, vernahm er ein Krachen wie von einem fernen Gewitter. Ein Blick in die Tiefe verriet ihm, was gerade geschehen war.

An der Außenmauer kroch ein Riss nach unten. Er hatte bereits die halbe Strecke bis zur Talsohle hinter sich und wurde rasch breiter. Wasser spritzte daraus hervor.

»Höchste Zeit zu verschwinden«, murmelte Corvin und machte sich daran, den Rückweg anzutreten.

Nach etwa zehn Schritten erbebte der Damm unter seinen Füßen. Corvin stolperte, fiel fast hin, konnte sich aber gerade noch fangen. Hinter ihm krachte es erneut und zwar so ohrenbetäubend, dass er glaubte, ihm müssten die Trommelfelle platzen. Ein Blick zurück verriet ihm die Ursache: Aus der Mauerkrone war ein riesiges, dreieckiges Stück herausgebrochen.

Dadurch hatte das Bauwerk endgültig seine Stabilität verloren. Vom Druck des aufgestauten Wassers wurden mit rasender Geschwindigkeit weitere Teile förmlich herausgesprengt. Die ganze Mauer zitterte. Corvin sah, wie sie wegkippte, merkte, wie er bedrohlich in Schieflage geriet. Gleich würde alles zusammenstürzen. Mit aller Kraft warf er seinen Drachenschirm in die Luft.

Dann verlor er den Boden unter den Füßen.

Der Wind war in den Schirm gefahren und wie durch ein Wunder hatten sich die Schnüre dabei nicht verheddert. Nun schwebte Corvin zwischen den Wänden der Schlucht nach Westen. In der Ferne sah er den lichtlosen Schlund der Finsternisse. Tief unter ihm jedoch entfaltete sich ein Grauen, das dem des schwarzen Nichts ziemlich nahe kam.

Wie ein gieriger Lindwurm schoss eine schmutzig braune Flutwelle durch die Klamm. Die hinteren Reihen von Saros' Armee hatte sie bereits erfasst und nun verschlang sie rasend schnell Krieger, Pferde, Gerät und alles, was sich ihr in den Weg stellte.

Corvin schloss fassungslos die Augen. Was hatte er nur angerichtet? Warum nur musste es so weit kommen? Hätte Saros sich nicht mit der vorhandenen Macht begnügen können? Wieso wollte er immer noch mehr?

Als Corvin die Augen wieder öffnete, fuhr ihm ein Schreck durch die Glieder. Er war bedrohlich tief gesunken. Eigentlich hätte ihm klar sein müssen, dass ein nasser Lenkschirm weniger leicht durch die Luft glitt als ein trockener.

Unter ihm fauchte der Lindwurm, und wenn die mitgeschleppten Trümmer der Staumauer Bäume entwurzelten oder gegen andere Hindernisse stießen, dann rumorte er. Wer dort hineingeriet, der erlebte seine ganz eigene Schattenmühle. Hektisch sah sich Corvin nach einem Platz für eine Notlandung um.

Mittlerweile befand er sich fast auf der Höhe des Portals der Lichtschmiede. Der Ausgang der Schlucht war nicht mehr weit. Zu seiner Linken entdeckte er einen weniger steilen Hang. Bis dorthin musste er es irgendwie schaffen. »Hilf mir, Keszef!«, stöhnte er.

Es war mehr ein Ausruf der Verzweiflung, doch der Nachtfalke schien das Flehen seines Herrn genau verstanden zu haben und legte sich für ihn mächtig ins Zeug. Entschlossen packte er von oben das Tuch des Drachenschirms und schlug kräftig mit den Flügeln.

Ob diese Bemühungen tatsächlich zum glücklichen Ausgang von Corvins Luftabenteuer beitrugen, ist ungewiss. Jedenfalls erreichte er mit knapper Not einen leidlich ebenen Vorsprung an der Bergflanke. Keszef landete auf seiner Schulter und flatterte aufgeregt.

Der Aufprall war hart gewesen, doch bei näherer Betastung seiner Glieder konnte Corvin keine zerborstenen Knochen finden. Bis auf ein paar Schrammen und Prellungen, die im Verlauf der nächsten Minuten verheilen würden, hatte er keine Verletzungen davongetragen. »Zwei Bruchlandungen am Tag sind genug«, brummte er. »Jetzt müssen wir wohl zu Fuß zum Schlachtfeld …«

Ein Wiehern aus unmittelbarer Nähe ließ ihn innehalten. Er krabbelte auf allen vieren zum Rand des Vorsprungs und blickte nach unten. Am Hang stand ein reiterloses, braunes Pferd. Ein durchaus ansehnliches Ross. Vermutlich hatte es einem Hauptmann oder Kommandanten gehört, der entweder fortgespült oder abgeworfen worden war. Corvin lächelte.

»Ist das nicht ein schöner Hengst, Keszef? Ich denke, mit einem guten Reiter läuft er schneller als der Wind.«

Wie von Corvin berechnet, raste die Flutwelle direkt auf die Tafel des Lichts zu. Auf dem Weg dorthin hinterließ sie eine Spur der Verwüstung. Das Felsplateau war unterdessen zum Schauplatz einer erbitterten Schlacht geworden. Abertausende von königlichen Soldaten hatten sich in die Enge treiben lassen. Sie kämpften – den Großen Schlund im Rücken – gegen eine verhältnismäßig kleine Schar von Schattenhütern. Beim Herannahen der Wasserwalze zogen sich Kambass' Krieger im letzten Moment zurück. Doch dann geschah etwas Unvorhergesehenes.

Die Flutwelle rollte nur über den nördlichen Teil des Felsplateaus hinweg. Ein Drittel der dort zusammengezogenen Streitmacht, darunter ein Großteil der Bogenschützen, wurde wie mit eisernem Besen in den Schlund der Finsternisse gefegt. Hinzu kamen die Leiber ihrer Kameraden, die zuvor aus der Klamm herausgeschwemmt worden waren. Als das Wasser versiegte, herrschte für eine Weile auf beiden Seiten Fassungslosigkeit.

Die Schattenhüter, von Gavriel und Amíodit vorgewarnt, erholten sich schneller von dem Schrecken. Kambass ließ zum Angriff blasen und seine Krieger warfen sich mit wildem Geschrei gegen den verwirrten Feind. Eine Zeit lang waren die Soldaten des Königs zu konsterniert, um den Angriff geordnet abzuwehren. Weitere Tausende wurden in den Abgrund gedrängt.

Doch das Kriegsglück ist eines der launischsten. Besser als jeder andere wusste das der erfahrenste aller Kämpfer auf dem Schlachtfeld.

Schangar hatte mit seinen Ordensbrüdern und -schwestern einen Keil in die Schlachtreihen der Hüter getrieben. Dank der Gnade des Königs führte er wieder ein machtvolles Schwert. Die Träger solcher aus Licht geschmiedeten Klingen ließen sich nur aus der Distanz bekämpfen. Jede andere Waffe war gegen sie wirkungslos. Deshalb hatte der Erste Schattenjäger die enge Tuchfühlung mit dem Gegner gesucht.

Als Corvin im gestreckten Galopp die Tafel des Lichts erreichte, kämpften dort Freund und Feind so dicht zusammen, dass die Bogen- und Katapultschützen der Schattenhüter nicht mehr eingesetzt werden konnten, ohne die eigenen Leute zu gefährden. Das Blatt wendete sich. Die Kommandeure des Königs hatten die Kontrolle über ihre Truppen zurückerlangt und suchten nach Schwachstellen in der Phalanx des Gegners. Es war nur eine Frage der Zeit, bis der Übermacht ein Durchbruch gelingen würde.

In einer solchen Situation kam es vor allem auf die Kraft des Willens an. Corvin erkannte, dass die Hüter der Schatten jetzt vor allem Mut brauchten. Deshalb riss er sein Schwert aus der Scheide, reckte die gleißende Klinge in die Höhe und schrie: »Haltet durch, Brüder, gegen die Heerscharen der Finsternis! Ihr kämpft auf der Seite des Lichts.«

Die Wortwahl entstammte der einschlägigen Literatur, die er sich auf seinen Streifzügen durch Terra zur Genüge einverleibt hatte. Persönlich empfand er den Aufruf zwar als etwas schwülstig, doch er verfehlte seine Wirkung nicht.

Die Krieger der Schattenhüter jubelten. Der lang vermisste Held war zurückgekehrt. Mit lautem Gebrüll und neuem Elan warfen sie sich in die Schlacht.

In etwas zurückgezogener Position entdeckte Corvin Kambass, Gavriel, Amíodit und einige andere Mitglieder des Rates sowie Männer, die wohl zu den Truppführern gehörten. Die Gruppe stand auf einem flachen Felsbuckel, von dem aus man das Kampfgeschehen gut überblicken konnte. Der selbst ernannte Oberschattenhüter verabschiedete gerade Jangar – vermutlich mit neuen Befehlen.

Corvin trieb seinen Braunen auf den Felsen zu, sprang davor vom Pferd und erklomm den Aussichtspunkt.

Kambass begrüßte ihn überraschend herzlich. Ehe sich's Corvin versah, fand er sich in zwei kräftigen Armen wieder. »Willkommen, Bruder! Endlich weißt du, wo dein Platz ist.«

Verärgert löste er sich aus der Umklammerung. »Der ist ganz bestimmt nicht hier, sondern bei einem Mädchen, das unsere Welt retten oder vernichten kann. Ich helfe dir nur, weil es das geringere Übel ist.«

Kambass zuckte die Achseln. »Ist mir auch recht. Deine List mit dem Staudamm war grandios. Leider hat es nicht ganz geklappt.«

Gavriel verdrehte die Augen zum Himmel, Amíodit schüttelte den Kopf, die übrigen Schattenhüter nickten bedauernd.

»Nicht ganz?«, schnaubte Corvin. »Der Gegner hat sich neu formiert und er ist euch haushoch überlegen. Ihr könnt in der offenen Schlacht nicht gegen ihn gewinnen. Wo ist eigentlich Tulk?«

Kambass' Miene verfinsterte sich. »Gefallen. Hat sich in seinem Übermut zu weit vorgewagt. Seine Keule hat wohl fünfhundert Feinde über die Klippe gefegt. Bis sich ihm Schangar in den Weg stellte. Hat den armen Tulk mit seinem Lichtschwert förmlich in Stücke gerissen. Seine Überreste sind jetzt im Großen Schlund.«

Obwohl Corvin den tumben Hüter nie sonderlich gemocht hatte, verkrampfte sich sein Magen. »Das tut mir leid. Er war dein bester Freund, nicht wahr?«

Kambass wischte sich mit dem Handrücken trotzig übers Gesicht. »Ehe das Sonnenband erlischt, werden wir den tapferen Tulk gerächt haben.«

»Da wäre ich mir nicht so sicher, Bruder. Schangar ist gerade auf dem Weg zu dir. Es wird ihm ein Vergnügen sein, auch dich in Stücke zu hauen.«

Kambass' Rechte legte sich auf den Säbelgriff. »Ich habe seine alte Lichtklinge und weiß mich zu wehren.«

»Du bist ein Narr. Er ist ein Schattenjäger. Jeder in diesem Orden könnte dich mit seinem Schwert besiegen.«

»Jeder?« Kambass verzog den Mund zu einem hämischen Grinsen. »Dann schau doch bitte kurz dort hinüber.«

Corvins Blick folgte der deutenden Hand in den südlichen Abschnitt des Felsplateaus. Es sah aus als wogten dort Wellen vom Wind getrieben hin und her. Und dann entdeckte er sie.

»Irjana?«

»Allerdings«, bestätigte Kambass. »Sie schlägt sich jämmerlich.«

Vordergründig sah es tatsächlich so aus, als könne sich die Schattenjägerin nicht entscheiden, welchen Gegner sie zuerst mit ihrer Lichtklinge vernichten sollte. Und wenn sie diese schwang, dann traf sie daneben. Wohin sie sich auch wandte, immer zog sie einen Schweif von Soldaten hinter sich her, die sich in ihrem Rücken sicher wähnten. Dann aber änderte sie erneut schnell die Richtung und die zurückbleibenden Kämpfer sahen sich plötzlich den vorstoßenden Schattenhütern gegenüber. Es dauerte einen Moment, bis Corvin das Spiel durchschaute.

»Es ist ein Tanz«, flüsterte er.

»Wie?«, grunzte Kambass.

»Sie kämpft auf unserer Seite.«

Amíodit und Gavriel seufzten erleichtert. »Das versuchen wir ihm jetzt schon seit einer Ewigkeit beizubringen, aber er glaubt uns nicht«, erklärte die Weise Ratgeberin.

»Weil sie eine Verräterin ist und weil es nicht stimmt«, protestierte Kambass. Er wedelte mit der Hand in Richtung Schlachtfeld. »Sie steht auf der falschen Seite.«

»Anscheinend habe ich ihr Unrecht getan«, sagte Corvin zerknirscht. »Ich muss unbedingt zu ihr.«

Kambass riss die Augen auf. »Bist du jetzt völlig übergeschnappt?«

»Im Gegenteil. Ich sehe endlich klar. Gib mir mit deinen Bogenschützen Deckung. Gavriel, Amíodit, helft nach, wenn es nötig ist.« Ohne das Gezeter des Heerführers zu beachten, lief er davon, sprang vom Felsbuckel auf den Rücken seines Braunen und stürmte nach Süden, direkt auf das Getümmel rund um die Haken schlagende Schattenjägerin zu. Als er ihr nahe genug gekommen war, um den Schlachtenlärm zu übertönen, rief er ihren Namen.

Sie reagierte nicht.

»Irjana!«, brüllte er abermals.

Wieder nahm sie keine Notiz von ihm.

Er zückte seinen Degen.

Sie wandte sich dem gleißenden Licht zu. Ihre Augen wurden groß. »Corvin!«

»Auf ein Wort!«, rief er, schwang sich aus dem Sattel und lief auf sie zu. Freund und Feind wichen respektvoll vor dem gleißenden Schwert zurück.

Irjana kam ihm entgegen. »Was willst du, Bruder?« Ihre Stimme klang hart, streitlustig, aber Corvin glaubte in ihren rehbraunen Augen etwas anderes zu erkennen.

Mit erhobenen Schwertern stellten sie sich direkt gegenüber. Für die Beobachter schien es, als wollten sie jeden Moment aufeinander losgehen.

»Was bezweckst du mit deinem Tanz?«, fragte er leise, schon vier oder fünf Schritte weiter konnte ihn niemand mehr verstehen.

»Ich will euch vor dem Untergang retten«, raunte sie.

»Indem du uns ein paar Königskämpfer in die Arme treibst? Das wird den Ausgang der Schlacht kaum beeinflussen.«

»Ich hatte gehofft, jemanden zu treffen, dem ich vertrauen kann: dich, Gavriel oder Amíodit …«

»… vertrauen?«, fiel Corvin ihr ins Wort. »Du hast mich verraten.«

Sie ließ den Kopf hängen und nickte. »Ich weiß. Unerfüllte Liebe kann in Hass umschlagen. Leider ist mir das zu spät klar geworden.« Sie hob wieder den Blick. »Ich wollte dich um Vergebung bitten, bevor ich im Großen Schlund vergehe.«

Er holte Luft, um eine barsche Antwort zu geben, doch dann sah er die große Trauer in ihren Augen und erwiderte stattdessen: »Ich verzeihe dir, Irjana. Wenn mein Herz auch einer anderen gehört, so schließt das doch meine Freundschaft zu dir nicht aus. Als Schattenhüter sind wir Bruder und Schwester. Ich möchte nicht, dass dir etwas zustößt.«

Ihr Blick wurde hart. »Das ist aber die einzige Chance, die euch bleibt. Hör mir zu: Wir hängen hier über dem Schlund der Finsternisse. Wenn wir ungefähr gleichzeitig unsere Lichtschwerter an drei oder vier Stellen in den Fels stoßen, wird das ganze Plateau abbrechen und alles, was darauf ist, mit sich in die Tiefe reißen.«

»Das kannst du doch auch von unserer Seite aus tun.«

Sie lächelte schwach. »Sollte es mir gelingen, Schangar zu besiegen, dann werde ich deinen Rat befolgen. Lasst mich durch euer Signalhorn wissen, wann ihr bereit seid. Und nun leb wohl, mein Geliebter. Mögest du das Glück finden, das du verdienst.«

Irjana wandte sich um und verschwand in den Reihen der königlichen Krieger.

Auch Corvin zog sich zurück. Hatte sie ihn gerade *Geliebter* genannt? Er war so benommen, dass er das Wiederaufleben des Kampfes kaum wahrnahm. Was für ein Narr er doch gewesen war! Irjana hatte sich einmal im Leben als schwach erwiesen und dies bitter bereut. All die Jahre hindurch versuchte sie, den angerichteten Schaden wiedergutzumachen. Die Hüter verdankten ihr viele wertvolle Hinweise. Doch abgesehen von den Weisen Ratgebern hatte ihr kaum jemand glauben wollen.

Bei seinem Pferd angelangt, schwang sich Corvin in den Sattel und ritt zum Befehlsstand von Kambass.

»Was sollte das denn sein?«, empfing ihn der. »Ein Versöhnungsplausch? Ein Tête-à-Tête unter Liebenden? Warum hast du sie nicht in Stücke gehauen?«

Corvin schilderte in knappen Worten Irjanas Plan.

Amíodit lächelte traurig. »Ich wusste, dass sie uns nie ganz verlassen hat.«

»Kommt gar nicht infrage, dass ein Weib den großen Schangar herausfordert«, grunzte Kambass. »Wenn jemand den mächtigsten Krieger des Feindes bezwingt, dann doch wohl der gewaltigste Kämpfer der Hüter.«

»War das nicht Tulk?«

»Mag sein. Hätte Gavriel ihm Malorons Sense gegeben,

wäre er es vielleicht immer noch. Aber jetzt bin ich es. Mit meinem Säbel bin ich ihm mehr als ebenbürtig. Ich werde ihn zum Kampf herausfordern.«

»Bitte tu das nicht«, flehte Corvin den zornigen Kameraden an. »Wenn jemand Schangar besiegen kann, dann ein anderer Schattenjäger.«

»Ich lasse mir von einem Frauenzimmer nicht den Schneid abkaufen. Übernimm du für mich das Kommando, bis ich zurück bin.«

Ehe noch jemand etwas sagen konnte, war Kambass schon davongestapft. Am Fuße des Felsenbuckels zückte er den Lichtsäbel, nahm einem Krieger den Schild ab und lief geradewegs ins dichteste Schlachtgetümmel.

»Er wird nicht zurückkehren«, sagte Corvin traurig.

Eine Hand legte sich auf seine Schulter. Als er den Kopf drehte, sah er in Gavriels versteinerte Miene.

»Ich hasse mich für das, was ich jetzt sage, Corvin, aber wenn Irjanas Plan gelingen soll, dann sollten wir jetzt unsere Positionen einnehmen. Ich schlage vor, du gehst zum südlichen Ende des Plateaus und ich nach Norden. Amíodit hält hier so lange die Stellung. Sobald Schangar auf die Tafel des Lichts zurückgedrängt ist, wird sie das Signal geben lassen. Dann stoßen wir unsere Klingen in den Boden.«

Corvin graute bei dem Gedanken an die Folgen ihres Tuns, doch er nickte. »Einverstanden.«

»Gilt das auch für euch, Brüder?«, fragte der Weise die umstehenden Kommandeure.

Sie nickten einhellig.

»Dann informiert eure Einheiten. Wir benutzen das gleiche Hornsignal wie vorhin bei der Flutwelle. Sobald es ertönt, sollen sich alle so schnell wie möglich zurückziehen.

Und sorgt dafür, dass eure Bogenschützen auf keinen Fall Irjana beschießen. Sagt ihnen, sie kämpft ab heute wieder für uns.«

Die Hüter schwärmten aus, um die neue Order persönlich an ihre Einheiten zu überbringen.

Amíodit zog Gavriel spontan an sich. »Gib auf dich acht, Liebster.«

Er lächelte schief. »Keine Sorge. Jugendlicher Übermut ist mir fremd. Seit mindestens zweitausend Jahren.«

Corvin zog Nelias Tuch aus der Tasche. Als er sich anschickte, es um seinen Hals zu binden, trat Amíodit vor ihn hin und schob seine Hände beiseite.

»Lass mich das machen. Der Knoten muss fest sitzen, damit du es nicht verlierst.«

Ihr alter Gefährte verfolgte das Tun mit schmerzerfüllter Miene. »Dann steht dein Entschluss also endgültig fest, mein Sohn?«

Corvins Stimme bebte, weil Gavriel ihn noch nie so genannt hatte. »Ja. Wir werden uns möglicherweise nicht wiedersehen.«

Amíodit war mit dem Halstuch fertig und zog Corvins Gesicht zu sich heran. Nachdem sie ihn auf beide Wangen und die Stirn geküsst hatte, sagte sie: »In dir und Nelia ruht das Schicksal zweier Welten. Ich weiß, dass du es nicht verspielen wirst. Möge der Herr der himmlischen Lichter mit dir sein.«

Unfähig etwas zu erwidern, ließ Corvin sich von Amíodit in die Arme schließen.

Anschließend drückte ihn Gavriel an sein uraltes Herz. »Pass auf dich auf, mein Sohn.«

»Das werde ich.«

Corvin wandte sich noch einmal Amíodit zu. »Halte das Horn bereit, weise Mutter.«

Sie nickte. Auf ihrer Wange glitzerte eine Träne. »Ja, mein Lieber. Das werde ich.«

Kambass stampfte wie ein wütender Elefant auf Schangar zu. Weit musste er dazu nicht gehen. Die Träger der Lichtschwerter waren tief in die Phalanx der Rebellen eingedrungen. Dass sie diese noch nicht gespalten hatten, lag allein an den Scharfschützen der Hüter. Sie hatten die Reihen der Schnitter gelichtet und die verbliebenen sogar zum Rückzug gezwungen. Nur der Erste Schattenjäger stand noch im Feindesgetümmel und hielt mit seinem Säbel blutige Ernte.

Schangar trug einen Rundschild, in dem etliche Pfeile staken. Im Verein mit seiner Lichtklinge gebrauchte er ihn auf fast unheimliche Weise. Er schien immer im Voraus zu wissen, wann ein Geschoss auf ihn zuraste, und fing es dann mit traumwandlerischer Sicherheit ab – mal benutzte er dazu seinen Schild, dann wieder das gleißende Schwert. Wenn er einmal nicht sich selbst schützen musste, machte er Schattenhüter nieder. Als er den anderen Säbelträger gewahrte, hielt er beim Niedermähen der Feinde plötzlich inne und funkelte ihn aus seinen unheimlichen blutroten Augen an.

»Wer bist du?«

»Mein Name ist Kambass. Ich führe das Heer der Schattenhüter.«

Sofort bildeten die verfeindeten Parteien um sie herum zwei Halbkreise. Auf Terra hatten Zweikämpfe zwischen Anführern – manchmal sogar zur Entscheidung einer ganzen Schlacht – eine lange Tradition und auch im Reich der Zeitlosen achteten noch viele diesen alten Brauch.

»Wer hat dir mein Schwert gegeben?«, knurrte Schangar.

»Ich schätze, das wisst Ihr sehr gut, Erster Schattenjäger.«

»Ja, ich weiß es. Ist Corvin auch hier? Ich frage nur, damit ich ihm seine Dreistigkeit heimzahlen kann, nachdem ich mit dir fertig bin.«

Kambass hob den Säbel über den Kopf. »Dazu werdet Ihr keine Gelegenheit mehr finden.«

Schangar betrachtete den hünenhaften Gegner abschätzig. »Du stehst gut im Futter.«

Anstatt zu antworten, ließ Kambass seinen Säbel niedersausen.

Der Erste Schattenjäger wirbelte blitzschnell zur Seite, und während der Hieb des Angreifers ins Leere ging, führte er aus der Drehung selbst seinen Streich gegen ihn. Kambass wurde auf Höhe des Herzens getroffen und zerstob förmlich in einer Wolke aus Licht. Nur seine Füße blieben von ihm übrig.

»Werft sie in den Großen Schlund«, befahl Schangar seinen Kämpfern.

»Nein!«, widersprach aus der Nähe eine helle Stimme.

Dutzende von Köpfen wandten sich um.

Irjana trat zwischen den Recken des Königs hervor und zog ihr *Katana,* eine schmale Klinge, die gebogen war wie ein Schilfrohr im Wind. »Ich sehe auf der Tafel des Lichts noch Kehricht, der zuerst in den Abgrund gefegt werden muss.«

Ohne weiteres Vorgeplänkel ging sie auf den Ersten Schattenjäger los.

Schangar riss blitzschnell den Säbel hoch und konnte mit Mühe Irjanas ersten Stoß gegen sein Herz über die rechte Schulter hinweg ablenken. Doch anders als zuvor Kambass, gab sie ihm keine Gelegenheit für eine Riposte. Wie eine wild gewordene Wespe stach sie mit dem gleißenden Stachel immer wieder zu. Der Erste Schattenjäger war so konsterniert, dass er vor ihrer entschlossenen Attacke zurückweichen musste. Taumelnd schaffte er es mit Mühe, sich das Katana der Ordensschwester vom Leib zu halten.

Bald aber gelang es dem erfahrenen Schwertkämpfer besser, die Angriffe abzuwehren. Sein Säbel war schwerer als Irjanas schmale Klinge und für sie kaum zu parieren.

Mit ihrer Schnelligkeit wog sie diesen Nachteil auf, doch es kostete viel Kraft, unter den wuchtigen Hieben hinwegzutauchen, sich zur Seite zu drehen oder gar in die Luft zu springen, wenn ein Streich gegen ihre Beine zielte. Ihr vorrangiges Ziel bestand jedoch nicht darin, Schangar zu besiegen. Sie wollte ihn nur auf die Tafel des Lichts zurücklocken. Um dies zu erreichen, wich sie seinen Attacken in einem Bogen aus, sodass sich beide Duellanten bald entlang der vorgesehenen Bruchkante gegenüberstanden.

»Höre auf, herumzuhüpfen und kämpfe endlich wie ein Mann«, brüllte Schangar wütend und schleuderte seinen Rundschild fort, der ihm gegen ein Lichtschwert ohnehin nichts nützte.

»Wieso? Ich bin eine Frau«, gab sie spöttisch zurück und deckte ihn mit einer weiteren Folge von Stößen und Streichen ein. Dabei bewegte sie sich unauffällig näher auf den Abgrund zu. Gerade fragte sie sich, wann endlich das Signal ihrer Gefährten käme, als Amíodit auf ihrem Ausguck den Arm hob.

Das Horn der Schattenhüter hallte über das Schlachtfeld: kurz und lang, lang und kurz und wieder umgekehrt.

Irjana wirbelte wie der Wind herum, setzte sich mit fünf oder sechs Sprüngen von ihrem Gegner ab und rammte das Katana in den felsigen Grund.

Für die Umstehenden musste es so aussehen, als sei zu ihren Füßen ein Meteorit eingeschlagen. Es krachte. Glühende Splitter flogen umher und trafen Freund wie Feind. Irjana war durch ihr Schwert geschützt, doch sogar Schangar wurde von einem Bruchstück am Oberschenkel getroffen.

Von der Einstichstelle im Boden breiteten sich Risse nach allen Seiten aus. Die Schattenhüter wichen davor zurück, als wären es giftige Schlangen. Ähnlich reagierten die königlichen Soldaten. Sie schienen noch nicht zu ahnen, was Irjana mit ihrem seltsamen Verhalten bezweckte. Nur Schangar hatte sie durchschaut.

»Willst du allein eine ganze Armee besiegen?«, brüllte er und hob seinen Säbel.

Irjana schüttelte lächelnd den Kopf und zog ihr Katana wieder aus dem Fels. »Nicht allein. Nachdem Kambass gefallen ist, sind wir immer noch zu dritt.«

»Nicht mehr lang«, zischte er und stürzte sich abermals auf seine Gegnerin.

Während der Boden unter ihren Füßen zu beben begann, hieb er in einer schnellen Folge, mal von rechts, dann wieder von links, auf Irjana ein. Auch um sie herum waren die Kämpfe erneut ausgebrochen. Die königlichen Soldaten versuchten, von der Tafel des Lichts zu fliehen. Ihnen dräute wohl, was die furchterregenden Geräusche unter ihnen zu bedeuten hatten. Es war ein Ächzen und Stöhnen und Rumoren, als sei das Felsplateau die Zunge, mit der der Schlund der Finsternisse ein Klagelied anstimmte.

Irjana duckte sich unter einem Streich hinweg, der ihrem Hals gegolten hatte, und stach im Gegenzug von unten ihre Klinge gegen Schangars Leib. Einen Moment glaubte sie, ihn endlich treffen zu können, doch jäh bog sich der Schattenjäger wie ein Weidenzweig in der Mitte durch und das Schwert bohrte nur ein Loch in die Luft. Ehe Irjana reagieren konnte, nutzte der Ordensmeister den Schwung seines ins Leere gegangenen Hiebs, riss den Säbel herum und traf das Katana dicht über dem Heft. Von dem gewaltigen Schlag wurde es Irjana aus der Hand gerissen und klapperte auf den bebenden Fels.

Sie selbst stolperte, versuchte aber trotzdem, das Schwert mit einem verzweifelten Hechtsprung zu erreichen, doch Schangar trat ihr mit aller Kraft in die Seite. Irjana wurde herumgeschleudert und fiel rücklings zu Boden.

Sie spürte, wie der Grund unter ihr von heftigen Stößen erschüttert wurde. Unvermittelt ging ein Ruck durch das ganze Plateau. Es neigte sich zum Großen Schlund hin. Irjana wusste, dass sie den Kampf gegen Schangar verloren hatte, doch würde sie ihn wenigstens mit in den Abgrund reißen können?

Der Erste Schattenjäger kam breitbeinig und mit erhobenem Säbel auf sie zu. Seine roten Augen blickten so starr, als seien es glühende Kohlen. Er grinste. »Meinst du wirklich, mich bezwingen zu können, wenn selbst der große Maloron es nicht geschafft hat? Ich bin unbesiegbar, Irjana. Hast du das nicht gewusst?«

»Das ist nur der Allmächtige«, gab sie trotzig zurück und versuchte, ihm krabbelnd zu entkommen, was freilich aussichtslos war. Schangar setzte ihr nach, holte aus und ließ das Schwert zum tödlichen Streich auf sie niederfahren.

Plötzlich kreuzte eine zweite gleißende Klinge, die der seinen zum Verwechseln ähnlich sah, die Bahn des Säbels. Funken sprühten. Beide Schwerter schienen zu singen.

»Das werdet Ihr schön bleiben lassen«, sagte Corvin. Drohend reckte er Schangar die beiden Waffen entgegen: den eigenen Degen und das Schwert, das Kambass verloren hatte. Unterdessen rollte sich Irjana außer Reichweite.

»*Du?!*«, japste der Schattenhüter.

»Habt Ihr jemand anderen erwartet?« Ohne den Gegner aus den Augen zu lassen, rief Corvin: »Schnell, Irjana! Flieh, solange Zeit dazu ist, bevor der Abgrund uns alle verschlingt.«

Sie schüttelte den Kopf. »Aber ich kann doch nicht ...«

»Doch, du kannst!«, schnitt er ihr barsch das Wort ab und fügte sanfter hinzu: »Du gehörst auf die andere Seite, meine Freundin. Erzähle deinen Brüdern und Schwestern von Corvin, der durch den Großen Schlund geritten ist.«

Ob sie wohl ahnte, was er damit meinte? Immerhin hatte sie einst Nelia die Haarnadel zugespielt, die ihr die Flucht durch das Dunkel der Zeitlosigkeit ermöglichte. Jedenfalls klaubte sie ihr Schwert vom Boden auf und rannte damit auf den Spalt zu, der schon zwei Schritte breit zwischen der Tafel des Lichts und dem Rand der Schlucht klaffte.

Corvin machte einen Schritt auf Schangar zu. »So, und jetzt beschäftigen wir uns miteinander.«

Der Erste Schattenjäger schrie, weil er nichts gegen das Entkommen Irjanas tun konnte. Verletzte Eitelkeit und wilder Zorn ließen ihn gegen den kleineren, vermeintlich schwächeren Schatten losstürmen.

Doch diesmal verfügte Corvin über zwei mächtige Schwerter und diese schienen in seinen Händen zu einem einzigen wirbelnden Schild aus Licht zu verschmelzen. Schangar rannte dagegen an, doch er konnte die Barriere nicht durchdringen. Im Gegenteil. Während sich das Felsplateau zunehmend neigte und um sie herum Tausende in Todesangst schrien, trieb Corvin ihn immer schneller auf den Abgrund zu. Als sie den Rand über dem schwarzen Nichts schon fast erreicht hatten, verschaffte sich Schangar plötzlich mit einem gewaltigen Hieb Luft. Corvin wankte von der Wucht des Schlages einige Schritte zurück.

»Niemand besiegt Schangar!«, brüllte der, riss den Schwertarm hoch, wirbelte herum und rannte mit erhobenem Säbel auf den Abgrund zu. Mit einem kraftvollen Satz sprang er in den Schlund der Finsternisse.

Corvin schüttelte den Kopf. »Was für ein Wahnsinn!«

Er drehte sich nach Osten um. In weiter Ferne glaubte er den Felsbuckel auszumachen, auf dem Amíodit nach ihm Ausschau hielt. Standen nicht auch Gavriel und Irjana bei ihr? Der Spalt zwischen ihrer sicheren und der zum Untergang geweihten Seite war bereits unüberbrückbar geworden. Er hob die Hände mit den gleißenden Schwertern. Diesen letzten Gruß würden seine Freunde auf jeden Fall sehen.

Danach wandte er sich wieder dem Abgrund zu, trat ganz nahe an ihn heran. Er musste sich zurücklehnen, um nicht das Gleichgewicht zu verlieren. Die hypnotische Schwärze aus der Tiefe ließ ihn benommen blinzeln. Sie schien nach ihm zu rufen. Er nahm seinen ganzen Willen zusammen, steckte entschlossen den Degen in die Scheide zurück und schleuderte den Säbel in die Schlucht. Danach stieß er einen schrillen Pfiff aus.

Plötzlich bebte der Boden so heftig, dass er sich nur mit Mühe auf den Beinen halten konnte. Aus dem Himmel schoss ein dunkler Schatten heran. Corvin reckte die Hand in die Höhe und Keszef landete auf seinem Unterarm.

»Dies ist unser schwerster Weg, mein Freund«, sagte er sanft. »Willst du ihn mit mir gehen?«

Der Nachtfalke quietschte übermütig, als könne er die neue Erfahrung kaum erwarten.

Corvin nickte dankbar. Er umfasste seinen gefiederten Gefährten mit beiden Händen und sprang in den Großen Schlund.

28. Die letzte Finsternis

Ich bin ein Schatten,
das bist auch du!
Ich rechne mit der Zeit
und du?
Anonymus, auf einer alten Sonnenuhr

Irgendwo in Sibirien
22. September 1968

Am Tag des Herbstanfangs im Jahr 1968 zog der Mondschatten einmal mehr über Terra hinweg. Die Dunkelheit begann am Nordpol und wanderte von dort übers vereiste Meer bis tief nach Asien hinein. Es war die letzte totale Sonnenfinsternis des 124. Rings – auf Erden nannten die Astronomen jene Zeitspanne, nach der sich Eklipsen wiederholten, mittlerweile »Saros-Periode«. Wie in den Jahrtausenden zuvor löste auch diese Eklipse rund um den Globus unterschiedlichste Gefühle aus. Viele waren einfach neugierig oder ergriffen, Abergläubige fürchteten sich und ganz wenige fühlten sich wie neugeboren.

So jedenfalls erging es Corvin bei seiner Rückkehr in die Dimensionen von Zeit und Raum.

Fast zweiunddreißig Erdenjahre lang hatte er nichts gefühlt, nichts gedacht und nichts getan. Er war in einem dunklen Nirgendwo eingesperrt gewesen, ohne dieses Gefängnis im Geringsten als lästig zu empfinden. Es war wie ein langer, traumloser Schlaf. Doch nun hatte ihn der Schlund der Finsternisse wieder ausgespien, und zwar mitten über Sibirien.

In der ersten Benommenheit des Wiedererwachens fehlte ihm jede Orientierung. Unter sich sah er von einem bis zum anderen Ende des Horizonts nur Vegetation und Wasser. Dann aber hörte er den Schrei eines Falken.

»Keszef, wir sind wieder da!«, rief er in der Gedankensprache der Fliegenden Schatten.

Der kleine Greif antwortete mit einem hellen Pfeifen.

Es kostete Corvin einige Überwindung, die nächsten Worte zu sprechen, weil er fürchtete, abermals enttäuscht zu werden. »Bringe mich zu Nelia, mein Freund.«

Keszef hatte die vom Halstuch des Mädchens aufgenommene Witterung nicht vergessen und im Gegensatz zu früheren Finsternissen schoss er zielstrebig in Richtung Südosten davon.

Wenig später konnte Corvin seine Position genauer bestimmen. Der Falke führte ihn über Kasachstan hinweg. Im Osten des Landes, mitten in einer wüstenhaften Steppe, tauchte ein halbmondförmiger See auf. Er entsann sich. Es war der Balchaschsee.

Keszef stieß auf eine kleine Insel unweit des Nordufers herab, die wie eine von der Seite betrachtete greifende Hand aussah. Sein Ziel war ein Streifen üppiger Vegetation am Westufer der Insel, also genau dort, wo »Finger« und »Daumen« den See umfassten.

Der Zeitpunkt der größten Dunkelheit nahte. Corvin konnte es ganz deutlich spüren. Ein Blick nach Westen verriet ihm, dass der Nachmittag schon weit fortgeschritten war. Unter sich entdeckte er am Rand eines Wäldchens eine kleine Hütte aus verwittertem Holz. Keszef fiel wie ein Stein auf das Dach zu, breitete im letzten Moment die Flügel aus und landete auf dem Haus.

Plötzlich trat unter den Bäumen eine Gestalt hervor. Corvin glaubte, sein Herz müsse vor Freude zerspringen. Das war natürlich unmöglich, denn noch schwebte er in seinem wolkengleichen Leib auf das Mädchen zu.

Nelia wirkte verwirrt. Sie war wohl selbst gerade erst aus dem Schlaf der Zeitlosigkeit erwacht. An den Füßen trug sie noch immer keine Schuhe und das »Büßerhemd«, das Saros ihr hatte anziehen lassen, umflatterte ihre zierliche Gestalt im Finsterniswind.

Corvin wollte keine Sekunde länger warten. Er senkte sich auf das Mädchen herab und ließ es seine körperlose Stimme vernehmen.

Nelia, kannst du mich hören?

Sie warf den Kopf herum. Ihre Augen suchten die Umgebung ab. »Corvin? Wo bist du?«

In deinem Kopf. Meine Gedanken sprechen zu deinen. Du hast vierundfünfzig Erdenjahre geschlafen.

»Ich bin verrückt«, flüsterte sie.

Nein. Bist du nicht, widersprach er. *Du entsinnst dich doch noch, wie du deinen Käfig zum Schmelzen gebracht hast und in den Schlund der Finsternisse gefallen bist?*

»Ja.«

Ich hatte dir versprochen, nicht eher zu ruhen, bis du in Sicherheit seist.

»Ich erinnere mich. Ich sagte: ›Ich glaube ganz fest daran. Du wirst mich finden, wo immer ich bin.‹«

Genau! Und hier bin ich! Ich habe meinen Schwur erfüllt.

Sie schüttelte den Kopf und während sie auf das Ufer des Sees zutaumelte, murmelte sie: »Der Wahnsinn spricht zu mir. Ich habe Halluzinationen. Sogar die Sonne verfinstert sich vor meinen Augen. Und diese Stimmen …« Sie presste sich die Hände gegen die Ohren.

Corvin war der Panik nahe. Sie dachte tatsächlich, ihr Geist sei krank. Wollte sie etwa ins Wasser gehen? *Nelia!*, rief er. *Bleib stehen. Woher sollte ich das alles wissen, wenn wir es nicht erlebt hätten?*

Ihre Füße wurden von Wellen umspült. Irgendwo schrie ein Falke. Sie kicherte. »Alles existiert nur in meinem verwirrten Geist. Ich habe Träume, furchtbare Träume. Von einem Reich der Schatten. Von Gefangenschaft ohne die Gnade des Todes. Von einem Geliebten, den ich immer nur für ein paar Sekunden sehen kann …«

Ich werde dir beweisen, dass du nicht verrückt geworden bist, aber bleib – bitte – stehen!, flehte Corvin.

Nelia war bereits bis zu den Knien im Wasser. Und hielt plötzlich inne. »Beweisen? Wie willst du das tun?«

Niemand antwortete. Sie vernahm lediglich das Plätschern der Wellen. Und wieder nur den aufgeregten Ruf des Vogels. Aber dann war doch eine Stimme zu hören, nicht in ihrem Kopf, sondern vom Ufer.

»Indem ich für dich zu einem Menschen aus Fleisch und Blut werde, schönstes aller Mädchen.«

Sie drehte sich um. Ihre dunklen Augen weiteten sich. Auf ihrem Gesicht erschien ein Strahlen.

»Corvin! Du bist es wirklich.«

Lachend lief sie ans Ufer zurück und fiel ihm in die Arme. »Corvin, mein geliebter Corvin.«

Er drückte seine Wange gegen die ihre. Über den Köpfen der beiden stand Keszef und flatterte aufgeregt mit den Flügeln. »Als wir uns das letzte Mal sahen, hast du dir gewünscht, mich in die Arme zu nehmen. Jetzt ist es wahr geworden.«

»Und ich hatte geglaubt, alles habe sich nur im Wahn zugetragen.«

»Nein, es ist wahr. Ich bin der Schattendieb, der dich schon einmal gerettet hat. Ab heute will ich für immer bei dir bleiben.«

Sie schob ihn mit einem Mal von sich weg und sah ihn aus engen Augen an. »Aber wie soll das gehen? Ich habe in Osttarra viel über eure Natur gelernt. Du bist ein Schatten aus dem Reich der Zeitlosen und ich bin ein Mensch.«

Corvin zog seinen Degen und ehe Nelia etwas tun konnte, hatte er ihr das Schwert in die Hand gedrückt und war einen Schritt zurückgetreten. Er deutete auf seine linke Brust. »Auch ich kann ein Sterblicher werden wie du, wenn du diese Klinge aus geschmiedetem Licht in mein Herz stichst.«

Entsetzt ließ sie das Schwert ins Gras fallen. Sie taumelte zurück und schüttelte fassungslos den Kopf. »Das tue ich nicht, Corvin. Niemals könnte ich das tun.«

»Aber so hör mir doch zu, Nelia!«, redete er beschwörend auf sie ein. »Wir haben keine Zeit. Sobald die Finsternis erlischt, werde ich wieder ein Fliegender Schatten sein. Dann müssen wir bis zur nächsten warten und ich kann dich nicht beschützen. Stich mir das Schwert ins Herz und ziehe es sofort wieder heraus. Nur so kann ich ein Mensch werden wie du.«

Sie begann zu weinen. »Aber ich liebe dich doch …«

»Eben deshalb. Die Liebe ist stärker als der Tod. Du musst …«

»Sie muss gar nichts«, rief plötzlich eine Stimme, die Corvin nur allzu gut kannte.

Er warf den Kopf herum. »Saros!«

Der König von Osttarra hatte ihn fast erreicht. Mit einem gleißenden Langschwert stürzte er sich auf ihn.

Nelia kreischte, zog den Kopf ein, beschirmte ihn mit den Händen und blieb wie gelähmt vor Angst stehen.

Corvin indes hechtete zur Seite, rollte sich im Gras einmal herum und klaubte dabei seinen Degen auf. Jetzt erst verstand er die Aufgeregtheit seines Falken. Es war keine Freude gewesen, Keszef hatte ihn *warnen* wollen.

Im nächsten Moment war Corvin schon wieder auf den Beinen und stellte sich mit vorgereckter Klinge schützend vor Nelia, was sie verstummen ließ. Irgendwie musste er seinen Gegner bis zum Ende der großen Dunkelheit ablenken.

»Wie habt Ihr mich gefunden, Majestät?«

Saros hielt ein Stück feiner Spitze hoch. »Kennst du das?«

»Es stammt von Nelias Kleid.«

»Ganz richtig. So konnte mein Falke euch finden.« Saros deutete zum Himmel, wo der Schattenriss eines Greifvogels zu sehen war.

»Warum lasst Ihr uns nicht in Frieden, Majestät?«

»Nach allem, was du mir angetan hast?« Der Schattenkönig schüttelte lachend den Kopf. »Nein. Die Zeit reicht gerade noch, um mir zu holen, was mir zusteht. Ich werde dir die Hand führen, wenn du dein Schwert in Nelias Herz treibst.«

Das letzte Wort war noch nicht gesprochen, als Saros

abermals gegen Corvin lospreschte. Mit mächtigen Hieben schlug er auf ihn ein. Er zielte vor allem auf Arme und Beine. Auf Erden war die Wirkung eines solchen Schwertstreiches weniger zerstörerisch als in Osttarra. Offenbar wollte er seinen kleineren und körperlich schwächeren Gegner nur kampfunfähig machen.

Corvin parierte drei gewaltige Hiebe. In den vierten Streich legte der König etwas zu viel Kraft. Seine schwere Klinge sauste am Oberschenkel des Gegners vorbei. Corvin stach blitzschnell zu und traf Saros unterhalb der Rippen in die linke Seite. Er schöpfte Hoffnung, sich doch noch ins Ende der Dunkelheit retten zu können, aber er unterschätzte die wilde Entschlossenheit des Königs.

Anstatt vor Schmerz zu schreien und sich zu krümmen, streckte Saros den linken Arm aus, packte Corvins Rechte und, obwohl er dadurch den Degen noch tiefer in seinen Körper trieb, zog er diesen bis zum Handschutz an sich heran. Dann stieß er mit dem Kopf zu.

Corvin hatte das Gefühl, mit der Stirn gegen einen Felsen gerannt zu sein. Alles drehte sich. Er taumelte rückwärts und stürzte zu Boden.

Nelia schrie vor Verzweiflung.

Saros riss den Degen aus seinem Leib. Das eigene Langschwert schleuderte er achtlos fort. Dumpf hallte seine Stimme in Corvins Kopf.

»Das hättest du nicht tun sollen, Junker. Niemand erhebt die Hand gegen den König. Doch ehe ich dich dafür bestrafe, darfst du Buße tun. Gib mir deine Rechte, damit du ein letztes Mal dein Schwert zum Ruhme Osttarras führen kannst.«

Corvin war kaum bei sich. Er sah verschwommen, wie

Saros sich zu ihm herabbeugte, spürte, wie er sein Handgelenk umfasste und ihn hochzuziehen versuchte. Doch plötzlich ging ein Ruck durch den Körper des Königs und hinter ihm ertönte Nelias zornige Stimme.

»Friss dein eigenes Schwert, du Bastard.«

Saros riss die Augen auf; sie schienen ihm förmlich aus den Höhlen rollen zu wollen. In seiner Miene spiegelte sich Unverständnis. Er gab einen krächzenden Laut von sich. Dann erst bemerkte Corvin die Schwertspitze, die weit aus der linken Brust des über ihn gebeugten Königs ragte.

Sein Unterbewusstsein schlug Alarm. Die Reflexe des Kämpfers in ihm wollten den Körper aus dem Weg schaffen, ihn zur Seite rollen, aber die Glieder gehorchten ihm nicht. Er hörte noch Nelias entsetzten Schrei. Dann sackte Saros nach unten und trieb mit dem ganzen Gewicht seines Körpers das Schwert in Corvins Herz.

Als Nelia sah, wie das Leben in den Augen ihres Liebsten erlosch, war ihre Verzweiflung so tief wie der Schlund der Finsternisse. Sie schrie und jammerte und blickte vorwurfsvoll zu der verfinsterten Sonne hinauf, als sei diese an all ihrem Leid schuld.

Zornig packte sie Saros' reglosen Körper bei den Schultern und zerrte ihn unter Aufbietung aller Kraft von ihrem Geliebten weg. Dadurch zog sie auch die Spitze der Lichtklinge aus Corvins Brust – diese hatte sein Herz gerade weit genug durchbohrt, um es am Weiterschlagen zu hindern. Weinend ließ Nelia den Leib des Königs, in dem immer noch das Schwert steckte, ins Gras sinken und warf sich über ihren Liebsten.

Ihre Tränen netzten sein Gesicht. Als Kind hatte sie Märchen gelesen, in denen dieser salzige Saft der Trauer Tote zum Leben erwecken konnte, doch dies war keine Kindergeschichte. Dies war die bittere Wirklichkeit.

Während sie weinte, zog über ihr die Sonne am Mond vorbei, dessen dunkler Schatten weiter Richtung China wanderte. Plötzlich nahm sie neben sich ein Stöhnen wahr und fuhr von dem Geliebten zurück.

Saros starrte sie an. *Er lebte!* Sein Rücken straffte sich. Die pechschwarzen Augen schienen vor Hass aufzuglühen. Er langte sich an die Brust und zerrte an dem Schwert, doch anstatt es hinauszustoßen, zog er es sich nur ein Stück tiefer durch den Leib. Mit einem Mal verschwand der Glanz aus den Augen des Königs. Er stieß einen langen Seufzer aus und sank leblos nach vorn.

Nelia blickte entsetzt auf den Toten, als unter ihr plötzlich eine leise Stimme erklang.

»W-Wer bist du? Wo bin ich? – Und *wer* bin ich?«

Sprachlos sah sie in Corvins Gesicht. Er wirkte verwirrt.

Aber lebendig!

Ungläubig tastete sie nach seiner Verletzung. Die Wunde hatte sich auf wundersame Weise geschlossen.

Er versuchte sich aufzurichten.

»Warte, ich helfe dir.« Sie griff ihm unter die Arme.

Wankend kam er auf die Beine. Er war sichtlich durcheinander. »Kennen wir uns?«

Sie nickte mit Tränen in den Augen. »Ja. Du bist Corvin.«

»Ich kann mich an nichts erinnert.«

»Wir kennen uns schon ziemlich lange .... Und trotzdem erst ganz kurz.«

Er runzelte die Stirn und schüttelte den Kopf. »Das verstehe ich nicht.«

Sie musste lächeln. Das wild pochende Herz in ihrer Brust schien vor Glück zerspringen zu wollen. »Das macht gar nichts. Du wirst es verstehen. Wir haben alle Zeit der Welt.«

Seine Hand legte sich an ihre Wange, warm und sanft. »Du bist sehr schön. Gehören wir zusammen?«

Nelia zögert. Dann aber umarmte sie ihn, legte ihre Wange auf sein so lebendig klopfendes Herz und flüsterte: »Das wird sich herausstellen, Corvin. Aber ich bin da guter Dinge.«

Vom Dach der Hütte am Strand erhob sich ein grausilberner Vogel, nur so groß wie eine Amsel, flatternd in die Lüfte. Er flog direkt der neu erwachenden Sonne entgegen. Der Schleier der Finsternis zog sich von der Insel zurück und mitten am Tag brach ein neuer Morgen an.

Epilog

Die Sonne leuchtet allen.
Petron

Coatzacoalcos, Mexiko
7. März 1970

Die Schaulustigen standen dicht gedrängt am Strand. Sie hielten sich gerußte Glasscherben vor die Augen oder trugen besonders stark verspiegelte Brillen. Ihre Blicke waren zum Himmel gerichtet. Obwohl die Nackenmuskeln schmerzten, hielt man tapfer durch. Eine totale Eklipse der Sonne wurde einem schließlich nicht alle Tage geboten.

Unter den Beobachtern befand sich auch ein Paar, das eigentlich in Cancún, an der Nordspitze der Halbinsel Yucatán, wohnte und extra für das Naturschauspiel an den Isthmus von Tehuantepec herübergekommen war. Beide sahen sehr jung aus. »So Anfang zwanzig«, sagten die Leute meist, wenn sie ihr Alter schätzten. Die zwei widersprachen nicht. Wer hätte ihnen auch abgenommen, dass sie im 19. Jahrhundert geboren waren?

Corvin hatte es lange selbst nicht wahrhaben wollen, als Nelia ihm jene Bruchstücke seiner Geschichte erzählte, die sie kannte. Um ihn zu überzeugen, war sie mit ihm nach München gereist. Sie hatte ihm Fotos des dort hoch geschätzten Johann von Lamont gezeigt. Corvin war ihm wie aus dem Gesicht geschnitten.

Als er mit seiner Frau auf dem Friedhof St. Georg, unweit der Bogenhausener Sternwarte, am Grab des Schattenbruders stand und dessen Relief betrachtete, fielen den beiden einige kleine Münzen in der Hand des steinernen Johann auf. Zufällig kam gerade ein Priester vorbei, sah das darüber rätselnde Paar und erzählte eine hübsche Geschichte.

Laut Testament habe Johann von Lamont einen besonderen Betrag für einen menschenfreundlichen Zweck gestiftet. Der Küster der Bogenhausener Kirche sollte jeden Tag einige Münzen in die offene Hand der Büste am Grab des Wissenschaftlers legen. Damit die Kinder sie »stehlen« könnten, habe Lamont in seinem letzten Willen verfügt. Obwohl die für diesen Zweck gedachte Summe längst verschenkt worden sei, lägen immer wieder Münzen in der Hand.

Corvin hatte die lateinische Inschrift unter dem Relief gelesen.

ET COELUM ET TERRAM EXPLORAVIT

»›Er hat sowohl den Himmel als auch die Erde erforscht‹«, übersetzte er den Text und fügte leise hinzu.

»Und ein Teil von ihm hat die Welt Osttarra gerettet«, fügte Nelia leise hinzu.

Das war kurz nach ihrer abenteuerlichen Flucht aus der Sowjetunion und ihrer Rückkehr nach Spanien gewesen. Dort hatte Nelia in einem geheimen Gewölbe, das einst von ihrem Vater, dem Conde de Morella, angelegt worden war, den »Notgroschen« der Familie gefunden – ein kleines Vermögen. Es genügte dem Paar, um in Mexiko ein neues Leben zu beginnen.

»Siehst du das?«, fragte Nelia. Sie schmiegte sich eng an Corvin, als kurz nach halb zwölf seltsame Bänder über den Boden flirrten.

Er nickte. »Das sind die Fliegenden Schatten.«

»Meinst du, die Schnitter haben ihr Erntewerk wieder aufgenommen?«

In den vergangenen Jahren hatte Nelia Geschichten über ihre und Corvins Erlebnisse geschrieben. Abgesehen von ihm hielten sie die meisten Leser für Perlen der Fantastischen Literatur. Die *Erzählungen aus dem Reich der Zeitlosen* verkauften sich gut.

»Saros ist Vergangenheit, mein Schatz«, antwortete er.

»Heißt es nicht: ›Der König ist tot – es lebe der König‹?«

»Ich hoffe, Osttarras neuer Herrscher ist besser als jener alte Despot, dem ein bunter Schmetterling zum Verhängnis wurde. Seine Angst vor dir war zumindest nicht unbegründet.«

»Leider werden wir es wohl nie erfahren. Es scheinen jedenfalls immer noch viele Entschattete herumzulaufen, die meinen, die Welt gehöre ihnen.«

Corvin nickte sinnend. Im Jahr ihrer Rückkehr in die Welt der Tiefe war es zu einer auffälligen Häufung von Ereignissen gekommen, die ihm im Nachhinein wie ein letztes großes Aufbäumen des osttarrischen Königs gegen seinen Niedergang vorkamen.

Bereits Anfang 1968 hatten im Süden Vietnams die kommunistischen Guerillakämpfer der Vietcong und ihre Gesinnungsgenossen aus dem Norden einen groß angelegten Überraschungsangriff gegen die Regierung in Saigon und ihre US-amerikanischen Beschützer unternommen. Die sich bis in den Herbst hinziehende »Tet-Offensive« kostete Zigtausenden das Leben. Als der südvietnamesische General Nguyễn Ngọc vor den Kameras der Presse auf offener Straße einen Vietcong-Kämpfer durch Kopfschuss tötete, ging ein Aufschrei um die Welt.

Selbiges geschah auch, als in den USA erst der schwarze Bürgerrechtler Martin Luther King und danach Senator Robert Kennedy – Bruder des fünf Jahre zuvor ermordeten John F. Kennedy – von Attentätern niedergestreckt wurden.

Abertausende von Studenten protestierten weltweit gegen die ausufernde Gewalt und lieferten sich – so etwa in Paris, wo die Sourbonne besetzt worden war – erbitterte Straßenschlachten mit der Staatsmacht. In Deutschland wollten die »68er« alte Zöpfe abschneiden, wollten endlich brechen mit der ganzen »faschistischen Tätergeneration« ihrer Väter, die sich mit Hitler ja so prächtig verstanden hatte. Doch in ihren Pauschalverurteilungen waren die »roten Revoluzzer« allzu oft ebenso intolerant wie jene, die sie so sehr verabscheuten. Einige fingen an, Kaufhäuser anzuzünden, wie am 3. April eine Gruppe um Andreas Baader und Gudrun Ensslin in Frankfurt am Mai.

Die Welt war im Todesjahr von Saros der Ödnis tatsächlich näher als dem Paradies. Noch am 21. August, also wenige Tage, bevor er starb, wurde in der Tschechoslowakei der »Prager Frühling« von Panzern des Warschauer Pakts niedergewalzt. Bereits im März war das sowjetische U-Boot *K-129* auf den Meeresgrund gesunken – die Marineführung sagte, die Amerikaner waren's. Nur wenige Wochen später, am 22. Mai, ging das amerikanische Atom-U-Boot *USS Scorpion* südwestlich der Azoren unter – einige bei der

Navy munkelten, die Russen seien's gewesen. Der Kalte Krieg war heißer, als die meisten ahnten. Jedes dieser Schiffe hätte ein nukleares Inferno entfesseln können; das Ende wäre ein Wüstenplanet gewesen.

Das für Corvin seltsamste Ereignis war allerdings das Ende der blutigen Tet-Offensive in Vietnam. Kaum vierundzwanzig Stunden, nachdem der König von Osttarra sein Leben ausgehaucht hatte, ging auch ihr die Puste aus. Danach hatte die USA mit den Kommunisten zu verhandeln begonnen, weil sie sich aus Vietnam zurückziehen wollten.

Nelia schmiegte sich noch enger an Corvin, als mit einem Mal alle Vögel verstummten und es empfindlich kühl wurde. Ihr seidiges Haar flatterte im Wind der Finsternis. Es war 11.38 Uhr. Die maximale Finsternis begann.

Corvin achtete kaum darauf, weil ihm gerade etwas eingefallen war. »Veränderungen vollziehen sich *niemals* schnell. Es kostet viel Geduld, sie herbeizuführen, manchmal auch Opfer und große Entbehrungen.«

»Stammt das von dir?« Sie kräuselte die Lippen und sah ihn von der Seite an. »Ich meine, weil es so *weise* klingt.«

Er küsste sie. »Nein. Das hat einmal irgendjemand gesagt. Ich erinnere mich nicht mehr, wer es war.«

»Ich schätze, es war Amíodit«, bemerkte plötzlich jemand, der hinter den beiden stand.

Sie drehten sich um und sahen in das von Sommersprossen übersäte Gesicht einer jungen, blondhaarigen Frau. Vielleicht eine Motorradfahrerin?, dachte Corvin spontan, weil die schwarze Lederkleidung für das mexikanische Klima etwas ausgefallen war. Aber seit wann trugen Biker japanische Langschwerter? Plötzlich stieg ihm der Duft von Maiglöckchen in die Nase und ein Name formte sich in seinem Geist. Ehe er ihn jedoch aussprechen konnte, kam ihm Nelia zuvor.

»Irjana?«

Die burschikose Schattenhüterin schmunzelte, wodurch ihre Grübchen besonders zur Geltung kamen. »Ich dachte mir, ich warte bis zur nächsten totalen Finsternis, damit ihr zwei euch erst einmal beschnuppern könnt. Herzlichen Glückwunsch nachträglich zur Hochzeit.«

Corvin war so konsterniert, dass ihm die Worte fehlten. Nicht nur, weil eine leibhaftige Osttarrerin vor ihm stand, sondern fast noch mehr, weil er sich an sie erinnerte. Zwar waren da nur einzelne Fetzen – die Bilder einer gewaltigen Schlacht –, doch vielleicht hatte Irjana ihm gerade eine Tür geöffnet, hinter der er noch weitere Erinnerungen finden würde.

»Bist du wieder eine Schattenjägerin?«, fragte Nelia. In ihrer Stimme schwang ein Hauch von Argwohn.

Irjana blickte kurz auf ihr Katana herab. »Wegen des Schwertes, meinst du?« Sie schüttelte den Kopf. »Nein. Die Zeiten sind vorbei. Unsere Weisen Ratgeber suchen den Weg der Verständigung mit den Menschen. Dank dir, Nelia, kommen wir ganz gut voran. Ich rede von deinen *Erzählungen aus dem Reich der Zeitlosen.*«

»Du kennst sie?«

»Natürlich. Ich bin deine begeistertste Leserin.«

»Gib es wieder einen König in Osttarra?«, fragte Corvin. Er hatte endlich seine Sprache wiedergefunden.

»Nein. Die letzten Jahre unter Saros waren schlimm genug gewesen. Nach der Niederlage auf der Tafel des Lichts hatte er sich in seiner Zitadelle verbarrikadiert und auf Rache gesonnen. Und dann war er plötzlich verschwunden.«

»Er ist in den Schlund der Finsternisse gesprungen, mit einem Fetzen meines Kleides«, erklärte Nelia.

»Und sie hat ihn dann mit seinem eigenen Schwert getötet«, fügte Corvin hinzu. »Mir ist nur nicht ganz klar, wieso *er* starb, während Maloron überlebte.«

»Dein Ziehvater hat sich das Schwert aus dem Herzen gerissen, *bevor* er sterblich wurde. Wie war es bei Saros?«

»Er geriet in Panik und trieb es sich noch tiefer in die Brust«, erinnerte sich Nelia.

Irjana breitete die Arme aus. »Da habt ihr's. Das wurde ihm zum Verhängnis. Schatten erholen sich von einer solchen Wunde, für Menschen ist sie tödlich.« Sie blickte zur Sonne empor. »Das Licht kehrt zurück. Ich muss euch verlassen.«

»Warte!«, sagte Corvin schnell und stieß einen schrillen Pfiff aus.

Ein glatzköpfiger Dickwanst in Badehose und Spiegelbrille beschwerte sich über die Ruhestörung während eines so erhabenen Naturschauspiels. Irjana zeigte ihm ihr Schwert, worauf er sich wieder der Anbetung der Sonne widmete.

Inzwischen war Keszef auf Corvins Arm gelandet. Er streichelte dem Falken den Nacken und reichte ihn Irjana. »Nimm ihn mit nach Osttarra. Er gehört auf die andere Seite so wie du, meine Freundin. Du wirst keinen besseren Nachtfalken finden als ihn.«

Sie schüttelte den Kopf. »Aber …«

»Keine Widerrede«, unterbrach er sie. »Er fühlt sich hier nicht wohl. Das ist mir schon lange klar. Nur weil wir Freunde sind, ist er bei mir geblieben.«

Mit Tränen in den Augen nahm Irjana den Falken entgegen. Kaum saß dieser auf ihrem Arm, begannen sich beide auch schon zu verwandeln.

»Leb wohl, Irjana«, sagten Corvin und Nelia im Chor.

Und er fügte rasch hinzu: »Werden wir uns wiedersehen?«

Die Antwort kam aus einer dunklen Wolke. »Das wird sich zeigen. Aber ich denke, ich lasse von mir hören.«

Danksagung

Allen, die mir bei der Entstehung dieses Buches geholfen haben, möchte ich von ganzem Herzen danken. Besonders seien hierbei die Mitarbeiter des Instituts für Allgemeine und Angewandte Geophysik der Ludwig-Maximilians-Universität München erwähnt, die, ganz bescheiden, anonym bleiben wollen; sie haben mich mit schriftlichem Material zu Johann von Lamont versorgt, mir Fragen beantwortet und mir zu weiteren Kontakten verholfen. Danke auch an Dr. Gerd Boedecker, Dr. Ellen Latzin und Dr. Sylvia Kraus von der Bayerischen Akademie der Wissenschaften.

Mögen Johann von Lamont und Corvin mit ihrer Geschichte nicht die Furcht vor Sonnen- und Mondfinsternissen, sondern die Ehrfurcht vor den Wundern am Himmelsfirmament mehren – und auch ein bisschen den Respekt vor jenen, die wir am meisten mit Füßen treten: unsere Schatten.

Von Ralf Isau bei Thienemann u. a. erschienen:

Die Chroniken von Mirad
Das Echo der Flüsterer
Der Kreis der Dämmerung I–IV
Der Leuchtturm in der Wüste
Das Museum der gestohlenen Erinnerungen
Das Netz der Schattenspiele
Die unsichtbare Pyramide
Die Träume des Jonathan Jabbok
Das Geheimnis des siebten Richters
Das Lied der Befreiung Neschans

Isau, Ralf
Der Schattendieb
ISBN 978 3 522 20029 5

Umschlaggestaltung: init. büro für gestaltung, Bielefeld
Innentypografie: Kadja Gericke
Schrift: Minion, MrsEaves
Satz: KCS GmbH, Buchholz/Hamburg
Reproduktion: immedia 23, Stuttgart
Druck und Bindung: Friedrich Pustet, Regensburg

5 4 3 2 1° 09 10 11 12

www.thienemann.de
www.isau.de